KB061129

The Child in Time

THE CHILD IN TIME
Copyright ⓒ Ian McEwan 1987
All rights reserved

Korean translation copyright ⓒ 2019 by Hankyoreh Publishing Company
Korean translation rights arranged with Rogers, Coleridge and White Ltd.
through EYA(Eric Yang Agency)

이 책의 한국어판 저작권은 EYA(Eric Yang Agency)를 통한 Rogers, Coleridge
and White Ltd.사와의 독점계약으로 한겨레출판(주)이 소유합니다. 저작권법에
의하여 한국 내에서 보호를 받는 저작물이므로 무단전재 및 무단복제를 금합니다.

차일드 인 타임

이언 매큐언 장편소설

민은영 옮김

한겨레출판

1

……그리고 자칭 아동 보육 전문가들의 진부한 상대주의에 오랜 세월 오도된 부모들에게는……

영국 정부 출판국 발행 《공인 아동 보육 안내서》

오래전부터 정부와 국민 대다수는 보조금 지원을 통해 대중교통을 장려하는 정책이 개인적 자유를 부정하는 제도라고 인식해왔다. 그리하여 하루에 두 번 교통체증이 심한 시간이면 갖가지 서비스가 마비되었고, 스티븐은 그의 아파트에서 화이트홀*까지 택시를 타느니 차라리 걷는 편이 빠르다는 것을 알게 되었다. 5월 말, 오전 9시 30분이 채 안 된 시간

5

인데, 기온은 이미 26도에 육박하고 있었다. 복스홀 다리 쪽으로 성큼성큼 걸어가는 그의 옆으로, 운전자 혼자 탄 차들이 정체에 갇혀 덜덜거리며 두세 겹으로 늘어서 있었다. 그렇게 개인의 자유를 추구하면서도 전체적인 분위기는 열성적이기보다는 체념에 가까웠다. 반지를 낀 손가락들이 뜨거운 양철 지붕 가장자리를 참을성 있게 두드렸고, 흰 셔츠 아래의 팔꿈치들이 열린 차창 밖으로 튀어나와 있었다. 운전대 위에 펼쳐진 신문들도 있었다. 스티븐은 발걸음을 빨리하여 군중을 헤치고, 겹겹이 늘어선 차 안에서 흘러나오는 라디오의 지절거림―광고 노래, 활기 넘치는 아침 방송 디제이, 뉴스 속보, 교통 "경보"―을 뚫고 나아갔다. 운전자들은 읽거나, 멍하니 듣거나, 둘 중 하나였다. 보도 위 군중의 꾸준한 전진이 상대적 이동 감각을 일으켜 그들은 천천히 뒤로 밀려나는 느낌을 받았을 것이다.

이리저리 틀고 구불구불 헤치며 앞질러 나아가는 동안, 스티븐은 언제나처럼 거의 무의식적으로 아이들이 있나, 다섯 살 여자아이가 있나 살펴보았다. 습관 그 이상이었다, 습관이라면 벗어날 수 있을 테니까. 그것은 깊이 뿌리내린 성향, 경

---

* 영국 런던의 관공서 밀집 지역. 영국 정부를 나타내는 추상적인 의미도 있다.

험이 성격에 새긴 윤곽이었다. 군이 탐색이랄 것도 없었다. 비록 예전에는, 아주 오랫동안, 강박적인 수색이었던 적도 있었지만. 2년이 그렇게 흘러가고 이제는 강박의 흔적만 남은 지금, 그것은 갈망이자 목마른 허기였다. 냉정하리만치 중단 없이 흘러가는 생물학적 시계가 그의 딸을 계속 자라게 했고, 단순했던 어휘를 복잡하게 넓혀갔으며, 아이를 더 튼튼하게, 움직임을 더 확고하게 변화시켰다. 실팍한 근육질의 심장 같은 그 시계는 끊임없이 따라붙는 조건절에 충실했다―지금쯤이면 그림을 그리겠지, 지금쯤이면 글을 읽기 시작했겠지, 지금쯤이면 젖니가 빠지고 있겠지. 당연히, 얼굴을 바로 알아볼 수 있겠지. 마치 이런 예시들이 계속 불어나면 "지금쯤이면"이라는 이 조건절이, 시간과 우연이 섬세한 조직으로 그를 아이와 갈라놓는 연약한 반투명 막이, 닳아 없어질 것 같았다―아이가 학교에서 돌아왔고 지쳐 있어, 젖니가 베개 밑에 있어, 아이가 아빠를 찾고 있어.

다섯 살 여자아이라면 누구든―물론 남자아이로도 충분하지만―한시도 그의 곁을 떠나지 않는 딸의 존재에 실체를 부여했다. 상점에서, 놀이터를 지나며, 친구들의 집에서, 그는 다른 아이들을 보며 어김없이 케이트를 찾았고, 그 아이들의 완만한 변화나 축적되는 능력을 놓치지 않았으며, 몇 주나 몇 달의 위력, 그의 딸에게 주어져야 했던 활용되지 않은 시간의 위력을 느꼈다. 케이트의 성장이 시간 자체의 핵심적인 의미로 자리 잡았다. 강박적 슬픔의 소산인 아이의 환상 속 성장은 불가피할 뿐만 아니라—무엇도 그 근육질 시계를 멈출 수 없었으니—필수적이기도 했다. 아이가 계속해서 존재한다는 환상이 없다면 그는 길을 잃고, 시간은 멈출 것이다. 그는 보이지 않는 아이의 아버지였다.

하지만 이곳 밀뱅크에는 예전에 아이였던 이들만이 일터로 터벅터벅 걸어가고 있었다. 저 위편, 의회 광장에 조금 못 미친 곳에 관인(官認) 걸인 무리가 있었다. 의회나 화이트홀 인근, 혹은 의회 광장이 보이는 곳에서는 걸인의 활동이 허락되지 않았다. 하지만 몇몇이 통근자의 흐름이 합쳐지는 지점의 이점을 노리고 나와 있었다. 그는 100, 200미터 떨어진 곳에서 걸인이 착용한 밝은색 배지를 알아볼 수 있었다. 걸인들에게 딱 알맞은 날씨였고, 그들은 거만하게 자유를 즐겼다. 임금노동자들은 길을 양보해야 했다. 여남은 명쯤 되는 걸인들이 거리 양옆에서 행인의 흐름을 거슬러 그의 쪽으로 꾸준히 가까워졌다. 스티븐의 눈길이 한 아이에게 향했다. 다섯 살은 아니지만, 비쩍 마른 사춘기 전의 여자아이. 그 아이는 상당히 먼 곳에서부터 그를 찍었고, 천천히, 몽유병자처럼 검은 규격 사발을 내밀며 걸어왔다. 사무직 근로자들의 흐름이 아이 근처에서 갈라졌다 다시 합쳐졌다. 다가오는 소녀의 시선은 스티븐에게 고정되어 있었다. 그는 늘 그렇듯 양가감정을 느꼈다. 돈을 준다면 정부 프로그램의 성공을 보장하는 셈이었다. 돈을 주지 않으려면 타인의 곤경을 작심하고 외면해야 했다. 빠져나갈 방법이 없었다. 공공정책과 사적 감정, 즉 무엇이 옳은지에 관한 직관 사이의 연결을 단절하는 것이 나쁜 정부가 되는 기술이었다. 요즈음 그는 이 문제를 우연에 내맡겼다. 주머니에 동전이 좀 있으면 주었다. 없으면 주지 않았다. 지폐는 절대로 내주지 않았다.

햇살 좋은 날들을 거리에서 보낸 소녀의 피부는 갈색이었다. 지저분한 노란색 면 원피스를 입었고 머리칼은 혹독할 정도로 바싹 잘랐다. 머릿니를 잡은 모양이었다. 둘 사이의 거리가 좁혀지자, 예쁘장하고 짓궂은 인상에 주근깨가 나고 턱이 뾰족한 소녀의 얼굴이 눈에 들어왔다. 6미터 이내로 다가왔을 때, 아이가 앞으로 내달리더니 아직 물기를 띤 껌 한 덩이를 보도에서 뜯어냈다. 아이는 그것을 입에 넣고 씹기 시작했다. 그러고는 조그만 머리를 반항하듯 젖히고 다시 그가 있는 쪽을 바라보았다.

이윽고 아이가 그의 앞에 와서 사발을 내밀었다. 아이는 몇 분 전부터 그를 택했다. 흔한 수법이었다. 질겁한 그가 뒷주머니에 손을 넣어 5파운드 지폐를 꺼냈다. 아이가 무표정하게 주시하는 동안 그는 지폐를 동전들 위에 내려놓았다.

그의 손이 비워지자마자 소녀는 지폐를 꺼내 똘똘 말아 손아귀에 꽉 쥐고 말했다. "좆 까세요, 아저씨." 아이는 그의 옆을 천천히 둘러 지나갔다.

스티븐은 아이의 딱딱하고 좁은 어깨에 손을 얹고 꽉 쥐었다. "너 뭐라고 했니?"

소녀가 돌아서서 몸을 빼냈다. 그러더니 뱁새눈을 뜨고 새된 목소리를 냈다. "잘 가세요, 아저씨, 라고 말했어요." 손에 안 닿는 곳으로 멀어진 뒤에 아이가 덧붙였다. "돈 많은 개새끼!"

스티븐은 부드럽게 꾸짖는 의미로 빈 손바닥을 들어 보였다. 그러고는 모욕에 흔들리지 않는다는 의미로 입을 다물고 미소를 지었다. 하지만 아이는 거리를 따라 다시 몽유병자처럼 꾸준히 걸어갔다. 그는 아이가 군중 속으로 사라질 때까지, 족히 1분은 되도록 바라보았다. 아이는 돌아보지 않았다.

  총리의 특별한 관심사로 알려진 정부 아동보육위원회는
아이가 있는 부모를 위한 각종 권고를 마련하는 열네 개의
소위원회를 출범시켰다. 그들의 진정한 기능은 전방위에서
압박을 가하는 무수한 이익단체—제당과 패스트푸드 업계
의 로비, 의류, 장난감, 분유, 폭죽 제조업자, 자선단체, 여성
단체, 보행자 작동 신호등 건널목 관련 압력단체—의 이질
적인 이상들을 충족시키는 것이라는 냉소적인 말도 나돌았
다. 여론 형성층에서는 대다수가 그들의 활동을 반겼다. 이
나라는 그릇된 유형의 사람으로 가득하다는 것이 보편적인
견해였다. 바람직한 시민의 요건이 무엇이며 미래 시민 양성
을 위해 아이들에게 무엇을 해야 하는지를 소리 높여 주장하
는 의견들도 있었다. 누구나 소위원회에 속해 있었다. 심지어
아동문학 작가인 스티븐 루이스도 한 곳에 속해 있었는데,
그렇게 된 것은 전적으로 그의 벗 찰스 다크가 소위원회 활
동 개시 직후에 사퇴하며 영향력을 행사했기 때문이었다. 스
티븐이 속한 곳은 파충류처럼 생긴 파멘터 경이 수장을 맡은
'읽기와 쓰기 소위원회'였다. 20세기 최후의 여름다운 여름
이 될 몇 달간의 폭염을 뚫고 스티븐은 화이트홀 정부 청사

의 어두컴컴한 회의실에서 열리는 모임에 매주 참석했다. 그
가 들은 바로는, 1944년에 독일에 대한 야간 폭격 계획이 그
곳에서 수립되었다. 그는 인생의 다른 시기였다면 읽기와 쓰
기에 관해 할 말이 많았겠지만, 이 모임에서는 광택 나는 대
형 테이블에 팔을 올리고 정중히 경청하는 태도로 고개를 숙
인 채 아무 말도 하지 않았다. 근래에 그는 혼자 지내는 시간
이 많았다. 그의 바람과는 달리, 회의실에 가득한 사람들도
그의 숙고 성향을 누그러뜨리지 못했고 오히려 더 강화하며
생각에 틀을 부여했다.

그는 대체로 아내와 딸을 생각하거나 앞으로 어떻게 살아
갈지 고민했다. 다크의 갑작스러운 정계 은퇴에 관한 생각
에 골몰하기도 했다. 맞은편 긴 창문으로는 한여름에도 햇빛
이 들지 않았다. 창문 너머에는 짧게 깎은 풀밭이 테두리를
이루는 마당이 있었고, 그 안쪽에는 장관들의 리무진을 대여
섯 대는 족히 댈 수 있었다. 대기 중인 기사들이 느긋하게 서
서 담배를 피우며 관심 없는 눈길로 회의실 안을 흘깃 바라
보았다. 스티븐은 추억과 공상을 가동하여, 과거에 있었던 일
과 일어날 수도 있었을 일을 거듭 떠올렸다. 아니면, 추억과
공상이 그를 가동한 것일까? 때로 그는 상상 속에서 강박적
인 연설을 늘어놓았는데, 그것은 매번 원고를 꼼꼼하게 고쳐

발표하는 비통하거나 서글픈 고발장이었다. 그 와중에도 그는 회의 진행에 반쯤 귀를 기울였다. 위원회는 이미 오래전에 모든 생각을 정립했거나 다른 사람을 시켜서 정립하게 한 이론가, 그리고 말을 해나가는 과정에서 자기 생각이 무엇인지 깨닫기 바라는 실용주의자로 양분되었다. 정중함은 힘겹게 유지되었으나 허물어지지는 않았다.

파멘터 경은 범속한 위엄과 기교로 회의를 진행하며, 두툼한 눈두덩에 속눈썹 없는 눈을 휙 돌려 다음 발언자로 누구를 택했는지 알렸고, 깃털처럼 가볍게 팔을 들어 과열을 잠재웠으며, 드문 경우지만 바싹 마르고 얼룩덜룩한 혀를 늘보원숭이처럼 굴려 발언할 때도 있었다. 짙은 더블브레스트 양복만이 그가 인간에서 유래한 존재임을 드러냈다. 그는 상투적인 말을 귀족풍으로 구사했다. 아동 발달 이론에 관한 길고 까다로운 논의를 묵직한 중재의 말—"사내애들이란 다 그렇지요"—로 적절히 정지시켰다. 그와 유사하게, 아이들은 비누와 물을 싫어하고 새로운 것을 잘 배우며 눈 깜짝할 새에 자란다는 말들이 난해한 격언처럼 제시되었다. 파멘터의 범속성은 오만함을 띠었고, 자신이 너무도 중요하고 완전해서 자신의 말이 얼마나 멍청하게 들리는지 개의치 않는 한 남자를 대담하게 드러냈다. 그는 누구에게도 잘 보일 필요가 없었다. 그에게는 겨우 흥미 따위나 주려고 허리를 굽히는 일은 있을 수 없었다. 스티븐은 그가 아주 영리한 사람임을 의심하지 않았다.

위원들은 서로 깊이 알 필요를 느끼지 않았다. 긴 회의 끝에 서류와 책들이 서류 가방 안으로 들어간 뒤 시작되는 정중한 대화는 두 색으로 칠해진 복도를 따라 유지되다가, 위원들이 나선형 콘크리트 계단을 내려가 청사의 지하 주차장 각층으로 흩어지면 메아리로 사라졌다.

숨 막히게 더운 그 여름의 몇 달과 그 이후로도 스티븐은 매주 화이트홀을 오갔다. 달리 아무런 의무가 없는 삶에서 그가 유일하게 충실히 이행하는 일이었다. 이렇게 자유로운 시간 대부분을 그는 속옷 차림으로 텔레비전 앞 소파에 널브러진 채, 희석하지 않은 스카치를 침울하게 홀짝거리며 읽은 잡지들을 뒤에서 앞으로 다시 읽거나 올림픽경기를 시청하며 소진했다. 밤에는 음주량이 증가했다. 식사는 동네 식당에서 혼자 했다. 친구들과는 연락하지 않았다. 자동응답기에 기록된 전화에 답하지도 않았다. 아파트의 너저분한 환경이나 느긋하게 날아다니는 통통하고 새까만 파리들에게도 대부분 무관심했다. 밖에 나가 있을 때는, 익숙한 소유물들이 암울하게 늘어선 집으로 돌아가기가 두려웠다. 안락의자들이 웅크려 있고 그 발치에는 얼룩진 접시들과 오래된 신문이 널린 곳. 집 안의 사물―변기 깔개, 침대보, 바닥 먼지―이 한치도 변함없이 그 자리에 있는 이유는 그것들의 고집스러운 공모 때문이었다. 집에서도 그는 아내, 딸, 앞날 등의 주된 생각거리에서 그리 멀리 벗어나지 못했다. 하지만 집에서는 집중력이 부족해 생각을 일관되게 이어갈 수가 없었다. 그는 아무런 제어 없이, 거의 의식하지 못한 채, 자꾸만 끊기는 백일몽에 빠졌다.

*

위원들은 반드시 시간을 지켰다. 파멘터 경은 항상 마지막에 도착했다. 그는 자리에 앉으며 나직하게 걸걸거리는 소리로 장내를 정돈하고 이를 첫 발언으로 교묘하게 이어붙였다. 위원회의 서기인 피터 캐넘은 그의 오른쪽에 자리 잡았는데 자신의 객관적 입장을 암시하기 위해 테이블에서 멀찍이 떨어져 앉았다. 스티븐에게 요구되는 것은 누가 봐도 집중한 듯한 모습을 두 시간 반 동안 유지하는 것뿐이었다. 학창 시절에 수백, 수천 시간의 수업을 머릿속 방랑으로 채웠던 그에게는 그런 유익한 모양새를 취하는 일이 익숙했다. 회의실 자체도 익숙했다. 갈색 베이클라이트*로 된 전기 스위치들과 벽을 따라 볼썽사납게 고정된 먼지 긴 전선 배관들이 편안했다. 어릴 적에 다니던 학교의 역사 교실이 이곳과 흡사했다. 똑같이 닳아빠지고 넉넉한 편안함, 아직도 누군가가 굳이 애써 광택을 내는 낡고 긴 테이블, 흔적만 남은 장중함과 얼빠진 관료주의가 뒤섞여 나타나는 침면 효과. 파멘터가 뱀 같은 살가움을 담아 이날 아침에 해야 할 일의 개요를 설명할 때, 스티븐은 학창 시절 선생이 정겨운 웨일스 억양으로 샤를마뉴 궁정의 아름다움이라든가 중세 교황 정치의 주기적인 타락과 개혁에 관해 웅얼거리던 목소리가 들리는 것만 같았다. 창문 너머로 보이는 풍경은 풀밭으로 둘러싸인 주차장과 햇볕에 달궈진 리무진들이 아니라, 두 층 위에서 내려다보이는 장미 정원과 운동장, 얼룩덜룩한 회색 난간, 그 뒤의 경작되지 않은 거친 땅과 이어지는 참나무와 너도밤나무 숲, 그 너머로 넓게 펼쳐진 물가와 폭이 1.6킬로미터에 이르며 조수가 들고 나는 푸른 강이었다. 이는 잃어버린 시간과 잃어버린 풍경이었다—언젠가 다시 가봤을 때, 그는 효율을 위해 나무들이 베어지고 땅이 개간되고 강어귀 위로 고속도

---

* 열경화성 수지의 일종으로 플라스틱의 시초가 된 물질.

로 다리가 놓인 풍경과 마주했다. 상실이 주된 생각거리였으므로, 그는 얼어붙을 듯 춥고 화창하던 어느 날, 사우스 런던의 슈퍼마켓 근처에 있던 그날로 쉽사리 돌아갈 수 있었다. 그는 딸의 손을 잡고 있었다. 아이는 할머니가 떠준 빨간 털목도리를 두르고 너덜너덜해진 당나귀 인형을 품에 안고 있었다. 둘은 입구를 향해 걸어갔다. 토요일이었고 사람이 많았다. 그는 딸의 손을 꽉 잡았다.

어느덧 파멘터의 발언은 끝나 있었고, 이제 학계 출신 위원 하나가 새로 고안된 음표 철자의 장점을 머뭇머뭇 주장하고 있었다. 아이들이 더 이른 나이에 훨씬 즐겁게 읽고 쓰는 법을 배울 것이며, 기존 철자로의 전환도 수월하게 이루어질 것이다. 스티븐은 손에 연필을 들고 메모하는 자세를 취했다. 그는 얼굴을 찌푸리며 고개를 살짝 틀었으나, 그게 동의한다는 뜻인지 믿을 수 없다는 뜻인지는 잘 드러나지 않았다.

케이트는 말문이 트이면서 말이 풀어내는 생각들로 악몽을 꾸는 나이가 되었다. 아이가 엄마와 아빠에게 제대로 묘사하지는 못했지만, 동화책에서 본 요소가 악몽에 등장한다는 점은 분명했다―말하는 물고기, 거대한 바위 안에 담긴 마을, 사랑받기를 갈구하는 외로운 괴물. 이날도 밤새 악몽이 이어졌다. 줄리가 몇 번이나 잠자리에서 일어나 아이에게

갔고 결국에는 동이 트고 한참 뒤까지도 잠을 이루지 못했다. 그러던 끝에 줄리가 늦잠을 잤다. 스티븐은 아침을 차리고 케이트에게 옷을 입혔다. 힘든 밤을 지내고도 아이는 활기가 넘쳤고 슈퍼마켓에 가서 카트를 타고 다닐 생각에 들떴다. 맹추위에도 햇살이 환한 색다른 날씨도 신기하게 여겼다. 이번만은 옷 입는 과정에도 협조했다. 겨울 내복에 팔다리를 끼워주는 동안 아이는 아빠의 무릎 사이에 서 있었다. 아이의 몸은 찰지고 흠 없이 깨끗했다. 그는 딸을 안아 올려 배에 얼굴을 묻고 깨무는 흉내를 냈다. 조그만 몸에서 침대의 온기와 우유 냄새가 났다. 아이는 꺅 소릴 지르며 몸을 비틀었고, 바닥에 내려놓자 다시 해달라고 졸랐다.

그는 모직 셔츠의 단추를 잠그고 아이에게 두꺼운 스웨터를 입힌 뒤 멜빵바지 단추를 채웠다. 케이트는 딴 데 정신을 팔면서, 즉흥 멜로디를 흥얼거리다 동요로, 다시 조각조각 잘린 크리스마스캐럴로 옮겨갔다. 그는 자기 의자에 딸을 앉혀놓고 양말을 신기고 장화 끈을 묶었다. 아이는 앞에서 무릎을 꿇고 앉은 아빠의 머리칼을 쓰다듬었다. 많은 어린 소녀들이 그렇듯이 케이트도 제가 아빠의 보호자인 양 유난을 떨었다. 아파트를 나서기 전에도 아이는 아빠가 코트 단추를 맨 위까지 채웠는지 확인했다.

그는 줄리에게 차를 갖다주었다. 그녀는 무릎을 가슴까지 당겨 안은 채로 반쯤 잠들어 있었다. 뭐라고 말을 했지만 베개에 소리가 묻혀버렸다. 그는 이불 아래로 손을 넣어 그녀의 등허리를 주물렀다. 그녀가 돌아누워 그의 얼굴을 가슴 쪽으로 당겼다. 키스를 하며 그는 그녀의 입에서 깊은 잠의 끈끈한 금속성 맛을 느꼈다. 어두침침한 침실 너머에서 케이트는 여전히 잡다하게 뒤섞인 멜로디를 흥얼거리고 있었다. 잠시 스티븐은 쇼핑을 때려치우고 케이트를 책 몇 권과 함께 텔레비전 앞에 앉혀놓고 싶은 유혹을 느꼈다. 두툼한 이불 밑으로 들어가 아내 옆에 누울 수도 있었다. 그들은 막 동이 텄을 때 사랑을 나눴지만, 그것은 잠에 취해 나른한, 결말 없는 행위였다. 그의 딜레마가 재미있는 듯, 이제 줄리가 그를 어루만졌다. 그는 다시 아내에게 키스했다.

그들은 6년 동안 부부로 살았다. 육체적 쾌락과 가사 의무와 고독할 필요성에 관한 길항하는 원칙 사이에서 서서히 미세하게 적응해나간 시간이었다. 한 가지에 소홀하면 다른 데서 약화나 혼란이 일어났다. 그는 두 손가락으로 줄리의 젖꼭지를 살짝 꼬집으면서도 머리로는 계산을 했다. 밤에 잠을 설친 데다 쇼핑에 다녀오고 나면 케이트는 정오 무렵에 잠을 자야 할 것이다. 그러면 둘은 방해받지 않는 시간을 확보

할 수 있다. 나중에, 비참한 몇 달과 몇 년이 지나는 동안, 스티븐은 이 순간에 다시 들어오려고, 사건과 사건 사이의 주름을 따라 길을 뚫어 되돌아가려고, 이불 속으로 들어가 자신의 결정을 뒤바꾸려고 애를 쓰게 된다. 하지만 시간—반드시 본질 그대로의 시간은 아니더라도, 사실 그건 누가 알겠느냐만, 사람의 생각이 구성하는 시간—은 편집광처럼 두 번째 기회를 금지한다. 절대적인 시간은 없어, 그의 친구 셀마는 가끔 말했다. 시간은 독립된 개체가 아니라, 우리가 특정하고 희미하게 이해하는 개념일 뿐이지. 그는 쾌락을 지연시키고 의무에 굴복했다. 줄리의 손을 꼭 쥐고 일어섰다. 현관에서 케이트가 해진 당나귀 인형을 높이 들고 큰 소리로 말하며 다가왔다. 그는 허리를 숙여 아이의 목에 빨간 목도리를 두 번 감아주었다. 케이트는 까치발을 들어 그의 코트 단추를 확인했다. 아빠와 딸은 현관문을 나서기 전부터 손을 잡고 있었다.

　그들은 마치 폭풍 속으로 들어서듯이 밖으로 나갔다. 남쪽으로 뻗은 간선도로 위에서 차들이 아드레날린성 맹위를 떨치며 달렸다. 그날의 매서운 고기압성 날씨는 눈부시게 명료한 빛과 냉소적일 만큼 꼼꼼한 세부 묘사로 그의 강박적 기억에 크게 이바지하게 된다. 계단 옆에는 납작하게 눌린 코카콜라 캔이 원형을 유지한 빨대를 그대로 꽂은 채 햇빛 속에 놓여 있었다. 케이트가 빨대를 구제하러 나섰지만 스티븐이 막았다. 그리고 나무 옆에서는 안에서 빛을 발하는 듯한 개 한 마리가 꿈꾸듯 행복한 표정으로 엉덩이를 바르르 떨며 똥을 누고 있었다. 나무는 시들한 참나무였는데, 껍질 표면을 새로 파낸 것처럼 지피융기선은 독창적인 문양으로 반짝이고 홈은 새까만 그림자를 머금고 있었다.

슈퍼마켓까지는 걸어서 2분 거리로, 4차선 도로 건널목 너머에 있었다. 아빠와 딸이 도로를 건너려고 기다리던 곳 가까이에 있는 모터바이크 판매장은 바이커들의 국제적 회합 장소였다. 올챙이배에 닳아빠진 가죽옷을 입은 남자들이 정차된 바이크에 기대거나 올라앉아 있었다. 케이트가 빨던 손가락을 빼내 그곳을 가리키자 낮게 깔린 해가 김 나는 손가락을 비췄다. 하지만 아이는 자기가 본 것을 표현할 단어를 찾지 못했다. 마침내 그들은 길을 건넜고, 안달을 내며 기다리던 차들은 그들이 건널목 한가운데 교통섬에 도착하자마자 으르렁거리며 앞으로 내달렸다. 케이트는 언제나 자기를 알아보는 롤리팝 레이디*가 있는지 둘러보았다. 스티븐은 오

---

*아동 등하교 시에 거대한 막대 사탕처럼 생긴 정지 신호 간판을 들고 건널목 교통정리를 담당하는 여성의 별칭.

늘이 토요일이라고 말해주었다. 사람들이 붐볐다, 그는 입구로 다가가며 아이의 손을 꽉 잡았다. 말소리, 고함 소리, 계산대에서 덜커덕거리는 기계 소음 속에서 그들은 카트를 찾았다. 케이트는 카트 좌석에 편히 자리 잡으며 혼자서 함박웃음을 지었다.

그 슈퍼마켓을 이용하는 사람들은 마치 부족이나 국가와 같이 뚜렷한 두 집단으로 나뉘었다. 첫 번째 집단은 현대식으로 개조한 자기 소유의 빅토리아양식 테라스하우스*에 사는 인근 주민이었다. 두 번째 집단은 고층아파트나 공공 주택단지에서 사는 인근 주민이었다. 첫 번째 집단은 신선한 과일과 채소, 통밀빵, 커피 원두, 특별 매대에서 파는 생물 생선, 와인과 증류주 등을 사고, 두 번째 집단은 캔에 들었거나 냉동한 채소, 구운 콩, 즉석 수프, 백설탕, 컵케이크, 맥주, 증류주와 담배 등을 샀다. 두 번째 집단에는 고양이에게 줄 고기와 자기가 먹을 비스킷을 사는 연금 생활자가 있었다. 피로로 찌든 수척한 얼굴에 담배를 입술로 앙다문 젊은 엄마들이 가끔 계산대에서 농담을 건네거나 아이들의 엉덩이를 때리기도 했다. 첫 번째 집단에는 아이 없는 젊은 부부들이 있

---

* 비슷한 집들을 옆으로 다닥다닥 붙여 지은 주택 형태.

었는데, 옷을 대담하게 차려입은 그들에게 애로가 있다면 시간에 조금 쫓긴다는 점이었다. 또한, 오페어*와 함께 쇼핑 나온 엄마들과 가사를 분담하며 생연어를 사는 스티븐과 같은 아빠들이 있었다.

　그는 그 밖에 무엇을 샀던가? 치약, 화장지, 주방세제, 품질 좋은 베이컨, 양다리 한 짝, 스테이크용 쇠고기, 초록과 빨강 피망, 무, 감자, 알루미늄 포일, 스카치 1리터. 그리고 그가 이런 물건들에 손을 뻗을 때 거기에 누가 있었던가? 케이트를 태운 카트를 밀고 상품이 진열된 매대를 지나갈 때 뒤에서 따라오다가, 그가 멈추면 몇 걸음 뒤에 서서 어떤 상품에 관심 있는 척하고, 그가 계속 가면 다시 따라오던 누군가가 있었던가? 그는 수천 번 그때로 되돌아가 제 손을, 매대를, 쌓여가는 상품들을 보고 케이트의 재잘거림을 들었으며, 눈을 돌리려고, 시간의 무게를 이겨내고 눈을 들어 시야 주변에 있는 수수께끼의 인물을 찾으려고 애썼다. 항상 살짝 뒤와 옆으로 비켜서서, 이상한 욕망에 들떠 가능성을 따져보고 있거나 아니면 그저 기다리고 있는 인물. 하지만 시간은 그의 시선을 당시의 일상적인 용무에 영원히 고정했고, 선명하

---

* 언어를 배울 목적으로 외국 가정에 입주해 가사나 육아를 돕는 젊은 사람.

지 않은 모양들이 그 주위로 흘러가고 풀어져 범주조차 파악
할 수 없었다.

　15분 뒤, 그들은 계산하는 곳에 와 있었다. 계산대 앞으로
여덟 줄이 나란히 늘어서 있었다. 그는 문과 가장 가까운 짧
은 줄 뒤에 섰다. 그곳의 계산을 담당하는 젊은 여직원의 일
처리가 빠르다는 것을 알았기 때문이다. 그가 카트를 멈췄을
때 앞에 세 사람이 있었고, 케이트를 카트에서 안아 내리려
고 돌아섰을 때는 그의 뒤에 아무도 없었다. 잘 놀고 있던 아
이는 놀이를 멈추지 않으려 했다. 케이트가 칭얼거리며 좌석
에 발을 걸고 버텼다. 그는 발을 완전히 떼어놓기 위해 아이
를 높이 안아 올려야 했다. 그리고 무심한 흡족함을 느끼며
아이의 짜증에 주목했다 — 피곤하다는 확실한 증거였으니
까. 이 사소한 실랑이가 끝났을 무렵에는 앞에 두 사람이 있
었고, 그중 한 명은 막 나가려는 참이었다. 그는 카트 안에 담
긴 물건을 컨베이어벨트 위로 올리려고 카트 앞쪽으로 갔다.
케이트는 반대편의 넓적한 손잡이에 매달려 카트를 미는 시
늉을 했다. 아이 뒤에는 아무도 없었다. 이제 스티븐 바로 앞
에 있던 사람, 등이 굽은 남자가 캔에 든 개 사료 몇 개의 값
을 치르려 하고 있었다. 스티븐은 먼저 물건 몇 개를 벨트 위
로 올렸다. 그가 다시 허리를 폈을 때, 케이트 뒤에 있는 거무

스름한 코트 차림의 인물을 의식했을 수도 있다. 하지만 사실 그것은 의식이라 할 수 없는, 절박한 기억이 숨을 불어넣은 아주 미약한 의심이었다. 코트는 실제로 원피스였을 수도, 쇼핑백이었을 수도, 아니면 그의 상상이었을 수도 있다. 그는 평범한 볼일에 집중했고 어서 끝내기만을 바랐다. 의식적으로 행동하는 존재라고 보기는 힘들었다.

개 사료를 산 남자가 나가고 있었다. 이미 계산을 시작한 여직원이 키패드 위에서 손가락을 획획 날리고 다른 한 손으로는 스티븐이 고른 물건들을 자기 쪽으로 끌어당겼다. 카트에서 연어를 꺼내면서 그는 케이트를 내려다보고 눈을 찡긋했다. 아이는 아빠를 따라 했지만 어설프게, 코를 찡긋하며 두 눈을 모두 감았다. 그는 생선을 내려놓고 계산원에게 쇼핑 봉투를 달라고 말했다. 그녀는 선반 아래로 손을 넣어 봉투 하나를 꺼냈다. 그는 봉투를 받고 고개를 돌렸다. 케이트가 없었다. 그의 뒤로 줄을 선 사람은 없었다. 그는 아이가 계산대 끄트머리에서 몸을 숙이고 있을 거라고 생각하며 느긋하게 카트를 치웠다. 그러고는 몇 발짝 걸어가 아이가 그 짧은 시간에 갈 만한 유일한 매대 쪽을 쭉 훑어보았다. 그는 다시 뒤로 물러나 왼쪽과 오른쪽을 살폈다. 한쪽에는 각 계산대 뒤로 줄을 선 손님들이 있었고, 다른 한쪽은 빈 공간이었으며, 그다음은 크롬으로 된 회전식 출입구, 그다음은 보도로 나가는 자동문이었다. 급히 달아나는 코트 차림의 인물이 있었을 수도 있지만, 그때 스티븐은 세 살짜리 아이를 찾고 있었고 즉각 떠오르는 걱정거리는 차도였다.

이는 이론적인, 예방 차원의 불안이었다. 그는 다른 손님들을 밀치고 너른 보도로 나가면서도 거기에서 아이를 보지 못할 것을 알았다. 케이트는 모험심이 강한 아이가 아니었다. 옆길로 새는 아이가 아니었다. 그러기에는 너무 사교적이었고, 동행한 사람과 함께 있는 것을 더 좋아했다. 게다가 차도를 무서워했다. 그는 돌아서며 긴장을 풀었다. 아이는 슈퍼마켓 안에 있을 것이며, 거기에서는 심각한 위해를 당할 일은 없었다. 그는 아이가 계산대에 줄을 선 사람들 뒤편에서 나올 거라고 예상했다. 처음에 번쩍 걱정이 들 때는 너무 열심히, 너무 재빨리 쳐다보느라 아이를 보고도 놓치기가 쉬웠다. 그런데도, 슈퍼마켓 안으로 돌아오는 동안 그는 속이 울렁거리고, 목구멍 깊은 곳이 조여들고, 발이 기분 나쁘게 허공에 붕붕 뜨는 느낌이 들었다. 그를 응대하던 여직원이 짜증스럽게 불러 세우는 소리를 외면하며 계산대 하나하나를 훑고 지나가는데, 배 속의 싸늘함이 명치 끝까지 올라왔다. 스티븐은 달리는 발걸음을 적절히 조절하여 ― 아직은 자신이 얼마나 바보처럼 보일지 전혀 개의치 않는 단계는 아니었다―매대 사이 통로를 모두 훑으며 산더미처럼 쌓인 오렌지와 화장지와 수프들을 지나갔다. 다시 원점으로 돌아왔을 때, 그는 예의를 모두 내던지고 조여드는 허파에 힘겹게 숨을 채우며 케이트의 이름을 외쳐 불렀다.

이제 그는 큰 걸음으로 질주했고, 딸의 이름을 부르며 매대 한 줄을 쿵쾅쿵쾅 지나 다시 한번 문 쪽으로 갔다. 사람들의 고개가 그를 향해 돌아갔다. 사과주를 사러 어기적거리며 들어오는 주정뱅이쯤으로 오인될 수 없는 모습이었다. 그가 드러내는 두려움이 너무나 역력하고 강력한 나머지, 형광등으로 밝힌 몰인격적인 공간이 무시할 수 없는 인간적 온기로 채워졌다. 곧 그의 주위에서 모든 쇼핑이 중단되었다. 바구니와 카트는 옆으로 밀쳐졌다, 사람들은 케이트의 이름을 부르며 모여들었으며, 어찌 된 일인지 얼마 지나지 않아, 케이트가 세 살이며 계산대에서부터 보이지 않았고 초록색 멜빵바지 차림에 당나귀 인형을 들고 있다는 사실이 모두에게 알려졌다. 어머니들은 정신이 바짝 든 긴장된 표정이었다. 몇몇은 카트에 타고 있던 그 여자아이를 본 적이 있었다. 누군가는 아이의 스웨터 색깔을 기억했다. 도심 상점의 익명성은 취약한 것으로 판명되었다. 그것은 얇은 껍데기에 불과했고,

그 아래에서 사람들은 관찰하고 판단하고 기억했다. 스티븐을 둘러싼 손님 무리가 문 쪽으로 이동했다. 계산대 여직원이 상황에 몰입해 딱딱해진 표정으로 그의 옆을 지켰다. 직급이 다양한 다른 슈퍼마켓 직원들도 갈색 외투, 흰 외투, 파란 양복 차림으로 나와 있었는데, 갑자기 그들은 더 이상 창고 담당이나 부(副)매니저나 본사 대리인이 아니라 잠재적인, 혹은 실제 아버지들이 되었다. 이제 그들 모두 보도로 나왔고 일부는 스티븐에게 몰려들어 질문이나 위로의 말을 했으며, 다른 이들은 좀 더 쓸모 있게 여러 방향으로 흩어져 근처 상점들의 입구를 확인했다.

잃어버린 아이는 모든 이들의 자식이었다. 하지만 스티븐은 혼자였다. 그의 시선은 가까이 다가오는 친절한 얼굴들을 통과해 그 너머에 있었다. 그들은 무관했다. 목소리는 그에게 와닿지 않았다, 몸은 시야를 가리는 장애물이었다. 그 사람들은 케이트를 보지 못하게 시야를 막고 있었다. 그는 딸에게 가기 위해 그들을 밀치고 나아가야 했다. 숨이 막혔다, 생각할 수가 없었다. "훔쳐 갔다"라고 말하는 자신의 목소리가 들렸고, 그 말은 바로 포착되어 주변부로, 근처를 지나다 소란에 이끌려 모인 사람들에게까지 퍼져나갔다. 손가락이 빠르고 키가 큰 계산원, 그토록 강해 보이던 아가씨가 울고 있었다. 스티븐은 잠시 그녀에게 실망을 느꼈다. 그가 내뱉은 단어에 소환된 것처럼, 진흙이 튄 하얀 경찰차가 연석 가까이에 천천히 정차했다. 재난을 공식적으로 확인받고 나니 그는 구역질이 날 것 같았다. 목에서 뭔가 치올라 와서 허리를 숙였다. 어쩌면 토했는지 모르지만, 그 기억은 나지 않았다. 정신을 차려보니 다시 슈퍼마켓 안이었고, 이번에는 적절성의 법칙, 사회질서의 법칙이 그의 옆에 남을 사람을 선택했다―매니저, 매니저의 비서인 듯한 젊은 여자, 부매니저, 그리고 경찰관 두 명. 갑자기 주위가 조용했다.

그들은 넓은 매장 뒤편으로 급히 걸어가고 있었다. 얼마간이 지나서야 스티븐은 그가 뒤따라가는 것이 아니라 이끌려가고 있음을 깨달았다. 상점은 손님을 모두 내보내고 비워진 상태였다. 오른쪽 판유리 너머로 한 경찰관이 밖에서 손님들에 둘러싸여 탐문 내용을 적고 있는 모습이 보였다. 매니저가 정적을 깨고 빠르게 말을 했는데, 반은 가정이고 반은 불평이었다. 어쩌면 그 아이는―애 이름을 알면서도 높은 사람이라 이름을 안 부른다고 스티븐은 생각했다―길을 헤매다 적재구역으로 들어갔을 수도 있다. 그 생각부터 했어야 한다. 부하직원에게 그렇게 잔소리를 하는데도 냉장창고 문이 가끔 열려 있을 때가 있다.

일행은 발걸음을 재촉했다. 경찰이 든 무전기에서 알아듣기 힘든 목소리가 짤막하게 연거푸 터져 나왔다. 그들은 치즈 매대 옆에 있는 문을 지나 모든 겉치레가 사라진 공간으로 들어갔다. 바닥이 플라스틱 타일에서 돌비늘이 차갑게 반짝이는 콘크리트로 바뀌었고, 보이지 않는 높은 천장에 매달린 알전구에서 불빛이 내리비쳤다. 납작하게 접은 골판지 상자가 산더미처럼 쌓인 곳 옆에 지게차가 주차되어 있었다. 매니저가 지저분한 우유 웅덩이를 뛰어넘어 문이 살짝 열린 냉장창고를 향해 급히 걸어갔다.

그들은 매니저의 뒤를 따라 천장이 낮고 비좁은 창고 안으로 들어갔다. 통로 두 개가 반쯤 어둠에 잠긴 곳까지 이어졌는데, 양 측면을 따라 선반 위에 깡통과 상자가 어수선하게 쌓여 있었고 가운데에는 거대한 동물의 사체가 갈고리에 매달려 있었다. 일행은 두 무리로 나뉘어 각 통로를 따라 걸어갔다. 스티븐은 경찰관들과 함께 갔다. 싸늘한 공기가 메마르게 코 뒤쪽까지 관통했고 차가운 캔에 입을 댔을 때와 같은 맛이 감돌았다. 그들은 천천히 걸어가며 선반의 상자 뒤편 공간을 살폈다. 경찰관 한 명이 그 안에서 사람이 얼마나 버틸 수 있을지 물었다. 두 무리 사이에 있는 고기용 장막 틈새로 스티븐은 매니저가 부하직원을 흘낏 쳐다보는 모습을 보왔다. 젊은 남직원은 헛기침을 하더니 눈치 있게, 계속 움직이기만 한다면 걱정할 것 없다고 말했다. 그의 입에서 수증기가 피어났다. 스티븐은 케이트가 이곳에서 발견된다면 이미 죽은 상태일 것임을 알았다. 하지만 두 무리가 반대편 끝에서 만났을 때 그가 느낀 안심은 관념적인 것이었다. 그는 이미 그 상황에서 멀찍이 떨어져 나와 정력적으로 사리를 따지고 있었다. 아이가 결국 발견될 거라면, 자신은 오로지 수색에만 전념할 각오가 되어 있으므로 일행이 아이를 찾게 될 것이다. 아이가 결국 발견되지 않을 거라면, 그 상황은 분별 있고 이성적인 방식으로 때맞춰 대처해야 할 것이다. 하지만 지금은 아니다.

그들은 열대지방의 온기를 연상시키는 곳으로 나와 매니저의 사무실로 갔다. 경찰관들이 메모장을 꺼냈고 사연을 얘기하는 스티븐의 말투나 세부 묘사 모두 정력적이었다. 그는 표현의 간결함과 관련 사실들의 적확한 나열에 만족감을 느낄 정도로 자신만의 감정에서 비켜나 있었다. 그는 스스로를 관찰하며, 긴장 속에서도 감탄스러운 자제심을 발휘하는 한 남자를 보았다. 꼼꼼한 옷차림 설명과 정확한 이목구비 묘사를 통해 케이트를 잊을 수 있었다. 또한, 경찰관들의 관례적 심문의 집요함, 광택을 낸 권총집의 기름과 가죽 냄새에도

감탄했다. 그들과 스티븐은 이루 말할 수 없는 난관에 맞서
연대한 남자들이었다. 경찰관 한 명이 스티븐이 묘사한 케이
트의 인상착의를 무전기에 대고 전달했고, 이윽고 인근의 순
찰차에서 찌그러진 음성의 답신이 들려왔다. 모든 것이 고무
적이었다. 들뜬 자신감이 차오르고 있었다. 매니저의 비서가
그에게 걱정스럽게 하는 말들이 엉뚱하게 느껴졌다. 그녀는
그의 아래팔에 손을 얹고 자신이 가져온 차를 마시라고 재촉
했다. 매니저는 사무실 밖에 서서 부하직원에게 슈퍼마켓이
유괴범들의 인기 구역이 되고 있다고 투덜거렸다. 비서가 급
히 문을 발로 밀어 닫았다. 갑작스러운 움직임 때문에 비서
의 수수한 옷자락에서 향수 냄새가 풍겨 나오자 스티븐은 줄
리가 생각났다. 그는 전두부(前頭部) 안에서 피어오르는 암
흑과 만났다. 의자 한쪽을 붙잡고 기다리며 머릿속을 비워낸
그는 통제력을 회복했다고 느껴지자 일어섰다. 심문은 끝났
다. 경찰관들도 메모장을 덮고 일어나고 있었다. 비서가 집까
지 데려다주겠다고 했지만, 스티븐은 거세게 머리를 저었다.

　그러고 나서 시간의 흐름도 연결되는 사건도 없었던 것 같
은데, 그는 문득 슈퍼마켓 밖 건널목 앞에서 행인 대여섯 명
과 함께 신호를 기다리고 있었다. 손에는 물건이 가득 든 쇼
핑백 하나가 들려 있었다. 돈을 내지 않았다는 사실이 기억

났다. 연어와 알루미늄 포일은 공짜 선물, 보상이었다. 차들이 마지못해 속도를 줄이다가 멈췄다. 그는 다른 쇼핑객들과 함께 도로를 건너며, 세상이 정상적으로 돌아가고 있다는 사실이 주는 모욕을 받아들이려 애썼다. 상황이 얼마나 가혹하게 단순한지 깨달았다—딸과 함께 쇼핑하러 갔고 아이를 잃어버렸고 이제 아내에게 말하기 위해 집으로 혼자 돌아가고 있다는 것. 바이커들은 아직도 거기 있었고, 더 멀리 코카콜라 캔과 빨대도 그대로였다. 개마저도 똑같은 나무 아래에 있었다. 그는 계단을 올라가다가 부서진 발판 옆에 멈춰 섰다. 머릿속에서 요란하게 부서지는 음악이 들렸다. 이명 같은 대규모 오케스트라의 불협화음이 난간을 붙잡고 서 있는 동안 희미해졌다가 발걸음을 옮기는 순간 다시 커졌다.

그는 현관문을 열고 귀를 기울였다. 아파트 안의 공기와 빛이 줄리가 아직도 잠들어 있음을 알렸다. 그는 코트를 벗었다. 옷을 걸려고 들어 올리자 위가 수축하면서 아침에 마신 커피가 번개처럼—그는 그것이 검은 번개라고 생각했다—입으로 치올랐다. 두 손을 모아 침을 뱉고 손을 씻으러 부엌으로 갔다. 케이트가 벗어놓은 파자마 위를 넘어가야 했다. 그것은 상대적으로 쉬운 일 같았다. 그는 무엇을 하거나 말할지 전혀 생각하지 않고 침실로 들어갔다. 침대 가장자리에 앉았다. 줄리는 그가 앉은 쪽으로 몸을 돌렸지만, 눈은 뜨지 않았다. 줄리가 그의 손을 찾았다. 그녀의 손이 뜨거웠다, 견딜 수 없을 정도로. 그의 차가운 손에 대해 그녀가 잠이 묻은 목소리로 무슨 말인가를 했다. 그러고는 그 손을 끌어당겨 턱 밑에 넣었다. 여전히 눈은 뜨지 않았다. 줄리는 그의 존재가 주는 안심을 여유롭게 즐겼다.

스티븐은 아내를 내려다보며 어떤 상투어구들—아이에게 열렬한 애착을 느끼는 헌신적인 어머니, 사랑 깊은 부모—이 새로운 의미를 띠며 부풀어 오르는 것을 느꼈다. 시간의 시험을 통과한 유용하고 적절한 어구들이라고 그는 생각했다. 곱슬곱슬한 검은 머리 한 가닥이 그녀의 눈 바로 아래 광대뼈 위에 가지런히 놓여 있었다. 아내는 차분하고 주의 깊은 여자였다, 사랑스럽게 웃었다, 그를 맹렬히 사랑했고 그 사랑을 즐겨 표현했다. 그는 둘 사이의 친밀함을 중심에 두고 삶을 구축했고 그 감정에 의존하게 되었다. 줄리는 바이올린 연주자로, 길드홀*에서 학생들을 가르쳤다. 친구 세명과 현악사중주단 활동도 했다. 연주회 표가 꽤 잘 팔렸고 한번은 전국 신문에 우호적인 평이 짤막하게 실리기도 했다.

---

* 길드홀음악연극학교. 런던에 있는 시립 교육기관.

미래는 밝았다, 아니 밝았었다. 굳은살 박인 그녀의 왼손 손가락이 그의 손목을 쓰다듬었다. 그는 이제 엄청나게 먼 거리, 수백 피트 멀리에서 그녀를 내려다보고 있었다. 침실이 보였고, 에드워드양식의 아파트 건물이, 그 뒤에 증축한 구조물들 위로 타르를 바른 지붕과 더께가 끼고 삐딱하게 기울어진 물탱크가, 얽히고설킨 사우스 런던이, 지구의 흐릿한 곡선이 보였다. 헝클어진 시트 사이에 누운 줄리는 다만 한 점에 지나지 않았다. 그는 더 높이, 더 빨리 솟아 올라갔다. 적어도 이 높은 곳에서는, 공기가 희박하고 아래편의 도시가 기하학적 무늬로밖에 보이지 않는 이곳에서는 감정이 드러나지 않을 것이다, 어느 정도 평정을 유지할 수 있을 것이다.

그때 그녀가 눈을 뜨고 그의 얼굴을 보았다. 몇 초가 지나며 그 얼굴을 읽어낸 그녀가 침대 위에서 허둥지둥 일어나 앉았고, 믿을 수 없는 일을 당했을 때 내는 소리, 거친 들숨과 함께 짧은 비명을 질렀다. 한순간, 설명은 가능하지도 필요하지도 않았다.

*

전반적으로 위원회는 음표 철자에 호의적인 반응을 보이

지 않았다. '가정폭력 철폐 캠페인' 소속의 잭 태클 대령은 그 것이 빌어먹을 헛소리 같다고 말했다. 레이철 머리라고 하는 젊은 여자도 날을 세워 반박했는데, 언어학 전문가의 어휘를 대거 동원하고도 바들거리는 경멸을 감추지 못했다. 이제 테사 스팽키가 환한 미소로 그녀를 거들었다. 아동 도서를 출판하는 그녀는 덩치가 크고 손가락 밑동마다 보조개처럼 움푹 들어간 자국이 있었다. 두 겹의 턱과 상냥한 얼굴은 주근깨투성이고 눈꼬리에는 잔주름이 자글자글했다. 그녀는 사람들을 하나도 빼놓지 않고 부드럽게 응시했고, 불안한 영아들을 상대하듯 느리고 어르는 말투로 발언했다. 세상의 모든 언어 가운데, 고되게 읽고 쓰기를 배우지 않아도 되는 언어는 없다. 배우기에 재미있다면, 그건 아주 좋은 일이다. 하지만 재미는 지엽적인 문제다. 교사와 부모는 언어 습득의 근저에 어려움이 있다는 사실을 받아들여야 한다. 어려움을 이겨내는 것이야말로 아이들에게 자부심과 정신적 단련의 감각을 심어준다. 영어는 불규칙성의 지뢰밭, 규칙을 수적으로 압도하는 예외의 지뢰밭이다. 하지만 그 지뢰밭은 반드시 통과해야 하며, 그 과정이 공부다. 교사들은 인기를 잃을까 봐 지나치게 두려워하고 쓴 약에 단맛을 입히는 것을 지나치게 좋아한다. 그들은 어려움을 인정하고 기리며 학생들도 그렇게 하도록 지도해야 한다. 철자를 배우는 방법은 단 한 가지이며, 그것은 글자를 많이 보는 것, 글로 쓰인 말에 몰입해 배우는 것이다. 그러지 않는다면 어떻게 우리가—그녀는 잘 준비된 목록을 줄줄 쏟아냈다—through, tough, plough, cough, tough 같은 단어의 철자를 외울 수 있겠는가? 스팽키의 모성애 담긴 눈빛이 경청하는 얼굴들을 훑었다. 근면, 그녀가 말했다. 집중, 단련, 그리고 엄청 고된 노력.

중얼중얼 찬성의 말이 흘러나왔다. 음표 철자를 제안했던 학자가 난독증, 공립학교 매각, 주택난 등에 대해 말하기 시작했다. 사람들이 절로 신음을 터트렸다. 온순한 학자는 주장을 이어가며 말했다. 도심 학교에 다니는 열한 살 가운데 3분의 2가 문맹이다. 그러자 파멘터가 도마뱀처럼 민첩하게 개입했다. 특수 집단의 요구는 위원회의 권한을 넘어서는 주제다. 그의 옆에서 캐넘이 고개를 끄덕이고 있었다. 병리가 아니라 수단과 목적이 위원회의 관심사다. 토론은 산만해졌다. 무슨 이유에선지 투표가 제안되었다.

스티븐은 쓸모없다는 것을 잘 아는 음표 철자에 찬성표를 던졌다. 어떻게 되든 아무런 상관이 없었다. 그때 그는 대형 고층아파트 두 동 사이에 넓게 깔린 갈라지고 구멍이 파인 아스팔트 길을 건너고 있었기 때문이다. 손에는 사진들, 이름과 주소가 알파벳 순으로 깔끔하게 인쇄된 목록이 담긴 서류철을 들고 있었다. 사진—휴가지에서 찍은 스냅사진들을 확대한 것—은 주의를 기울이는 사람이면 아무에게나 보여주었다. 목록은 지난 6개월 동안 자식을 잃은 부모의 명단으로, 도서관에서 날짜 지난 신문을 참고해 작성한 것이었다. 그의 이론은, 그밖에 다른 이론도 많았지만, 누군가 잃어버린 자식을 대신할 목적으로 케이트를 훔쳐 갔다는 것이었다. 그는 집마다 찾아가 문을 두드리고 어머니들에게 말을 건넸는데, 그들은 처음에는 어리둥절했다가 이내 적대적으로 변했다. 아이 돌보미들의 집도 찾아갔다. 사진들을 내보이며 상점가를 따라 오가기도 했다. 아이가 없어진 슈퍼마켓 근처와 바로 옆 약국 입구를 배회했다. 수색 폭을 5킬로미터 남짓까지 확대했다. 그는 바삐 움직임으로써 고통을 마비시켰다.

날마다 늦겨울의 새벽이 밝자마자 집을 나서서 모든 곳을 혼자서 다녔다. 일주일이 지나자 경찰은 사건에 흥미를 잃었다. 북부 교외에서 발생한 폭동 때문에 인력 부담이 크다고 말했다. 줄리는 집에 있었다. 대학에서는 특별 휴가를 받았다. 그가 아침에 집을 나설 때 그녀는 싸늘한 벽난로를 향해 놓인 침실 안락의자에 앉아 있었다. 밤에 돌아와 불을 켜고 그녀를 발견하는 곳도 거기였다.

처음에는 극히 암울한 부산함이 있었다. 경찰 간부들과의 면담, 여러 팀의 순경, 추적견, 일부 신문의 관심, 추가 설명, 공황 상태의 비탄. 그동안 스티븐과 줄리는 서로에게 매달리면서, 멍한 상태로 수사적인 질문들을 나누고, 침대에서 뜬눈으로 밤을 새우고, 어느 순간에는 희망찬 이론을 세웠다가 다음 순간에는 절망했다. 하지만 그것은 시간이, 하루하루의 무정한 축적이, 절대적이고 혹독한 진실을 명확히 드러내기 전이었다. 정적이 흘러들더니 깊어졌다. 케이트의 옷과 장난감은 여전히 아파트 안에 널려 있었고 아이의 침대도 정돈하지 않았다. 그러다 어느 날 오후, 어지럽던 물건들이 사라졌다. 스티븐은 딸의 방에서 시트를 벗겨낸 침대와 방문 옆에 놓인 불룩한 비닐 자루 세 개를 보았다. 그는 줄리에게 화가 났고, 여성 특유의 자해 성향, 의도적인 패배주의라고 나름대로 이해했지만 그 행동에 넌더리가 났다. 하지만 그녀에게 대놓고 말할 수는 없었다. 분노의 여지나 감정의 배출구는 없었다. 그들은 대립할 기력도 없이, 수렁에 빠진 사람들처럼 움직였다. 갑자기 그들의 슬픔은 개별적이고 배타적이고 소통할 수 없는 것이 되었다. 두 사람은 다른 길을 걸었다. 그는 목록을 들고 매일 고단한 발품을 팔았고, 그녀는 안락의자에 앉아 혼자만의 깊은 슬픔에 빠졌다. 이제 서로 주고받는 위안은, 어루만짐은, 사랑은 없었다. 이전의 친밀감, 둘이 같은 편이라는 습관적인 전제는 사라졌다. 그들은 각자의 상실감을 붙들고 웅크렸고, 말하지 않은 원망이 쌓이기 시작했다.

거리에서 보낸 하루가 끝나고 집으로 가려고 돌아서는 스티븐에게, 아내가 어둠 속에 앉아 있을 것이고, 그의 귀가를 알아차렸다는 반응조차 없을 것이며, 자신에게는 그 정적을 뚫고 들어갈 선의도 재간도 없음을 상기하는 것만큼 고통스러운 일은 없었다. 그가 품은—그리고 나중에 사실로 확인된—의혹은 아내가 자신의 노력을 남자들의 전형적인 회피 반응으로 보지 않을까, 하는 점이었다. 유능함과 체계성과 육체적 수고를 표면에 드러내면서 그 뒤에 감정을 감추려는 시도로 보지 않을까. 상실감은 그들을 자기 성격의 극단으로 몰아갔다. 그들은 서로에게서 얼마간의 참기 힘든 점을 발견했으며, 슬픔과 충격으로 인해 그것들은 극복할 수 없는 문제가 되었다. 두 사람은 이제 더는 함께 음식을 먹을 수 없었다. 그는 샌드위치 가게에서 선 채로 끼니를 해결했다. 시간을 버리기 아까워서, 자리에 앉아 머릿속 생각을 듣고 싶지 않아서였다. 그가 아는 한, 아내는 아무것도 먹지 않았다. 초반에는 그가 집에 돌아갈 때 빵과 치즈를 사 갔지만, 발걸음이 끊긴 부엌에서 그 음식들은 며칠에 걸쳐 조용히 곰팡이를 피웠다. 함께 식사를 했다면 그것은 줄어든 가족을 인정하고 받아들인다는 의미를 내포했을 것이다.

스티븐은 도저히 줄리에게 눈길을 줄 수 없는 지경에 도달했다. 문제는 아내의 얼굴에서 케이트의 초췌한 흔적이나 자신의 반영이 보이는 것만이 아니었다. 그녀의 무기력, 무너진 의지, 무아지경에 이른 듯한 고통에 넌더리가 났고, 그의 노력이 약해질 것만 같았다. 그는 딸을 찾고 유괴범을 죽여버릴 작정이었다. 적절한 충동에 반응하고 제대로 된 사람들에게 사진을 보여주기만 하면, 케이트에게 인도될 것이다. 낮이 조금만 더 길다면, 아침이면 이불을 머리 위로 뒤집어쓰고 있고 싶은, 날로 커지는 유혹을 물리칠 수 있다면, 조금 더 빨리 움직이고, 집중력을 유지하고, 가끔 한 번씩 뒤돌아보기를 잊지 않고, 샌드위치를 먹으며 낭비하는 시간을 줄이고, 자신의 직관을 신뢰하고, 샛길도 샅샅이 훑고, 조금 더 빨리 걷고, 더 넓은 곳을 뒤지고, 아예 달리고, 또 달린다면⋯⋯.

파멘터가 은제 펜을 재킷 안주머니에 꽂느라 휘청거리며 일어섰다. 캐넘이 열어놓고 기다리는 문 쪽으로 걸어가며, 노인은 미소 한 번으로 전체에게 작별을 고했다. 위원들은 서류를 정리했고, 건물에서 자연스럽게 빠져나가게 해줄 의례적이고 신중한 대화를 시작했다. 스티븐은 투표에서 확실한 패배를 거둔 학자와 함께 무더운 복도를 걸어갔다. 그의 이름은 몰리였다. 예의 교양 있고 조심스러운 태도로, 그는 신빙성이 없는 과거의 철자 체계 때문에 자신의 작업이 얼마나 어려워지는지 설명했다. 스티븐은 조금만 있으면 다시 혼자가 될 것을 알았다. 하지만 그 와중에도 생각에 빠져드는 것은 막을 수가 없었다. 상황이 계속 악화해 급기야는 수색을 마치고 집에 돌아왔을 때 줄리의 안락의자가 빈 것을 보고도 아무런 감정이 들지 않았던 2월 말의 어느 오후를 그는 하릴없이 떠올리고 있었다. 바닥에 놓인 쪽지에 칠턴 구릉지대에 있는 휴양소의 이름과 전화번호가 쓰여 있었다. 다른 말은 없었다. 그는 아파트 안을 배회하며 불을 켰고 방치된 방들을, 곧 철거될 작은 연극무대들을 빤히 바라보았다.

마지막으로 그는 다시 줄리의 의자로 돌아와, 어떤 위험한 행동의 가능성을 따져보듯 등받이에 가볍게 손을 얹고 그 옆에서 잠시 미적거렸다. 마침내 다시 움직인 그는 의자 앞으로 두 발짝 돌아가 그 위에 앉았다. 벽난로의 거무스름한 쇠살대 안을, 다 쓴 성냥이 알루미늄 포일 조각 옆에 묘한 각도로 놓여 있는 곳을 응시했다. 몇 분이 지나갔고, 그 시간 동안 의자의 눌린 부분이 줄리의 몸 윤곽을 버리고 그의 몸에 맞춰지는 것을 느꼈다. 다른 모든 시간처럼 텅 빈 몇 분이었다.

그러다 그는 털썩 기댔다, 몇 주 만에 처음으로 가만히 있었다. 그 뒤로 몇 시간을 그대로 앉아, 잠깐 졸기도 했지만 깨어 있을 때는 몸을 뒤척이거나 쇠 살대에서 눈길을 돌리지 않고, 밤새도록 그대로 앉아 있었다. 그동안 정적 속에서 무언가가 그의 주위로 모이는 느낌이 들었다. 그것은 서서히 밀려든 깨달음, 극적으로 부서지거나 폭발하지는 않으면서 밀물의 매끈한 흐름을 타고 솟아오르는 깨달음이었다. 깊은 밤, 그 밀물이 그를 부려놓은 곳은 처음으로 자신이 잃은 것이 무엇인지 진정으로 이해하는 순간이었다. 그전까지 모든 것은 환상이자, 일상적이고 열광적인 슬픔의 흉내였다. 스티븐은 새벽이 오기 직전에 울기 시작했고, 박명 속의 그 순간을 기점으로 자신의 애도 기간을 세게 된다.

2

시계와 싸울 수는 없다는 사실, 학교에 갈 시간, 아빠가 출근할 시간, 엄마가 할 일을 해야 할 시간이 되면 그 변화는 조류와 마찬가지로 반박의 여지가 없다는 사실을 아이가 명확히 인지하게 해야 한다.

영국 정부 출판국 발행 《공인 아동 보육 안내서》

스티븐 루이스가 많은 돈을 벌게 되고 학교 다니는 아이들 사이에서 유명한 사람이 된 것은 업무상 실수의 결과로, 고트 출판사 내부 우편 담당자가 한순간 부주의하여 타자 원고 한 묶음을 다른 책상에 올려놓아 그렇게 된 것이다. 스티븐이 이 실수를—이제는 여러 해가 지난 일이다—더는 언급하지 않는 까닭은 지금까지 고트와 외국의 많은 출판사에서 흘러들어오는 인세 때문이기도 하고, 나이 듦을 처음으로 자각하고 운명을 받아들였기 때문이기도 하다. 20대 중반에는 다른 일을 할 가능성이 아직은 많았으므로 자신이 아동문학 작가로 성공했다는 사실이 엉뚱하고 우습게 느껴졌다. 근래에는 다른 무엇이 되어 있는 자신을 상상할 수가 없었다.

다른 무엇일 수 있단 말인가? 미적, 정치적 실험가이거나 환상을 꿈꾸는 약쟁이였던 학창 시절의 오랜 친구들은 모두 훨씬 덜한 조건에 안주했다. 예전에 진정한 자유인이었던 몇몇은 외국인에게 영어를 가르치는 삶을 받아들였다. 일부는 지방의 중등학교에서 의욕 없는 청소년들에게 학력 보충을 위한 영어나 "삶의 기술"을 가르치느라 진을 빼며 중년을 맞이하고 있었다. 이들은 그나마 직업을 구한 운 좋은 친구들이었다. 다른 이들은 병원 바닥을 청소하거나 택시를 몰았다. 한 명은 걸인 인증 배지를 받을 자격을 갖췄다. 스티븐은 거리에서 그 여자를 만나게 될까 봐 두려웠다. 미래가 촉망되던 이 사람들에게 영문학은 성장의 밑거름과 귀에 꽂히는 구호들의 원천이었다—에너지는 영원한 기쁨이다, 족쇄를 저주하라, 휴식을 찬양하라.* 영문학 공부를 통해 신나는 삶에 들어선 이들은 60년대 말과 70년대 초 도서관에서 뛰쳐나와 내면을 탐사하는 여행이나 울긋불긋 색칠한 버스를 타고 동쪽으로 가는 여행에 매진했다. 세상이 더 좁아지고 더 진지해졌을 때 그들은 고향으로 돌아와 이제는 우중충하고 왜소한 직업이 된 교사가 되어 교육계에 봉사했다. 학교는 개인 투자자들에게 매물로 나왔고, 의무교육 연령도 곧 낮춰질 참이었다.

국민의 교육 수준이 높아지면 여러 문제가 좀 더 잘 해결되리라는 생각은 조용히 자취를 감췄다. 갈수록 더 많은 사람들이 개선된 삶을 누리게 된다는 일반적인 원칙, 그리고 잠재력을 실현하고 가능성을 확대하는 드라마를 연출할 책임은 정부에게 있다는 보편적 전제가 무너지면서 나타난 현상이었다. 계몽자들의 배역은 한때 방대했고 스티븐과 친구들 같은 유형에게는 항상 일자리가 있었다. 교사, 박물관 학예사, 무언극 배우, 일반 배우, 떠돌이 이야기꾼—모두 국가의 지원을 받는 거대한 무리. 이제 정부의 책임은 더 단순하고 순수한 조건으로 재정의되었다. 질서를 유지하고 적으로부터 국가를 지키는 것. 한동안 스티븐은 공립학교에서 학생을 가르치겠다는 막연한 포부를 버리지 않았다. 그는 칠판

---

* 윌리엄 블레이크의 시 〈지옥의 잠언〉의 일부.

앞에 서 있는 키 크고 우락부락한 자신을 그려보았다. 그의 앞에는 가끔 난데없이 빈정대는 경향이 있는 선생에게 주눅이 들어 조용하고 공손하게 앉은 학생들이 그의 말을 한마디도 놓치지 않으려고 고개를 쭉 빼고 있었다. 자신이 얼마나 운이 좋았는지 이제 그는 알았다. 그렇게 계속 아동문학 작가로 살았고 그게 애초에 실수에서 비롯된 일이라는 사실은 반쯤 잊고 지냈다.

유니버시티 칼리지를 졸업한 후 스티븐은 1년 동안 터키, 아프가니스탄, 북서국경지방*을 해시시에 취해 몽롱하게 여행하다 아메바성 이질에 걸려 런던으로 돌아왔다. 그는 자신과 동세대인들이 그토록 열심히 무너뜨리려 했던 노동관이 아직도 자기 안에 굳건히 살아 있음을 깨달았다. 그는 질서와 목적의식을 간절히 원했다. 싸구려 단칸 셋방에 거처를 정한 스티븐은 뉴스 편집 사무소**에서 기사 정리하는 일을 구한 뒤 소설 집필을 시작했다. 매일 저녁 그는 네다섯 시간 동안 글을 쓰며 그 일의 낭만과 고결함에 기쁨을 느꼈다. 밥벌이가 아무리 지겨워도 전혀 흔들리지 않았다. 그에게는 매

* 영국령 인도에 속했다가 파키스탄령이 된 카이베르파크툰크와를 이르는 말.
** 매체가 지금처럼 발달하지 않았던 과거에 고객이 원하는 주제에 따라 여러 신문의 기사들을 편집해 제공하던 곳.

일 천 단어씩 자라나는 비밀이 있었다. 그리고 그 모든 흔한 환상도 있었다. 그는 토마스 만이었다, 제임스 조이스였다, 어쩌면 윌리엄 셰익스피어였다. 그는 일하는 흥을 돋우기 위해 촛불 두 개를 켜고 작업했다.

그는 《해시시》라는 제목의 소설에서 그간의 여행 이야기를 다루며, 히피들이 침낭 속에서 자다 칼에 찔려 죽거나 곱게 자란 아가씨가 터키에서 종신형을 선고받는 사연이나 신비주의적 허세, 약에 취한 강렬한 섹스, 아메바성 이질 등에 관해 쓸 생각이었다. 무엇보다 주인공의 배경을 묘사해야 했고, 그런 여행을 위해 그가 물리적으로나 도덕적으로 얼마나 멀리 떠나야 했는지 보여주기 위해서는 무엇보다 주인공의 배경, 유년기의 어느 시기를 묘사할 필요가 있었다. 하지만 첫번째 장이 좀처럼 끝나지 않고 끈질기게 이어졌다. 그 장은 제 나름의 생명을 얻었고, 그런 연유로 스티븐은 열한 살에 사촌 누이 둘과 함께 보낸 여름휴가를 바탕으로 한 소설을 쓰게 되었다. 짧은 머리에 반바지를 입은 소년들과 머리띠를 하고 원피스 자락을 속바지에 끼워 넣은 소녀들이 등장하고, 광란의 섹스 대신 말하지 않은 갈망과 수줍게 맞잡아 깍지 낀 손이, 형광색으로 칠한 폭스바겐 버스 대신 바구니 달린 자전거가 묘사되는, 잘랄라바드가 아니라 레딩 외곽을 배경으로 한 소설이었다. 석 달 만에 원고를 끝냈고 제목은《레모네이드》라고 붙였다.

타자로 친 원고를 일주일 동안 들췄다가 정돈하기를 반복하며, 길이가 너무 짧지 않나 걱정했다. 그러다 어느 월요일 아침에 병가를 내고 원고를 복사해 저명 문학 출판사 고트의 블룸즈버리 사무실까지 직접 찾아가 전달했다. 으레 그렇듯이 아주 오래도록 아무 소식이 없었다. 마침내 편지가 왔을 때, 발신인은 추락하는 고트의 명성을 살려낸 젊은 선임 편집인으로 일요 신문들이 소개한 찰스 다크가 아니라 미스 어맨다 린이라는 사람이었다. 그녀는 자기 성을 프랑스어 rien처럼 발음하지 않고 'mean(못돼먹은)'과 각운을 맞춰 발음해야 한다고 말하며 낄낄거리고는 그를 자기 사무실로 안내했다.

스티븐은 미스 린의 책상에 정강이를 딱 붙이고 앉았다. 예전에 청소용품 창고였다는 좁은 사무실에는 창문이 없었다. 벽에는 고트의 이름을 드높여준 20세기 초 거장들의 흑백사진 대신에 초상화 한 점이 걸려 있었는데, 에벌린 워*는 분명 아닌 그림 속 모델은 스리피스 양복 차림에 지팡이를 짚고

---

* 20세기 영국의 저명한 소설가.

시골 주택의 난간 옆에 서 있는 개구리였다. 그 외에 겨우 수십 센티미터 너비의 벽에 압정으로 고정한 그림들 속에는 시동이 걸리도록 소방차를 밀고 있는 곰 인형 대여섯 마리, 자기 머리에 총을 대고 있는 비키니 차림의 쥐, 목에 청진기를 두른 채 나무에서 떨어진 듯한 창백한 소년의 맥박을 재는 엄숙한 표정의 까마귀 등이 있었다.

1미터 정도 떨어진 곳에 앉은 미스 린은 손님이 너무나 궁금한 주인 같은 태도로 스티븐을 응시했다. 그는 거북하게 마주 웃으며 시선을 내리깔았다. 이 소설이 정말로 첫 작품인가? 그녀가 물었다. 고트 사람들 모두 굉장히, 엄청나게 흥분하고 있다. 그는 고개를 끄덕이며 뭔가 단단히 잘못되었다고 생각했다. 그는 출판사들에 대해 잘 알지 못했기 때문에 그런 생각을 드러내지 않았고, 무엇보다 멍청해 보이기가 싫었다. 스티븐이 여기에 있는 것을 찰스도 알고 꼭 만나고 싶어 한다고 미스 린이 말했을 때 그는 안심했다. 얼마 후, 문이 딸까닥 열리고 다크가 복도에 선 채로 몸을 들이밀어 스티븐과 악수했다. 그는 서두도 없이 속사포로 말했다. 훌륭한 책이고, 당연히 출간하고 싶다. 당연히 그렇다. 하지만 지금은 서둘러 가야 한다. 뉴욕, 프랑크푸르트와 통화 중이다. 그래도 곧 함께 점심을 먹자. 조만간에. 축하한다. 문이 딸까닥

닫혔고 스티븐이 돌아섰을 때 미스 린은 그의 얼굴에 감탄의 기색이 드러나는지 눈여겨보고 있었다. 그녀는 목소리를 깔고 엄숙하게 말했다. 대단한 남자다. 대단한 남자이자 대단한 출판인이다. 그는 동의하는 수밖에 달리 도리가 없었다.

그는 흥분과 모욕을 느끼며 단칸 셋방으로 돌아왔다. 미래의 조이스, 만, 혹은 셰익스피어로서 그는 말할 것도 없이 유럽 문화의 전통에 속해 있었다. 성인을 위한 유럽 문화의 전통. 물론 처음부터 이해받으려는 열망이 컸던 것은 사실이었다. 그는 간결하고 정확한 문장을 썼다. 잘 읽히는 글을 쓰고 싶긴 했으나, 누구에게나 잘 읽히기를 바란 것은 아니었다. 오래 생각한 끝에 그는 다시 다크를 만날 때까지 가만 있기로 했다. 그동안 그의 마음을 더욱 복잡하게 한 것은 우편으로 도착한 계약서와 2000파운드의 선인세 제안이었다. 2년 연봉에 해당하는 금액이었다. 주변에 알아본 결과 첫 소설로는 이례적으로 큰 금액이라는 사실을 알게 되었다. 소설을 끝내고 나니 뉴스 편집 사무소의 일이 견딜 수 없이 지겨웠다. 하루에 여덟 시간 동안 그는 신문 기사들을 자르고 붙여서 날짜를 적고 서류철에 정리했다. 사무실 사람들은 그런 일에 파묻혀 멍해졌다. 사표를 내고 싶은 마음이 간절했다. 몇 번이나 펜을 꺼내 서명하고 돈을 받겠다고 마음먹었지만,

곰 인형과 쥐와 까마귀 무리가 그를 동급으로 여기며 조롱과 아이러니를 담아 환영하는 모습이 얼핏 보이는 것만 같았다.

마침내 때가 오자 그는 학교를 졸업한 이후 처음으로 그날을 위해 일부러 산 넥타이를 매고 고상하고 조용한 레스토랑에서 다크를 만났다. 그때까지 먹어본 것 중 가장 비싼 밥을 먹으며 마음의 혼란을 털어놓았지만 분명해지는 것은 아무것도 없었다. 다크는 그의 말을 들었고 스티븐의 말 한마디, 한마디에 조급하게 고개를 끄덕였다. 그가 말을 다 마치기도 전에, 다크는 수프 수저를 내려놓고 조그맣고 부드러운 손을 손아래 청년의 손목에 올리더니, 마치 아이에게 하듯이 상냥하게, 성인소설과 아동소설의 구분은 그 자체가 허구라고 말했다. 그것은 완전히 잘못된, 편의에 의한 구분일 뿐이다. 모든 위대한 작가들은 성인의 천재성을 유아기와 합일시키는 어린아이 같은 시각과 단순한 접근법—제아무리 복잡하게 서술되었다 해도—을 취하게 마련이다. 그리고 역으로—스티븐은 잡힌 손을 빼고 있었다—소위 위대한 아동문학은 아이와 어른 모두에게 다가가는, 아이 안에서 조짐을 드러내기 시작한 어른과 어른 안에서 잊힌 채 남아 있는 아이에게 말을 거는, 바로 그런 작품들이다.

다크는 제 말에 취해 있었다. 유명한 레스토랑에서 젊은 작가에게 거창한 논평을 늘어놓는 것은 그의 직업에 딸린 특권의 매력적인 측면이었다. 스티븐은 버터조림 새우를 다 먹고나서 의자에 등을 기대고 그의 말을 들었다. 다크의 연갈색머리는 정수리 뒤편에서 깃털처럼 제멋대로 위로 뻗쳤다. 말하면서 그 머리를 만지고 손바닥으로 납작하게 누르는 것이그의 습관이었다. 손을 놓으면 머리는 다시 솟았다.

세상사에 대해 그토록 자신만만하고 짙은색 양복과 맞춤셔츠를 입었지만, 다크는 스티븐보다 겨우 여섯 살이 많을뿐이었다. 하지만 그것은 결정적인 여섯 해로, 그 시간을 사이에 두고 한편에는 마치 10대처럼 원숙함을 숭배하며 제 나이의 두 배쯤 되어 보이기를 바라는 다크가 있고, 반대편에는 원숙함은 배반, 소심, 권태이고 젊음은 사회적, 생물학적으로 가능한 한 오래 유지해야 하는 신성한 상태라고 믿는스티븐이 있었다. 두 사람이 처음으로 함께 점심을 먹은 당시 다크는 셀마와 결혼한 지 7년째였다. 이턴 광장의 커다란집은 견고하게 자리 잡은 상태였다. 벽에는 해전과 사냥 장면을 그린 유화들이 걸려 있었는데, 당시에도 귀중품에 가까웠다. 손님 침실의 두툼하고 깨끗한 수건과 날마다 와서 네시간씩 일하던 영어를 전혀 못하는 가정부도 있었다. 스티븐과 그의 친구들이 고아와 카불에서 원반을 던지고 해시시를 피우는 동안, 찰스와 셀마는 주차 요원과 전화 자동응답 서비스와 만찬 모임과 양장본들이 있는 삶을 꾸렸다. 그들은 성인이었다. 스티븐은 단칸 셋방에서 살며 가진 물건 모두를 여행 가방 두 개에 담을 수 있었다. 그의 소설은 아이들에게 적합했다.

그리고 이턴 광장의 집보다 더한 것들도 있었다. 다크는 이미 레코드 회사를 소유했다가 팔기도 했다. 그가 케임브리지를 졸업할 무렵, 상업적으로 기민한 이들을 제외한 모두가 대중음악은 젊은이의 전유물이라고 확신했다. 기민한 이들은 잉글랜드의 중산층, 대공황을 겪고 세계대전에서 싸운 부모 세대를 기억했다. 그런 악몽들을 겪은 그들은 음악에서 감미로움, 따스함, 그리고 때로는 구슬픈 동경을 원했다. 다크는 '이지' 리스닝, 인기 명곡, 오래도록 사랑받는 선율을 대형 현악 오케스트라로 편곡한 음악 등을 전문으로 했다.

열두 살 연상의 아내를 선택한 일에서도 그는 유행을 거스른 성공을 거두었다. 버크벡 칼리지의 물리학 강사인 셀마는 최근에 발표한 논문으로 높이 평가받았는데, 그 주제는—가십 칼럼니스트가 파악할 수 있는 한계 내에서 보자면—시간의 본질이었다. 그녀는 키치음악 사업을 하는 백만장자이자 어떤 이들이 잔인하게 그녀의 아들뻘이라고 비꼴 만큼 젊은 남자의 빤한 아내 유형은 아니었다. 셸마는 남편에게 문학 책을 회원제로 단체 공급하는 사업을 시작해보라고 권했고, 이 사업의 성공으로 그는 침체한 고트 출판사를 맡게 되었다. 회사는 2년 안에 사반세기 만에 처음으로 수익을 냈다. 그가 스티븐과 점심을 함께한 것은 고트 출판사에서 4년째 되던 해였지만, 두 남자가 절친한 사이가 된 것은 그로부터 5년 뒤, 다크가 독립 출판사의 사장이 되고 스티븐 자신도 어느 정도 성공을 거두었을 때였다. 그리하여 스티븐은—젊음에 관한 주장은 철회하고—이턴 광장의 고정 방문객이 되었다.

새로운 요리가 나오고 다른 와인을 건성으로 시음할 때도, 다크의 다급하고 상냥하며 자아도취에 빠진 연설은 한순간도 멈추지 않았다. 왠지 절박하게 느껴지는 장담을 늘어놓으며 빠른 속도로 말하는 그의 모습은 회의적인 주주들 앞에서 연설하는 사람 같기도 하고 침묵이 흐르면 자기만의 생각으로 되돌아가야 할까 봐 겁내는 사람 같기도 했다. 오랜 시간이 지나서야 스티븐은 그것이 얼마나 마음 깊은 곳에서 우러난 말이었는지 이해했다. 그러나 당시에는 요령과 직감이 좋은 출판업자가 자기 작가를 친근하게 이름으로 불러가며 뭔가를 강매하고 있는 것처럼 느껴질 뿐이었다.

"스티븐, 들어봐요. 스티븐, 한여름에 열 살 아이에게 크리스마스 얘기를 해봐요. 10대 아이들에게 은퇴 후 계획이나 연금 얘기를 해도 되겠네. 아이들에게 유년기는 영원해요. 항상 현재죠. 모든 것이 현재형이야. 물론 아이들에게도 추억은 있어요. 아이들에게도 시간이 조금은 변하면서 결국 크리스마스도 오긴 합니다. 하지만 그것을 느끼지는 않는단 말이죠. 아이들이 느끼는 것은 오늘이고, 그들이 '나중에 어른이 되면……' 하고 말할 때는 항상 어쩐지 못 믿겠다는 듯한 느낌을 풍겨요—아이들이 지금의 자신이 아닌 다른 무엇이 될 수 있겠어요? 지금 작가님은 《레모네이드》가 아이들을 위해 쓴 소설이 아니라고 하는데, 난 그 말 믿어요, 스티븐. 모든 훌륭한 작가들이 그렇듯이 자기 자신을 위해 썼겠죠. 그리고 내 요점은 이겁니다. 이 책에서 작가님은 열 살 적의 자신에게 말을 걸었다는 것.《레모네이드》는 아이들을 위한 책이 아니라 한 아이를 위한 책이고, 그 아이는 바로 본인이죠. 이 책은 작가가 영원히 존재하는 과거의 자신에게 보내는 메시지예요. 그리고 그 메시지는 씁쓸해요. 이 책을 읽기가 그리도 힘든 건 바로 그래서입니다. 맨디 린의 딸이 이 책을 읽고 울었어요. 스티븐, 그건 씁쓸한 눈물이지만 유용한 눈물이기도 해요. 다른 아이들도 반응이 같았어요. 작가님은 아이들에게 직접 말을 건넨 겁니다. 본인이 원했든 아니든, 아이와 어른을 가르는 심연을 건너 아이들과 소통했고, 아이들에게 자신이 필멸의 존재라는 사실을 처음으로 어렴풋이 자각할 기회를 준 거라고요. 작가님 소설을 읽으면서 그들은 아이로 사는 시기가 유한하다는 것을 얼핏 깨닫게 돼요. 그냥 다른 사람의 말을 듣는 게 아니라 진짜로 이해하는 거죠. 계속되지 않는다는, 계속될 수 없다는 사실, 머지않아 자기들도 끝난다는, 죽는다는, 유년기가 영원하지 않다는 사실을. 이 소설은 아이들에게 어른들에 관한, 아이이기를 멈춘 사람들에 관한 충격적이고 슬픈 무언가를 전달합니다. 바싹 말라붙고 무력한 무언가를, 권태를, 그러려니 하고 받아들이는 일들을. 아이들은 책을 읽고 그런 것들이 크리스마스처럼 확실히 다가오고 있음을 이해해요. 슬프지만 진실한 메시지죠. 이 책은 어른의 눈을 통해 쓴, 아동을 위한 소설입니다."

찰스 다크는 몇 분 전에 그토록 건성으로 시음했던 와인을 쭉 들이켰다. 그는 고개를 살짝 기울이고 자기가 한 말의 의미를 되새겼다. 그러더니 잔을 들어 비우고는 다시 말했다. "슬픈, 하지만 아주, 아주 진실한 메시지." 스티븐은 출판사 대표가 목이 메는 듯한 소리를 내자 급히 고개를 들었다.

소설의 소재가 된 그 2주를 제외하면 스티븐의 유년기는 외국에서 지냈다는 것뿐이지 기분 좋게 따분했다. 지금 어떤 메시지를 과거로 보낸다면 그것은 차라리 무뚝뚝한 격려일 것이다―사정이 더 나아질 거야, 아주 천천히. 하지만 어른들에게 보내는 메시지도 있을까?

스위트브레드*가 다크의 입을 꽉 채우고 있었다. 그는 포크로 허공에 작은 원을 그려가며 필사적으로 말을 하려 했다. 마침내 마늘 냄새 풍기는 숨을 훅 내쉬고서야 말이 나왔는데, 그로 인해 잠시 스티븐이 먹던 연어의 풍미가 바뀌었다. "물론이죠. 하지만 사람들의 인생을 바꾸지는 못할 거예요. 3000부 정도 팔릴 거고 작가님은 꽤 괜찮은 평을 받겠죠. 하지만 아이들 책으로 낸다면……." 다크는 등을 뒤로 털썩 기대고 술잔을 들었다.

스티븐은 고개를 저으며 가만히 말했다. "그건 용납할 수 없어요. 절대로 용납할 수 없어요."

터너 맬버트가 우아하고 투명한 수채화로 삽화를 그렸다. 책이 출간된 주에 유명한 아동 심리학자가 텔레비전에 나와 열변을 토하며 책을 공격했다. 아이들이 감당할 수 있으리라고 기대해서는 안 되는 이야기다. 아이들의 잠재된 정서 불

---

* 송아지나 어린 양의 췌장으로 만드는 요리.

안을 촉발할 것이다. 다른 전문가들은 책을 방어했고, 일부 사서들이 장서를 거부하면서 책의 유통은 오히려 증가했다. 한두 달 동안 이 책은 만찬 모임의 화제가 되었다.《레모네이드》는 양장본으로 25만 부가 팔렸고, 결국 전 세계적으로 수백만 부가 팔려나갔다. 스티븐은 직장을 그만두었고 빠른 차와 넓고 천장이 높은 사우스 런던의 아파트를 샀으며, 그 과정에서 발생한 세금 부담에 떠밀려 2년 후에는 두 번째 소설을, 역시 아동용 책으로, 내지 않을 수 없게 되었다.

*

　시간이 흘러 돌아볼 때, 스티븐은 위원회 활동을 했던 한해 동안 생긴 사건들이 단 하나의 결과를 향해 배열된 것 같다고 생각하게 된다. 하지만 당시에 그것은 의미나 목적이 고갈된 공허한 시간일 뿐이었다. 애초의 침잠 성향은 극적으로 강해졌다. 예를 들자면, 올림픽경기 둘째 날에 갑자기 세계 멸망 위기가 닥쳤고 열두 시간에 걸쳐 사태가 걷잡을 수 없이 심각해졌는데, 찜통더위에 속옷만 입고 소파에 늘어져 있던 스티븐은 상황이 어떻게 되든 전혀 상관하지 않았다.
　러시아와 미국의 단거리 육상선수 두 명, 휘핏* 같은 생김새에 파르르 떠는 두 남자가 출발대에서 실랑이하다 기분이 상했다. 미국 선수가 먼저 움켜쥔 주먹을 휘둘렀고, 상대가 반격하며 미국 선수의 눈에 심각한 상처를 입혔다. 폭력, 그리고 폭력에 관한 생각이 바깥으로 퍼져나가다 곧이어 복잡한 명령 체계를 따라 위로 올라갔다. 처음에는 동료 선수들이, 그다음에는 코치들이 중재하려고 나섰다가 이성을 잃고 싸움에 말려들었다. 관중석에 있던 얼마 되지 않는 러시아와 미국 관중이 서로를 노렸다. 깨진 유리병이 등장하는 험악한 광경이 벌어졌고 몇 분 후에는 미국 청년─불행히도 휴가 나온 군인─이 피를 흘리며 죽었다. 육상 트랙에서는 양편을 대표하는 고위 관료 두 명이 서로의 재킷을 잡아당겼고 한쪽 사람의 옷깃이 심하게 찢어졌다. 출발 신호용 피스톨이 러시아 여성의 얼굴에 발사되면서 두 번째 눈 손상이 발생했다. 눈에는 눈이었다. 기자석에서도 몸싸움과 고함이 난무했다.

30분 안에 양 팀이 모두 기권했고 경쟁적으로 기자회견을 열어 배설물과 관련된 지저분한 욕을 주고받았다. 곧이어 군인을 죽인 사람이 체포되면서, 그의 KGB 연루설과 군사적

---

* 그레이하운드와 비슷한 경주용 개의 한 종류.

행동 동기에 관한 주장들이 나왔다. 양국 대사관 사이에 험악한 어휘를 사용한 문서가 오갔다. 역시 체격이 단거리 육상선수 같은 미국 대통령은 취임한 지 얼마 되지 않았고, 반대자들의 빈번한 주장과는 달리 자신이 외교정책에서 약골이 아님을 증명하려고 안달을 냈다. 미국 대통령이 아직 심사숙고하고 있을 때 러시아가 동서독 국경의 헬름스테트 검문소*를 폐쇄하여 세계를 충격으로 몰아넣었다.

미국에서는 이런 행위가 유약한 대통령의 발뺌 탓이라는 비난이 있었다. 그러자 그는 자국의 핵무력을 최고 준비 태세로 올려 비판자들을 침묵하게 했다. 러시아도 마찬가지로 대응했다. 핵잠수함들이 할당된 발사 지점으로 조용히 이동했으며, 미사일 격납고들이 열리면서 옥스퍼드셔 시골의 뜨거운 관목 숲과 카르파티아산맥**의 자작나무 숲에서 미사일들이 불쑥불쑥 솟아올랐다. 신문 지면과 텔레비전 화면에 전쟁 억지력 분야의 교수들이 나와 미사일이 땅에서 그대로 파괴되기 전에 어서 공중에 올려야 한다고 설파했다. 몇 시간 만에 영국의 슈퍼마켓에서는 설탕, 차, 구운 콩 통조림, 두루

---

* 헬름스테트-마리엔보른 검문소는 제2차 세계대전 이후 영국과 소련 점령지 경계에 세워졌다.
** 슬로바키아, 폴란드, 우크라이나, 루마니아 등지로 뻗은 산맥.

마리 화장지가 동났다. 반나절 동안 계속된 대립은 비동맹국들의 주도와 감독하에 양측이 동시에 핵무력 태세를 낮추면서 해소되었다. 결국 지구상에서 삶은 계속될 예정이었고, 올림픽 정신의 요란한 홍보와 함께 100미터 예선전이 다시 시작되었으며, 중립국 스웨덴이 1등으로 들어오자 전 지구가 안도했다.

여름날이 기묘할 정도로 멋져서 그랬는지, 아니면 아침 느지막이 시작해서 종일 마신 스카치 때문에 실제로는 안 그런 줄 뻔히 알면서도 기분이 나아진 느낌이 들어서 그랬는지, 사실 스티븐은 삶이 계속되든 말든 개의치 않았다. 그것은 두 외국 팀이 치르는 축구 결승전 같았다. 경기의 드라마가 펼쳐지는 동안에는 관심이 가지만 그 결과에 아무런 지분이 없으므로 그로서는 어떻게 되든 상관없었다. 그는 축 늘어져서 생각했다. 우주는 거대하고 지적 생명체는 듬성듬성 퍼져 있겠지만 그런 생명체가 있는 행성의 수는 아마도 무수할 것이다. 물질과 에너지의 교환성을 우연히 발견하는 이들 가운데 상당수가 자신을 산산조각으로 날려버리게 될 테고 필시 그들은 살아남을 자격이 없는 이들일 것이다. 그는 팬티 속을 긁적거리며 나른하게 생각했다. 그 딜레마는 인간의 것이 아니라 물질 자체의 구조에서 비롯된 문제로서 어떻게든 손

쓸 도리가 없다.

마찬가지로 그는 좀 더 개인적인, 꽤 기이하거나 강렬했던 다른 경험에서도 사건이 전개되는 동안에는 정신을 쏟았지만 자신이 아닌 다른 사람의 일인 것처럼 조금 떨어져서 바라보았다. 지나간 뒤에는 거의 떠올리지도 않았고 각 사건을 서로 연결 지어 생각한 적도 없었다. 그런 일들은 실생활의 배경에 불과했으며, 그에게 실생활이란 누운 자세로 꾸준히 술을 마시고, 친구들이나 글쓰기를 피하고, 사람들과 대화하게 될 때마다 집중하지 못하고, 인쇄된 글을 스무 줄도 채 못 읽고 딴생각에 빠져 공상을 하거나 옛일을 생각하는 것이었다.

다크가 사임했을 때—공식 발표는 파멘터의 위원회가 출범하고 이틀 후에 나왔다—스티븐은 전화로 셀마의 부탁을 받고 이턴 광장으로 갔다. 그가 관여한 이유는 오랜 친구로서 당연히 걱정스러워서도 아니고 찰스와 셀마에게 빚진 호의가 있어서도 아니었다. 그가 내린 결정은 없었다, 아니, 없는 것 같았다. 그저 그의 두 친구에게 목격자가 필요했을 뿐이었다. 사연을 들어줄 사람, 그런 뒤에 바깥세상에서 자신들을 대리해줄 사람이 필요했던 것이다. 그는 선택을 받았지만, 나중에는 자신이 정말로 수동적이기만 했는지 의문을 품게 된다. 어쨌든 다크 부부에게는 친구가 많았으나 찰스가 앞으로 이행하게 될 일에 적절한 참관인은 아마도 스티븐뿐이었을 것이다.

*

셀마의 전화를 받고 두 시간 후에 스티븐은 스톡웰을 출발해 첼시 다리를 건너 이턴 광장으로 걸어갔다. 따뜻한 초저녁 공기가 목 안에서 부드럽게 느껴졌고, 주점 밖 보도에는 맥주를 마시는 사람들, 그을린 피부에 수다스럽고 아무 걱정 없어 보이는 사람들로 가득했다. 계속된 불볕더위에 국민성이 바뀌었다. 다리를 반쯤 건넜을 때 그는 걸음을 멈추고 석간신문을 읽었다. 사임 소식은 1면에 실렸지만 머리기사는 아니었다. 1면 하단의 박스기사가 건강 이상을 언급했고 뒷소문을 전하는 겸연쩍은 투로 일종의 신경쇠약 증세를 암시했다. 총리는 미리 언질을 받지 못한 점에 "약간 언짢아"했다고 전했다. 명사 동향 칼럼도 짧은 한 단락을 할애해 보도했다. 고위 공직을 기대하기에 다크는 너무 비정치적이고 지나치게 느긋한 태도를 보인다. 총리는 그의 예전 출판계 경력을 불신한다. 그의 사임에 영향받는 이들은 그와 절친한

64

벗들뿐일 것이다. 그것이 기사의 결론이었다. 스티븐은 더운 날씨에도 긴 코트를 입은 두 걸인 남자가 성큼성큼 다가오는 것을 깨닫고 신문을 접은 후 계속 다리를 건너갔다.

몇 년 전 어느 저녁에 그리스 레스토랑에서 다크가 어떤 화제를 응접실 게임처럼 제시한 적이 있었다. 그는 제한적인 성공을 거둔 텔레비전 회사 경영에서 손을 떼고 정계로 나가는 방안을 숙고하고 있었다. 하지만 어느 당에 들어갈 것인가? 의기양양한 다크가 줄리 옆에 앉아 와인을 따르고, 웨이터의 추천에 휘둘리지 않는 태도를 과시하며 모인 사람 모두의 주문을 대신했다. 대화는 농담조였고 냉소를 가장했지만, 진실도 담겨 있었다. 다크에게는 정치적 신념은 없고 경영 기술과 대단한 야망만 있다. 어느 당에 들어가도 상관없다. 뉴욕에서 온 줄리의 친구는 그 문제를 진지하게 받아들여, 강조점이 경험의 집단성이냐 고유성이냐에 따라 선택이 갈린다고 주장했다. 다크는 양손을 펼치며 자기는 두 가지 모두를 찬성하는 주장을 펼 수 있다고 말했다. 약자의 보호를 지지하는 주장과 강자의 발전을 지지하는 주장. 더 근본적인 질문은—여기에서 그는 말을 멈췄고 다른 사람이 문장을 끝맺었다—공천을 받게 해줄 지인이 있는가? 다크는 다른 사람들보다 훨씬 더 크게 웃었다.

터키시 커피가 나올 즈음, 그가 우파에서 정치를 시작해야 한다는 결론이 나왔다. 논거는 간단했다. 현재 집권당이 우파이며 앞으로도 그럴 것 같다는 점. 사업을 하던 시절부터 다크는 정당 지도부와 연줄이 있는 사람을 많이 알았다. 좌파 정당의 공천은 길고도 험난한 민주적 절차였고, 기존에 당원이었던 적 없는 사람에게는 비합리적일 정도로 불리했다. "아주 간단한 문제예요, 찰스," 레스토랑을 나올 때 줄리가 말했다. "두려워할 거라곤 친구들 모두에게 평생 받을 멸시뿐이에요." 이번에도 다크는 요란하게 웃었다.

처음에 어려움도 있었지만 그는 머지않아 서픽주 시골에서 입후보했고, 돼지에 관한 생각 없는 발언으로 선임자의 과반 지지율을 반토막 냈다. 그는 셀마와 함께 글로스터셔에 있는 주말 별장을 팔고 지역구 외곽에 주말 별장을 샀다. 정치는 다크에게서 레코드 산업과 출판 혹은 텔레비전 경영이 거의 건드리지 않았던 무언가를 끌어냈다. 몇 주 안에 그는 직접 텔레비전에 출연했는데, 표면적인 이유는 자기 지역구에서 발생한 부조리 — 전기가 끊겨 저체온증으로 사망한 연금 생활자 — 에 대해 논평하는 것이었다. 다크는 암묵적인 규칙을 깨고 인터뷰하는 사람이 아니라 카메라를 바라보며 말했고, 최근의 성공적인 정부 정책을 간략히 요약해 끼

66

워 넣기까지 했다. 그는 엄청난 능변가였다. 2주 후에는 방송국 스튜디오에 나가 자명한 진실도 거뜬하게 논박했다. 그를 도운 친구들은 강한 인상을 받았다. 중앙당이 그를 주목했다. 정부가 심지어 여당의 평의원*들과도 갈등을 겪고 있던 시기에 다크는 맹렬한 정부 옹호자였다. 빈곤층의 자립과 부유층 장려를 옹호하는 그의 말은 합리적이고 공감적으로 들렸다. 그는 오랜 숙고를 거치고 저녁 모임에서 몇 번 더 응접실 게임을 벌인 뒤에, 보수당 전당대회의 연례 형벌 논쟁**에서 교수형 옹호론에 반대하기로 결정했다. 엄격하지만 배려하는, 엄격"하면서도" 배려하는 입장에 선다는 발상이었다. 그는 라디오의 법질서 관련 공개 토론회에서도 그 주제로 말을 잘했으며—스튜디오 청중에게 세 번이나 엄숙한 박수를 받아냈다—《더 타임스》의 사설에서 그의 발언이 인용되기도 했다.

이후 3년 동안 그는 만찬 모임들에 참석했고, 일거리가 생길 것 같은 분야—교육, 교통, 농업—의 지식을 쌓았다. 그는 바쁘게 살았다. 자선 행사에서 낙하산 점프를 하다가 정

---

* 영국 하원에서 정부 각료나 정당 간부가 아닌 의원.
** 영국에서 사형제 폐지법은 1965년에 발효되었고 일몰 조항에 따라 1969년에 폐지를 확정했으나 그 후 1997년까지 매년 하원에서 사형제 부활 안건을 투표에 부쳤다. 안건은 매번 통과하지 못했으며 1964년을 마지막으로 사형이 집행되지 않았다.

강이뼈에 금이 가기도 했다. 텔레비전 카메라가 와 있었다. 그는 저명한 문학상 심사위원단에 들어가 위원장에 관해 무모한 발언을 했다. 도로변에서 성매매 상대를 구하는 행위를 불법화하는 그의 평의원 의안이 채택되었다. 의안은 회기가 종료돼 법제화에 실패했지만, 그는 타블로이드 언론에서 유명해졌다. 그러는 내내 그는 끊임없이 말을 하며 검지를 허공에 찔러댔고, 자신에게 있는지도 몰랐던 의견을 쏟아냈으며, 대변인과 같은 엄숙하고 고매한 말투—"여러분 모두 같은 의견이시리라 생각하고 말씀드리자면……" "그런 점은 누구도 부인해서는 안 될 것입니다……" "그 점에 대해 우리 정부는 입장을 명확히 밝혀왔습니다……" 등—를 개발했다.

그는 또한 《더 타임스》에 걸인 인증 제도 시행 2년을 되돌아보는 기사를 써서 이턴 광장의 웅장한 응접실에서 스티븐에게 큰 소리로 읽어주기도 했다. "법 시행 이전에 누적된 폐단을 청산하고 공공 구호 부문을 군살 없이 건전하게 유지함으로써, 정부는 경제정책이 앞으로 추구해야 할 이상의 축약형을 제시했다. 사회보장연금 지급액이 수천만 파운드 절감되었고, 이 나라의 재계 일원에게는 오랫동안 익숙했던 자립을 위한 난관과 고단한 만족감을 많은 남성과 여성과 아동도 경험하게 되었다."

스티븐은 머지않아 친구가 정치에 염증을 내고 다른 모험을 시작하리라고 확신했다. 스티븐은 쓴웃음을 띠고 거리를 두는 태도를 유지하며 찰스를 기회주의자라고 놀렸다.

"형은 반대 진영에 합류했어도," 스티븐은 그에게 말했다. "지금과 똑같이 열정적으로 이 도시를 공유화하자고, 방위비를 줄이자고, 사립학교 교육을 폐지하자고 주장하고 있을 거야."

다크는 친구의 순진함에 놀라는 척하며 자기 이마를 탁 때렸다. "이런 멍청이! 나는 이런 정책을 위해 입후보했어. 그래서 유권자 과반이 나를 선출한 거야. 내가 무슨 생각을 하는지는 상관없어. 나는 유권자의 명을 받들어야 해 ─ 더 자유로운 도시, 더 많은 무기, 좋은 사립학교."

"그럼 자신을 위해 하는 일이 아니로군."

"당연히 아니지. 난 봉사하는 거야!" 그러고서 두 남자는 웃음을 터트리며 술을 마셨다.

사실 스티븐은 찰스의 직업 세계에서 펼쳐지는 이야기에 매료되었으나 이를 냉소로 가렸다. 찰스 외에 그가 아는 하원의원은 전혀 없었다. 그런데 이 하원의원은 이미 소박하나마 상당한 인기를 누렸고, 하원의사당 바에서 일어나는 술주정과 폭력, 의정 절차상의 사소한 부조리, 내각 안의 악의적인 뒷소문 등에 관한 내부자의 이야기를 가져왔다. 그래서 찰스가 방송국 스튜디오와 만찬장에서 3년간 고역을 치르고 마침내 차관에 임명되었을 때, 스티븐은 진심으로 가슴이 벅 찼다. 오랜 친구가 고위 공직에 있으니 통치가 사람 냄새 나 는 절차로 탈바꿈했고, 스티븐은 어쩐지 세상 경험이 많아진 느낌이 들었다. 이제 날마다 리무진이—비록 좀 작고 군데 군데 찌그러진 차였지만—이턴 광장에 나타나 차관을 일터 로 데려갔고, 모종의 피로한 권위주의가 그의 태도에 스며들 었다. 이따금 스티븐은 그의 친구가 전혀 힘들이지 않고 내 보였던 견해들에 진심으로 빠져든 건지 궁금할 때가 있었다.

*

문을 열고 스티븐을 맞이한 것은 셀마였다.

"우린 지금 부엌에 있어." 그녀가 그렇게 말하며 홀을 가로 질러 그를 안내했다. 그러더니 마음을 바꾸고 돌아섰다.

스티븐은 손짓으로 텅 빈 벽을 가리켰다. 그림들이 걸려 있 던 자리에 회색의 직사각형 자국들만 남아 있었다.

"맞아, 이사업체가 오늘 오후부터 일을 시작했어." 그녀는 그를 응접실로 이끈 뒤 가만가만 재빨리 말했다. "찰스는 허약한 상태야. 아무것도 묻지 말고, 그이가 위원회 일 떠맡긴 것 때문에 죄책감 느끼게 하지 말아줘."

다크가 정계에서 부상한 이후로, 스티븐은 셀마를 전보다 훨씬 더 많이 만나게 되었다. 모임이 있는 저녁이면 그는 그녀 옆을 지키며 이론물리학을 좀 배워보려고 애썼다. 셀마는 스티븐이 남편보다 자신과 더 친하고 두 사람이 공모자처럼 서로를 특별히 이해하는 듯이 행동하기를 즐겼다. 배신이라기보다는 아첨에 가까웠다. 이 행동은 민망하면서도 거부할 수 없는 매력이 있었다. 이제 스티븐은 고개를 끄덕이며 언제나처럼 기꺼이 그녀의 바람에 따르기로 했다. 찰스는 셀마의 까다로운 아이였고 그녀는 여러 번 스티븐에게 도움을 청했다. 한번은 의회에서 토론이 있기 전날 차관의 음주를 저지해달라고도 했고, 또 언젠가는 만찬 자리에서 그의 신경을 분산시켜 그녀의 동료 물리학자이자 사회주의자인 젊은이를 자꾸 자극하지 않게 해달라고도 했다.

"무슨 일인지 말해봐요." 스티븐이 물었지만, 그녀는 소리울림이 큰 현관홀로 다시 나가고 있었고 심각함을 가장한 목소리로 말했다.

"이제 막 일어난 거야? 얼굴이 지독하게 창백하네." 그가 아니라고 하려 하자 그녀는 고개를 재빨리 끄덕이며 정확한 이야기는 나중에 듣겠다는 뜻을 전했다. 그들은 다시 복도를 건너가 계단을 몇 개 내려간 후, 찰스가 관직을 제안받은 지 얼마 지나지 않아 설치한 초록색 방음문을 통과했다.

전직 차관은 식탁 앞에 앉아 우유를 마시고 있었다. 그는 일어서서 스티븐을 향해 걸어오며 입가에 묻은 우유를 손등으로 닦았다. 그의 목소리는 가볍고 묘하게 선율적이었다. "스티븐…… 스티븐, 많은 변화가 있었어. 관대하게 봐주었으면 하는데……."

스티븐은 어두운색 양복, 줄무늬 셔츠, 실크 타이 등으로 차려입지 않은 친구의 모습을 꽤 오랜만에 보았다. 그는 헐렁한 코듀로이 바지와 흰 티셔츠 차림이었다. 더 유연하고 젊어 보였으며, 맞춤 양복 재킷의 패드로 힘주지 않은 어깨는 연약해 보였다. 셀마는 스티븐에게 줄 와인을 따랐고, 찰스는 그를 나무 의자 쪽으로 데려갔다. 그들은 모두 식탁에 팔꿈치를 대고 앉았다. 조용한 흥분이 흘렀고 전하기 힘든 소식이 공중에 떠 있었다. 셀마가 말했다. "우린 모든 걸 한번에 알리기는 불가능하다고 결론 내렸어. 사실, 말하기보다는 보여주는 게 낫다고 생각해. 그러니 인내심을 가져, 머지않아 모두 알게 될 테니까. 유일하게 스티븐 당신한테만 모두 밝힐 거야, 그러니……."

스티븐은 고개를 끄덕였다.

찰스가 말했다. "텔레비전 뉴스 봤어?"

"석간신문을 읽었어."

"내가 신경쇠약으로 쓰러졌다는 얘기더군."

"그런데?"

찰스가 셸마를 바라보자 그녀는 말했다. "우린 심사숙고 끝에 몇 가지 결정을 내렸어. 찰스는 정계를 떠날 거고 나는 직장을 그만둘 거야. 이 집도 팔고 시골집으로 이사하려 해."

찰스는 냉장고로 가서 잔에 우유를 더 채워 왔다. 그는 의자에 다시 앉지 않고 셸마 뒤에 서서 한 손을 그녀의 어깨 위에 가볍게 올려놓았다. 스티븐이 그녀를 알아온 세월 내내 셸마는 대학 강의를 그만두고 시골로 가서 책을 쓰고 싶어 했다. 찰스를 어떻게 설득했을까? 그녀는 스티븐을 바라보며 반응을 기다렸다. 그는 셸마의 옅은 미소에서 승리감을 읽지 않기도 힘들었고, 질문을 하지 말라는 지시를 따르기도 힘들었다.

스티븐은 셸마를 제치고 찰스에게 말했다. "서퍽에서 뭘 할 생각이야? 돼지를 치려고?"

그가 쓴웃음을 지었다.

침묵이 흘렀다. 셸마가 남편의 손을 톡톡 두드리더니 그를

향해 얼굴을 돌리지도 않은 채 말했다. "오늘 일찍 자기로 했
잖아……." 그는 이미 허리를 펴고 있었다. 8시 반도 안 된 시
각이었다. 스티븐은 친구를 찬찬히 뜯어보며 그가 얼마나 작
아 보이는지, 몸집이 얼마나 왜소한지 놀랐다. 고위 공직이
정말로 그를 더 커 보이게 했던가?

"그래," 그가 대답했다. "올라갈 거야." 그는 아내의 볼에
입 맞추고 문간에서 스티븐에게 말했다. "정말로 서펙에 우
리를 보러 와줬으면 좋겠어. 말로 설명하는 것보다 더 쉬울
거야." 그는 빈정대는 느낌으로 거수경례를 하고 부엌을 나
갔다.

셀마가 스티븐의 잔을 다시 채우고 입을 다문 채 살짝 미
소를 지었다. 그녀는 무슨 말인가를 하려다가 마음을 바꾸고
일어섰다. "곧 돌아올게." 그녀는 부엌을 가로질러 가며 말했
다. 잠시 후 그녀가 계단에서 찰스를 부르는 소리, 문이 열렸
다 닫히는 소리가 들렸다. 곧 집 안이 조용해지며 주방기기
들이 내는 중저음의 기계음만 들렸다.

*

줄리가 칠턴 구릉지대의 휴양소로 떠난 다음 날, 셀마는 눈

보라를 뚫고 스티븐을 데리러 왔었다. 그가 침실에서 옷가지와 그것을 담을 가방을 찾아 더듬거리는 동안 셀마는 부엌을 치우고 쓰레기를 봉지에 담아 쓰레기 수거장으로 내려다 놓았다. 그녀는 열어보지 않은 청구서들을 한 움큼 모아 핸드백에 쑤셔 넣었다. 침실에서는 짐을 싸는 스티븐을 감독했다. 그녀는 재빠르게, 어머니처럼 빈틈없이 챙기면서 꼭 필요할 때만 그에게 말을 걸었다. 양말은 충분히 챙겼는가? 바지는? 이 스웨터는 너무 얇지 않은가? 그녀는 그를 욕실로 데려가 필요한 물건을 세면도구 가방에 골라 넣게 했다. 칫솔은 어디에 있나? 턱수염을 기를 작정인가? 아니라면, 면도용 비누는 어디 있나? 스티븐은 그 어느 행동에도 동기를 부여할 수가 없었다. 따뜻하게 지내야 할 이유를, 양말이나 치아가 있어야 할 이유를 찾을 수 없었다. 간단한 명령들은, 그것을 왜 해야 하는지 생각할 필요만 없다면, 실행할 수 있었다.

　셀마를 따라 차가 정차된 곳으로 내려간 그는 그녀가 조수석 문을 열어주는 동안 기다렸고, 다시 그녀가 수도와 가스를 잠그러 아파트로 올라간 동안에는 향수를 뿌린 가죽 시트에 꼼짝하지 않고 앉아 있었다. 그는 앞을 응시하며 커다란 눈송이가 유리창에 닿자마자 녹는 것을 보았다. 그러자 그의 세 살배기 딸이 눈길을 뚫고 아무도 없는 잠긴 집에 도착하는, 디킨스 소설 같은 통속극적 이미지가 떠올랐다. 문에 쪽지를 남겨야 하지 않을까? 그가 돌아온 셀마에게 물었다. 그녀는 케이트가 글을 읽을 줄 모르고 집에 돌아오지도 않을 거라고 주장하지 않고 다시 위층으로 올라가 자기 집 주소와 전화번호를 적은 쪽지를 현관문에 붙여놓았다.

다크 부부의 손님용 침실, 카펫과 대리석과 마호가니로 이루어진 그 고요 속에서, 이제는 기억에서 사라진 몇 주가 흘러갔다. 그는 모노그램을 수놓은 수건, 왁스로 닦은 먼지 없는 선반과 그 위에 놓인 말린 꽃 방향제, 갓 세탁해 라벤더 향이 풍기는 침대 시트의 흠 잡을 데 없는 질서 속에서 감정의 혼란을 겪었다. 나중에 그가 조금 더 안정을 찾자 셀마는 이른 저녁 시간을 그와 함께 보내며 슈뢰딩거의 고양이, 뒤로 흐르는 시간, 오른손잡이 신*과 그 밖의 양자론적 마법에 관해 이야기했다.

그녀는 여성 이론물리학자로 이루어진 영예로운 전통의 일부였다. 비록 자신은 아주 사소한 발견조차도 못했다고 주장했지만. 그녀의 일은 사색하고 가르치는 것이었다. 셀마는

---

* 양자물리학에서 힉스입자를 '신의 입자(the God particle)'라고 별칭하며, 입자의 스핀 방향과 운동 방향이 일치할 때 이를 오른손잡이 신, 즉 오른손 방향 헬리시티(right-handed helicity)라 일컫는다.

말했다. 발견은 이제 과학의 치열한 경쟁 분야이며, 게다가 젊은이들을 위한 일이다. 이 세기에 과학 혁명이 일어났는데 그 누구도, 심지어 과학자들조차도 그에 대해 충분히 생각하지 않는다. 봄인데도 예상치 못하게 추운 저녁에 셀마는 자주 그와 함께 벽난로 앞에 앉아 양자역학이 물리학을, 나아가 모든 과학을 여성적으로 변화시킬 거라고 말했다. 과학을 부드럽게 변화시키고, 거만한 무심함을 버리게 하고, 양자역학이 묘사하려는 세계에 더 열린 자세로 참여하게 할 거라고. 그녀에게는 특별한 관심을 쏟는 주제들, 매번 한층 세밀하게 전개해나가는 고정 논제들이 있었다. 사치이자 도전이기도 한 고독에 대해, 소위 예술가라는 사람들의 무지에 대해, 지식에 근거한 감탄이 과학자들에게 필수적인 지적 도구라는 점에 대해. 과학은 셀마의 아이로서(찰스는 또 다른 아이였다), 그녀는 원대하고 열정적인 희망을 품고서 그 아이에게 더 온화한 태도와 다정한 성향을 불어넣고 싶어 했다. 이제 아이는 거의 다 자라서 모든 것을 자기 거라고 우기지 않는 법을 배우고 있었다. 과학의 부산하고 유아적인—무려 400년 동안 이어진!—자기중심주의는 이제 끝나가고 있었다.

그녀는 수학 대신에 은유를 사용하면서, 그녀의 말에 따르면 자신의 학생들이 첫해에 배우는 내용에 해당한다는 물리학의 근본적인 역설들을 차근차근 설명했다. 예컨대, 어떤 것이 파동이면서 동시에 입자라는 사실을 실험실에서 입증할 수 있다는 점, 입자들이 서로를 "의식"하는 것처럼 보이고 그의식을—적어도 이론적으로는—광대한 거리 너머로 즉각적으로 전달하는 듯하다는 점, 공간과 시간이 별개의 범주가 아니라 서로의 다른 면이며 물질과 에너지, 물질과 그것이 차지하는 공간, 움직임과 시간도 마찬가지라는 점, 물질 자체도 조그맣고 단단한 조각으로 이루어진 것이 아니라 정형화된 움직임에 가깝다는 점, 무언가를 세부적으로 알수록 전체적으로는 더 모르게 된다는 점 등이었다. 평생의 강의 경험에서 생긴 유용한 습관이 있었다. 그녀는 그가 이해하고 있는지 보려고 자주 말을 멈췄고 말하는 동안에는 그의 얼굴을 주시하며 완전히 집중하는지 확인했다. 어쩔 수 없이, 그가 이해하지 못했을 뿐만 아니라 15분 동안 공상에 빠져 있었음을 알아차리는 일은 곧잘 일어났다. 그런 경우에는 또 하나의 고정 논제에 관한 연설이 시작되었다. 그녀는 엄지와 검지로 자기 이마를 눌렀다. 어느 정도의 연극이 나올 참이었다.

"이런 무식한 돼지 같으니!" 스티븐이 참회하는 표정을 꾸며낼 때 셀마가 그렇게 말하기 시작했다. 아마도 이런 때가 그들이 가장 친밀했던 순간이었을 것이다. "과학 혁명, 아니, 지성 혁명이, 정서와 감각의 폭발이, 엄청난 이야기가 우리 앞에 막 펼쳐지려 하는데, 당신 같은 인간들은 잠시도 진지하게 생각할 시간을 못 낸단 말이야? 예전 사람들은 이 세상을 코끼리가 받치고 있다고 생각했어. 그건 아무것도 아니야! 현실은, 그 말이 무슨 의미이든, 알고 보면 그보다 천배는 더 이상해. 누굴 대볼까? 루터? 코페르니쿠스? 다윈? 마르크스? 프로이트? 그들 중 누구도 세상과 그 안의 우리를 이 세기의 물리학만큼 혁명적이고 기이하게 재창조하지는 못했어. 세상을 측정하는 이들은 더 이상 자신을 따로 떼어내지 못해. 자기 자신도 측정해야 한다고. 물질, 시간, 공간, 힘—이 모든 게 우리가 결탁해서 지켜나가야 할 아름답고 정교한 허상이지. 스티븐, 이 얼마나 어마어마한 대개편이야. 셰익스피어는 파동함수를 이해했을 거야, 던은 상보성과 상대 시간을 이해했을 테고. 그들은 흥분했을 거라고. 이 엄청난 풍요! 그들은 심상을 찾으려고 이 새로운 과학을 약탈했을 거야. 독자들을 교육하기도 했겠지. 하지만 당신네 "예술" 하는 사람들, 당신들은 이 멋진 것들에 대해 무지할 뿐만 아니라 아무것도 모르는 걸 자랑스럽게 생각해. 내가 파악할 수 있는 한도에서 보자면, 당신들은 어떤 국지적이고 일시적인 유행, 예컨대 모더니즘—모더니즘!—같은 걸 우리 시대의 지적 업적이라고 생각하지. 한심해! 이제, 그만 히죽거리고 술이나 한 잔 가져오시지."

*

그녀는 10분 후에 부엌 문간에 나타나 응접실로 따라오라고 손짓했다. 표면에 구멍이 숭숭 뚫린 낮은 대리석 탁자를 사이에 두고 거대한 체스터필드 소파 두 개가 서로 마주 보고 있었다. 셀마 아니면 가정부가 뚜껑 덮은 병과 커피 잔들을 차려놓았다. 해전을 묘사한 그림들이 있던 자리에는 회색으로 얼룩진 직사각형 윤곽선만 남아 있었다. 셀마가 그의 시선을 따라가며 말했다. "그림하고 장식품은 따로 옮겨. 보험 문제와 관련이 있어서 그런가 봐."

그들은 찰스가 정부나 하원에서 늦게까지 일하고 있을 때 항상 그랬듯이 소파에 나란히 앉았다. 그녀는 찰스의 정치일을 진지하게 여기지 않았다. 그가 출세하고 자리를 확보하는 동안 그녀는 집 안팎에서 벌어지는 법석을 무심히 거리를 두고 참아냈다. 그녀는 학교를 그만둔 후 책을 쓰고 시골집으로 이사한다고 이야기하면서도 찰스의 공직을 염두에 두었다. 하지만 전 국민의 삶에서 작지만 고정적인 역할을 맡은 찰스를, 《더 타임스》의 명사 동향 기사에서 "총리감"이라는 수식어로 설명되는 그를 어떻게 빼 온단 말인가? 그녀는 도대체 어떤 여성적 양자론의 마법을 쓴 것일까?

셀마는 10대 아이처럼 무신경하게 발을 차서 신발을 벗어 버리고 가느다란 다리를 소파 위에서 깔고 앉았다. 예순한 살에 가까운 나이였다. 잔털을 뽑은 눈썹이 가지런했다. 그녀의 높은 광대뼈가 총명하고 야무진 분위기를 만들어 스티븐은 지능이 뛰어난 다람쥐를 떠올렸다. 얼굴에서 지능이 빛을 발했고 엄격한 태도는 항상 장난기와 자조의 기색을 띠었다. 흰머리 섞인 머리칼은 뒤로 넘겨 헐렁하게 말아 올린 후―그녀의 주장에 따르면, 여성 물리학자의 관례적 스타일―골동품 빗으로 고정했다.

흘러내린 머리 가닥을 귀 뒤로 넘기고 있는 그녀는 생각을 체계적으로 정리하고 있는 것이 틀림없었다. 활짝 열린 창문을 통해 꽉 막힌 도로의 소음과 징징거리는 순찰차들의 소리가 멀리서 아련하게 들려왔다.

"이렇게 설명해야겠네." 그녀가 마침내 말했다. "다들 짐작도 못 할 텐데, 찰스에게는 내적인 삶이 따로 있어. 사실, 내적인 삶을 넘어서는 내적인 강박, 별개의 세계라고 해야 할까. 무슨 말인가 싶어도 그냥 그렇게 이해해. 그이는 그 세계가 있다는 걸 부인하는 편이지만, 항상 거기 있었고 그를 사로잡았고 지금의 그 사람을 만들었어. 찰스가 욕망하는 것—적당한 표현인지는 모르겠지만—그이가 필요로 하는 것은 실제로 하는 일, 지금까지 해온 일과 조화를 이루지 못했어. 그런 충돌 때문에 그이가 그렇게 극성스러웠고 그토록 성공에 목맸던 거야. 우리가 이사하는 것은 적어도 그이와 관련해서는, 그런 점들을 해결하기 위해서야." 그녀가 급히 웃음을 지었다. "내가 원하기도 했지만, 그건 다른 문제지. 그런 건 다 알잖아." 그녀는 모든 것을 명확히 밝혀서 흡족하다는 듯 등을 뒤로 기댔다.

스티븐은 30초 정도를 흘려보냈다. "그런데 내적인 삶이라는 게 정확히 뭐죠?"

그녀는 고개를 저었다. "모호하게 들렸다면 미안해. 그냥 당신이 나중에 우리를 보러 오는 게 나을 거야. 직접 봐. 미리 설명하고 싶진 않으니."

그녀는 자신도 퇴직할 것이며 앞으로 책을 쓸 생각에 기쁘다고 했다. 책은 그녀가 구상해온 여러 고정 논제를 상세히 다룰 예정이었다. 스티븐은 그들을 떠올렸다. 마룻바닥이 삐걱거리는 2층 서재에서 셀마는 책상에 앉아 있고 햇빛이 책상 위에 흩어진 종이들을 밝게 비추며, 그 앞 열린 격자창 너

82

머로는 셔츠 차림으로 외바퀴 손수레를 밀며 빈둥거리는 찰스가 보였다. 정원 너머에서는 전화기들이 울리고, 리무진을 타고 시내를 가로질러 중요한 오찬 모임에 가는 각료들이 있었다. 찰스는 무릎을 꿇고 앉아 시들시들한 관목 뿌리 쪽 땅을 끈기 있게 다지고 있었다.

잠시 후 셀마가 차가운 음식을 담은 쟁반을 가져왔다. 음식을 먹는 동안 그는 위원회 회의에 관해 실제보다 더 재미있게 들리게끔 설명했다. 저녁 시간은 점점 활기를 잃어가다 서로 아는 친구들 이야기로 흘러갔다. 자리가 파할 무렵에는 그가 괜히 와서 저녁만 낭비했다고 생각할까 봐 셀마가 미안한 기색을 띠었다. 그가 대체로 저녁을 어떻게 보내는지 그녀는 거의 알지 못했다.

그 집이 팔릴 때까지 다시 오게 되지 않을 터라서 그는 자고 가라는 셀마의 권유를 받아들였다. 자정이 되기 한참 전에 침대 가장자리에 앉아 눈에 익은 수레국화 벽지를 바라보며 신발을 벗었다. 그는 방 안의 물건을 자기 것으로 여겼다. 그 물건들을 응시하며 긴 시간을 보냈다. 참나무와 황동으로 짠 서랍장, 그 위에 놓인 청색 도자기 대접 속 말린 꽃잎, 백랍으로 만든 조그만 단테 흉상, 커프스단추를 담는 뚜껑 달린 유리 항아리. 긴장병 환자처럼 축 늘어져서 3, 4주를 두문

불출하며 지냈던 방이었다. 이제 그는 양말을 벗고 방을 건너가 창문을 더 넓게 열면서 가장 나쁜 종류의 기억이 떠오르기를 기다렸다. 자고 가기로 한 것은 실수였다. 끊임없이 들려오는 도시의 웅성거림도 카펫의 긴 털 밑에서, 목제 수건걸이에 걸린 푹신한 수건에서, 벨벳 커튼의 화강암처럼 묵직한 주름에서 뿜어 나오는 힘겨운 적막을 덜어주지 못했다. 옷을 입은 채로 침대에 누웠다. 그는 머리를 세게 저어야만 떨쳐낼 수 있는 영상들이 떠오르기를 기다렸다.

떠오른 것은 공중제비를 보여주는 딸이 아니라, 그가 마지막으로 찾아갔을 때 본 부모의 이런저런 단편적 모습이었다. 어머니는 부엌 개수대 앞에서 고무장갑을 끼고 서 있었다. 아버지는 어머니 옆에 서서 한 손에는 깨끗한 맥주잔을, 다른 손에는 행주를 들고 있었다. 문가에 선 그를 보려고 그들이 고개를 돌렸다. 어머니는 개수대에 손을 담근 어정쩡한 모습이었다. 비눗물을 바닥에 떨어뜨리고 싶지 않았던 것이다. 중요한 일은 전혀 벌어지지 않았다. 아버지가 막 말을 하려던 참이었다고 그는 생각했다. 불편한 자세의 어머니가 말을 들으려고 고개를 한쪽으로 기울였다. 스티븐도 갖게 된 습관이었다. 부모의 얼굴이 보였고 주름진 표정에 다정함과 걱정이 새겨져 있었다. 그것은 육체가 점점 쇠하는 동안 견디고 있는 부모의 나이 든 자아, 본질적인 자아였다. 그는 수축하는 시간과 끝나지 않은 용무의 긴박함을 느꼈다. 부모와 나누지 못한 대화가 있었다. 언젠가 나눌 시간이 있을 거라고 생각했던 대화.

예를 들면, 그에게는 장소를 특정할 수 없는 기억, 오직 부모만이 설명해줄 수 있는 사소한 기억이 있었다. 그는 자전거의 아동용 좌석에 앉아 있었다. 앞에는 아버지의 거대한 등과 페달이 오르락내리락하면서 계속 모양이 바뀌는 흰 셔츠 주름이 보였다. 왼쪽에는 따로 자전거를 탄 어머니가 있었다. 그들은 콘크리트 도로 위를 지나고 있었다. 도로의 연결 부위를 잇는 가느다란 타르 띠가 일정 간격을 두고 나타나면 그 위를 덜컹거리며 넘어갔다. 조약돌로 이루어진 거대한 제방 옆에 이르자 자전거에서 내렸다. 반대편에 바다가 있었고, 가파른 제방을 오르기 시작하자 우르릉 쏴 바닷소리가 들려왔다. 바다 자체에 대해서는 아무런 기억이 없지만 아버지가 팔을 잡아 제방 꼭대기로 끌어 올릴 때 느꼈던 두려움 섞인 기대감은 기억에 남았다. 하지만 그게 언제, 어디였을까? 그들은 바다 가까이에 살거나 그런 해변에서 휴가를 보낸 적이 없었다. 부모님에게는 자전거가 없었다.

이제 부모님을 찾아가면 대화는 익숙한 방식으로 흘러갔

다. 난데없이 쓸모없고 중요한 세부를 따져 묻기는 힘들었다. 어머니는 눈에 이상이 있었고 밤이면 통증에 시달렸다. 아버지의 심장은 불규칙적으로 여리게 웅얼거리다 세게 뛰기를 반복했다. 그보다 더 경미한 질병도 무수히 찾아왔다. 한바탕 지나가고 나서야 그가 알게 되는 독감도 있었다. 가혹한 파괴가 진행 중이었다. 전보가 도착하거나 암울한 전화가 울리고 나면, 대화를 시작조차 못 했다는 사실에 절망하거나 죄책감을 느끼게 될지도 몰랐다.

사람은 어른이 되고 나서야, 어쩌면 자신도 자식을 낳고 나서야, 부모에게도 자신이 태어나기 전의 완전하고 복잡다단한 삶이 있었음을 온전히 이해하게 된다. 그는 여러 이야기에서 들은 윤곽과 세부만을 알았다. 백화점에서 일하며 등 뒤에서 리본을 깔끔하게 묶는 솜씨로 칭찬받는 어머니, 폐허가 된 독일 마을을 걸어서 지나가거나 중대장에게 공식 승전보를 전하기 위해 비행장의 아스팔트를 가로지르는 아버지. 그들의 이야기에 그가 등장하기 시작했을 때도, 스티븐은 부모가 어떻게 만났는지, 무엇에 이끌렸는지, 어떻게 결혼할 결심을 했는지, 자신은 어쩌다 생겼는지 등에 대해 거의 아무것도 알지 못했다. 어느 날 당면한 순간에서 벗어나 불필요하고 근본적인 질문을 던지거나, 아무리 친숙하더라도 부모

역시 자식에게 낯선 사람임을 깨닫는 일은 어려운 법이다.

그는 부모님을 사랑했기 때문에 그들이 세상에서 슬며시 사라지고 그 인생이 그냥 잊히도록 놔둘 수가 없었다. 당장이라도 침대에서 일어나 다크 부부의 집을 살금살금 빠져나간 다음, 택시를 타고 부모님 집을 향해 먼 밤길을 달려갈 수 있을 것 같았다. 질문들을 움켜쥐고, 모든 것을 때려 부수고 지워버리는 시간을 고발할 변론서를 움켜쥐고 그곳에 도착할 준비가 되어 있었다. 그럴 마음에 펜으로 손을 뻗었다, 셀마에게 쪽지를 남기고 출발하려고 양말과 신발로 손을 뻗었다. 그렇게 하지 못한 유일한 이유는 눈을 감고 그 문제에 대해 더 찬찬히 생각해봐야 했기 때문이었다.

3

하지만 아버지가 육아에 깊숙이 관여할수록 권위적인 인물로서 효과적으로 기능하기 힘들어진다는 사실을 시사하는 증거가 있다. 애정과 거리 사이의 균형을 적절하게 유지하는 아버지에게 사랑받는다고 느낄 때, 아동은 앞으로 거듭 겪게 될 것이며 모든 성장의 불가피한 과정인 이별에 대해 정서적으로 잘 대비할 수 있다.

영국 정부 출판국 발행 《공인 아동 보육 안내서》

조심스러운 말로 적은 엽서가 오간 뒤, 6월 중순 어느 아침에 스티븐은 아내를 만나러 갔다. 여러 달 동안 그녀를 보지 못했다. 그녀는 휴양소―문제를 겪는 외부인에게 방을 임대하는 수도원―에서 돌아오고 몇 주 만에 아파트를 나가 따로 지낼 집을 샀다. 4월 이후 처음으로 구름 낀 날씨였다. 시원한 그늘을 따라 어디나 걸어 다닐 수 있다는 사실이 참신했고 좋은 취향을 되찾은 느낌도 들었다. 그는 가는 길을 손으로 휘갈겨 적은 종이들을 챙겼다. 그곳에 왜 가는지 너무 자세히 생각하고 싶지 않았기에 여정 자체에 집중했다. 런던 중심가의 소음에서 시작해 48킬로미터 남짓 떨어진 소나무 조림지 안의 시골집에 이르기까지 단호하고 일관되게 점점 고요해지는 만족스러운 형태의 여정이었다. 각 단계가 지날수록 마주치는 사람의 수도 줄었다. 붐비는 지하철이 그를 빅토리아역에 부려놓았다. 기차는 하얀 하늘이 비치는 넓은 강물을 가로질러 덜컹덜컹 지나갔다. 그는 가장 외딴 좌석을 찾아 모든 객차를 훑으며 지나갔다. 인류의 어느 요란스러운 소수집단은 잠깐의 이동을 포함한 모든 여행을 즐거운 만남을 위한 기회로 여겼다. 그들은 언제라도 낯선 사람들에게 친밀함을 강요할 준비가 되어 있었다. 여행을 침묵과 사색과 몽상을 위한 기회라고 여기는 다수집단에 속하는 사람이라면 그런 여행자를 피해야 했다. 필요한 조건은 단순했다. 아무리 칙칙하더라도 계속 바뀌는 풍경이 막힘 없이 보이고, 다른 승객의 숨결과 체온과 샌드위치와 팔다리로부터 자유로울 것.

그는 비어 있는 일등석 객실을 발견하고 안으로 들어가 문을 꽉 닫았다. 기차는 과거에서 현재로 달리는 중이었다. 빅토리아양식 테라스하우스의 뒷마당들과 나란히 달릴 때는 증축된 건물들의 열린 문을 통해 부엌이 들여다보였다. 그다음에는 에드워드양식의 주택들과 제2차 세계대전 이전에 지어진 세미하우스*들이 나왔고, 교외를 통과해 남쪽으로, 다시 동쪽으로 나아갈 때는, 아주 작은 새집들이 옹기종기 모인 단지가 지저분하고 닳아빠진 시골 땅 사이사이에 반복적으로 나타났다. 기차는 복잡하게 얽힌 교차로 위에서 속도를 늦추다가 진저리를 치며 정차했다. 철로에서 뿜어 나오는 갑작스럽고 기대에 찬 정적 속에서 그는 자신이 얼마나 조급하게 도착을 기다렸는지 깨달았다. 기차가 멈춘 곳에는 막 건축을 끝낸 소형 세미하우스와 처음 집을 사는 사람들을 위한 주택으로 이루어진 새로운 단지가 있었다. 덤프트럭들이 아직 작업 중이었다. 앞마당은 바퀴 자국이 파인 맨흙 상태였고 뒷마당에서는 도식적 형태의 철제 나무에 걸린 흰 기저귀들이 새로운 삶에 항복을 선언하며 펄럭였다. 젖먹이 둘이

---

* 하나의 벽을 사이에 두고 두 집이 붙은 형태의 주택.

손을 맞잡고 줄에 널린 빨래 아래로 비틀비틀 걸으며 기차를 향해 손을 흔들었다.

역에 내리기 직전부터 비가 오기 시작했다. 통근자를 위한 정거장에 불과한 그 역은 쐐기풀로 이루어진 긴 터널 끝에 있었다. 그는 비가 내리는데도 인도교 위에 한참 서서, 기차의 검정 단추 달린 지붕이 신호등으로 이루어진 허술한 앞무대를 미끄러지듯 통과해 점점 작아지다가 모퉁이를 돌아 천천히 사라지는 모습을 지켜보았다. 그러자 벨벳처럼 부드러운 시골의 적막이 내려앉았고, 그 위로 들리는 희미한 소리들은 정밀 절단과 가공을 거친 듯했다. 역을 나가는 다른 승객의 빠른 발걸음, 복잡한 새의 노래, 그보다 단순한 인간의 휘파람. 그는 인도교 위에서 양방향의 적막 속으로 번쩍이며 뻗어나간 철로를 보며 어린애 같은—사내아이 같은—즐거움을 느꼈다. 어렸을 때 그는 더 큰 다리 위에서 아버지와 기차가 지나가기를 기다린 적이 있었다. 스티븐은 멀리 물러나는 철길을 보며, 선로는 왜 멀어질수록 서로 가까이 다가가는지 물었다. 아버지는 짐짓 진지한 체 눈을 가늘게 뜨고 그를 내려다보다가 질문과 대답이 한 점에 모이는 먼 곳을 실눈을 뜨고 바라보았다. 아버지는 늘 차려 자세인 것 같았다. 그는 스티븐의 손에 깍지를 끼고 있었다. 아버지의 손가락은 뭉툭하고 마디에는 검은 털이 뭉쳐 나 있었다. 그가 손가락을 가위처럼 움직여 아들의 손을 꽉 조이는 장난을 치면 스티븐은 그런 무책임한 힘에 고통과 즐거움을 동시에 느끼며 펄쩍펄쩍 뛰었다. 지평선에서 시선을 거둔 아버지가 기차는 멀리 갈수록 점점 작아지며, 그런 기차를 받아주려고 철로도 마찬가지로 작아진다고 설명했다. 그러지 않으면 기차는 탈선하고 말 테니까. 곧이어 급행열차가 다리를 흔들며 그들의 발밑을 질주했다. 스티븐은 사물들의 복잡한 관계, 무생물의 지혜, 기차의 축소에 정확히 맞춰 철로의 폭을 줄이는 심오한 조화에 감탄했다. 기차가 아무리 빨리 돌진해도 철로는 항상 대비하고 있었다.

그는 역 바깥에 서서 줄리의 설명을 읽었다. 비는 안개비로 바뀌어 있었고 손 글씨는 번져서 읽을 수가 없었다. 줄리가 옛 버스 노선이라고 묘사했던 길을 따라 마을 밖으로 나갔다. 약 4만 제곱미터 넓이의 붐비는 주차장이 딸린 교외의 대형 슈퍼마켓을 지나 우아한 곡선을 그리는 콘크리트 다리 위를 걸어 고속도로를 건넜다. 800미터쯤 걸어간 후 임업 지대를 직선으로 가로지르는 포장길로 들어섰다. 탁 트인 진정한 시골에 와 있으니 마음이 가벼워졌다. 길 양쪽에 침엽수가 줄줄이 심겨 있어서, 나무 한 줄이 물러나고 다음 줄이 나타날 때마다 보이는 각도가 급격히 달라져 기분 좋은 가상의 속도감을 주었다. 덤불이나 새소리로 흐트러지지 않은 기하학적 형태의 숲이었다. 비에 젖은 길이 희게 반짝였다. 외곬으로 뻗은 길이 마음에 들었다, 문득 달리고 싶었다. 800미터쯤 더 가니 소나무 숲 안에 끄덕이는 당나귀*를 두고 철조망이 높게 둘러져 있는 빈터가 나왔다. 그 잿빛 짐승이 뭉툭하고 무거운 머리를 나른하게 들어 올리며 꾸준하게 그르렁거렸다. 길을 따라 계속 걷는 동안에도 여러 대가 일정한 간격으로 나타났다. 그중 한 대에는 유조차가 접근해 저장 탱크에서 석유를 뽑아내고 있었다. 운전석에 앉은 기사가 계기판에 다리를 올리고 캔 맥주를 마시며 신문을 읽고 있었다. 스티븐이 지나가자 기사는 웃으며 손을 들었고, 스티븐은 기분이 더욱 좋아졌다. 시골 사람들이 얼마나 상냥한지 잊고 있었다.

줄리가 장담한 대로 30분을 걷고 나자 길은 끝났다. 소나무 숲이 갑자기 끝없는 밀밭으로 변했다. 스티븐은 울타리 문의 5단 알루미늄 빗장에 기대어 쉬었다. 사막을 닮은 누런 들판이 유한하다는 표시는 지평선에 다시 나타나는 소나무 숲

---

* 석유 시추 장비인 펌프잭을 일컫는 별명.

의 윤곽선뿐이었다. 신기루일지도 몰랐다. 들판을 두 구역으로 깔끔하게 나누는 진입로는 포장길의 연장으로 역시 직선이었다. 그는 다시 출발했고 몇 분이 지나자 바뀐 풍경에 흡족해졌다. 그는 허공을 가로질러 행진하고 있었다. 모든 진행감각이, 아울러 모든 시간 감각이 사라졌다. 저 멀리 있는 나무들이 가까워지지 않았다. 강박적인 풍경 — 오로지 밀만을 생각하는 풍경 — 이었다. 느긋하고 목적지에 대한 실질적인 감각이 사라진 그 상태가 그에게 잘 맞았다.

*

줄리는 칠턴 구릉지대의 휴양소에서 6주를 보내고 돌아왔다. 스티븐은 그녀가 아파트에 도착하는 시기에 맞춰 이턴 광장을 떠났다. 두 사람은 조심스럽게 인사를 나눴다. 예전처럼 편안한 애정의 기미가 있었다. 거실 한가운데에서 그들은 느슨하게 손깍지를 끼고 나란히 서 있었다. 집이란 방치되고 나면 얼마나 급속히 망가지는가. 참으로 정의하기 힘든 방식으로 말이다. 먼지도, 활기 빠진 공기도, 그토록 빨리 누렇게 변하는 신문이나 시들어 죽은 화분 식물 때문도 아니다. 그들은 그런 말들을 나누며 먼지를 털고 창문을 열고 버릴 물건들을 쓰레기통으로 옮겼다. 스티븐은 자신들이 사실 결혼 생활에 대해 얘기하고 있다고 생각했다. 한두 주 동안 서로의 주위를 조심스럽게 맴돌던 두 사람은 때로는 정중했고, 때로는 진정으로 살갑고 다정했으며, 한번은 심지어 잠자리도 했다. 한동안은 서로가 그렇게 힘들여 피하고 있던 얘기를 곧 시작하게 될 것도 같았다.

하지만 얼마든지 다른 방향으로 흘러갈 수 있었고, 실제로도 그렇게 되었다. 스티븐의 관점에서 보자면 문제는 욕구였다. 그들은 서로에게서 위안이나 조언을 원하지 않았다. 상실의 경험을 통해 두 사람은 각기 다른 길로 들어섰다. 함께 나눌 것이 없었다. 줄리는 살이 빠졌고 머리도 짧게 잘랐다. 신비주의나 종교와 관련된 글―십자가의 요한*, 블레이크의 긴 시, 노자―을 읽었다. 연필로 쓴 주석으로 책의 여백을 가득 채웠다. 그녀는 날마다 몇 시간씩 바흐의 파르티타를 연습했다. 중음(重音)을 켜는 거친 소리, 16분음표들이 격렬하게 상승하는 소리가 그에게 다가오지 말라고 경고했다. 스티븐은 처음으로 심각한 음주벽에 근접했고 청소년기에 읽었던 책들, 세상의 고통을 제 어깨에 걸머졌던 연고 없는 고독

---

*산 후안 데 라 크루스(1542-1591). 에스파냐의 시인, 성직자.

한 남자들의 글에 빠져들었다. 헤밍웨이, 챈들러, 케루악. 그는 여행 가방을 간단히 꾸려 택시를 타고 공항에 간 다음 즉석에서 목적지를 정하고 몇 달 동안 울적하게 떠돌아볼까, 곰씹어 생각했다.

함께 있으니 상실감이 더 커졌다. 식사하려고 앉았을 때 케이트의 부재는 그들이 언급하지도 무시하지도 못하는 사실이었다. 그들은 위안을 줄 수도 받을 수도 없었으며 그래서 아무런 욕구가 없었다. 딱 한 번의 시도는 의례적이었고 거짓이었으며 두 사람 모두를 우울하게 했다. 나중에 줄리가 잠옷 가운을 걸치고 부엌으로 갔다. 그는 아내가 우는 소리를 들었고, 그녀에게 갈 수 없음을 알았다. 줄리 역시 반기지 않을 테고. 그들은 5주를 버텼다. 그 시기에 유일하게 진지한 대화를 나눈 것은 막판에, 헤어질 생각을 품기 시작했을 때였다. 물론 이혼은 아니고 별거도 아닌, "잠시 떨어져 있을 시간"을 갖는 것이었다. 부동산 중개사무소에서 대리인이 나와 아파트의 가치를 감정했다. 그는 친절하고 권위 있는 태도를 지닌 거구의 남자로, 각 방의 치수를 재고 집에 원래 포함되어 있던 설비를 기록하며 지적인 논평을 했다.

그들은 남자에게 차를 마시고 가라고 권유, 아니 간청했다. 그가 두 번째 잔을 마시는 동안 부부는 케이트에 관해, 슈퍼마켓과 경찰과 휴양소와 제자리로 돌아가는 어려움에 관해 이야기했다. 남자는 식탁에 팔꿈치를 대고 양손으로 머리를 받쳤다. 말을 듣는 내내 침통하게 고개를 끄덕였다. 그 이야기는 그가 인생사에 대해 늘 품고 있던 두려움을 확인해주었다. 부부가 말을 마치자 그는 손수건으로 입을 가볍게 닦았다. 그러고는 식탁 너머로 팔을 뻗어 그들의 손을 잡았다. 잡는 힘이 셌다, 손이 뜨겁고 건조했다. 잠깐의 침묵 후에 그는 부부에게 서로를 탓해서는 안 된다고 말했다. 잠시 그들은 기분이 고조되었고 해방감을 느꼈다.

하지만 그 순간은 지나갔다. 두 사람이 서로에게 해줄 수 있는 것보다 부동산 중개인이 더 많은 것을 할 수 있다. 그게 무슨 의미일까? 그들은 나중에 그 남자가 예전에 사제였다가 신앙을 잃었다는 사실을 알게 되었다. 아파트 가격이 감정되었고 스티븐은 3분의 2에 해당하는 금액을 줄리에게 수표로 주었다. 그녀는 시골집을 구해 나가면서 바이올린들과 부부가 함께 쓰던 침대, 그리고 얼마 안 되는 다른 소유물을 가져갔다. 전화 설치는 거부했다. 그들은 가끔 엽서로 연락을 유지했고 런던 중심가의 레스토랑에서 한두 번 만났지만 특별한 말은 오가지 않았다. 사랑이 있었다 해도 손에 닿지 않는 곳에 파묻혀 있었다.

앞쪽에서 비가 섬세한 안개 기둥을 이루며 광활한 공간을 훑고 다녔다. 20분 동안 지대가 미세하게 낮아지면서 먼 곳의 나무들은 저 너머로 가라앉았고 지평선에 보이는 거라고는 오로지 밀뿐이었다. 남자 육상 만 미터 경기를 보고 있을 수도 있는 시간에 그를 이 흠뻑 젖은 평원으로 나오게 한 것은 호기심과 불안이었다. 줄리가 탈바꿈을 시작하고 인생과 그 안에서 자신의 자리에 대한 이해를 의도적으로 바꾸어나갈 수도 있다. 대칭을 이루는 소나무들 사이로 오래 산책하면서 자신의 과거를, 그들의 과거를 재평가하고 우선순위를 다시 정하며 새로운 미래를 위해 주변을 정리해왔는지도 모른다. 언젠가 그가 생일 선물로 준 산책용 신발을 신고 직선으로 뻗은 콘크리트 길을 쿵쿵 밟아왔는지도 모른다. 그는 아직 묻힌 감정을 끌어내지도 못했는데, 그녀는 어떻게 말을 걸어야 할지 알 수 없는 완전히 낯선 사람으로 변신해버리고, 그는 그 과정의 목격자조차 될 수 없다면. 뒤에 남겨지고 싶지 않았다. 그녀의 이야기에서 차지하던 자리를 잃고 싶지 않았다. 줄리는 혼란이나 부조리에서 완전히 벗어난 사람은 아니지만 감정과 영혼을 단련하는 공부를 하고 그 안에서 자신의 고통을 이해하고 묘사할 수 있었다. 그 방법은 막강하고 유용했다. 그녀에게 예전의 확신이란 내버리는 것이 아니라 아우르는 것이었다. 셀마가 과학 혁명은 예전의 모든 지식을 폐기하지 않고 재정의한다고 말한 것과 비슷한 의미로. 그가 줄리에게서 자주 모순이라고 보는 점들—작년에는 그렇게 말하지 않았잖아! —을 그녀는 발전이라고—작년에는 제대로 이해하지 못했으니까! —주장했다. 그녀는 내면의 삶에 단순히 머무르지 않았다, 그것을 운영하고 방향을 잡았다, 전방의 지형을 미리 파악했다. 학습 과정을 눈먼 우연에 맡겨 흘러가는 대로 내버려두는 일은 있을 수 없었다. 하지만 그녀는 운명의 역할을 부정하지는 않았다. 노력과 책임은 운명을 실현하기 위한 것이었다.

그녀는 이해의 폭을 넓히거나 견해를 바꿈으로써 자신을 다시 만들어갈 수 있다는 무한한 변화 가능성을 믿었다. 그는 그녀의 이런 신념을 여성성의 한 측면으로 보게 되었다. 예전에는 남자와 여자가 겉으로 드러나는 신체적 차이를 넘어서면 본질적으로 같다고 믿었는데, 혹은 그렇게 믿어야 한다고 생각했는데, 이제는 변화에 대한 태도가 남자와 여자를 구분하는 많은 특징 중 하나가 아닌가 생각하게 되었다. 남자는 어떤 나이를 지나면 제자리에 굳어버리고, 심지어 역경 속에서도 자신은 어떤 식으로든 운명과 하나라고 믿는 경향이 있었다. 그들은 자신이 생각하는 사람 그대로였다. 말로는 뭐라고 하든 남자들은 자신의 행동을 믿고 계속 매진했다. 이는 약점이자 강점이었다. 참호에서 허둥지둥 기어나가 수천 명씩 떼죽음을 당하든, 반대편에서 총을 쏘고 있든, 교향곡 전곡을 완성하고 마지막으로 다듬는 중이든, 이것 말고 다른 일을 하고 있다면 좋았겠다라는 생각은 남자의 머리에 흔히 떠오르지 않거나 흔치 않은 소수의 머리에만 떠올랐다.

여자들에게 그런 생각은 하나의 전제였다. 그들은 자신이나 타인의 눈에 제아무리 성공적인 사람으로 비치더라도 그런 생각으로 끊임없이 자신을 괴롭히거나 위로했다. 이 또한 약점이자 강점이었다. 어머니 역할에 헌신하면 직업적 성취를 이룰 수 없었다. 남자들과 같은 조건의 직장생활은 자녀 양육에 피해를 주었다. 두 가지를 다 이루려 하면 피로로 인한 극심한 소진을 감수해야 했다. 하고 있는 일과 완전한 합일을 이루었다고 믿을 수 없다면, 혹은 다른 노력을 통해 자신을 표현하거나 자신의 다른 부분을 발견할 수 있다고 생각한다면, 같은 일에 계속 매진하기 쉽지 않았다. 결과적으로 그들은 직장이나 위계질서, 제복과 훈장의 영역에 쉽게 편입되지 못했다. 남자들은 여자들이 아니라 자신들이 틀을 형성한 제도를 신봉했고 이에 대항해 여자들은 다른 자아 원리를 옹호했다. 그 원리에 따르면 존재는 행위를 능가했다. 일찍이 남자들은 여기에서 어떤 다루기 힘든 면을 감지했다. 여자들은 남자들이 뚫고 들어가기를 갈망하는 공간에 울타리를 쳐버렸다. 남자들의 적개심이 일어났다.

*

마침내 그는 밀밭 너머에 있는 소나무 숲에 도착했다. 두 번째 알루미늄 울타리 문을 올라타 넘으니 지도가 약속한 대로 더 좁은 콘크리트 길이 나왔고 그 경계를 따라 철조망이 컴컴한 녹음 속으로 휘어져 들어갔다. 나중에 스티븐은 이 문부터 통행이 잦은 작은 도로에 이르기까지 300미터 남짓을 걸어가는 동안 무슨 생각을 했는지 기억해내려 했다. 하지만 그것은 접근할 수 없는 정신적 백색소음의 시간이었다. 젖은 옷은 의식하고 있었을 것이다. 도착하면 옷을 어떻게 말릴 것인가 생각했는지도 모른다.

그때 그는 숲에서 나와 새로워진 주변 환경을 바라보며 겪은 일에 특히 혼란스러워할 만한 상태였다. 그는 자리에 못 박힌 듯 가만히 서 있었다. 헉, 하고 짧은 한숨이 나왔다. 도로는 직각으로 꺾여 숲길과 대략 평행을 이루며 멀리 뻗어나갔다. 작은 무리를 지어 지나가는 차들에서는 아무런 소리도 나지 않는 듯했다. 그가 아는 곳이었다. 오랜 세월 보아온 것처럼 친밀하게 아는 곳. 주변 나무들이 가지를 펼치고 점점 두꺼워지면서 꽃을 피우고 있었다. 먼 옛날 한 번쯤 와본 곳이더라도 흡사 통증과도 같은 이런 감각, 이런 친숙함이 들 리는 없었다. 그 장소 또한 그를 알아서, 지나가는 차들을 삼켜버린 적막 속에서 그를 기다리고 있는 듯한 이런 느낌이 들 리는 없었다. 그때 미각으로도 느낄 수 있는 어떤 특정한 날이 떠올랐다. 그날도 마침 알맞게, 초여름 비 오는 날의 묵직하고 초록빛 도는 대기와 고요한 안개비, 매끈한 마로니에 잎 위에서 뭉쳤다가 떨어지는 묵직한 빗방울들, 너무도 미세해서 공기를 대신하는 듯한 비에 나무들이 확대되고 정화되는 느낌이 있었다. 그는 바로 이런 날에 이 장소에 중요한 의미를 부여하는 일이 일어났음을 알았다.

그는 가만히 서 있었다. 움직이면 주위에서 느껴지는 광활함, 우뚝 솟은 고요, 마음속의 막연한 갈망이 무너질까 봐 두려웠다. 어릴 때나 성인이 되어서나 한 번도 와본 적 없는 곳이었다. 하지만 이곳을 딱 이런 모습으로 상상했다는 자각이 들면서 그 확신은 흐트러졌다. 이곳을 상상했던 기억은 전혀 나지 않았다. 동시에 그는 도로변 풀밭을 나가 왼쪽을 바라보면 공중전화 부스가 있고 그 건너편에는 자갈 깔린 주차장

안쪽 깊숙이 주점이 있으리란 것을 알았다. 그는 재빨리 앞으로 걸어갔다.

길 한가운데로 걸어 나간 뒤에야 굽은 도로 저편이 보였다. 아담한 붉은 벽돌 건물이 예상했던 그대로 서 있는 것을 보고 그는 처음으로 오싹한 두려움을 느꼈다. 모든 일이 너무 빨리 벌어지고 있었다. 기억하지 못하는데 어떻게 예상할 수 있을까? 그는 90미터가량 떨어져 있었고 건물 전면이 4분의 3 정도 보였다. 관리가 잘된 건물은 예상한 모습 그대로였다. 후기 빅토리아양식의 단순한 장방형 구조에 경사진 붉은 기와지붕을 얹었고 뒤편에 증축 건물이 붙어서 전체적으로 T자 모양이었다. 건물 뒤쪽에 예전에는 흰색이었을 낡은 이동식 주택이 있어서 화분을 보관하는 헛간으로 쓰였다. 축 처진 빨랫줄에 행주 몇 개가 널려 있었다. 주점 바깥 현관 한쪽에는 부서졌지만 아직 쓸만한 나무 벤치가 놓여 있었다.

모든 것이 맞아떨어졌다. 풍경의 친숙함이 그를 조롱했다. 단독으로 서 있는 높은 기둥에 떠받쳐진 간판이 그림과 글씨로 알리는 상호는 〈더 벨(The Bell)〉이었다. 그에게는 아무 의미 없는 이름이었다. 그는 한참을 서서 그곳을 바라보며, 당장은 돌아갔다가 다음에 다시 와서 더 자세히 살펴보고 싶은 유혹을 느꼈다. 하지만 그에게 주어진 것은 단지 어떤 장소가 아니라 어떤 특정한 날, 바로 이 날이었다. 비 때문에 퍼진 자갈밭의 먼지가 입안에서 느껴지는 것 같았다. 바로 이 부드럽고 축축한 안개비가 현실과는 다른 시골 풍경을 주위에 펼쳐놓았음을 그는 깨달았다. 한때 흔했던 나무들―느릅나무, 밤나무, 참나무, 너도밤나무―로 이루어진 풍경. 환금성 좋은 수목의 조림지에 밀려 사라진 옛날의 거인들, 그 수려한 나무들이 다시 풍경 속에 군림하며 뭉게구름 같은 푸른 잎들을 노스 다운스*까지 중단 없이 뒤덮었다.

스티븐은 6월 중순의 비 오는 어느 날 켄트주의 작은 도로변에 서서, 그 장소와 그곳이 보여주는 날을 어떤 기억, 꿈, 영화, 이제는 잊힌 어린 시절의 나들이와 연결하려 애썼다. 그는 해명의 실마리가 되고 두려움을 가라앉혀줄 연결점을 찾고 싶었다. 하지만 장소가 그를 끌어들이는 힘, 아는 곳 같은 느낌, 그곳에서 드러나는 갈망과 근원을 알 수 없는 의미까지, 이 모든 것으로 인해 그는 정작 자신도 이유를 모른 채로 확신하게 되었다. 이 특정한 장소의 요란한 울림―그가 택한 단어였다―은 그의 존재 밖에서 비롯되었다는 사실을.

그는 15분 동안 기다리다 천천히 〈더 벨〉 쪽을 향해 걷기

---

* 잉글랜드 남동부 서리주에서 켄트주에 이르는 초지(草地)성 구릉 지대.

시작했다. 갑작스럽게 움직이면 이곳에 섬세하게 재구축된 다른 시간이 사라져버릴 수도 있다. 그는 조심스럽게 움직였다. 잎이 무성한 수많은 낙엽수가 어지럽게 우거진 모습, 안개비에 나무 아래에서 자라는 밝은 양치식물들이 적도 식물 크기로 확대되고 카우파슬리와 쐐기풀이 희귀종 식물로 변하는 조화를 눈에 다 담기 힘들었다. 고개를 세게 흔들면 그는 다시 평범한 소나무들 사이에 서 있게 될 것 같았다. 그는 앞에 있는 건물에 시선을 고정했다. 정오가 막 지났다. 〈더 벨〉은 첫 점심 손님을 위해 영업을 시작했을 텐데 바깥 자갈밭에는 주차된 차가 없어서 모든 것이 원본과 정확히 일치한다는 인상이 약해졌다.

차는 한 대도 없었으나 정면의 나무 벤치 옆에는 검은색 구식 자전거 두 대가 기대어 있었다. 여성용과 남성용 두 대 모두 고리버들 바구니가 달려 있었다. 두려움 때문에 발걸음이 들뜨고 숨이 얕아졌다. 돌아설 수도 있었다. 줄리가 기다리고 있었고, 젖은 옷도 처리해야 했다. 집에 빨리 돌아가 위원회에 제출할 독서 목록도 작성해야 했다. 그는 걸음을 늦췄지만 멈추지는 않았다. 자동차들이 바짝 옆으로 스쳐 지나갔다. 앞을 막아선다 해도 차들은 그를 건드릴 수 없을 터였다. 그가 지금 들어와 있는 날은 아까 잠에서 깼을 때 찾아온 그날이 아니었다. 의식이 또렷했고 앞으로 나아갈 생각도 확고했다. 다른 시간 속에 있었지만 혼란에 휩싸이지는 않았다. 그는 꿈이라는 것을 알면서 꿈을 꾸고, 두려우면서도 호기심 때문에 꿈속에 머무르는 사람과 같았다.

고요한 건물로 다가갔다. 그는 침입자였다. 그곳은 그를 끌어들이면서 동시에 배제했다. 그가 결과에 악영향을 끼칠지도 모르는 미묘한 협상이 진행되고 있었다. 이제 그는 자갈밭을 가로지르며 한 발씩 조심스럽게 내디뎠다. 주점 한구석에서 빗물이 물통으로 뚝뚝 떨어지는 둔탁한 소리가 들렸다. 9미터쯤 떨어진 곳에서 보니 주점 창문들이 어두웠다. 처음에는 텅 빈 건물 같았지만 다른 위치에서 보면 안에 흐릿한 불빛이 비쳤다. 그는 바깥 현관 앞에서 걸음을 멈췄다. 자전거 두 대는 비를 맞지 않도록 처마 아래 벽에 기대 있었다. 뒷바퀴들이 부서진 벤치의 팔걸이에 살짝 닿았다. 남성용 자전거가 주점 벽에 맞닿아 있었고 여성용 자전거는 어색한 친밀함의 모양새로 거기에 기댔다. 앞바퀴들은 다른 방향으로 벌어졌고 페달들은 서투르게 서로 엉켜 있었다. 이 검은색 자전거들은 새것이었고 수직 기둥에는 제조업체의 이름이 흠 없는 금색 고딕체로 쓰여 있었다. 앞에 달린 고리버들 바구니는 깨끗했다. 봉긋 솟은 안장은 널찍했고 질 좋은 가죽

특유의 은근한 분변 냄새를 풍겼다. 황백색 고무 손잡이가 달린 핸들의 크롬 부분에는 빗물이 검은 구슬처럼 맺혀 있었다. 그는 자전거를 만지지 않았다. 실내에서 움직임이 느껴지면서 어떤 형체가 전등 불빛 앞을 지나갔다. 밖에서는 안쪽 사람들이 보이지 않아도 안에서는 자신을 볼 수 있음을 깨닫고 그는 창문 한쪽으로 비켜섰다.

비는 그쳤지만 물소리는 요란했다. 빗물은 금 가고 이끼 긴 홈통에서 쏟아져 빗물받이를 두드렸고, 나뭇잎 사이로 똑똑 떨어졌다. 그는 주점 벽 가까이에 서서 창문을 통해 비스듬한 각도로 실내를 바라보았다. 한 남자가 바에서 맥주 두 잔을 받아 들고 젊은 여자가 앉아서 기다리는 조그만 테이블 쪽으로 걸어가고 있었다. 테이블은 내닫이창이 돌출된 부분에 놓여 있었고 창문에서 쏟아진 햇빛 때문에 두 연인의 모습은 실루엣만 보였다. 남자가 헐렁한 회색 플란넬 바지의 주름선을 차분히 잡고 여자 옆으로 가까이 들어가 앉았다. 그들은 내닫이창의 삼면에 짜 넣은 벤치에 앉아 있었다. 사람을 알아본 것이 아니라 그림자를 보았을 뿐이고 익숙한 소리가 아니라 짧은 공명이 귀에 일어난 것뿐이었는데도 스티븐은 휘청거리는 몸을 물기 없는 벽에 기대어 가눠야 했다. 눈앞의 광경이 뛰는 가슴과 함께 고동쳤다. 두 연인이 고개를 왼편으로 들어 출입문 옆 창문을 바라봤다면, 점무늬 유리창 너머에서 어른거리는 환영이 무언가를 어렴풋이 알아보고 뻣뻣하게 굳어 있는 모습을 보았을지도 모른다. 그것은 마치 한 영혼이 부름을 받을지 내쳐질지 결정을 기다리며 존재와 망각 사이에 걸쳐 있는 것처럼, 기대감으로 팽팽하게 긴장한 얼굴이었다.

하지만 젊은 남녀는 완전히 몰두해 있었다. 남자는 1파인트 잔의 맥주를 벌컥벌컥 마시며 열심히 말했는데 여자의 반 파인트 잔 맥주는 그대로 남아 있었다. 여자는 남자의 말을 진지하게 들으면서, 날염 무늬 원피스의 소매를 잡아당기거나 곧고 단정한 머리카락이 흘러내리지 않게 고정한 고운 머리핀을 무의식적인 정확성으로 매만지고 있었다. 둘은 서로의 손을 잡고 마음을 정한 듯 힘없이 미소 짓더니 잡은 손을 풀고 동시에 입을 열었다. 문제는—분명히 대화의 유일한 화제일 그 문제는—아직 해결되지 않았다.

스티븐에게 보이는 범위 안에서는 그들 외에 다른 손님이 없었다. 바텐더는 어깨가 넓고 동작이 굼뜬 남자로, 등을 돌린 채 선반에 있는 무언가를 만지작거리고 있었다. 당연한 대응은 안에 들어가 술을 산 다음 가까이에서 보는 것이었다. 별로 내키지 않는 생각이었다. 스티븐은 마음을 안정시키는 따뜻한 벽에 손을 대고 있었다. 그런데 별안간, 세상을 뒤집어엎는 재난 같은 속도로 모든 것이 바뀌었다. 다리가 풀리면서 싸늘한 기운이 온몸으로 퍼져 내려갔다. 그는 여자와 눈이 마주쳤고, 그녀가 누군지 깨달았다. 여자가 고개를 들어 그가 있는 쪽을 바라보고 나서였다. 남자가 끈질긴 주장을 펴며 얘기하는 동안에도 여자는 눈길을 거두지 않았다. 얼굴에 호기심이나 충격받은 기색은 드러나지 않았고, 그저 연인의 말을 들으며 스티븐의 눈길을 받아낼 뿐이었다. 그녀는 어렴풋이 고개를 끄덕였고 잠시 눈길을 돌려 질문에 대답하고는 다시 스티븐이 있는 쪽을 바라보았다. 하지만 그녀는 그를 볼 수 없었다. 그를 어떤 식으로든 알아보았다는 기색이 전혀 없었다. 그를 못 본 척한 것은 아니었다, 그를 꿰뚫고 길 건너 나무들을 바라본 것이었다. 아무것도 보고 있지 않았다, 그저 듣고 있었다. 터무니없게도 그는 손을 들어 인사와 거수경례 사이에 걸친 어색한 손짓을 했다. 그가 의문의 여지없이 자신의 어머니라고 확신하는 그 젊은 여자는 아무런 대답도 하지 않았다. 그녀는 그를 볼 수 없었다. 그녀는 그의 아버지가 하는 말을 듣고 있을 뿐―뭔가를 주장할 때 한 손을 펼쳐 보이는 아버지의 습관을 그는 알아보았다―아들을 볼 수는 없었다. 싸늘하고 유아적인 낙담이, 따돌림과 갈망의 쓰라림이 가슴을 훑고 지나갔다.

그는 아마도 창문에서 떨어져 나오며 울고 있었을 것이다, 한밤중에 깨어난 아기처럼 울부짖고 있었을 것이다. 하지만 밖에서 바라보는 사람이 있었다면 그에게는 그저 조용하게 체념한 사람처럼 보였을지도 모른다. 그가 뚫고 나아가는 대기는 컴컴하고 축축했다, 무(無)로 이루어진 그는 가벼웠다. 그는 길을 되돌아가 걸어가는 자신의 모습을 보지 못했다. 그는 뒤로 넘어져 허공에 무력하게 곤두박질쳤고, 보이지 않는 굽이를 따라 소리 없이 미끄러져 내려가다 나무들 위로 솟아올랐으며, 덤불 속 구불구불한 터널과 근육질의 축축한 수로를 따라 끌려가면서도 아래에 펼쳐진 지평선을 보았다. 절박하게 항의하는 그의 무구한 눈은 커지고 둥글어지면서 눈꺼풀도 사라졌다, 무릎이 아래에서 올라와 턱과 맞닿았다, 손가락은 비늘로 뒤덮인 물갈퀴였다, 나무 꼭대기를 집어삼키고 뿌리 사이로 솟아오르는 짭짤한 바닷물 속에서 팔딱거리는 아가미가 긴급하고 절망적으로 들썩였다. 그리고 자신에게서 나오고 있는 듯한 모든 울음과 외침 속에서 그는 한 가지 생각에 도달했다. 갈 곳이 없다는 것, 몸이 있는 형태로는 한순간도 존재할 수 없다는 것, 그의 도착을 기대하는 이는 없으며, 목적지나 시간도 정해지지 않았다는 것. 격렬하게 앞으로 나아가는 동안에도 그는 꼼짝하지 못한 채로 고정된 한 점 주위를 빙빙 돌고 있었으니까. 이런 생각과 함께 자신의 것이 아닌 슬픔이 쏟아져 나왔다. 수백, 수천 년 된 슬픔이었다. 그것이 풀밭을 휩쓰는 바람처럼 그를, 그리고 수없이 많은 다른 이들을 휩쓸고 지나갔다. 무엇도 그의 것이 아니었다. 버둥거림이나 움직임도, 외치는 소리도, 심지어 슬픔도. 무(無)는 무의 것이었다.

*

눈을 떴을 때 스티븐은 침대에 누워 있었다. 줄리의 침대에서 오리털 이불을 덮고 미지근해진 탕파를 가슴에 움켜쥔 채로. 침대가 공간의 대부분을 차지한 작은 방의 건너편에는 욕실로 들어가는 문이 있었고, 열린 문 사이로 조명을 받아 누르스름하게 보이는 수증기 구름이 새어 나오고 천둥처럼 물 흐르는 소리가 났다. 그는 눈을 감았다. 이 침대는 친구들의 결혼 선물이었는데 그들을 몇 년간 보지 못했다. 기억하려 했지만 그들의 이름이 떠오르지 않았다. 침대 안에서, 혹은 그 위에서, 결혼 생활이 시작되었다가 6년 후에 끝났다. 다리를 움직일 때면 들리는 음악 같은 삐걱 소리가 익숙했다, 시트와 높이 쌓인 베개에서는 줄리의 냄새, 줄리의 향수와 새로 빤 시트에서 항상 나던 은은한 비누 향이 풍겼다. 여기에서 그는 평생 가장 길었고 가장 의미 깊었던, 그리고 나중에는 가장 삭막했던 대화에 동참했다. 가장 좋았던 섹스를, 그리고 가장 끔찍했던 불면의 밤을 경험했다. 다른 어떤 곳에서보다 더 많은 책을 읽었다―병을 앓았던 한 주 동안《안나 카레니나》와《다니엘 데론다》를 읽은 기억이 났다. 여기말고 다른 어디에서도 그만큼 크게 화를 내본 적 없고, 누군가를 그만큼 애지중지하고 감싸주고 위로한 적 없으며, 유년기 이후로 그만큼 보살핌을 받은 적도 없었다. 여기에서 딸이 잉태되고 태어났다. 바로 이쪽 자리에서. 매트리스 안쪽에는 아이가 새벽에 와서 자다가 오줌을 눈 자국도 있었다. 두사람 사이로 기어올라와 잠깐 자다 일어난 아이는 쉴 새 없이 재잘거리고 하루의 시작을 재촉하며 부모를 깨웠다. 엄마와 아빠가 마지막 꿈 자락을 붙잡고 버틸 때면 아이는 불가능한 것을 요구했다. 이야기, 시, 노래, 즉흥 문답, 몸싸움, 간지럼. 그들은 사진만 빼고 딸이 존재했다는 거의 모든 증거를 없애거나 남에게 주었다. 그가 경험한 가장 나쁜 일들과 가장 좋은 일들이 모두 여기에서 일어났다. 여기가 그가 있어야 할 곳이었다. 당장 고려해야 할 모든 문제를 떠나, 예컨대 부부 사이가 이젠 끝난 거나 다름없다는 사실도 제쳐두고, 그에게는 지금 여기 부부의 침대에 누워 있을 권리가 있었다.

다시 눈을 떴을 때는 줄리가 침대 가장자리에 앉아서 그를 내려다보고 있었다. 강세가 특이하고 울림이 큰, 욕실 수도꼭지에서 나오는 물방울 소리만 빼면 방 안은 고요했다. 우스운데도 참느라 긴장한 입술을 꼭 다문 채 그녀는 뭔가 매정하게 비꼬는 말을 하고 싶은 유혹을 억누르고 있었다. 그녀의 맑은 잿빛 눈이 차분하게 움직이며 종잡을 수 없는 삼각형을 그렸다. 그의 왼쪽 눈에서 오른쪽 눈으로, 다시 왼쪽으로 돌아가 둘을 비교하며 자신이 감지한 희미한 차이에서 진실을 측정했고, 그러다 그의 입으로 내려가서는 그곳의 표정을 재고 또다시 비교했다. 그는 몸을 일으켜 앉아 그녀의 손을 잡았다. 맞잡아주는 손이었지만, 촉감은 차가웠다.

그는 말했다. "귀찮게 해서 미안해."

그녀는 즉시 미소를 지었다. "괜찮아." 그녀의 입술이 다시 다물어지더니 우스운 논평이 나오려는 것을 억제하느라 다시 한번 비죽 튀어나왔다. 어쩌다 그렇게 충격에 빠진 상태로 집에 왔느냐고 직접 묻는 것은 그녀답지 않았다. 질문이나 일상적인 호기심은 그녀에게 전혀 어울리지 않았다. 줄리는 질문에 대한 답을 고집스럽게 요구하지 않았다. 한 번쯤 묻더라도 답이 없으면 자신 역시 침묵했다. 그녀의 침묵에는 그윽한 깊이가 있었다. 그녀를 차분한 자기 교감에서 끌어내기 위해, 가까이 당겨오기 위해, 사정을 설명하지 않고는 배기기가 힘들었다.

그는 말했다. "이 침대에 다시 누우니 너무 좋군."

"난 이것 때문에 미치겠어," 줄리가 얼른 말했다. "가운데가 푹 꺼지고 움직일 때마다 삐걱거려."

그는 그럴 생각이 아니었지만 가볍게 대꾸했다. "그럼 내가 가질게." 그러자 줄리는 어깨를 으쓱했다.

"원한다면. 가져가."

너무 암울한 대화였다. 맞잡았던 손이 풀리며 적막이 흘렀다. 스티븐은 깨어날 때 느꼈던 친밀함을 회복하고 싶었고, 모든 것을 할 수 있는 데까지 잘 설명하고 싶다는 생각이 들었다. 하지만 긴 설명을 할 자신이 없었다, 둘이 오히려 더 멀어질 수도 있었다. 이불을 걷어차고 앞으로 몸을 숙인 그는 줄리의 어깨에 양손을 얹고 그녀가 거기 있음을 확인하려는 듯 단단히 눌렀다. 그녀의 허약한 몸이 만져졌고 면 블라우스 아래로 느껴지는 체온이 맹렬하고 정겨웠다. 줄리는 유심히 바라보았지만 억누른 웃음기는 그대로였다.

"무슨 일이 있었는지 설명할게." 그가 여전히 어깨를 누르며 말했다.

그가 손을 내리고 침대에서 일어나려 하자 줄리가 그의 팔에 손을 얹었다. 그녀가 단호히 말했다. "일어나지 마. 내가 차를 좀 가져왔어. 그리고 케이크도 만들었어." 그녀는 이불을 그의 다리 위로 끌어 올려 허리까지 덮어주고 이불자락을 정돈하려고 일어섰다. 그녀는 스티븐이 부부의 침대에서 나오지 않기를 바랐다. 바닥에 있던 쟁반을 그의 앞에 올려놓았다. "한 번쯤은," 그녀가 말했다. "모든 게 다 괜찮은 척 안 해도 돼. 당신은 내 환자야."

줄리는 케이크를 자르고 차를 따랐다. 찻잔은 섬세한 본차이나였다. 애써 찻잔 받침까지 케이크 접시와 한 벌로 맞췄다. 특별한 의식임이 명백했다. 두 사람은 찻잔을 부딪치고 "건배"라고 말했다. 스티븐이 시간을 묻자 그녀는 "목욕 시간"이라고 대답했다. 그러고는 그의 팔에 길게 난 마른 진흙 자국을 가리켰다. 접시를 내려다보던 그녀가 그의 얼굴을 기억과 대조해 확인하려는 듯 자꾸만 위로 흘깃거리자, 침실의 어슴푸레한 빛 속에서 그녀의 흰자위가 번득였다. 이제 그녀는 그의 눈을 응시하지 않았다. 그가 미소를 짓자 시선을 내리깔았다. 줄리는 유색 크리스털이 달린 긴 귀걸이를 달고 있었다. 그녀답지 않게 양손을 가만두지 못했다.

잡담은 쉽지 않았다. 시간이 좀 흐른 뒤 스티븐이 말했다. "당신 오늘 정말 아름다워."

즉시 평탄한 어조의 대답이 돌아왔다. "당신도 그래." 그녀는 미소를 지으며 한숨과 동시에 "자……" 하고 말한 뒤 찻잔들을 치웠다. 침대 머리맡에 선 그녀가 그의 머리칼을 쓰다듬었다. 그는 숨을 멈췄다, 그 순간이 숨을 멈췄다. 그들이 마주한 것은 두 가지 가능성, 예리하게 날 세운 지렛목 위에 같은 무게로 균형을 유지한 두 가지 가능성이었다. 그들이 한쪽으로 치우치는 순간 다른 가능성은 존재 자체가 멈추지는 않더라도 돌이킬 수 없이 사라져버릴 것이다. 그는 침대에서 일어나 다정한 미소를 지으며 줄리의 옆을 지나 욕실로 갈 수도 있다. 자립심과 자존감을 지켜내며 등 뒤로 문을 잠글 것이다. 그녀는 아래층에서 기다릴 테고 다시 조심스럽게 대화를 이어가다 보면 그가 들판을 건너가 기차를 탈 시간이 될 것이다. 아니면, 위험을 감수함으로써 다른 삶이 펼쳐지고 그의 불행은 두 배가 될 수도, 사라질 수도 있을 것이다.

두 길이 갈라지는 곳까지 그들의 망설임은 짧고 달콤했다. 그날 두 유령을 보지 않았다면, 서로를 품으며 겹쳐진 두 가지 현실의 주머니, 그것들이 겹쳐진 시간과 장소를 겪고 오지 않았다면 그는 지금과 같은 선택을 할 수 없었을 것이다. 이처럼 깊은 생각 없는 선택, 현명함 같기도 하고 자포자기 같기도 한 신속한 선택은 불가능했을 것이다. 점점 희미해지는 유령 같은 스티븐이 일어나 미소 지으며 방 저편 욕실로 다가가 등 뒤로 문을 닫았고, 눈에 보이지 않는 수많은 사건이 그로부터 생겨났다. 줄리의 손을 잡은 스티븐의 팔을 따라 순응하는 몸의 기운이 물결처럼 전해져 왔을 때, 그가 줄리를 끌어당겨 무릎에 앉히고 키스했을 때, 그는 지금 일어나고 있는 일, 그리고 앞으로 일어날 일이 그날 앞서 경험한 일과 무관하지 않다고 확신했다. 모호하게, 그는 동일 선상의 논쟁이 계속되고 있음을 감지했다. 하지만 아까 〈더 벨〉 밖에서 느낀 공포와는 다르게 줄리의 소중한 머리를 양손으로 잡고 그녀의 눈에 키스하는 지금 그가 느낀 것은 오로지 기쁨뿐이었다. 하지만 그 두 순간은 분명히 한데 묶여 있었고, 모두 무구한 갈망을, 소속의 욕망을 불러일으켰다.

결혼 생활의 일상적이고 성적인 패턴은 쉽게 폐기되지 않는다. 그들은 침대 한가운데에 무릎을 꿇고 앉아 천천히 서로의 옷을 벗겼다.

"당신 너무 말랐어," 줄리가 말했다. "이러다간 몸이 상할 거야." 그녀는 빗장뼈를 옆으로 길게 쓰다듬고 갈비뼈 하나하나를 타고 아래로 내려가 흥분을 확인하고 흡족해하며 양손으로 그를 꽉 쥐더니 허리를 숙여 긴 키스로 그를 되찾았다.

스티븐 역시 그녀가 알몸이 되자 소유욕 섞인 정겨움을 느꼈다. 그는 변화를 알아차렸다. 살짝 살이 붙은 허리, 살짝 작아진 풍만한 가슴. 혼자 살아서 그렇지, 그는 그렇게 생각하며 한쪽 젖꼭지를 입으로 감싸고 다른 쪽 가슴을 볼에 댔다. 익숙한 알몸을 보고 느끼는 것이 너무 새로워서 그들은 몇 분간 서로를 멀찍이 붙잡고 "그래……"하거나 "다시 이렇게 ……"하고 말할 뿐이었다. 터무니없는 장난기가 허공을 채웠고 우스운 것을 억누르다 보니 욕망이 꺼져버릴 듯도 했다. 지금껏 둘 사이에 흐르던 냉기가 정교한 속임수처럼 느껴지면서 어떻게 그렇게 오랫동안 그 냉기를 유지할 수 있었는지 의아해졌다. 우스울 정도로 단순했다. 두 사람이 자유롭게 풀려나 복잡하지 않은 역할을 맡고 서로를 잘 이해하고 있음을 부인하지 않기 위해서는 그저 옷을 벗고 서로를 바라보기만 하면 된다는 것. 이제 예전의 현명한 자신으로 되돌아온 그들은 함박웃음을 멈출 수가 없었다.

잠시 후, 열렸다 다시 닫힌 입구의 기다란 테두리에 감싸여 잘 아는 웅덩이와 굽이를 채우면서 익숙한 깊은 곳에 도달하는 동안, 계속 반복해서 들리는 듯한 한 단어가 있었다. 살

위로 미끄러지는 살이 만들어낸 매끄럽고 울림이 깊은 단어, 부드러운 자음과 둥그런 모음으로 이루어진 따뜻한 흥얼거림 같은 단어…… 집(home), 그는 집에 돌아왔다. 아늑하게 감싸인 채 안전하게, 그래서 그가 소유했고 그를 소유한 집을 부양할 수 있게 된 채로. 집, 왜 집 말고 다른 곳에 있는단 말인가? 집에 머무르는 것 말고는 다른 일 모두 낭비가 아닐까? 시간이 복구되었다, 욕망 실현의 매개가 됨으로써 다시 목적을 되찾았다. 바깥의 나무들이 더 가까이 다가와 솔잎들이 조그만 유리창을 쓰다듬었고, 창으로 스며든 빛으로 어룽거리던 방이 어두워졌다. 거세진 빗소리가 지붕을 때리다 얼마 뒤에 물러갔다. 줄리가 울고 있었다. 그는 예전에도 여러 번 그랬듯이 또 한 번 자문했다. 어떻게 이토록 좋고 단순한 것이 허용될 수 있는지, 어떻게 이런 것을 누리고도 탈이 없을 수 있는지, 세상은 어떻게 그토록 오랫동안 이 경험을 삶의 일부로 인정했으며 지금까지도 그대로인지. 정부도 홍보 회사도 연구 부서도 아닌, 생명 작용, 존재, 물질 그 자체가 제 나름의 쾌락과 영속을 위해 고안해낸 이것, 바로 이것을 우리는 하게 되어 있다, 그것은 우리가 자기를 좋아하기를 바란다. 그의 팔다리가 떠내려가고 있었다. 저 높이 맑은 공기 속에서 손가락 힘만으로 벼랑에 매달려 있는데 15미터 아래에는 길고 부드러운 자갈 비탈이 있었다. 손힘이 풀어지고 있었다. 그렇다면 틀림없다, 그는 섬세하고 아찔한 허공으로 나가떨어져 말도 안 되게 가파른 비탈을 따라 점점 빠르게 낙하하며 생각했다. 틀림없이 그곳은 본질적으로 호의적인 장소다, 우리를 좋아하고, 우리가 자기를 좋아하기를 바라고, 자기 자신을 좋아한다.

*

그러다 모든 것이 달라졌다. 그들은 미지근한 물이 담긴 좁은 욕조에 끼여 앉아 와인을 병째로 마셨다. 욕망이 충족되고 나니 신속하고 무모한 명료함이 찾아왔다. 그들은 요란하게 말하고 웃으며 서로에게 방심했다. 줄리는 주변 마을 사람들의 생활에 관해 긴 이야기를 늘어놓았고, 스티븐은 위원회 사람들을 과장되게 묘사했다. 둘 다 아는 친구들의 근황을 가혹하게 요약했다. 활발한 대화가 이어지는 동안에도 그들은 마음이 불안했다. 이 화기애애함을 떠받칠 것이 아무것도 없다는 사실, 둘이 함께 목욕할 이유가 없다는 사실을 알았기 때문이다. 둘 다 이러지도 저러지도 못하면서도 그런 마음을 감히 입 밖에 내지 못했다. 자유롭게 이야기하고 있었지만 암울하고 근거 없는 자유였다. 곧이어 그들은 말을 더듬거렸고 빠르게 이어지던 대화가 스러지기 시작했다. 다시 두 사람 사이에 잃어버린 아이가 있었다. 이제는 없는 딸이 밖에서 그들을 기다리고 있었다. 스티븐은 곧 그곳을 떠나게 될 것을 알았다. 다시 옷을 입은 그들은 더욱 어색해졌다. 별거의 습관은 쉽게 폐기되지 않는다. 목소리가 잘 나오지 않았다, 당혹스러웠다. 예전의 조심스러운 정중함이 다시 자리를 잡았고, 그 앞에서 그들은 어쩔 줄 몰랐다. 너무 쉽게, 너무 빨리 자신을 내보였다, 자신을 내보임으로써 쉽사리 상처받게 되었다.

아래층에 내려간 그는 줄리가 무릎을 꿇고 연기 나는 장작불 앞에 젖은 수건을 펼쳐놓는 모습을 바라보았다. 분명 뭔가 다정한 말, 너무 경솔하지 않고 속내를 더 드러내지도 않는 말이 있어야 했다. 하지만 남은 것은 잡담뿐이었다. 기껏해야 줄리의 손을 잡아야겠다는 생각이 떠올랐지만 그렇게 하지도 않았다. 그들은 모든 가능성을, 손길의 긴장을 이미다 써버렸다, 이미 한계까지 가봤다. 이제는 모든 것이 중화되었다. 여전히 함께 지내고 있었다면 다른 방법에 의지하여, 한동안 서로를 외면하거나 무슨 일인가 시작하거나 어떻게든 상실을 직시할 수도 있었을 것이다. 하지만 이곳에는 아무엇도 없었다. 서글픈 자존심이 그들을 붙잡아 마지막 한 주전자의 차를 놓고 말없이 앉아 있게 했다. 그는 줄리가 어떤 삶을 살고 있는지 어렴풋이 알 것 같았다. 집 바로 옆에 소나무들이 자라고 창문들은 작아서 화창한 날에도 모든 방이 컴컴했다. 그녀는 습기를 없애려고 여름 내내 장작불을 피웠다. 방 한구석에는 잘 닦은 식탁이 있고 그 위에는 여러 가지 노트가 깔끔하게 쌓여 있으며, 밤이나 흐린 날 책을 읽을 때 켜는 양초들, 그리고 숲 언저리에서 찾을 수 있는 얼마 안 되는 야생화를 잡초와 함께 꽂은 잼 병이 있었다. 다른 병 하나에는 뾰족하게 깎은 연필 여러 자루가 꽂혀 있었다. 바이올린들은 케이스에 든 채로 구석에 놓여 있었고 보면대는 보이지 않았다. 그는 줄리가 케이트를 생각하거나 생각하지 않으려고 애쓰며 시골의 콘크리트 길을 배회하다 돌아와 쌕쌕거리는 정적 속에서 연주를 하는 모습을 상상했다.

그는 지체 없이 길을 나서 기계화로 잘 정리된 들판을 가로질러 은거지로 돌아갈 참이었다. 줄리와 마주 앉아, 손을 덥히려고 찻잔을 감싸 쥔 채 고개를 숙인 그녀를 바라보아도 아무런 감정이 일어나지 않았다. 이제 아내에게서 떨어져 나오는 법을 익힐 수 있을 것 같았다. 물어뜯은 손톱에 감지 않은 머리와 초췌한 얼굴. 이제 아내를 사랑하지 않는 법을 익힐 수 있을 것 같았다. 간간이 서로 만나면서 그녀가 유한한 인간이며 고독에 탐닉하고 자신의 힘든 삶을 이해하는 데 열중한 서른 후반의 여자라는 사실을 매번 상기할 수만 있다면. 시간이 흐른 뒤 그는 원래 자신의 것이었던, 그녀에게 너무 커서 차라리 정겨운 찢어진 스웨터와 소매 밖으로 드러난 그녀의 가느다란 맨팔, 감정을 억제하던 그녀의 잠긴 목소리를 기억하며 자조하게 될지도 몰랐다.

스티븐이 일어섰을 때 그들은 짧으나마 작별 인사를 나누지 않을 수 없었다. 그녀가 그를 위해 문을 열어주었고, 둘은 잠깐 서로의 손을 꼭 쥐었으며, 그가 마당길을 세 발짝도 채 못 갔을 때 뒤에서 현관문이 닫히는 소리가 들렸다. 쪽문 옆에서 그는 뒤를 돌아보았다. 어린애가 그림으로 그릴 만한 집이었다. 상자 모양 건물 정중앙에 현관문이 있고 각 모퉁이 가까이에 조그만 창문 네 개가 있으며 〈더 벨〉과 같은 붉은 벽돌로 축조되었다. 남은 벽돌로 만든 마당길은 현관문과 대문 사이를 느슨한 S자 모양으로 연결했다. 폭이 15미터가 될까 말까 한 공터에 서 있는 시골집이었다. 숲의 나무들이 사방에서 밀고 들어왔다. 잠시 그는 되돌아갈까 생각했지만 하고 싶은 말이 무엇인지 알 수가 없었다.

그리하여 불행을 위한 비뚤어진 결탁을 맺은 두 사람은 몇 달이 흐르도록 다시 만나지 않았다. 사정이 좀 나을 때면 스티븐은 그때 그 일이 너무 빨리 일어났다고, 둘 다 마음의 준비가 안 되어 있었다고 느꼈다. 최악의 순간에는 조심스럽게 이별로 다가서고 있다고 생각했던 과정을 되돌려버린 자신에게 분노가 치밀었다. 그 뒤로 오래도록 그는 다시 아내를 찾아가지 않으려 했던 자신의 고집스러움에 당혹감을 느끼게 된다. 당시에는 이렇게 주장했다. 줄리는 그를 부른 적이 없다. 그가 먼저 가겠다고 한 것이다. 줄리는 그를 보고 좋아했지만 그를 보내고 고독 속으로 되돌아갈 때 역시 좋아했다. 그때 일이 줄리에게 조금이라도 의미가 있다면 먼저 침묵을 깰 것이다. 그녀에게서 아무 말도 듣지 못한다면, 아직도 혼자 있고 싶다는 의미로 받아들이면 된다.

비는 그친 지 오래였다. 스티븐은 〈더 벨〉 근처의 도로를 재빨리 건너며 더 이상의 극적인 감정이나 의미를 단호히 물리쳤다. 넓은 들판으로 이어진 콘크리트 길을 따라 서둘러 걸어갔다. 런던의 한 부부가 공들인 음식과 흥미로운 손님들로 유명한 만찬에 초대했는데, 제시간에 갈 수 없을 것 같았다.

4

가정을 사랑하고 존중하는 마음에서 국가에 대한 깊은 충성심이 우러난
다는 결론은 이전 세대의 많은 이들에게 그랬듯이 우리에게도 유효하다.

영국 정부 출판국 발행《공인 아동 보육 안내서》

인상적일 만큼 더운 어느 늦은 아침, 위원회는 증인 조사에
들어갔다. 그 전날 기온이 37.5도를 넘기면서 대중지들은 애
국적인 열광으로 들끓었다. 날씨가 정부에 좋은 영향을 미치
고 있다는 것이 관계자들의 견해였고, 오늘 기온은 더 높아
질 것으로 예측되었다. 아침 회의가 시작되고 10분이 지났을
때 캐넘의 부추김을 받은 서기가 선풍기를 가져와 바로 옆

에 틀어둔 뒤로 선풍기는 의장을 향해 공손히 서 있었다. 주말 사이에 인부들이 잠금을 풀어놓은 내리닫이창이 화이트홀 쪽으로 활짝 열려 있어서 막히는 도로의 윙윙거리는 소음이 흘러들어 왔다. 겹쳐진 뜨거운 창유리 사이에 갇힌 금파리 한 마리가 간간이 붕붕거리는 소리를 냈다. 아침이 흘러갈수록 소리의 간격이 점점 길어졌다. 거대한 탁자의 표면이 축축하게 느껴졌고, 그 위에서 더운 바람이 희미하게 살랑거릴 때마다 서류 낱장들이 나른하게 들썩였다.

한 시간 넘게 스티븐은 무릎 위에 놓인 손을 응시하고 있었다. 근래에 더위에 노출된 자신의 피부 냄새와 촉감 때문에 더운 나라들을 옮겨 다니며 외둥이로 보낸 유년기의 맛이 떠올랐다―땀의 맛, 구석구석 밴 달콤한 망고 냄새, 부엌에서 끓고 있는 영국 채소들, 아마*가 바깥채에 보관하던 용과 야자수가 그려진 깡통 속 향신료들. 그는 언젠가 향신료 뚜껑을 열고 얇은 갈색 조각 물질의 진한 향을 들이마셨다. 집 안으로 돌아와 아무도 없는 거실에서 천천히 돌아가는 실링팬 아래에 서 있을 때, 그 씁쓸하고 부패한 맛은 라벤더 왁스로 광을 낸 영국 공군 보급품 가구와는 공유할 수 없는 비밀

---

* 중국, 동남아시아 등지에서 하녀를 이르는 말.

이었다.

그에게 아시아는 이런 것이었다. 담배와 파리 살충제 플리트의 남성적인 냄새. 꽃무늬 커버를 씌운 육중한 안락의자들—아버지의 의자에는 가죽끈 고정장치가 달린 놋쇠 재떨이가, 어머니의 의자에는 끈적끈적한 더위 속에서도 짜나가는 뜨개질감과 잡지 《여성 세계》가 놓여 있고 분홍색 비누 냄새가 감돌았다. 양철에 검은색을 칠해 기발하게 표현한 석양과 야자수 실루엣 그림이 걸린 벽. 집안일을 해주던 예쁜 아마—사람들은 그녀가 밤에 스티븐의 침대 발치에서 잔다고 말했지만 그는 한 번도 그 모습을 본 적이 없었다. 침대 시트 사이에서 살았고 기도로 물리쳐야 했던 물뱀들. 첫 교실에서 더위 때문에 손가락 사이 연필에서 배어 나오던 삼나무 향. 학교의 상징이었던 야자수 아래 호랑이. 그리고 아버지의 맥주.

어느 무더운 오후에 그는 어머니를 따라 계단을 올라가 오돌토돌한 무늬가 새겨진 이불 위에 나란히 누웠다. 재떨이와 똑딱거리는 알람 시계가 있는 쪽이었다. 이상하게도 어머니는 아직 잠자리에 들기엔 한참 남은 환한 대낮인데 잠을 자자고 했다. 그는 천장의 팬을 보며 똑바로 누웠다.

"눈을 감아, 아들," 어머니가 지시했다. "눈을 감아." 그는 그렇게 했고, 오랜 시간 뒤에 잠에서 깼다. 옆에서 사라진 어머니가 아래층에서 여자 손님들과 얘기하고 차를 마시는 소리가 들렸다. 그는 감명을 받았다. 잠이란 그저 저절로 드는 것이 아니었다, 사람이 눈을 감음으로써 통제할 수 있는 것이었다. 사람이 통제할 수 있는 것은 그 밖에 또 무엇이 있을까?

그는 어머니와 친구들의 목소리를 듣는 것이 좋았다. 이야기는 뭔가 잘못되어가는 일들, 잘못된 말이나 행동을 한 사람들, 여러 가지 병과 의사들의 잘못에 관한 것이었다. 아이들에게 잘못되어가는 일을 말하는 사람은 없었다. 아버지가 귀가하기 전에 찻잔들은 치워졌고 손님들은 돌아갔다. 아버지는 헐렁한 반바지 차림이었고 카키색 셔츠는 땀으로 얼룩져 있었다. 아버지는 집에 오자마자 스티븐을 찾아 뒤쫓으며 괴물 흉내를 냈다. "흐흐흐흐, 영국 사람 피 냄새가 나는구나!" 하고 으르렁거리며 아들을 간지럼 태우고 위태롭게 높이 던져 올렸다. 루이스 공군상사는 샤워를 마치고 호랑이피로 만든 맥주를 마셨는데 맥주는 스티븐이 따르게 허락해주었다. 그다음 그들은 자리에 앉아 차를 마시며 뭔가 잘못된 일에 관한 재미있는 얘기들을 더 나누었다. 아는 게 너무 없는 젊은 장교, 다른 공군상사가 잘못한 일, 영국 공군에게 잘못된 일을 시키는 정치인들. 어머니는 그날 오후에 들었던 얘기를 했다. 그러고 나서 어머니가 설거지하고 아버지가 씻은 그릇을 말릴 때 스티븐은 식탁을 치웠다.

어머니가 잠을 통제했듯이 자신도 사건을 통제할 수 있다면 아버지와 어머니를 세상의 왕과 왕비로 만들어야겠다고 스티븐은 생각했다. 그러면 그들이 그토록 현명하게 묘사한 잘못된 일을 모두 바로잡을 수 있을 테니까. 아버지는 그어떤 괴물보다 더 강하지 않은가? 중대 대항 경기에서 아버지는 발이 안 보일 정도로 빠른 도움닫기를 거쳐 무동력 비행에 가까운 삼단뛰기를 해냈다. 스티븐을 등에 업고 해변에 간 아버지는 상어가 있다는 것을 알고 큰 파도를 휘저으며 머리와 어깨에 해초를 드리운 채 으르렁거리는 바다 괴물처럼 뛰어나왔다. 아버지가 존대해야 했던 젊은 장교들이 오히려 아버지에게 무엇을 해야 하는지 물었고, 아버지 휘하의 병사들은 스티븐과 그의 어머니가 그랬듯이 아버지의 총애를 잃을까 봐 두려워했다.

그리고 어머니는 영국 여왕보다 더 아름다웠으며 그 외에도 여러 능력이 있어서, 매년 생일에 늘 스물한 살일 수 있었고, 사격 시합에서 22구경 소총으로 과녁 중앙을 맞혔으며, 밤이면 아무도 듣지 못하는 소리를 들었고, 그가 악몽을 꾸다 어둠 속에서 잠을 깨면 어느새 알고 항상 옆에 와 있었다. 그들은 상사 식당에서 열리는 특별 행사에도 자주 갔다. 어머니는 직접 만든 긴 새틴 드레스를 입었고 아버지는 군복을 입었으며 출발 전에 항상 맥주를 마셨다. 때로 부모님은 영국군 방송에서 나오는 음악에 맞춰 거실에서 춤을 추었다. 허리를 곧게 세우고 발로 멋지게 빙글 돌면서 가구 사이 공간에서 자신 있게 움직이며 왈츠, 폭스트롯, 투스텝을 추었다. 그럴 때 두 사람은 어머니의 보석 상자 위에서 〈엘리제를 위하여〉의 종소리 같은 선율에 맞춰 빙글빙글 춤추는 우아한 커플 같았다. 가까이 다가가면 분홍색 얼룩처럼 번져 보이던 꿈결 같은 모습.

꿈은 위험했다. 그건 그냥 악몽이었을까? 점심으로 먹은 으깬 감자 접시가 아버지 머리를 살짝 피해 벽에 부딪혀 산산이 부서졌을 때, 나중에 어머니가 울면서 그릇 조각들을 앞치마에 모으고 젖은 헝겊으로 벽을 닦았을 때가? 밤중에 아래층에서 들리던 고함도 꿈이었을까? 열린 부엌 문틈으로 고기 써는 큰 칼을 든 아버지를 봤을 때, 아버지가 벌겋게 화난 얼굴을 바짝 들이대고 스티븐에게 마마보이라고 말했을 때, 더 심하게는 집에 온 손님들 앞에서 그를 안아 아기처럼 어르고 달래는 시늉을 했을 때, 그것은 다 나쁜 꿈이었을까?

아마도 스티븐은 마마보이였을 것이다. 그다음 몇 년 후에도, 준위가 된 아버지가 훈련에 나가고 없을 때면 그는 어머니와 함께 잤다. 군대가 북아프리카에 주둔하던 시절이었다. 스티븐이 컵스카우트*에 가입해 수공예 분야의 공로 배지를 따야 했을 때 어머니의 도움을 받아 장난감 가구 한 벌을 만들었다. 결국에는 어머니가 모든 일을 다 해야 했다. 그는 결과물─의자 세 개짜리 파란색 소파 세트, 성냥갑으로 만든 찬장, 플로어 스탠드─을 구두 상자로 꾸민 거실에 담아 막사에서 열리던 주간 모임에 가져갔고, 당연한 권리로, 어머니의 작품을 자신의 것이라고 확신했다.

　허약하고 아름다운 불면증 환자였던 어머니는 자신을 뺀모든 이들을 조용히 걱정했으며, 그 걱정이 미묘한 형태의소유욕으로서 아들을 향했을 때는 사랑과 분리가 안 되는 것같았다. 어머니는 그에게 눈에 안 보이는 세균의 위험한 세계와 폐렴을 실은 외풍이 있는 방들에 대해 알려주었다. 햇볕에 말리지 않은 옷을 입거나 끼니를 거르거나 저녁에 카디건을 걸치지 않을 때 닥치는 위험에 대해서도 경고했다. 그는 어머니에 대한 의리로 그녀의 자잘한 제한을 따라야 한다고 느꼈지만 그러면서도 아버지처럼 그것들을 비웃는 법 또

---

*어린아이들이 가입하는 보이스카우트의 한 분파.

한 배웠다.

스티븐은 파파보이이기도 했기 때문이다. 수에즈 위기*
때는 현지 아랍인의 공격에 대비해 모든 군인 가족이 군부대
안으로 이주했다. 루이스 부인이 친지 방문을 위해 영국에
가 있던 그 시기에, 학교와 해변의 일상이 중단된 흥분되는
몇 주가 흘러갔다. 부모의 즉각적인 관심의 초점에서 벗어나
는 경험은 새로웠고, 그와 똑같이 주근깨 많고 머리가 짧고
귀가 삐죽 튀어나왔던 것으로 기억되는 친구들과 커다란 텐
트에서 함께 지낸 경험도 마찬가지였다. 뜨거운 모래에서 풍
기던 화물차 기름 냄새, 그가 가진 딩키토이즈 장난감의 충
실한 복사본 같았던 군용차량, 희게 칠한 깔끔한 돌이 깔려
있던 보행로, 철조망과 모래주머니로 쌓은 기관총 진지. 무엇
보다도 군인 가족은 장교 한 명이 전담 관리했고 그의 아버
지는 멀리서 관용 권총을 허리에 차고 이 회의에서 저 회
의로 성큼성큼 옮겨 다녔다.

그 상황이 끝나고 나서는 다른 야외 놀이가 있었다. 어머
니는 집에 남겨두고, 아버지와 아들은 검은색 모리스 옥스퍼드

---

*1956년에 발생한 제2차 중동전쟁으로 이집트가 수에즈 운하를 국유화하자 영
국·프랑스·이스라엘 삼국동맹이 전쟁을 일으켰다.

자동차를 타고 질주했다. 반사막 지대를 가로질러, 텅 빈 도로를 따라, 비행장을 향해 내륙 안쪽으로, 단지 새 차가 얼마나 빨리 달릴 수 있는지 알아보려고 달려갔다. 잼 병을 들고 전갈을 잡으러 가기도 했다. 아버지가 바위 하나를 옆으로 치우면 통통한 노란색 전갈이 그들을 향해 애원하듯 집게발을 쳐들고 있었다. 아버지는 발로 전갈을 밀어 병 안으로 들어가도록 부추겼고, 스티븐은 구멍 뚫은 뚜껑을 들고 대기했다. 밤에 어머니가 전갈이 병에서 나와 캄캄한 집 안을 돌아다닐까 봐 잘 수가 없다고 말하자 그들은 웃음을 ─ 스티븐은 불안하게 ─ 터트렸다. 전갈은 나중에 실험실로 옮겨져 폼알데하이드 용액에 담겼다.

매일 아침 학교에 가기 전, 아버지는 그를 욕실로 데려가 브릴크림을 두 손가락 가득 떠서 스티븐의 짧은 뒤통수와 옆머리에 엄청난 기운으로 문질러 발랐다. 그러고는 자신의 철제 빗을 들고 아들의 턱을 꽉 쥔 채, 고분고분한 머리칼을 반듯하게 펴고 군대식 정확성으로 직선의 회색 가르마를 탔다. 이 작품은 한 시간이면 태양에 녹아 사라졌다. 아홉 달에 걸친 여름 동안 오후 대부분을 해변에서 보냈는데, 장교들과 그들의 가족은 해변의 한쪽 끝을, 상사와 준위를 포함한 공군 병사들은 다른 쪽 끝을 차지했다. 아버지가 물이 가슴까지 오는 곳에 서서 천천히 숫자를 세면 스티븐은 아무런 지지 없이 아버지 어깨에 서서 버티다가 웃음 때문이든 발밑의 미끄러운 헤어크림 때문이든 물속으로 곤두박질쳤다. 파도가 아버지의 머리 위로 밀어닥치면 숫자 세기가 잠시 중단되었다가 이내 계속되었다. 게임을 그만두게 된 때는 마흔셋까지 기록을 세웠을 무렵, 스티븐이 기숙학교에 다니기 위해 집을 떠나기 얼마 전이었다.

북아프리카에서는 5년에 걸친 목가적인 생활이 이어졌다. 화난 목소리는 더 이상 그의 꿈속으로 침투하지 않았다. 그의 시간은 점심때 끝나는 학교와 친구들이 있는 해변으로 양분되었다. 친구들은 모두 아버지 동료, 계급 체계를 따라 승진해온 남자의 아들이었다. 어머니도 그 남자들의 아내를 친구로 사귀었다. 그의 작은 가족이 맹렬하고 애착 강한 사랑으로 그를 에워쌌듯이, 그의 가족을 에워싼 영국 공군은 친구, 오락, 의사와 치과의사, 학교와 선생, 집, 가구, 심지어 식기와 침대보까지 선택하고 지정했다. 스티븐은 친구 집에서 하룻밤을 잘 때도 익숙한 시트 사이에서 잠들었다. 그곳은 안전하고 질서 있는 세계, 위계와 보살핌이 있는 세계였다. 아이들은 자신의 자리를 알아야 했고 부모들과 마찬가지로 군대 생활의 요구와 한계에 복종해야 했다. 스티븐과 친구들은—누이들은 예외였지만—아버지의 동료에게, 공군기지의 미국 청년들이 그러듯이, 경칭을 사용하도록 권장받았다. 문을 드나들 때는 여자들을 먼저 보내야 한다고 배웠다. 하지만 하고 싶은 것은 마음껏 할 수 있었고, 재미있게 놀라는 격려를, 사실상 명령을 받았다. 어쨌거나 그들의 부모는 대공황 시기에 성장해서 이제는 레모네이드와 아이스크림, 치즈 오믈렛과 감자튀김이 부족한 것을 용납할 수 없었다. 비치클럽의 테라스에서 맥주잔이 가득 놓인 양철 탁자에 모여 앉은 부모들은 당시와 지금의 삶, 본인과 자식들의 유년기가 얼마나 다른지 놀라워했다.

기숙학교에서 보낸 첫 학기에 스티븐은 복잡한 의식, 만행, 끊임없는 소음 때문에 정신이 없었지만 특별히 슬프지는 않았다. 조용하고 조심스러운 성격 덕분에 괴롭힘의 대상으로 지목되지 않았다. 사실 거의 눈길을 끌지 않았다. 마음속으로는 자신의 작은 가족 구성원으로 남아 있었고, 그래서 크리스마스 방학 때까지 91일 동안 반드시 살아남아야겠다고 결심했다. 마침내 햇빛이 찬란하고 방 창문 밖으로 연푸른 겨울 하늘에 기댄 대추야자나무들이 보이는 집에 돌아왔을 때, 그는 삼각형의 한 자리를 수월하게 되찾았다. 열두 번째 생일 다음 날, 영국으로 돌아가 산처럼 쌓인 날들을 다시 밑자락에서부터 올라야 할 때가 되자, 비로소 그는 자신이 뒤로 하고 떠나야 하는 것들을 예리하게 느끼기 시작했다. 간단한 산수만으로도 이제부터는 1년의 4분의 3을 집을 떠나 살아야 함을 알 수 있었다. 사실상 그는 집을 떠난 것과 다름없었다. 부모님도 같은 계산을 했는지, 차로 사막의 관목지대를 달려 비행장까지 가는 동안 다음 방학 계획을 얘기하는 그들의 목소리는 부자연스럽게 쾌활했고 그러다 긴 침묵이 흐르면 했던 얘기를 반복하지 않고서는 침묵을 깨지 못했다.

기내에서는 나이 많은 할머니가 친절하게도 창가 자리를 양보해주어서 밖에 있는 부모님에게 손을 흔들 수 있었다. 그는 부모님이 그를 보는 것보다 더 또렷하게 부모님을 볼 수 있었다. 날개 끝에서 10여 미터 떨어진 곳, 활주로가 모래와 만나는 지점에서 어머니와 아버지가 서로 팔짱을 끼고 서 있었다. 그들은 미소를 지었고 손을 세차게 흔들었으며 그러다 팔을 좀 쉰 다음 다시 손을 흔들었다. 그가 앉은 쪽 프로펠러가 움직이기 시작했다. 어머니가 등을 돌리고 눈물을 훔치는 모습이 보였다. 아버지는 양손을 주머니에 찔러 넣더니 다시 손을 뺐다. 스티븐은 인생의 한 시기가 막을 내렸음을, 명료한 친밀감의 시간이 끝났음을 알 만한 나이였다. 그는 창문에 얼굴을 대고 울기 시작했다. 머리에 바른 브릴크림 때문에 창문이 얼룩졌다. 창문을 닦으려는 그의 손짓을 잘못 이해한 부모님이 다시 손을 흔들었다. 비행기가 앞으로 살살 움직이기 시작했고 너무 갑작스럽게 그들이 시야에서 사라졌다. 객실 쪽으로 몸을 돌렸을 때 옆자리 할머니가 여태 그를 보면서 함께 울고 있었다는 것을 깨닫고 최악의 예감이 실현되리라는 생각이 더욱 굳어졌다.

*

회의실 안에 낯선 사람의 존재가 느껴지자 스티븐은 불안한 백일몽에서 깨어났다. 앉으라는 권유를 거절한 듯한 수척한 젊은 남자가 이미 30분째 말을 하고 있었다. 그는 푸르스름하게 창백한 손을 앞쪽으로 맞잡고 참회하는 사람처럼 움츠리고 서 있었다. 턱과 윗입술은 짧게 깎은 수염으로 얼룩져 있어서 슬프고 순수한 침팬지처럼 보였고, 그런 인상은 커다란 갈색 눈과 구불구불하게 얽힌 가슴털 때문에 더욱 강해졌다. 음모처럼 두꺼운 털이 얇은 흰색 나일론 셔츠 밑으로 비쳐 보이는 데다 단추 사이 틈으로도 불손하게 솟아올랐다. 그가 말을 하며 양손을 움직이지 않는 이유는 부자연스러운 팔 길이를 드러내고 싶지 않아서인 것 같았다. 팔꿈치가 원래 있어야 할 자리보다 몇 센티미터 더 아래에 있었다. 긴장한 테너 음성으로 단어 하나하나를 정확하고 조심스럽게 발음하는 것을 보니, 마치 언어라는 위험한 무기를 손에 넣은 지 얼마 되지 않아 얼굴 앞에서 터질까 봐 조심하는 사람 같았다. 스티븐은 생각에 빠져 멍해 있었던 데다 남자의 외모에 너무 강한 인상을 받은 나머지 그가 하는 말을 여전히 알아듣지 못했다. 나머지 위원들은 경청하는 모양새로 얼굴에서 모든 표정을 정중히 거둬들인 채 조용히 앉아 있었다. 레이철 머리와 학자 한 명이 내용을 메모했다. 파멘터 경은 집중을 위해 눈을 감고 박자에 맞춰 코로 천천히 숨을 쉬었다.

남자의 겉모습을 충분히 보고 난 후 스티븐은 위원회 구성원 사이에서 어떤 동요, 지루함과 더위 탓이라고만은 할 수 없는 어떤 들썩임을 감지했다. 사람들이 스티븐 쪽으로 고개를 돌렸다. 그와 눈길이 마주치자 슬며시 시선을 돌렸고, 여기저기에서 ─ 레이철 머리, 테사 스팽키 ─ 억누른 미소가 보였다. 파멘터 경마저도 자세를 바꿔 가죽 같은 머리통을 스티븐 쪽으로 기울였다. 말할 차례가 된 걸까? 누가 무슨 질문이라도 했나? 제멋대로 굴러가는 생각을 애써 가다듬고 잔뜩 위축된 단조로운 말투와 힘겹게 애원하는 기색에 집중했다.

하지만 틀림없이, 정말로 틀림없이, 작가님도 그렇다고 동의하실 겁니다. 어느새 스티븐은 남자의 진솔한 갈색 눈을 똑바로 바라보고 있었다. 끼어들어 무슨 말이든 해야 하는 건가? 지금? 그는 살짝 고개를 끄덕이며 쓴웃음을 지음으로써, 완벽히 이해했으면서도 이성적이고 의미심장하게 말을 아끼는 사람처럼 보이려 했다.

"확실히 밝혀진 바에 따르면"—부디 이 점에 대해서는 문제 삼지 마시길, 그 눈은 그렇게 말하는 듯했다—"우리는 이렇게 무한한 지식과 정서와 직관의 자원을 극히 일부분만 사용합니다. 최근에 알려진 사례를 보더라도, 대학의 학위과정에서 훌륭한 성적을 낸 청년이 알고 보니 뇌가 사실상 거의 없는 사람이었습니다. 두개골에 붙은 얇은 신피질뿐이었죠. 분명한 것은 우리는 아주 적은 뇌로도 살아갈 수 있다는 사실이며, 이 과소 사용의 결과로 우리는 우리 자신, 자연과 그 무수한 과정, 우리의 우주에서 크게 분리됩니다. 위원님들, 우리는 공감적이고 마법적으로 창조에 참여하는 능력을 충분히 키우지 못했습니다. 우리는 추상적 관념으로 인해 소외되고 위축되어, 육체와 정신의 역동적인 상호 침투성과 궁극적인 불가분성을 심오하고 즉각적으로 이해할 수 없게 됩니다. 그런 이해야말로 전인적 인간의 특질인데 말이죠."

유인원을 닮은 남자가 잠시 말을 멈추고 맑은 눈으로 청자들을 훑어보았다. 그가 귓불을 만지작거렸다. "이런 것들이 징벌적 결과라면 원인은 뭘까요? 성장 중인 정신이 전인성을 획득하지 못하도록 막는 것은 무엇일까요? 앞에서 보았듯 신체 기관으로서 뇌는 상당히 설명 가능한 발달 양태를 보입니다. 각 개인의 일생에서 어금니와 이차성징이 대략 같은 시기에 나타나는 것과 마찬가지로, 뇌도 급속 성장기가 있고 이는 다시 정신 발달과 능력의 뚜렷한 성장세와 연관됩니다. 다섯에서 일곱 살 사이의 아이들에게 억지로 문자를 가르침으로써 우리는 다소나마 추상적 개념을 도입하게 되는데, 이는 아이의 통합된 세계관을 깨트리고 단어와 그것이 이름 짓는 사물 사이에 치명적인 쐐기를 박아 넣습니다. 왜냐하면, 앞에서 보았듯이 그 나이 인간의 뇌는 문자언어의 자폐적인 체계를 쉽고 즐겁게 다룰 고도의 논리적 능력을 미처 개발하지 못했기 때문입니다. 문자는 뇌의 성장을 위한 유전자 프로그래밍에 따라, 그리고 세상과 자아의 필수적인 분리에 맞춰 저절로 습득될 때까지 아이들에게 가르쳐서는 안 됩니다. 의장님, 바로 이런 이유로 저는 아이들의 뇌와 정신이 중요한 급속 성장을 이루어 그런 분리가 가능해지는 열한 살이나 열두 살이 되기 전에는 읽기를 가르치지 말자고 촉구합니다."

스티븐은 등을 쭉 폈다. 아마도 몸집을 더 커 보이게 하려는 고대 포유류의 술책이었으리라. 그는 작은 세계의 파괴자인 아동 도서 저자로서 자신을 정당화하라는 기대에 부응해야 했다.

연사는 관절이 하얗게 되도록 다시 양손을 모아 쥐었다. "춤과 모든 종류의 움직임," 그는 말했다. "세상의 감각적 탐험, 음악,─놀랍게도 음악 기호는 추상적 개념이라기보다는 신체적 움직임에 대한 정확한 지시거든요─그림, 조작을 통한 사물의 작동 원리 파악, 수학─이건 추상적이기보다는 논리적이죠─그리고 모든 형태의 지적인 놀이. 이런 것들이 어린아이에게 적절하고 필수적인 활동이며, 이를 통해 그들의 정신은 창조력과 조화를 이루며 흘러가게 됩니다. 이 단계에 문해력을 떠안김으로써 단어와 사물이 하나 된, 이를 통해 자아와 세계가 하나 된 매혹적인 상태를 없애버리면 때이른 자의식이 생겨납니다. 우리가 개성이라고 얼버무리는 그 혹독한 소외 말입니다."

"의장님, 이는 사실상 에덴동산에서 추방당하는 것과 다르지 않습니다. 그 효과가 평생 남으니까요. 너무 일찍 문해력을 습득한 아이는 자연, 다른 인간, 사회과정 등을 자발적이고 지적으로 공감하는 능력이 부족한 어른이 됩니다. 창조의 통합성에 대한 이해를 어렵고 종잡을 수 없는 개념으로 받아들이고, 설령 이해한다 해도 신비주의적인 글을 공부하며 어렴풋이 파악할 뿐이죠. 그렇지만," 그 낯선 인물은 목소리를 낮추고 눈길을 다시 스티븐에게로 떨구며 말했다. "그렇지만 그런 이해력은 우리가 아동기에 받은 재능입니다. 초조하고 경쟁적인 교육, 번잡하고 침해적인 책들로 인해 아이들이 그 재능을 빼앗겨서는 안 됩니다."

발언이 끝나갈 무렵, 테이블 주위로 미소가 감돌았다. 위원들은 이미 남자를 괴짜라고 판단하고 그의 존재를 내심 즐기고 있었다. 각계 대표자의 자격 심사를 맡은 캐넘은 불편한 기색으로 메모장에 뭔가 끄적이고 있었다. 학자 한 사람이, 몰리는 아니었는데, 웃음을 감추려고 화장지로 코를 닦고 있었다. 잭 태클 대령은 가슴 앞에 팔짱을 끼고 고개를 숙인 모습이었다. 그의 몸이 살짝 떨리고 있었다. 이러한 은밀한 몸짓들을 보자 스티븐은 연사에게 동정심을 느꼈다. 연사는 말을 마치고 나자 앉으라는 권유를 물리친 것이 후회되는 듯했다. 그는 테이블 끝에서 팔을 늘어뜨린 채 어색하게 서서 질문이나 나가도 좋다는 말이 나오기를 기다렸다. 정부의 의도는 마법적인 시민 양성이 아님을 그가 알 리 없었다. 도전적인 빛을 잃은 그의 눈이 의장의 머리 위 몇 피트 지점을 응시하고 있었다. 스티븐은 남자의 머리를 흔들어대고 싶었다. 엇나가고 싶은 마음에 그를 지지하고 싶었다. 하지만 이제 스티븐은 자신의 입장을 지켜내야 했다. 파멘터 경이 캐묻는 듯 그르렁거리는 목소리로 그를 성씨로 호명했다.

"오직 냉소주의자만이," 스티븐은 주변을 쏘아보며 말했다. "반박할 겁니다. 방금 묘사하신 전인적인 상태, 혹은 저마다의 잠재력 실현이 바람직하다는 사실을 말입니다. 문제는 분명 그 수단이겠죠."

그는 다른 생각이 떠오르기를 바라며 잠시 말을 멈췄다가 자기가 무슨 말을 할 생각인지도 잘 모르는 채 다시 말하기 시작했다. "저는 철학자는 아닙니다만, 제가 보기에는⋯⋯ 몇 가지 고려할 문제가 있는 듯합니다."

스티븐은 다시 멈췄다가 안도의 한숨과 함께 재빨리 말을 이어갔다. "글 또한 방금 음악 기호에 대해 말씀하신 것과 똑같은 방식으로 묘사할 수 있을 겁니다. 이 경우에는 입술과 혀, 목과 목소리에 관한 일체의 지시라고 할 수 있겠죠. 아이들이 조용히 속으로 읽는 법을 배우는 때는 글을 깨치고도 한참이 지나서입니다. 하지만 저는 음악 표기법이든 글이든, 그런 묘사가 정확한지는 확신이 안 서네요. 두 가지 모두 고도로 추상적인 활동 같기도 하고, 어쩌면 추상화 과정이야말로 우리가 아주 어린 시기부터 갖추고 있는 능력이 아닌가 싶기도 합니다. 문제는 우리가 그 과정을 숙고하고 정의하려 할 때 생기죠. 선율에도 일종의 의미가 있습니다. 그게 뭔지 말로 표현하기는 힘들지만 아이는 큰 어려움 없이 그 의미를 이해해요. 읽기와 쓰기는 추상적 활동이지만 말하기 역시 비슷한 정도로 추상적입니다. 완전한 문장을 말하기 시작한 두 살배기는 엄청나게 복잡한 문법 규칙을 사용하죠."

"제 딸 케이트가 예전에…… 아니, 그건 아니고…… 글로 쓰인 말 자체가 자아와 세계를 연결하는 수단일 수 있습니다. 그래서 아이들을 위한 최고의 글에는 어떤 투명성, 읽는 이를 그것이 지시하는 대상으로 곧바로 이어주는 특성이 있어요. 묘사할 단어가 전혀 없는 감정과 냄새와 인상을 은유나 심상을 통해 불러올 수도 있죠. 아이가 아홉 살쯤 되면 이런 것을 강렬하게 경험할 수 있습니다. 글도 말만큼이나 그것들이 지시하는 대상의 일부예요. 주술사의 그릇 가장자리에 쓰인 주문이나 죽은 이의 무덤에 새긴 기도문을 생각해보세요. 공공장소에 음란한 말을 쓰고 싶어 하는 사람들이나 음란한 말을 담은 책들을 금지하는 사람들의 충동, 신(God)이라는 단어의 첫 자를 항상 대문자로 쓰는 행위, 서명이 지닌 특별한 중요성 등을 생각해보세요. 왜 아이들이 이 모든 것을 경험하지 못하게 합니까?"

스티븐은 서 있는 남자의 시선을 붙잡았다. 파멘터 경은 다시 눈을 감은 모습이었다. 캐넘은 일어서서 열린 문틈으로 복도에 있는 누군가에게 소곤거렸다.

"선생님은 어린이의 자아가 세상에 녹아들기를 원하시는데, 글도 그 세상의 일부입니다. 글이 세상을 묘사하기는 하지만, 세상과 별개는 아니죠. 다섯 살 아이가 거리의 간판을 읽었을 때 얼마나 기쁠지, 열 살 아이가 모험소설에 얼마나 흠뻑 빠져들지 생각해보세요. 아이가 보는 것은 단어나 구두점이나 문법 규칙이 아니라, 배와 섬과 야자수 뒤에 숨은 의심스러운 인물입니다."

그는 자신이 알던 모습보다 훨씬 더 자란 딸이 침대에 앉아 넋을 빼고 소설을 읽는 영상을 몰아내려고 눈을 깜빡거렸다. 아이는 책장을 넘기고 얼굴을 찡그리더니 앞 장으로 돌아갔다. 자신이 딸을 위해 써준 책일 수도 있었다. 그가 결단을 내리자 영상은 희미해졌고, 그는 말을 계속했다.

"글을 깨친 아이는 글을 읽으며 머릿속에서 목소리를 듣습니다. 즉각적이고 내밀한 활동이죠. 아이의 환상 속 삶을 풍요롭게 하고, 책을 읽어줄 시간이 있을 수도 없을 수도 있는 어른들의 변덕과 기분에서 아이를 자유롭게 해줍니다." 그는 케이트의 침대 가장자리에 앉아 아이에게 책을 읽어주고 있었다. 두 영상 중 어느 것이 더 좋은지 확신이 서지 않았다. 심지어 그런 생각까지 들었다—삶의 첫 11년을 아코디언을 연주하고 춤을 추고 헌 시계를 분해하고 이야기를 들으며 보내는 편이 사실은 정말로 좋은 게 아닐까. 결국 어느 쪽이든 아마도 별 차이가 없고, 있다 해도 분별할 방법이 없을 것 같았다. 그런 논쟁은 일단 이론을 세우고 입장을 정하면 정체성과 자존감의 깃발을 꽂고 반대편의 모든 상대와 끝까지 싸우는 오래된 작태일 뿐이었다. 내세울 증거가 없을 때는 정신적 기민함과 인내심이 강한 쪽이 이기는 것이다.

아동 보육 분야만큼 추측이 단언적인 사실로 빈번하게 치장되는 곳도 없었다. 스티븐은 배경지식 습득을 위해 캐넘의 부서에서 편집한 축약본 자료를 모두 읽었다. 300여 년에 걸쳐 수 세대의 전문가, 사제, 윤리학자, 사회학자, 의사—대개가 남자—들이 어머니들을 위한 지침과 계속 변경되는 사실을 끊임없이 발표해왔다. 누군가가 내린 판단의 절대적 진실성을 의심하는 이는 아무도 없었다. 어느 세대나 자신들은 앞 세대에서 염원했으나 얻을 수 없었던 상식과 과학적 통찰의 정점에 서 있다고 여겼다.

그는 그 자료들이 엄숙하게 주장하는 내용을 모두 읽었

다. 신생아가 자신에게 상처를 입히지 않도록 팔다리를 판자에 묶어 움직이지 못하게 하라고 조언했고, 모유수유의 위험성을 주장하는가 하면 다른 데에서는 모유수유의 신체적 필요와 도덕적 우월성을 주장했으며, 애정이나 자극이 어린아이에게 도덕적으로 그릇된 영향을 준다고 했고, 설사와 관장, 혹독한 체벌, 냉수욕의 중요성을 설파하다가 20세기 초에 와서는 아무리 곤란한 상황에서도 끊임없이 맑은 공기를 마셔야 한다고 했다. 식사 간격을 과학적으로 조절해야 한다고 했다가 반대로 아기가 원할 때마다 먹이는 것이 좋다고 했으며, 아기가 울 때마다 안아주면 해롭다고 — 아기가 자신이 막강하다고 느낄 위험성 — 했다가 아기가 우는데 안아주지 않으면 해롭다고 — 아기가 스스로 무력하다고 느낄 위험성 — 도 했다. 규칙적인 배변이 중요하고 3개월 이내에 배변 훈련을 완료해야 하며 어머니가 한 해 내내 종일 아이를 한결같이 보살펴야 한다고 주장하는가 하면, 다른 데서는 유모와 아이 돌보미, 24시간 공립 탁아소가 필요하다고 했다. 입으로 호흡하거나 코를 파거나 손가락을 빨거나 어머니의 보살핌을 제대로 받지 못하는 경우, 밝은 불빛 아래에서 전문가의 도움을 받으며 출산하지 못하는 경우, 용기가 없어서 집에서 수중분만하지 못하는 경우, 포경수술과 편도선 절제

술을 시켜주지 않는 경우의 심각한 결과에 대해 강변했다가 나중에는 그 모든 유행을 경멸하며 깔아뭉겠다. 아이들이 무엇이든 원하는 대로 하게 해줘야 그들의 신성(神性)이 활짝 피어난다고 했다가 아이의 의지를 최대한 빨리 꺾어야 한다고 했으며, 자위가 치매와 실명을 일으킨다고 했다가 자라나는 아이에게 쾌락과 위안을 준다고 했고, 성교육을 올챙이, 황새, 꽃의 요정, 도토리 등의 비유를 써서 해야 한다, 전혀 하지 말아야 한다, 혹은 생생하고 철저하게 사실적으로 가르쳐야 한다고도 했다. 부모의 알몸을 보는 아이가 겪는 트라우마와 옷을 입은 부모의 모습만 보는 아이들이 이상한 의구심을 품게 되면서 겪는 만성적인 혼란을 기술하기도 하고, 아이의 유리한 출발을 위해 9개월부터 수학을 가르쳐야 한다고도 했다.

이제 이 전문가 부대의 보병으로서 스티븐은 아이들이 글을 깨치기에 적절한 시기는 다섯 살에서 일곱 살 사이라고, 제 나름의 가장 정력적인 목소리로 주장하고 있었다. 그가 그렇게 믿는 이유는 뭘까? 그 시기에 글을 읽기 시작하는 것이 오랜 세월 동안 표준적인 관례였으므로, 그리고 열 살 아이의 독서 습관에 자신의 생계가 달려 있기 때문이었다. 그는 정치인이나 정부 각료처럼 열정적으로, 겉보기로는 자기 이해를 고려하지 않는 것처럼 주장하고 있었다. 낯선 이는 머리를 정중하게 기울이고 오른손 손가락 끝으로는 테이블 표면을 쓸면서 그의 말을 들었다.

"글을 읽을 수 있는 어린아이는," 스티븐은 말했다. "힘이 있으며 그 힘을 통해 자신감을 얻습니다."

그가 이런 태도로 계속 말하는 동안, 그러면서 그런 불가지론 또한 그의 메마른 정서 상태를 반영할 뿐이라며 머리를 어지럽히는 어떤 목소리를 듣고 있는 동안, 캐넘이 서둘러 들어와 의장의 귀에 대고 소곤거렸다. 예의 걸걸거리는 소리에 스티븐이 말을 중간에 끊고 고개를 돌리자 파멘터 경이 지친 듯 손가락을 올리는 모습이 보였다. "총리께서 1분 안에 이 복도를 지나신다는데, 들어오셔서 위원 여러분을 만나고 싶어 하신답니다. 반대하는 사람 있어요?"

캐넘이 왼손으로 넥타이 매듭을 잡고 몸의 중심을 한쪽 발에서 다른 쪽 발로 옮겼다. 그러고는 가구를 정돈하려는 듯 안으로 몇 발짝 들어오더니 마음을 바꿔 다시 문가로 갔다. 마침내 테이블 주변에서 동요하며 나지막이 "아니요" 하고 대답하는 소리가 들렸다. 당연히 반대하는 사람은 없었다. 위원들은 옷매무시를 살짝 바로잡으며, 셔츠를 바지 안으로 집어넣거나 머리를 매만지거나 화장을 고쳤다. 태클 대령은 트

위드재킷을 다시 입었다.

파란 재킷을 입은 두 남자가 회의실로 들어와 사람들의 얼굴을 감정 없는 강렬한 눈길로 훑어보며 창문 쪽으로 향했다. 실내를 등지고 창가에 자리 잡은 남자들이 주차장에서 쉬면서 대기하는 기사 두어 명을 노려보자 그들은 무심히 고개를 돌리고 담배를 계속 피웠다. 30초가 지나자 지친 표정에 구겨진 양복을 입은 남자 셋이 들어와 위원들에게 고갯짓으로 인사했다. 바로 뒤에 총리가 들어왔고 참모들이 따라왔으며 일부는 여유 공간을 찾지 못하고 문가에 남아 있었다. 테이블에 둘러앉은 사람들이 동요하며 일어나려 했으나 파멘터 경이 손짓으로 만류했다. 조용히 성심껏 의자를 권한 캐넘은 무시당했다. 서 있는 편을 택한 총리가 테이블 한쪽 끝에서 위원장 옆에 자리를 잡고 능숙하게 그의 지위를 찬탈했다.

바로 맞은편, 테이블 다른 쪽 끝에는 유인원을 닮은 남자가 우호적인 호기심이 담긴 눈빛을 하고 서 있었다. 캐넘이 보기에 그의 자리는 의전 규칙 위반이었다. 그 남자에게 손을 흔들며 옆으로 비켜서거나 자리에 앉으라고 입 모양으로 말한 캐넘은 이번에도 무시당했고, 이어 파멘터 경이 소개말을 시작했다.

스티븐은 고위 공직자 사이에서 총리의 성별에 관한 어떤 견해도 드러나지 않도록 인칭대명사나 다른 수단을 쓰지 않는 관습이 있다는 말을 들은 적이 있었다. 애초에는 틀림없이 은근한 모욕을 담은 관습이었겠으나 세월이 지나면서 존대법이자 말재간을 시험하고 교양을 과시하는 방법으로 변했다. 스티븐은 파멘터 경의 흠잡을 데 없는 환영사 역시 그 양식을 따르고 있다는 인상을 받았다. 그는 현재 수많은 전문가 위원회가 수행 중인 아동 보육 현황 조사는 전적으로 탁월한 내빈께서 보이신 관심 덕분에 이루어졌으며 수 세대에 걸친 부모와 아동이 이에 감사할 것이라며 찬사를 바쳤다.

그런 다음 파멘터 경은 위원들을 차례로 소개했으며, 한순간의 머뭇거림도 없이 모두의 이름과 성, 직위와 배경을 기억해냈다. 이름 하나하나가 소개될 때마다 총리는 고개를 아주 조금 끄덕였다. 스티븐은 소개 순서가 맨 마지막이라 레이철 머리가 이름이 불리자 얼굴을 벌겋게 붉히는 모습을 여유롭게 볼 수 있었다. 잭 태클 대령은 앉은 자리에서 차려 자세를 취했다. 스티븐은 낯선 남자가 발달연구소의 브로디 교수라는 사실과 위원 중 하나인 허마이온 슬립 부인은 총리가 전에도 소개받은 적 있는데 기억하지 못한다는 사실을 알게되었다. 바싹 마른 외모에 쾌활한 성격의 교장 선생인 에마 커루의 이름을 총리가 기억하고 크게 부르자 그녀의 목 주위 부채 모양 힘줄이 우산 살대처럼 수축했다.

위원회 구성원 모두 제아무리 세상사에 밝은 사람이라도 조금은 경외심을 느꼈다. 스티븐은 오래도록 총리에 대해 맹렬한 비난이나 조롱만을 늘어놓았고 자기 이익만을 추구하는 사람이라고 여겼으며 몇 번은 순수한 혐오를 표현한 적도 있었다. 하지만 지금 스튜디오의 조명도 받지 않고 텔레비전 화면의 테두리도 없이 그의 앞에 서 있는 사람은 제도도 전설도 아니었으며 정치만화의 캐리커처와도 별로 닮지 않았다. 심지어 코 모양마저도 다른 사람들과 크게 다르지 않았다. 깔끔하고 구부정하며 얼굴이 처지고 눈빛이 흐린 예순다섯의 이 인물은 권위적이기보다는 정중하고 당혹스러울 정도로 취약해 보이는 사람이었다. 스티븐은 자신을 위장하고 싶었다. 예의를 차리고, 호감을 사고, 자신의 비판적 의견에서 총리를 보호하고 싶은 충동을 느꼈다. 어쨌거나 이 인물은 나라의 어버이이자, 집단적 환상의 보고였다. 그래서 파멘터의 호명을 받을 차례가 되자 그는 어느새 머리를 끄덕끄덕하며 열성적으로 웃기까지 했다. 셰익스피어의 희곡에 나오는 수행 귀족처럼. 마지막으로 소개된 사람으로서 그는 질문을 받는 영예를 누렸다.

"아동소설 작가라는 분인가요?"

말문이 막혀 그는 고개만 끄덕였다.

"외무장관의 손주들이 열성적인 독자라고 합니다."

그는 감사하다고 답하고 나서야 칭찬의 말이 아니었음을 깨달았다. 총리는 무표정한 얼굴로 위원들에게 몇 마디 말을 하며 그들이 수행하는 일의 중요성을 일깨우고 계속 열심히 해달라고 당부했다.

파란 재킷을 입은 남자들이 창가에서 물러섰고, 참모들과 구겨진 양복 차림의 남자 세 명 가운데 두 명이 활짝 열린 문 쪽으로 움직였다. 위원들은 밖에서 기다리던 사람들이 복도에서 기침하고 이리저리 움직이는 소리를 들었다. 세 번째 남자가 의자들을 빙 돌아 서서히 다가오더니 스티븐에게 말을 전했다. 사절의 숨에서 초콜릿 냄새가 났다. "총리께서 괜찮으시면 잠깐 복도에서 따로 말씀을 나누자고 하십니다."

동료들이 지켜보는 가운데 스티븐은 남자를 따라 밖으로 나갔다. 수행원 대부분이 복도 끝에 있는 계단 방향으로 걸어가고 있었다. 남은 사람들은 몇 피트 떨어진 곳에 모여 서서 기다리는 중이었다. 고위직으로 보이는 공직자 한 명이 결재 서류를 내밀고 몇 가지 지시를 받았다. 지시를 한 가지씩 들을 때마다 콧노래 같은 소리를 냈다. 마침내 서류에 서명을 받고 그는 물러났다. 초콜릿 먹은 남자가 스티븐을 앞으로 밀었다. 악수나 소개말은 없었다.

"찰스 다크와 사적으로 가까운 친구라고 알고 있어요."

스티븐은 "맞습니다," 하고 말한 뒤 대답이 너무 직설적인 듯해 덧붙였다. "찰스가 출판계에 있을 때부터 알고 지냈습니다."

두 사람은 뒤로 돌아서서 복도를 따라 생각에 잠긴 사람의 속도로 걸었다. 경호원 두 사람의 발소리가 바로 등 뒤에서 들렸다.

다음 질문이 나오기까지는 시간이 걸렸다. "다크에 대해 들은 소식이 있나요?"

"아내와 함께 시골로 이주했습니다. 집도 팔았고요."

"그렇죠, 맞아요. 그런데 신경쇠약 증세가 있다면서요? 지금 아픈가요?"

스티븐은 알고 있는 얼마 안 되는 얘기를 모두 해주고 중요한 사람이 되고 싶은 충동을 느꼈다. "그 친구 아내가 한번 내려오라고 제게 엽서를 보냈습니다. 아주 행복하게 지낸다고 했습니다."

"아내가 사임을 권한 건가요?"

그들은 계단 꼭대기에 도착했고 경호원 두 명 사이에 서서 넓은 대리석 계단통을 내려다보았다.

스티븐은 잠시 총리의 얼굴을 똑바로 바라보았다. 이것이 중요한 대화인지 사소한 대화인지 알 수가 없었다. 그는 고개를 저었다. "찰스는 공직 생활을 오래 했습니다."

"오래 했죠. 그렇지만 타당한 이유 없이 공직을 포기하는 사람은 없습니다."

위원회의 회의실 쪽으로 되돌아오는 길에 총리의 어조는 바뀌어 있었다. "나는 찰스 다크를 좋아했어요. 사람들 대부분이 상상하는 것보다 더 많이 좋아했죠. 재능 있는 사람이라서 큰 기대를 걸었어요." 대기 중인 참모들에게 대화가 들릴 정도로 다가가자 발걸음이 느려졌다. "사적인 정보는 다소 무미건조하게 가공되어 내게 전달됩니다. 무슨 말인지 알겠어요?"

"다시 돌아오라고 찰스를 설득하고 싶으신 건가요?" 하지만 스티븐은 질문할 만한 위치가 아니었다.

총리가 평범한 금반지를 낀 조그만 손을 들어 올렸다. 참모 한 명이 무리에서 떨어져 나왔다. "시골집에 다녀오면 그가 어떻게 지내고 있는지 내게 알려줄 수 있겠어요?" 참모가 가죽 서류철 안에서 조그만 명함을 꺼내 스티븐에게 전달했다.

그는 그다지 대단한 소식은 없을 것 같다고 말하려 했으나 이미 면담이 끝났다는 신호가 나온 뒤였다. 다른 수행원 한 명이 총리 옆으로 가서 일정 수첩을 펼쳤고, 그들을 포함해 다른 사람들 모두 계단 쪽으로 신속히 걸어갔다.

스티븐은 정적 속에서 자리로 돌아갔다. 유일하게 파멘터 경만이 진심으로 무관심한 듯했고 오히려 회의를 방해받아 조금 짜증스러운 것 같기도 했다. 그는 스티븐이 자리에 앉을 때까지 기다린 다음, 브로디 교수가 발언을 이어가고 싶을 거라고 말했다.

초췌한 젊은이는 고개를 끄덕이더니 흡사 무의식적인 재빠른 손짓으로 셔츠 단추 사이로 삐져나온 검은 털 몇 올을 안으로 집어넣고 양손을 앞에서 맞잡은 후, 위원들이 허락한다면 제기된 논점들을 차례대로 다뤄보겠다고 말했다.

*

수도 사용이 제한되어 웨스트 런던 교외의 앞마당들이 흙으로 돌아갔다. 끝없이 자라나던 쥐똥나무도 갈색으로 부서져 내렸다. 지하철역—노선 종점—에서 오래 걸어오는 동안 스티븐이 본 유일한 꽃은 창틀에 슬쩍 비친 제라늄이었다. 네모나고 조그만 잔디밭은 햇빛에 달궈진 흙에 불과했고 그 위의 마른 풀마저 부서져 없어지고 있었다. 어느 익살꾼은 선인장을 한 줄 심어놓았다. 정원을 시멘트로 덮고 초록색 페인트로 칠한 곳들이 차라리 전원적인 느낌을 풍겼다. 빨간 외투의 소매를 걷어붙이고 풍차를 돌리던 작은 인형들도 움직임 없이 햇빛을 받고 있었다.

부모님 집이 있는 거리는 상점 하나 없이 직선으로 2.5킬로미터 가까이 뻗어나갔는데, 1930년대에 개발된 주택단지의 일부인 그곳은 한때 빅토리아양식 테라스하우스를 선호하는 이들의 멸시를 받았으나 지금은 도심에서 이주가 늘면서 인기가 높아졌다. 지저분한 색깔의 땅딸막한 집들이 뜨거운 지붕의 망망대해 아래에서 꿈꾸고 있었다. 집마다 현관문 옆에 둥근 현창을 냈고 위층 창문들은 창틀을 금속으로 제작해 원양 여객선의 함교 같은 분위기를 내려 했다. 그는 적막한 안개 속을 천천히 걸어 763번지를 향해 갔다. 사탕처럼 굳은 개똥이 발밑에서 부스러졌다. 그는 이곳에 올 때마다 이렇게 많은 집이 다닥다닥 붙어 있는 거리에 어떻게 이리도 인적이 없는지 궁금했다. 인도에서 공을 차고 놀거나 사방치기를 하는 아이도 없었고, 차에서 변속기를 떼어내 손보는 사람이나 심지어 집에 들어가거나 나오는 사람도 없었다.

20분 후, 그는 차양을 친 테라스에 아버지와 함께 앉아 냉장고에서 꺼내 온 맥주를 마시며 편안히 쉬었다. 이 질서정 연함. 깨끗이 씻어 날을 세운 원예용 도구가 제자리에 정리되어 있고, 분홍색 판석 바닥은 비질한 지 얼마 되지 않았으며, 빳빳한 빗자루는 벽에 박힌 못 두 개 사이 제자리에 걸쳐 있었다. 정원용 호스는 깔끔한 원통형으로 단단히 감겨 있고 사용이 금지된 정원용 수도꼭지는 놋쇠 광택제로 닦은 흔적이 있었다. 사춘기에 그를 숨 막히게 하던 그런 세부들이 이제는 정신을 맑게 하고 정돈하여 더 근본적인 것에 집중할 수 있게 했다. 실내에서나 바깥에서나 할 것 없이 사물의 청결함과 정리에 대한 결벽증이 엿보였으나, 이제는 그것이 예전처럼 인간적이고 창조적이고 비옥한 모든 것의 정반대─10대 시절 분노에 차서 적었던 노트 속 키워드─로 보이지는 않았다. 두 사람이 맥주를 마시며 앉아 있는 곳에서는 비슷하게 정돈된 정원들과 갈색 잔디밭들, 크레오소트를 바른 울타리들, 주황색 지붕들이 보였고, 머리 위로는 검푸른 하늘을 배경으로 송전탑 하나가 몸체는 가려진 채 두 팔을 근처의 불운한 집 위로 벌리고 있었다.

정신적 여유가 생기자 날씨 얘기가 나왔다.

"아들아," 접이의자에 앉은 아버지가 끙 소리와 함께 팔을 뻗어 스티븐의 잔을 채워주며 말했다. "내 기억에 74년 동안

이보다 더웠던 여름은 없었다. 더워. 아니, 너무 덥다는 말이 맞겠다."

스티븐은 너무 습한 것보다는 낫다고 말했고 아버지도 동의했다.

"이런 더위는 언제든 참을 수 있지. 저수지가 이러니저러니 하고 우리 잔디밭도 이 모양이지만, 밖에 앉아 있을 수 있으니까. 뭐, 필요하면 그늘에 앉아야겠지만 그래도 실내가 아니라 밖에 앉을 수 있잖아. 예전 같은 습한 여름은 네 엄마나 나 같은 나이 든 사람에게는 뼈마디나 쑤실 뿐이지 좋을 게 하나도 없다. 더위는 언제든 괜찮아." 스티븐이 대꾸를 하려는데 아버지가 약간 짜증스럽게 말을 이어갔다. "사실, 사람들은 도대체 만족하는 법이 없어. 너무 덥다, 너무 춥다, 너무 습하다, 너무 건조하다. 젠장맞을, 만족이란 걸 모른다니까. 자기가 뭘 원하는지도 몰라. 아니다, 난 이런 거 괜찮아. 예전엔 이런 날씨 불평한 적 없잖니, 어? 날마다 해변에 죽치고 아름다운 물에서 헤엄쳤지." 그렇게 말하며 평소의 좋은 기분을 회복한 아버지는 잔을 들고 길게 쭉 들이켰고 슬리퍼 신은 발을 바닥에 두드려 위풍당당한 리듬을 연주했다.

그들은 몇 분 동안 어색함 없는 아늑한 침묵 속에 앉아 있었다. 스티븐의 어머니가 고기구이를 요리하는 부엌에서는 오븐 문을 여닫고 묵직한 숟가락으로 소스냄비 바닥을 긁는 푸근한 소리가 들려왔다. 얼마 후 아버지가 우기자 어머니도 밖으로 나와 함께 앉아 셰리를 마셨다. 어머니는 앞치마를 벗어 무릎 위에서 세심히 갰다. 세 가지 코스 요리 준비와 관련된 수많은 사소한 걱정이 어머니의 얼굴에 생기를 불어넣었다. 어머니는 부엌 창문 쪽으로 고개를 기울이고 채소가 익는 소리를 들었다.

날씨 이야기가 다시 시작되었고, 이번 주제는 어머니가 특별한 애정을 쏟는 정원에 미치는 영향에 관한 것이었다.

"정말 애석한 일이야," 어머니가 말했다. "우리가 정말 많은 걸 심었는데, 안 그래요? 정말 아름다웠을 거야."

아버지가 고개를 저었다. "방금 스티븐에게 말하고 있었어. 날마다 집 안에 앉아 비가 퍼붓는 걸 보며 내일은 괜찮아질 거야, 하고 혼잣말하는 것보다는 낫다고. 그런데 다음 날도 나아지지 않잖아."

"알아요," 어머니가 말했다. "그래도 난 뭐가 자라는 걸 보고 싶어. 죽은 걸 보는 건 싫어." 셰리를 다 마신 어머니가 말했다. "두 사람, 얼마나 더 있을 거야?" 스티븐의 아버지가 손목시계를 슬쩍 보았다. "맥주 한 잔 더 마셔야지."

"그럼 30분에 차릴까?"

아버지는 고개를 끄덕였다.

어머니는 의자에서 일어나다 찌르는 통증에 얼굴을 찌푸리며 말했다. "좋아. 내가 잘만 해낸다면 그때까지 될 거야." 어머니는 아들의 무릎을 툭툭 두드리고 재빨리 안으로 들어갔다.

그 뒤를 따라 들어간 아버지가 맥주 두 캔을 새로 가지고 왔다. 의자에 앉은 뒤 뱉은 요란한 신음은 통증의 표현이라기보다는 자조에 가까웠다. 아버지는 맥주 캔 두 개를 팔걸이에 올려 쥐고 털썩 주저앉아 미소를 지으며 잠시 그 정도 움직임에 녹초가 되어버린 척했다. 둘의 잔을 다시 채운 다음 그는 스티븐에게 위원회에 관해 묻고 회의에 대한 설명을 끈기 있게 들었다.

아버지는 스티븐과 총리의 면담 얘기에 별 감흥을 받지 않았다. "그들은 누구라도 데려다 쓰려고 안달이란다, 얘야. 전에도 말했듯이 너는 거기에서 시간만 버리는 거야. 그 보고서라는 것도 이미 비밀리에 작성되었을 테고, 어쨌든 전부다 쓰레기야. 내가 보기엔 그 위원회들도 죄다 헛짓거리야. 아무개 교수, 아무개 경! 사람들이 보고서를 읽고 믿게 하려는 거지. 사람들은 대부분이 빌어먹을 멍청이라서 그걸 또 믿겠지. 아무개 경이 여기에 이름을 넣었으니 틀림없는 사실

일 거야! 그런데 이 아무개 경이란 작자가 도대체 누구냐? 평생 옳은 말만 하고 누구의 심기도 거스르지 않으면서 돈 좀 벌어놓은 평범한 인간이지. 옳은 귀에 옳은 말만 하면 서훈 목록에 올라가고, 갑자기 신이 되면서 그 입에서 나오는 말은 다 법이 되잖니. 신이 되는 거지. 아무개 경이 이렇게 말했고, 아무개 경은 저렇게 생각하고. 이 나라의 문제가 그거야, 너무 굽실거리며 머리를 조아리는 것. 모두가 이 귀족, 저 귀족에게 절을 하고, 아무도 자기 스스로 생각을 안 해! 내가 너라면 그거 그만뒀을 거다, 얘야. 넌 거기서 시간만 버리고 있어. 인제 그만 책을 써. 그럴 때가 됐어. 케이트는 돌아오지 않을 거고, 줄리도 가버렸어. 너도 인제 네 일을 해야지."

준비 없이 튀어나온 그런 말에 두 사람 다 깜짝 놀랐다. 스티븐은 고개를 가로저었으나 할 말이 생각나지 않았다. 루이스 씨는 의자에 등을 기댔다. 두 남자는 술잔을 들고 쭉 들이켰다.

저녁 식사 직전에 스티븐은 1, 2분 정도 혼자 집 안에 있었다. 아버지는 부엌일을 거들러 가고 없었다. 그가 들어간 곳은 집 뒤편에서 앞까지 길게 트인 공간으로, 한쪽 끝에는 식탁이 있고 다른 쪽 끝에는 의자 세 개짜리 소파가 있었다. 부모님의 마지막 집이자, 그들이 처음으로 자기 취향대로 꾸밀 수 있었던 집이었다. 여러 근무지에서 수집한 물건들이 사방에 있었다. "우리만의 집이 생길 때까지" 몇 년 동안 상자에 넣어 보관했던 물건들. 그는 그 말을 아주 이른 유년기부터 들어서 기억했다. 가죽끈 고정장치가 달린 재떨이, 야자수 실루엣 그림, 북아프리카의 놋쇠 그릇도 다 제자리를 찾았다. 벽에 세운 낮은 찬장 위에 진열된 어머니의 수집품은 크리스털과 유리 세공으로 귀엽게 표현된 뾰족하고 묵직한 동물 모형들이었다. 그는 구슬 눈과 나일론 수염이 달린 쥐를 손바닥에 올려보았다.

식탁 위에는 긴 목 부분만 초록색을 입힌 와인 잔들이 놓여 있었다. 그는 그것을 긴 장갑을 낀 귀부인이라고 생각하곤 했다. 식탁 매트에는 영국 공군 휘장이, 커피 스푼에는 스티븐이 가봤던 도시들—밴쿠버, 앙카라, 바르샤바—의 문장이 새겨져 있었다. 참 묘했다. 과거 전체가 방 하나에 그리도 수월하게 섞여들어 시간의 맥락에서 벗어난 채 날짜가 따로 없는 익숙한 냄새들—라벤더 왁스, 담배, 향 비누, 고기 굽는 냄새—에 결속되어 있다는 것이. 이 사물들을 보고 향을 맡고 나니 그의 결심은, 하려 했던 질문의 중요한 의미는, 이미 흐려지기 시작했다. 몇 가지 질문과 화제가 있었지만 맥주 세 캔을 마시고 나니 기분 좋게 멍해졌고 배도 고팠다. 어머니는 채소를 담아 뚜껑을 덮은 그릇들을 부엌과 식탁 사이의 창으로 보내고 있었고 그들은 그것을 받아 보온 받침대 위에 놓아야 했다. 아버지는 특별 재료를 이용해 2주에 걸쳐 집에서 만든 와인 한 병을 가져와 습관대로 메니스커스*가 생기도록 술을 따랐으며, 이어서 멜론 조각에 색깔이 야단스러운 체리가 하나씩 올라간 첫 번째 요리가 식탁에 놓였다. 스티븐은 감사하는 마음으로 자리에 앉았고, 부모님까지 자리에 앉은 후 모두가 잔을 들어 올렸을 때 어머니가 말했다. "집에 잘 왔다, 아들!"

부모님의 얼굴을 바라보았을 때 그의 눈에 들어온 것은 나이듦의 표시라기보다는 케이트의 실종에서 비롯된 절망의 효과였다. 이제는 케이트가 언급되는 일이 거의 없었으며, 20분 전에 그가 놀란 것도 그래서였다. 유일한 손주를 잃고 나자 아버지는 두 달 만에 머리가 하얗게 세어버렸고 어머니의 눈은 주름진 눈구멍 속으로 퀭하게 꺼져버렸다. 그들은 은퇴 후 삶을 손녀를 중심으로 꾸렸으며 아이에게 이 방은 금지된 물건들의 천국이었다. 여기서 아이는 반 시간 가까이 혼자 놀면서, 낮은 찬장에 턱을 괴고 고음의 끽끽 소리로 유

---

* 유리잔 속 와인의 표면이 장력으로 형성하는 오목하거나 볼록한 곡선.

리 동물들을 흉내 내며 두서없는 모호한 대화를 이어가곤 했다. 부모님이 느끼는 슬픔의 흔적은 신체적 표시 외에는 드러나지 않았다. 그들은 아들의 마음에 짐을 더하고 싶지 않았다. 세 사람의 전형적인 유대 방식대로라면 그들은 케이트를 잃은 슬픔을 함께 나눌 수 없었고 조금 전에 아버지가 그랬던 것처럼 케이트의 이름을 입에 올리는 것은 묵인된 규칙을 어기는 일이었다.

식사가 끝나갈 무렵 스티븐은 애써 자전거에 관한 화제를 꺼냈다. 어떤 기억이 떠오르는데, 그곳이 어디인지 잘 모르겠다, 라고 말했다. 그는 어린이용 안장과 바다로 난 길, 자갈이 쌓인 둑, 그 뒤에서 들리던 천둥 같은 소리를 설명했다. 아버지는 되살릴 수 없는 과거를 마주할 때 흔히 그러는 것처럼 저항적으로 고개를 저었다. 하지만 루이스 부인은 빨랐다.

"올드 롬니구나, 켄트주에 있는. 거기에서 일주일 동안 지낸 적 있어." 그녀는 남편의 아래팔을 만졌다. "기억 안 나요? 스탠에게서 자전거를 다시 빌렸잖아. 그 오래된 자전거들. 일주일 내내 비가 안 오는 날이 하루도 없었어."

"올드 롬니에는 평생 한 번도 가본 적이 없는데." 아버지가 말했다. 하지만 이번에는 설득당하기를 기다리는 듯 머뭇거리는 말투였다.

"당신이 참가한 무슨 연수 프로그램 관련해서 일주일 휴가를 받았잖아. 그때 어느 민박집에서 지냈는데 이름은 생각 안 나지만 꽤 괜찮았어. 아주 깨끗하고."

"자전거를 다시 빌리셨다고요." 스티븐이 말했다.

"맞아. 오래 쓰던 건데, 새걸 샀다가 해외로 파견 나갈 때 스탠 삼촌에게 준 거야."

이번에는 그의 아버지가 확신에 차서 말했다. "우린 별의별 자전거를 가졌지만, 새것을 산 적은 없어. 그럴 돈이 없었을 거야. 그때는 아니야."

"아, 정말이야. 할부로 샀어. 그러고는 스탠에게 줬다가 올드 롬니에 갈 때 다시 빌렸잖아."

아버지의 자전거에 대한 확신이 올드 롬니에 대한 저항을 더욱 강화했다. "그 근방엔 간 적이 없어. 근처에도 간 적이 없다고."

짜증을 감추려고 스티븐의 어머니가 자리에서 일어나 접시를 모았다. 그녀는 화가 나서 목소리를 낮췄다. "당신은 자기 편리한 대로 잊어버리지."

루이스 씨는 잔을 다시 채우며 스티븐에게 익살스러운 표정을 지어 보였다. 내가 어쩌다 이런 곤란한 상황에 빠진 거지, 하는 투로.

커피를 마실 때는 분위기가 수월하게 회복되었고, 지난주에 윔블던 묘지에 묻힌 나이 많은 친척의 장례식이 화제에 올랐다. 스티븐의 어머니는 이따금 하던 말을 멈추고 눈물을 훔쳤다. 장례식 중간에 고인의 어린 증손자가 무덤에 곰 인형을 던지자 눈 하나가 없는 인형은 관 위에 누워 조문객들을 바라보았다. 아이가 엄청난 소동을 피우는 바람에 교구 목사의 낮은 목소리가 들리지 않을 정도였다. 누군가 킥킥 웃는 소리에 고인의 가족들이 화가 나 노려보았다. 밑에 내려가 가져오려는 사람이 아무도 없어서 인형은 결국 고인과 함께 묻혔다.

"그래서 애도할 대상이 하나 더 늘었지." 이미 들은 얘기를 싱글거리며 다시 듣고 난 스티븐의 아버지가 덧붙였다.

설거지를 시작했을 때, 세 사람은 예전의 방식을 따랐다. 어머니가 개수대에서 그릇을 씻기 시작하면 스티븐과 아버지가 식탁을 치웠다. 말려야 할 접시와 그릇이 많아지면 스티븐이 부엌으로 들어가 그쪽 일을 시작했다. 아버지는 식탁 위를 정리하고 닦은 다음 두 사람과 합류해 그릇의 물기를 닦아 제자리에 넣었다. 빵이나 고기를 굽는 오븐 용기는 항상 남자들을 부엌에서 내보낸 후 루이스 부인이 직접 씻고 닦았다. 이런 과정에는 춤, 의식, 군사훈련 같은 요소가 있었다. 생활방식이 완전히 무질서해진 지금, 스티븐은 예전에 그 토록 절망스러웠던 이 과정에서 마음의 위로를 느꼈다. 아버지가 식사실에서 활기차게 식탁을 닦는 동안 어머니와 단둘이 부엌에 남아 있던 스티븐은 다시 자전거에 관해 물었다. 자전거는 언제 산 거예요?

그가 왜 알고 싶어 하는지 어머니는 궁금해하지 않았다. 장갑 낀 손을 비눗물에 담근 채 고개를 갸웃하며 곰곰 생각할 뿐이었다. "너 태어나기 전이야. 우리가 결혼하기 전이고. 연애할 때 자주 자전거를 타고 다녔거든. 검은색에 금색 글씨가 있고 무게가 엄청난, 정말 멋진 물건이었지."

"켄트주 오트퍼드 근처에 〈더 벨〉이라는 주점을 아세요?"

어머니는 고개를 저었다. "올드 롬니 근처에 있니?" 그녀가 그렇게 물었을 때 루이스 씨가 부엌에 들어왔다. 스티븐은 애초에 저항하려 했던 충동, 사소한 이견이라도 방지해 저녁 시간이 부드럽게 흘러가게 하려는 충동에 굴복하여 더 이상의 질문은 하지 않았다.

설거지를 끝내고 그릇들을 제자리에 정리한 후 모여 앉아 담소를 나누다 보니 스티븐이 마지막 전철을 타러 갈 시간이 되었다. 가족은 공기가 뜨듯한 현관 앞 계단에 모여 작별 인사를 나눴다. 부모님은 익숙한 슬픔에 잠겼고, 그들이 하는 말은 유쾌했지만 목소리는 낮게 깔렸다. 부분적으로는 지난 30년간 수없이 여러 번, 의식은 못 했으나 매번 최초의 헤어짐을 재현하며 집을 떠났던 아들이 또다시 떠나고 있기 때문이라고, 또 부분적으로는 아들이 아내나 딸 없이, 그들의 며느리나 손녀 없이 혼자 떠나고 있기 때문이라고 그는 생각했다. 이유가 뭐든 말로 표현되지는 않을 것이다. 언제나 그랬듯이 그들은 현관 앞 마당길에 서서 나트륨 등불을 밝힌 황혼 속으로 멀어지는 아들에게 손을 흔들었다. 예전에 사막의 활주로에서 그랬듯 손을 흔들다가 팔을 내렸다가 다시 손을 흔들며, 도로가 살짝 휘어진 곳에서 아들의 모습이 사라질 때까지 그 자리에 서 있었다. 마치 마음을 바꾼 아들이 돌아서서 다시 집으로 오지는 않는지 직접 보려는 것처럼.

5

가장 약한 사회 구성원으로 이루어진 이 다수의 소수자 집단이 예전부터 항상 특별한 옷을 입고 일정한 업무나 행동의 제약에서 해방되어 하루 대부분을 놀며 보냈던 것은 아니다. 유년기는 자연적인 현상이 아님을 기억해야 한다. 아이를 작은 성인으로 취급하던 시절이 있었다. 유년기는 사회가 성숙해지고 자원이 증가하며 고안된 개념이자 사회적 구성물이다. 무엇보다 유년기는 특권이다. 이는 사회의 구현체로서 부모가 자신들을 희생하여 부여한 특권임을 아이가 잊고 자라게 해서는 안 된다.

영국 정부 출판국 발행 《공인 아동 보육 안내서》

스티븐은 서픽 중부를 향해 동쪽으로 인적 드문 사잇길을 따라 빌린 차를 몰고 가는 중이었다. 선루프는 활짝 열려 있었다. 라디오에서 참을 만한 음악을 찾다 지친 그는 밀려드는 따뜻한 공기와 1년 만에 차를 운전하는 신선한 느낌에 만족하기로 했다. 줄리에게 쓴 엽서가 뒷주머니에 있었다. 그녀는 방해받지 않고 혼자 지내고 싶은 듯했다. 그는 엽서를 보낼지 말지 확신이 서지 않았다. 등 뒤로 해가 높이 떠 있어서 시야가 환하고 선명했다. 양옆으로 콘크리트 배수로가 놓인 도로는 수 킬로미터에 걸쳐 이어진 침엽수 조림지를 가로질러 완만한 곡선을 그리며 나아갔고, 나무 그루터기와 메마른 고사리가 조림지와 도로 사이에 넓게 자리하고 있었다. 지난밤에는 잠을 잘 이루었다고, 나중에 기억이 났다. 긴장이 풀렸으나 정신은 적당히 명료했다. 속도는 110에서 120킬로미터를 유지하다가 분홍색 대형 트럭 뒤에 다다랐을 때 아주 약간 늦췄다.

뒤이어 일어난 일에서, 연속된 사건이 급속하게 전개되면서, 시간이 그 흐름을 늦췄다. 그가 트럭을 추월할 준비를 하고 있을 때 트럭 바퀴 부분에서 무슨 일이—무엇인지는 확실히 보지 못했지만—일어났다. 틈이 벌어지고 먼지가 구름처럼 일어나더니 길고 검은 무언가가 그를 향해 30미터 정도를 뱀처럼 구불구불 다가왔다. 그것이 앞 유리를 때리고 잠시 그대로 붙어 있다가 무엇인지 알아차릴 틈도 없이 휙 떨어져나갔다. 그런 다음에—아니 동시에 일어난 일인가?—트럭 뒷부분이 쿵쿵 튀어 오르고 좌우로 흔들리는 등 여러 복잡한 움직임을 보이더니 햇빛 속에서도 밝게 빛나는 불똥을 널리 뿌리며 휙 미끄러졌다. 둥글게 휜 금속 재질의 무언가가 옆으로 튕겨나갔다. 이때까지 스티븐에게는 발을 브레이크로 옮길 시간, 트럭의 헐거워진 플랜지*에서 덜렁거리는 자물쇠와 먼지 덮인 표면에 쓰인 "나 좀 씻어주세요"라는 글씨를 볼 시간은 있었다. 금속이 끼익 긁히는 소리가 났고 빽빽한 불똥이 튀면서 흰 불꽃이 일어나 트럭 뒷부분을 허공으로 밀어 올리는 것 같았다. 허공에서 빙글빙글 도는 먼지 낀 바퀴, 불룩 튀어나오고 기름때 낀 차동장치, 캠축**이 보였을 때 그는 처음으로 브레이크를 밟았다. 어느 순간 변속기 바닥 부분이 눈높이에서 보였다. 거꾸로 뒤집힌 트럭이 코를 바닥에 한 번인가 두 번을 박으며 쿵쿵 튀어 오르더니 머뭇머뭇 나른하게 공중제비를 마무리하기 시작했다. 거꾸로 뒤집힌 라디에이터 그릴이 보이고 아래를 향한

---

* 부품을 보강하고 연결하기 위해 접합부 주위에 붙이는 둥근 고리 모양 부속.
** 배기 밸브를 개폐하기 위한 캠이 붙어 있는 회전축.

앞 유리에 번쩍 햇빛이 비치더니 육중한 쿵 소리와 함께 지붕이 도로에 부딪혔으며 다시 1, 2미터 정도 튀어 올랐다가 뒤로 넘어간 트럭이 불꽃을 일으키며 그의 앞으로 밀려왔다. 트럭은 긴 차체를 빙 돌려 도로를 가로막고 옆으로 쓰러지면서 갑자기 멈춰 섰고, 이때 30여 미터를 남기고 트럭을 향해 돌진하던 스티븐은 자기 차의 속도가 대략 70킬로미터쯤 되는 것 같다고, 마치 남의 일처럼 생각했다.

이렇게 시간이 느려지는 가운데 뭔가가 새로이 시작되는 느낌이 들었다. 그는 훨씬 뒤의 시기로 접어들었고 거기에서는 모든 조건이 바뀌어 있었다. 바뀐 조건들이 새로운 규칙이 되었으며 그는 새로 발견된 행성의 거대한 도시로 혼자 걸어 들어가고 있는 양, 경외심 비슷한 감정을 경험했다. 약간의 아쉬움도 있었다. 트럭 한 대가 공중으로 내던져지는 엄청난 장관을 태연한 목격자가 되어 바라보던 과거에 대한 향수 같은 감정이었다. 이제는 노력과 집중이 필요한 더 힘든 시간이었다. 그는 도로 표지판과 정지한 트럭 앞 범퍼 사이 180센티미터가량의 틈으로 차의 방향을 맞췄다. 브레이크를 밟으면 차가 한쪽으로 미끄러지면서 목표 지점을 통과하기 힘들어질 거라고—마치 최근에 그 주제로 논문이라도 쓴 사람처럼—판단하여 브레이크에서 발을 뗐다. 대신 기어를 낮추고 양손으로 운전대를 단단히 잡되 너무 꽉 쥐지는 않으며 방향을 조종했고, 틈을 통과하지 못하면 양손을 올려 머리를 감싸야겠다고 마음의 대비를 했다. 그는 줄리와 케이트에게 메시지를 쏘아 올렸는데, 아니 메시지가 그에게서 튀어 나갔는데, 공포와 사랑으로 고동치는 맥박 외에 겉으로 크게 드러나는 것은 아니었다. 메시지를 보내야 할 다른 사람들도 있다는 점은 물론 알았지만 0.5초도 채 안 되는 짧은 시간이었으므로 다행히 그들까지 떠올려 머리를 어지럽히는 일은 없었다. 기어를 2단으로 바꾸자 조그만 차가 저항하듯 부르릉거렸다. 너무 절박하게 생각하지 않고 상황과 분리된 느긋한 사고에 의지하며 틈 사이로 통과하는 자신을 상상해야 했다. 그런 말을 소리 내어 한 것인지 바로 그 말과 함께 금속과 유리가 파삭 으스러지는 소리가 나더니 차가 틈을 통과해 정지했고 문손잡이와 사이드미러가 15미터 뒤편 도로 위에 흩어져 있었다.

안도감이 들기 전에, 충격에 빠지기도 전에, 그는 이 굉장한 운전 솜씨를 트럭 기사가 목격했기를 열렬히 바랐다. 스티븐은 여전히 운전대를 쥔 채 가만히 앉아서 뒤쪽 차에 있는 남자의 눈으로 자신을 바라보았다. 기사가 아니라면 지나던 행인이나 근처의 농부라도, 운전을 이해하는 사람, 그가 무엇을 해냈는지 충분히 헤아릴 수 있는 사람이라면 족할 것 같았다. 그는 박수를 원했다, 당장 옆자리에서 눈을 빛내며 그에게 고개를 돌리는 동승자가 있기를 바랐다. 사실, 그는 줄리를 원했다. 그는 웃음을 터트리기 시작했고, "봤지? 방금 봤지?" 하더니 "해냈어! 해냈다고!" 하고 외쳤다. 그 모든 일이 5초도 걸리지 않았다. 줄리라면 시간이 변할 수 있다는 사실에, 시간의 흐름이 사건의 강도에 맞춰 바뀐다는 사실에 감탄했을 것이다. 둘은 지금 살아 있음에 흥분해 이야기를 나누며 그게 무슨 의미인지, 그들의 미래에 어떤 의미가 있는지 이해하려 했을 것이다. 그는 다시 조금 더 요란하게 웃으며 함성을 질렀다. 두 사람은 키스하고, 뒷자리에 있는 샴페인을 하나 가져온 뒤 서로의 옷을 벗기기 시작하고, 가라 앉는 먼지 속에서 살아남았음을 기념하고 있을 것이다. 얼마나 멋진 시간을 보내고 있을까! 그는 두 손에 얼굴을 묻고 잠시 엉망이 되어 울었다. 그런 다음 렌터카 회사에서 주는 노란색 걸레에 코를 세게 풀고 차 밖으로 나갔다.

기사가 스티븐을 지켜볼 수 있으려면 운전석 지붕에 구멍을 뚫어야 했을 것이다. 스티븐은 트럭을 향해 걸어갈 때 그 사실을 즉시 알아차리지 못했다. 트럭 앞쪽은 너무 심하게 망가지고 일그러져서, 온전할 때 어디가 앞이었을지 얼핏 봐서 판단하기 힘들었다. 그는 자기 차에서 떨어져 나온 문손잡이와 사이드미러를 부지런히 발로 차 도로변으로 치웠다. 증발하는 경유 때문에 앞쪽 대기에 아지랑이가 일었다. 발밑에서 유리가 기분 나쁘게 버석거렸다. 기사가 죽었을지도 모른다는 생각이 들었다. 그는 조심스럽게 운전석 쪽으로 다가가며 문이든 뭐든 다른 틈이 있는지 찾으려 했다. 하지만 안으로 접혀 들어간 차체는 꽉 쥔 주먹이나 이빨 없이 꼭 다문 입을 닮아 있었다. 그는 잔해 위에 한쪽 발을 올리고 얼굴이 앞 유리와 같은 높이가 되도록 몸을 끌어 올렸다. 유리는 산산이 부서져 표면이 불투명한 우윳빛으로 변했다. 더 높이 올라가 측면 창문을 찾았을 때, 보이는 거라고는 창틀에 딱 붙도록 밀려 나온 천장의 충전재뿐이었다. 도로의 공사 상태가 워낙 깔끔해서 배수로를 뛰어넘어 고사리 사이를 헤집고 다닌 후에야 커다란 돌을 찾을 수 있었다. 돌을 들고 돌아온 그는 차의 잔해에 대고 쾅쾅 내리쳤다.

그는 목청을 가다듬고, 말도 안 되는 짓 같다 싶으면서도 적막한 내부를 향해 소리쳤다. "이봐요, 내 말 들려요?" 그러고는 더 크게 외쳤다. "이봐요!"

운전석 안쪽에서 들썩이는 소리가 나더니 잠시 침묵이 흘렀고, 이내 가까운 곳에서 남자 목소리가 두 자로 된 말, 숨죽인 단음절 두 개를 내뱉었다. 가구가 많은 방에서 중얼거리는 목소리처럼 울림이 없는 소리였다. 그는 다시 소리를 지르다가 급히 멈췄다. 남자의 목소리가 똑같은 단어를 반복하는 참인데 그의 외침에 묻혀버렸기 때문이다. 이번에는 몇 초 정도 기다렸다가 크롬과 철이 뒤엉킨 내부를 들여다보며 틈을 찾았다. 그가 다시 외치자 남자의 목소리가 같은 길이의 두 음절로 대답했다. 여기? 나 좀? 그는 운전석 주위를 돌면서 마음의 동요가 목소리에 실리지 않게 하려고 애썼다. "무슨 말씀 하시는지 잘 모르겠어요. 어디 계시는지 찾는 중입니다."

그는 원래 위치로 돌아왔다. 잠시 소리가 멈췄고 스티븐은 남자가 힘을 모으느라 그런 거라고 생각했다.

숨을 강하게 들이마시는 소리가 들리더니 남자가 또렷한 목소리로 말했다. "아래를 봐요."

스티븐의 발 근처에 머리가 있었다. 머리는 철판이 세로로 갈라진 틈으로 튀어나온 상태였다. 맨팔 하나가 머리 아래에 끼워져 얼굴을 꽉 누르며 입을 막고 있었다. 스티븐은 무릎을 꿇었다. 아무 거리낌 없이 낯선 남자의 얼굴을 만졌다. 진한 갈색 머리칼이 빽빽했고, 정수리 근처에 커다란 동전 크기로 머리가 없는 곳이 있었다. 남자의 얼굴은 도로를 향해 있었지만 적어도 한쪽 눈은 감긴 상태란 걸 알 수 있었다.

철판이 갈라진 틈이라고 생각한 부분은 사실 우그러진 양철판 사이의 공간이었다. 컴컴한 안쪽에 남자의 어깨 윗부분과 빨간색과 검은색 체크무늬 작업복이 보였다. 남자의 얼굴을 살살 때리자 그가 눈을 떴다.

"많이 아파요?" 스티븐이 물었다. "도움 청하고 올 때까지 기다릴 수 있겠어요?" 남자는 말을 하려 했지만 턱 아래에 낀 아래팔 때문에 그의 말이 잘 안 들렸다. 스티븐은 양손으로 남자의 머리를 들고 발을 써서 그의 팔을 옆으로 치웠다.

남자가 신음하다 눈을 감았다. 눈을 다시 뜬 그가 말했다, "형씨, 혹시 연필하고 종이 있어요? 내 말 좀 적어줬으면 좋겠는데요." 쉰 목소리에 정감 있는 런던 억양이었다.

주머니에 수첩과 연필이 있었지만 스티븐은 그것들을 꺼내지 않았다. "먼저 밖으로 나오셔야죠. 피를 흘리고 있을지도 몰라요. 기름이 사방에 흘렀고요."

남자가 이성적으로 말했다. "난 살지 못할 거예요. 부탁인데, 전할 말 몇 마디만 받아 적어줘요. 그다음에 날 구해주더라도 잃을 건 없잖아요, 안 그래요?" 스티븐은 최후의 말을 전할 필요성에 대해 누구 못지않게 공감했다.

"지금 이건 제인 필드에게 하는 말이에요. 테빗 하우스, 안

치오 로드 2316번지, 남서 9구역."

"제가 사는 곳에서 멀지 않네요."

"제인, 여보, 사랑해……." 남자는 눈을 감고 생각했다. "어젯밤 꿈에서 당신을 봤어. 난 항상 돌아갈 생각이었어. 당신도 알지, 그렇지? 이런 일이 생길지 알고 있었어. 당신의 조이. 아, 맞다, 애들에게 내 사랑을 전해줘, 라고도 쓰세요. 다음은 피트 탭. 브릭스턴 로드 309번지, 남서 2구역. 피트에게. 어이 친구, 내가 먼저 당했구나. 토요일엔 못 간다. 여기, 그 뭐냐, 느낌표를 몇 개 달아줘요. 자네에게 아직 100파운드 빚이 있지. 제인에게 받아. 베시는 자네가 데려갔으면 해. 하루에 한 깡통을 다 줘야 돼. 6시 무렵에, 비스킷 조금과 우유 한 컵을 섞어서. 초콜릿은 주면 안 돼. 안녕, 조. 아, 맞다, 먼저 쓴 편지에 덧붙여줘요. 추신: 피트에게 100파운드를 빚졌어."

스티븐은 수첩을 다음 페이지로 넘기고 기다렸다.

남자는 도로 표면을 응시하고 있었다. 마침내 꿈꾸는 듯한 목소리로 말했다. "이건 코너 선생님에게 보내는 거예요. 스톡웰 매너 스쿨 전교. 남서 9구역. 코너 선생님께. 아마 저를 기억하지 못하실 겁니다. 저는 대략 14년 전에 학교를 떠났거든요. 선생님이 저를 반에서 내쫓으면서 전 아무것도 못할 거라고 하셨죠. 자, 그런데 저는 제 사업을 하고 있고 할

부금을 거의 다 갚은 트럭도 있어요. 20톤짜리 분홍색 파르슈넬이죠. 가끔 선생님이 한 말이 떠오르면 알려드리고 싶었습니다. 이만 줄입니다. 조지프 퍼거슨, 스물여덟 살. 다음 건 웬디 맥과이어에게. 폭시스 로드 13번지, 입스위치. 자기야 ……."

스티븐은 수첩을 탁 닫고 일어섰다. "그만 됐어요" 하고 외치며 그는 서둘러 차로 걸어갔다. 트렁크를 열고 신경질적으로 여기저기 뒤지다가 안쪽 후미진 곳에 자석 장치로 부착된 잭을 찾아냈다.

"정말이에요," 다시 돌아와 잭을 옆으로 눕혀 틈새로 넣으려는 스티븐에게 남자가 말했다. "목 아래로 아무 느낌도 없어요. 그걸 보고 싶지 않아요."

벌어진 틈의 구겨진 측면에는 잭을 고정할 만한 곳이 없어 보였다. 하지만 받아쓰기를 더 할 생각을 하니 암담해져서 계속 시도했고, 마침내 잭이 자리를 잡자 톱니바퀴 장치를 돌리기 시작했다.

스티븐은 땅에 무릎을 꿇고 무릎 사이에 머리를 댄 자세였다. 남자는 아스팔트 위에 볼을 대고 있었다. 잭은 남자의 목에서 45센티미터쯤 위에 비스듬히 끼워졌다. 잭이 고정되자 아래쪽 끝부분이 양철판을 조금씩 밀기 시작했고, 톱니바퀴 장치를 한 번씩 힘겹게 돌릴 때마다 틈새가 조금씩 벌어졌다. 위쪽 끝부분은 단단하게 버티는 무언가에 닿아 있어서 잭을 잘 지탱해주었다. 틈새가 10여 센티미터 정도 벌어져 잭의 위치를 다시 조정할 수 있게 되었을 때 이번에는 수직으로 세웠더니 아랫부분이 남자의 목 근처에 놓였다. 손톱으로 칠판 위를 긁는 듯한 날카로운 소음과 함께 트럭의 찢긴 부분이 들려 올라가며 공간이 생기기 시작했다. 15센티미터 정도 올라갔을 때 잭이 육중한 물체에 끼여 움직이지 않았다. 어두운 공간을 들여다보자 남자의 구부러진 몸이 보였다. 피는 없었고 다른 상해의 증거도 보이지 않았다. 스티븐은 잭을 건드리지 않도록 조심하며 한 손으로 남자의 어깨를 잡고 다른 손으로는 남자의 얼굴 아래를 둥글게 감싸 당겼다. 남자가 신음했다.

"좀 도와주셔야 해요." 스티븐이 말했다. "머리를 좀 들어야 제가 턱 밑에 손을 넣을 수가 있어요." 이번에는 3센티미터 가까이 움직일 수 있었다. 이런 식으로 몇 번 반복한 후 남자가 움직일 수 있는 팔로 제 몸을 밀었고 스티븐이 양팔 밑을 잡아 그를 밖으로 빼냈다.

두 사람이 차로 걸어가는 동안 남자가 손목을 살폈다. "부러진 것 같아요." 그가 구슬프게 말했다. "토요일에 스누커

당구를 치기로 했는데.”

자신 역시 몸이 떨리고 다리에 힘이 풀리는 것을 느낀 스티븐은 남자가 쇼크 상태일 거라고 판단했다. 그는 조수석에 남자를 앉히고 담요를 둘러주었다. 하지만 운전석 문에 손잡이가 없어서 열리지 않자 다시 남자를 내리게 하고 조수석을 넘어 운전석으로 비집고 들어가야 했다. 마침내 제자리를 잡은 두 사람은 1, 2분간 가만히 앉아 있었다. 시동 키를 꽂고 기어 스틱을 움직이고 운전대를 쥐는 의례적인 절차가 스티븐의 마음을 진정시켰다. 그는 몸을 떨며 앞 유리 밖을 응시하는 남자를 바라보았다.

“있잖아요, 조, 당신 이렇게 살아 있는 건 기적이에요.”

조는 혀로 입술을 적시며 말했다. “목이 말라요.”

스티븐은 뒷자리의 병을 집었다. “샴페인밖에 없네요.” 펑하고 터진 코르크 마개가 계기판을 맞고 튕겨 나와 조의 귀를 세게 때렸다. 그는 병을 받아 들며 활짝 웃었다. 그러더니 거품이 오르는 병 입구를 입으로 막고 술을 빨아들이며 눈을 감았다. 그들은 술병을 주거니 받거니 하면서 모두 비울 때까지 아무 말도 하지 않았다. 병이 다 비워지자 조는 트림을 하고 나서 스티븐에게 이름을 물었다. “대단했어요, 스티븐. 환장하게 대단했어. 나 같으면 잭을 쓸 생각 못 했을 거야.”

그는 손목을 보고 감탄하며 말했다. "난 살아 있어요. 심지어 불구도 아니야."

그들은 웃음을 터트렸고, 스티븐은 180센티미터 틈 사이로 차를 몰았던 이야기, 천천히 흐르던 시간이며 사이드미러와 문손잡이가 도로 표지판에 부딪혀 부서진 이야기를 신나게 늘어놓았다. "대단해요," 조가 계속 중얼거렸고 스티븐이 두 번째 샴페인 병에 손을 뻗을 때 또 한 번 "환장하게 대단해" 하고 말했다. 그들은 각자의 시점에서 사고를 재구성하기 시작했다. 조는 거인이 자기 트럭을 들어 올려 공중에 내던지는 느낌이 들었다고 말했다. 도로 표면이 눈앞으로 다가들고 뒤에 오던 차가 위아래가 바뀐 모습으로 살짝 보이더니 모든 것이 자신을 중심으로 접혀 들어오는 듯했던 상황을 기억했다. 기적이다, 그들은 계속 말했다. 우라질, 기적이고 말고. 두 번째 병을 다 비울 때쯤 되자 그들은 장난스럽게 포효하며 환호했고, 〈그 애는 참 좋은 친구니까〉를 노래했으며 두 사람 다 "그 애"란 말이 나올 때 서로를 가리켰다.

차를 몰고 나오면서 스티븐은 잭을 놓고 온 것을 기억했지만 그냥 가기로 했다. 그들은 가까운 소도시로 가면서 조가 병원에 먼저 가야 할지 경찰서에 먼저 가야 할지 의논했다.

조는 후자를 주장했다. "보험 처리 받으려면 확실히 신고

해야 하니까."

대략 시속 145킬로미터 정도로 차를 몰던 스티븐은 자신이 거의 만취 상태임을 깨닫고 속도를 늦췄다. 조는 한참을 조용히 있다가 소도시 외곽에 도착할 때쯤 중얼거렸다. "전에 알던 착한 아가씨가 이 근처에 살았는데." 시내로 들어가 경찰서를 찾고 있을 때 그가 물었다. "내가 그 안에 얼마 동안이나 있었죠? 두 시간? 세 시간?"

"10분. 아니면 더 짧을 수도 있어요."

정말로 믿기지 않는 일이라고 조가 중얼거리는 동안 스티븐은 경찰서를 찾아 정차했다. "어떻게 생각해요? 시간이 이럴 수 있다는 걸?" 그가 물었다.

조는 창밖으로 무장한 경찰관 셋이 순찰차에 오르는 모습을 빤히 바라보았다. "모르겠어요. 예전에 빵에서 2년 가까이 썩은 적 있어요. 할 일도 없고 아무 일도 생기지 않고, 시팔, 맨날 똑같더라고. 근데 어떤 줄 알아요? 순식간에 지나갔어요, 내 형기가. 들어왔나 싶었는데 다 지난 거지. 그러니까 말이 좀 되네. 많은 일이 빠르게 벌어지면 아주 긴 시간처럼 느껴진다."

그들은 차에서 내린 후 포장도로 위에서 하릴없이 서 있었다. 축하는 끝나가고 있었다.

"당신은 살아 있어요," 스티븐은 지난 한 시간 동안 열 번은 한 말을 또 반복했다. "그게 무슨 뜻이라고 생각해요? 무슨 차이가 있을까요?"

조는 지금껏 생각했고 답변은 이미 준비되어 있었다. "그건 내가 제인과 애들에게 돌아가고 웬디 맥과이어를 차버릴 거라는 뜻이죠. 보험금을 받아서 중고 트럭 두 대를 살 거라는 뜻이고."

그렇게 말하면서 중요한 당면 과제를 떠올린 그는 돌아서서 경찰서 쪽으로 걸어갔다. 충격 때문에 아직도 얼떨떨해서 그렇겠지만 고맙다거나 잘 가라고 인사할 생각도 나지 않는 듯했다. 여경 두 명이 지나가도록 옆으로 비켜 서 있던 조가 쌍여닫이문을 통과해 사라졌을 때, 스티븐은 수첩에 있는 편지가 생각났고 부담스러운 느낌이 들었다. 그는 편지가 적힌 페이지를 찢어낸 다음 뒷주머니에 있는 엽서도 함께 꺼내 허리를 숙이고 하수구 밑으로 모두 흘려보냈다.

*

아마도 차관의 영향력 때문이겠지만, 오그본 세인트 펠릭스 인접 지역에는 전나무 조림지와 산울타리 제거 장비들이 없었다. 노르만 정복기 이전부터 저림(低林) 작업을 해주었고 중세 영국의 토지대장에도 언급되는 이 약 200만 제곱미터 넓이의 숲이 자리한 지역은, 영국의 전형적인 시골 풍경과 닮았다는 이유로 상업 사진가들과 영화제작자들이 자주 찾았다. 숲의 명목상 주인은 활동을 중단하고 껍데기만 남은 자선단체였지만 실질적으로는 숲 안에 있는 유일한 집에 속한 땅이나 마찬가지여서 그 집의 주인이 유지관리 의무를 졌다. 집은 숲 남쪽 가장자리의 조그만 공터에 있던 나무꾼 오두막 세 채를 무너뜨리고 그 자리에 지었다. 그곳에 가려면 사잇길을 지나 양옆에 마가목과 라임 나무가 늘어서 있고 표면 곳곳이 움푹 파인 길로 빠져야 했다. 빽빽한 덤불로 무성한 곳이 다크 부부 집의 야생 산울타리라는 사실, 여름에는 얽히고설킨 관목 숲을 열심히 수색해야만 쪽문을 찾을 수 있다는 사실은 여러 번 방문한 사람만 알 수 있었다. 쪽문을 통과해 초록 터널을 지나 장미꽃이 핀 아치 밖으로 나가면 셀마의 정원이 나왔다.

스티븐은 인근의 주요 소도시에 들러 샴페인을 보충했다. 산 물건을 들고 조그만 광장을 가로질러 마을에서 가장 이름난 호텔 쪽으로 걸어가는데 사지가 무거운 느낌이 들었다. 어서 씻고 큰 잔에 스카치를 가득 따라 마시고 싶었다. 호텔

입구 쪽에 모여 있는 걸인들을 대할 마음의 준비가 되어 있지 않았다. 그들은 런던에서 흔히 보는 걸인들보다 덜 망가지고 더 건강하며 자신감도 있어 보였다. 그가 다가가자 웃음소리가 났고 망사 조끼를 입은 근육질의 나이 든 남자가 보도에 침을 뱉고 손을 비볐다. 여기에서는 통상적인 규칙이 전혀 작동하지 않는 듯했다. 법대로라면 걸인은 구걸할 때 두 명이 짝을 지어서도 안 되었다. 항상 움직이고 있어야 하고 지정된 대로만을 오가야 했다. 이렇게 건물 입구에 모여 기다리다 사람들에게 지분거리는 행위는 단연코 불법이었다. 이들은 배지조차도 똑바로 착용하지 않았다. 끈에 매단 뒤 햇볕에 그을린 근육질 팔에 두른 사람이 있는가 하면 여자아이 한둘은 색깔이 화려한 머리띠에 꿰매 붙였다. 안대로 착용한 거도 있었다. 머리를 밀고 문신을 새긴 젊은 남자 하나는 배지를 귀걸이에 붙였다.

스티븐은 그들에게 다가가면서 쨍그랑거리는 병들이 든 가방과 그 위로 튀어나와 자극적으로 햇빛을 반사하는 금박 마개를 의식했다. 걸인 모두가 그를 지켜보고 있는 이때, 돌아서는 것은 불가능했다. 이게 다 정부와 그 썩어빠진 법률 때문이다, 그는 생각했다. 그렇긴 해도 런던에서라면 이는 잠시도 용인될 수 없는 상황이었고, 그래서 그는 경찰관을 찾아 주위를 둘러보았다. 걸음을 늦춘 그가 걸인들 가운데로 들어섰다. 그는 앞을 주시하며 누구와도 눈을 맞추지 않았다. "10파운드 한 장만이라도 주시면 안 되나?" 하는 소리가 들렸으나 그는 계속 걸어갔다. 한 여자아이 손에 들린 문고판 셸리 시집이 얼핏 보였다. 누군가 그의 가방을 집적거리자 스티븐은 거칠게 끌어당겼다. 다른 목소리가 교양 있는 말투를 흉내 냈다. "음, 볼링거. 소름 끼치게 훌륭한 선택이로군요!" 웃음이 터졌고 그는 풀 비린내 같은 땀 냄새와 파촐리 향을 뚫고 앞으로 나아갔다.

다크 부부의 울퉁불퉁한 진입로로 돌아 들어갈 때 스티븐의 머릿속을 꽉 채운 것은 충돌 사고가 아니라 바로 그 사소한 대립의 현장이었다. 그는 배신자가 된 기분이었다. 여기 흰 실크 셔츠 차림에 샴페인 병들을 든 창백한 남자가 있고, 또 여기 문가에는 집시들이 있었다. 오랜 세월, 그는 자신이 마음으로는 떠돌이들과 같다고, 돈이 있다는 것은 즐거운 우연일 뿐이라고, 언제라도 가방 하나에 소지품을 모두 챙겨 길 위로 돌아갈 수 있다고 확신했다. 하지만 시간이 그를 한곳에 붙박았다. 그는 어느새 너저분한 빈민들을 보면 경찰관을 찾아 두리번거리는 부류가 되어 있었다. 이제 그는 반대편에 속했다. 그렇지 않다면 왜 그들이 거기 없는 것처럼 굴었을까? 수적 열세를 인정하고 예전이라면 그랬을 것처럼 그들을 똑바로 바라보며 즐거운 우연인 현금을 조금 나눠주면 되었을 텐데 왜 그러지 못했을까? 그는 차를 세우고 풀이 마구 자란 오솔길을 따라 쪽문으로 걸어갔다. 호텔 출입구에서 그는 파촐리 냄새에 가슴이 철렁했었다. 그것은 그가 언젠가 칸다하르에서 알았던 여자, 자기파괴 성향이 강했던 몽롱한 그 여자의 냄새이자, 여럿이 번잡하게 모여 살던 웨스트 런던의 아파트 냄새, 몬태나에서 갔던 야외 공연의 냄새였다. 그는 돌이킬 수 없는 시간의 평범함에 충격을 받았다. 한때 그는 땅에 닿는 발걸음이 가볍다고 느꼈다. 인생은 제한 없는 모험이라고 생각했고, 가진 물건을 거저 나눠주곤 했으며, 예기치 않은 일이 일어나면 즐거웠고, 선의의 우연들에 휩쓸려 살았다. 그 모든 게 멈춘 때가 언제일까? 언제부터 그는 예컨대, 소유한 물건이 양도할 수 없는 진정한 자기 것이라고 생각하게 되었을까? 기억이 나지 않았다.

여름 관목의 컴컴한 터널 속에서 발걸음을 멈춘 그는 하룻밤의 짐 가방과 샴페인을 내려놓고 친구들을 만날 마음의 준비를 했다. 어둑한 곳에서 손이 희게 빛났다. 그 손으로 눈을 가렸다. 가까운 과거의 일이 마치 감기에 걸린 것처럼 해롭게 숨을 틀어막고 있었다. 현재에 집중해 살 수만 있다면 마음껏 숨을 쉴 것 같았다. 하지만 난 현재를 좋아하지 않아. 그런 생각을 하며 그는 짐을 집어 들었다. 허리를 펴는데 아치에 매달린 장미꽃 테를 두른 하늘을 배경으로 한 인물의 실루엣이 보였다. 셀마가 그를 지켜보고 있었다.

"그 안에서 얼마나 오래 숨어 있었던 거야?" 입맞춤 인사를 하며 그녀가 물었다.

그는 "몇 년쯤"이라고 대답하며 명랑하게 들리기를 바랐으나 결과는 그렇지 않았다. 이를 만회하기 위해 아직 차가운 샴페인 병들을 보여주며 즉시 한 병을 따자고—실은 그러고 싶은 생각이 전혀 없었지만—제안했다.

셀마는 그를 집 쪽으로 이끌었다. 출입문과 창문 모두 초저녁 햇빛을 향해 활짝 열려 있었다. 조그만 식사실을 통해 안으로 들어가자 돌로 된 바닥에서 축축한 냉기가 올라왔다. 셀마가 적당한 유리잔을 찾으러 간 사이에 스티븐은 그곳에서 기다렸다. 책장 위 돔형 케이스 속 박제된 새들이 저마다의 서식지에서 포즈를 취하고 있었다. 올빼미는 박제된 쥐의 몸속 깊이 발톱을 박은 모습이었다. 네모난 수조 속 수달은 썩어가는 물고기를 문 아가리를 꽉 다물고 있었다. 스티븐은 불안정한 원형 탁자에 팔꿈치를 올리고 기운을 내려 했다. 팔 근처에는 부르고뉴 와인 한 병과 빼낸 지 얼마 안 된 듯한 코르크 마개가 있었다. 고기구이와 마늘 냄새가 뒤편 창틀을 따라 길게 뻗어나간 인동덩굴 향기와 뒤섞였다. 부엌에서는 셀마가 얼음통을 채우는 중이었고 정원에서는 새소리의 불협화음이 들려왔다.

그들은 배나무 아래 녹슨 연철 탁자에 앉았다. 탁자는 깎지 않은 잔디 위에 놓여 있었고 주위에는 거대한 양귀비와 금어초, 그리고 스티븐은 루핀이라고 생각했으나 셀마가 참제비고깔이라고 부르는 꽃들이 피어 있었다.

셀마는 얼음통 옆에 유리잔 두 개를 놓고 샴페인을 부었다. "찰스는 숲속 어딘가에 있어. 나중에 가서 찾아봐야 할 거야."

스티븐은 술의 산미에 진저리를 치며 안에 있는 레드와인을 생각했다. 스카치를 한 잔 더 해도 마찬가지로 좋을 것 같았다. 할 얘기가 너무 많았기 때문에 그들은 정원 얘기를 했다. 정확히는, 셀마가 설명하고 스티븐은 잘 안다는 듯 고개를 끄덕였다. 수레국화가 가득 핀 곳을 가리키며 무어냐고 묻는 그를 보고서야 그녀는 스티븐이 얼마나 무지한지 제대로 파악했다. 셀마는 정원의 가장자리를 숲의 야생식물에 섞여들게 꾸며 양쪽 사이에 눈에 띄는 경계가 없다고 말했다. 여태 야생화를 길러왔으며 그 씨를 받으면 잘 보존해서 소위

유전자 풀이라는 것을 만들 계획이라고 얘기했다.

"심지어 앵초도 거의 사라졌잖아. 다음은 미나리아재비 차례일 거야."

"모든 게 나빠지고 있어요." 스티븐이 말했다. "뭔가 좋아지는 건 없나요?"

"넓은 세상에 있는 사람이 내게 말해줘야지."

그는 열심히 생각했다. "서식스의 구릉지대에 침엽수를 심고 있더군요. 20년 안에 목재 자급자족이 실현될 거예요."

그들은 이를 자축하며 건배했고, 이어 스티븐이 책 집필에 관해 물었다. 그들은 찰스 이야기를 피하고 있었다. 글은 잘 되어간다, 셀마가 말했다. 4분의 1 정도 썼고 다른 책도 하나 의뢰받았다. 위원회의 근황을 묻는 그녀에게 스티븐은 총리와 한 대화를 전했다.

셀마는 놀라는 기색을 보이지 않았다. "확실해, 찰스가 총애를 받았다는 건. 총리는 그런 사실을 비밀로 했지. 난 이유를 잘 모르겠지만, 질투하는 사람들이 있을까 봐 그랬겠지. 어쩐지 애정이나 욕망도 있었던 것 같고."

"욕망?" 총리는 그런 것이 없는 사람으로 알려져 있었다.

"더 이상한 일도 많아. 정계에서는 찰스가 청년이나 소년 같을 거야."

"그래서 찰스를 여기로 데리고 나오고 싶었던 거예요?"

셀마는 고개를 저었다. "당신이 그이를 직접 볼 때까지 난 아무 말도 안 할 거야."

"찰스가 행복하긴 한 거죠?"

"가서 직접 봐. 부엌에서 오솔길을 따라가. 숲 둘레로 난 큰길을 만나면 왼쪽으로 꺾고. 가다 보면 그이를 보게 될 거야."

20분 후에 그는 길을 나섰다. 풀이 우거진 넓은 길이 숲 둘레 바로 안쪽으로 들쭉날쭉한 타원형을 이루는데, 셀마의 말에 따르면 한 바퀴 도는 데 한 시간이 걸린다고 했다. 길을 가다 보면 한쪽 면의 나무들 사이로 탁 트인 들판이 보이기도 했다. 길이 숲 안쪽으로 깊숙이 파고들어 오솔길 정도로 좁아지는 곳도 있었다. 빛이 잘 들지 않고 풀 대신 담쟁이덩굴이 자라는 오솔길에서는 발밑에서 푹 꺼지며 기분 나쁜 퍽 소리를 내는 이파리들 때문에 발을 내딛기가 꺼려졌다. 마지막으로 이 숲을 걸었을 때, 찰스가 아직 정부 각료로 일하던 그때는 모든 것이 앙상하고 순수했다. 계절의 변화는 보는 이에게 놀라움을 주기에 적당한 만큼, 딱 그만큼만 느렸다. 그때와 같은 장소라는 사실을 믿기가 어려웠다. 가뭄이 아직 여기까지는 침투하지 못했다. 나무와 풀 이름을 모르니 무성한 인상이 더욱 강렬했다. 초록으로 폭발한 숲, 초목의 아수라장에 집어삼켜진 숲은 그 풍성함에 질식할 위기에 처해 있었다.

숲길이 개울을 건너 이어지는 곳에서, 오래된 담의 흔적으로 남아 있는 평평한 바위 위에는 마치 아마존의 축소판처럼 이끼와 형광색 지의류, 수목의 맹아들이 밀림을 이루었다. 머리 위로 밧줄처럼 두꺼운 덩굴식물에 여과된 빛이 내려왔다. 거대한 양배추와 대황, 종려나무 이파리, 꼭대기의 무게 때문에 고개 숙인 풀이 땅에서 자랐다. 하늘이 뚫린 한 곳에는 자주색 꽃들이 현란하게 피었고, 좀 더 어두운 다른 곳에서는 마늘 향이 훅 풍기면서 저녁 먹을 시간임을 상기했다.

아이다움이 필요하다, 스티븐은 그렇게 생각하며 불가피한 감정에 또다시 빠져들었다. 케이트라면 800미터 밖에서 만났던 차도, 숲 주변과 거기 있는 모든 것도, 그 너머의 도로와 사람들의 견해와 정부에 대해서도 전혀 의식하지 않을 것이다. 이 숲과 거미줄 위에서 빙글빙글 도는 이 거미와 긴 풀잎 위로 느릿느릿 기어가는 이 딱정벌레가 전부이고, 이 순간이 모든 것일 테지. 케이트의 좋은 영향, 눈앞의 구체적인 것을 보고 기뻐하는 아이의 가르침이 필요했다. 정체성이 희미해져 사라져버릴 정도로 이 순간을 가득 채우고 또 이 순간을 자기 안에 가득 담으려면 어떻게 해야 하는지. 언제나 그는 반쯤은 여기 아닌 어딘가에 있었고, 주의를 잘 기울이지 않았으며, 완전히 진지하지도 않았다. 놀이에 열중하는 아이의 진지함에 이르는 것이 니체가 말한 진정한 성숙함이 아닐까?

언젠가 그는 줄리와 함께 케이트를 콘월에 데려갔다. 현악 사중주단의 첫 대중 공연을 축하하는 짧은 휴가였다. 오솔길을 따라 3킬로미터 정도를 걸어가니 목적지인 해변이 나왔다. 오후 늦게 그들은 물가 근처에 모래성을 짓기 시작했다. 케이트는 신이 났다. 아이는 모든 것이 어떠해야 한다는 생각을 고집하는 나이였다. 벽은 똑바로 네모지게 깎아야 한다, 창문이 꼭 있어야 한다, 조개껍데기는 일정한 간격으로 박아야 한다, 본체의 내부 공간은 마른 해초를 깔아 편안하게 꾸며야 한다. 스티븐과 줄리는 해변을 떠날 시간이 될 때까지 아이를 즐겁게 해주기로 작정했다. 수영도 하고 도시락도 먹었다. 하지만 이내 그들은 자기도 모르는 사이에 어린 딸의 놀이에 함께 빠져들어 아이와 똑같은 다급함을 느꼈고, 다가오는 밀물의 명령 외에는 시간의 흐름을 잊은 채 성을 쌓았다. 시끌벅적한 조화 속에서 그들은 양동이 하나와 삽 두 개를 나눠 썼고, 서로에게 거리낌 없이 명령했으며, 서로가 선택한 조개껍데기나 창문 모양을 칭찬하거나 흉보고, 새로운 재료를 가지러 물가로 ─ 절대 걷지 않고 ─ 달려갔다.

모든 것을 끝낸 후 작품 주위를 몇 번이나 돌아보고 난 그들은 성벽 안으로 비집고 들어가 앉아서 밀물을 기다렸다. 케이트는 그들의 성이 아주 잘 지어졌기 때문에 바다에 저항할 수 있을 거라고 확신했다. 스티븐과 줄리는 딸의 말에 맞장구를 치며, 성벽 주위로 찰랑거리는 물을 조롱했고 밀물이 벽 하나를 집어삼켰을 때는 야유를 보냈다. 성이 완전히 무너지기를 기다리는 동안, 부모 사이에 끼어 앉은 케이트는 성에 남아 있자고 사정했다. 아이는 성을 집으로 삼고 싶어 했다. 런던의 삶을 버리고 해변에서 영원히 살면서 이 놀이를 하는 것이다. 그런데 바로 그 무렵 어른들은 마법에서 풀려나 시계를 쳐다보며 저녁 식사나 다른 많은 약속에 관해 이야기하기 시작했다. 그들은 케이트에게 집에 돌아가 잠옷과 칫솔 등을 챙겨와야 하지 않겠느냐고 말했다. 그것이 멋지고 현명한 아이디어라고 느낀 아이는 어른들의 꼬임에 따라 차가 있는 곳까지 오솔길을 걸어갔다. 그 뒤로 며칠간, 마침내 그 일이 잊힐 때까지, 아이는 언제 모래성 안의 새 생활로 되돌아갈 것인지 계속 물었다. 아이는 진지했다. 스티븐은 무슨 일이든 그때 케이트의 성 쌓기를 도울 때처럼 열렬하게 몰입해서 할 수 있다면 자신은 특별한 힘을 지닌 행복한 사람일 거라고 생각했다.

길이 숲의 중심을 향해 직각으로 꺾이는 지점에 도달한 그는 완만한 경사지를 따라 땅이 움푹 꺼지는 곳까지 내려갔다. 길 위로 뻗은 나뭇가지들이 지붕을 이루었고, 그 틈새로 초저녁 해가 어둑해진 풀밭에 주황색 무늬를 드리웠다. 숲길이 평평해지는 곳에 썩은 나무 기둥과 다를 바 없는 죽은 참나무 한 그루가 서 있었다. 이 나무에서 10여 미터 정도 떨어진 곳에 이르렀을 때 한 소년이 나무 뒤에서 한 걸음 걸어 나와 그를 바라보았다. 스티븐도 걸음을 멈췄다. 바람이 불자 얼룩덜룩한 빛이 움직였다. 또렷이 보이지는 않았지만, 상대는 학창 시절에 그가 매혹과 두려움을 동시에 느끼고 바라보던 아이들과 같은 부류의 소년이었다. 얼굴은 창백했고 연갈색 앞머리가 이마로 내려와 있었다. 지나치게 자신만만한 눈빛이 익숙한 거만함을 풍겼다. 차림새는 구식이었다. 소매를 걷어 올리고 뒷자락을 꺼낸 회색 플란넬 셔츠, 신축성 있는 줄무늬 벨트의 은색 뱀 모양 버클로 고정한 헐렁한 회색 반바지, 불룩한 주머니에서 삐죽 튀어나온 무언가의 손잡이, 핏자국이 맺히고 딱지가 앉은 무릎. 스티븐은 런던의 철도역 플랫폼에서 선생들과 함께 서 있는 제2차 세계대전 피난민 학생들의 사진을 떠올렸다.

"안녕," 스티븐은 앞으로 다가가며 친절한 목소리로 말했다. "뭐 하는 거야?"

소년은 나무에 기대어 몸을 지탱하고 한쪽 다리를 올리더니 낡은 구두 끝으로 발목 위를 긁었다. "몰라. 그냥 기다려."

"뭘?"

"너를, 이 바보야."

"찰스!" 스티븐은 둘 사이의 거리를 좁히며 찰스가 잡아줄지 확신하지 못한 채로 손을 내밀었다. 손을 잡은 찰스가 스티븐의 목에 양팔을 두르고 안았다. 감초 사탕 냄새, 그리고 그 뒤로 축축한 땅 냄새가 났다.

찰스가 펄쩍 뛰어나가 숲길을 건너고 있었다. "내 집 구경할래?" 그는 그렇게만 말하고는 키가 큰 양치식물이 양쪽으로 늘어선 오솔길을 앞장서서 걸었다. 스티븐은 바짝 붙어 따라가며 친구의 주머니 위로 튀어나온 새총에서 눈을 떼지 못했다. 고무줄 위에서 가죽띠가 위태롭게 흔들거렸다. 그들은 나무 그루터기 사이로 야생 옥수수가 자라는 공터를 가로지른 후, 거대한 성목들이 서 있는 숲속으로 다시 들어섰다. 그들은 빠른 속도로 걸어갔고 가끔 스티븐은 뒤처지지 않으려고 달려야 했다. 뒤를 돌아보지 않은 채 내뱉는 숨소리 섞인 찰스의 단절된 문장을 스티븐은 군데군데 놓쳤다. 찰스는 마치 혼잣말을 하는 듯했다.

"정말로 좋아…… 여름 내내 지었는데…… 나 혼자서……
내 집……."

시간이 좀 지나자 스티븐은 친구가 처음에 생각했던 것처
럼 실제로 작아진 것은 아니라는 사실을 알았다. 몸이 살짝
말랐고 움직임이 유연했다. 앞머리는 이마로 내려오도록 길
렀으며 귀 뒤로는 짧게 잘랐다. 그의 활짝 열린 태도와 빠른
말투, 골똘한 표정, 거칠 것 없이 충동적으로 뛰쳐나가는 몸
짓, 더욱 좁아진 두 번째 오솔길로 들어설 때 발과 팔꿈치를
내뻗는 모습, 어른들의 인사라는 의례와 형식을 건너뛰는 태
도 등이 열 살 아이의 느낌을 풍겼다.

마침내 그들은 조금 더 좁은 다른 공터에 도착했고, 공터
한가운데에는 둘레가 어마어마한 나무 한 그루가 서 있었다.

찰스는 풀밭을 이리저리 헤치다가 돌을 하나 집었다. "이
거 보여? 이거 보여?" 스티븐이 그렇다고 답하고 나서야 그
는 뒷말을 이었다. "이걸로 쳐서 저것들을 박은 거야." 그는
땅에서 60센티미터 정도 높이의 나무 몸통에 박은 15센티미
터 길이의 못과 거기에서 또 60센티미터 높이에 박은 다른
못을 가리켰다. 여남은 못이 나무의 몸통에 곡선을 그리며
이른 곳은 땅에서 10여 미터 높이의 첫 번째 가지였다. 그는
스티븐의 팔꿈치를 잡아끌고 발길에 닳은 나무 밑동 부근의

풀밭으로 데려갔다. "저 위!" 그가 소리쳤다. "봐, 보라고!" 스티븐은 고개를 뒤로 젖혔으나 나뭇가지가 갈라지고 또 갈라지는 어질어질한 미로 말고는 아무것도 볼 수 없었다. 나무 꼭대기는 보이지 않았다. "아니, 아니." 찰스가 말했다. 그는 양손으로 스티븐의 머리를 붙잡고 뒤로 더 젖혔다. 가장 높은 가지들 사이로 검은 점이 있었다.

"저게 뭐야?" 스티븐이 물었다. "새집?"

그것이 바람직한 반응이었다. 찰스는 펄쩍펄쩍 뛰었다. "새집이 아니라고, 이 멍청아. 내 집이야. 나만의 집!"

"대단하네." 스티븐이 말했다.

찰스는 새총을 주머니 속으로 더 깊이 밀어 넣었다. "준비됐어?"

그는 첫 번째 못에 왼발을 올려놓고 오른발을 두 번째 못에 휙 올려 중심을 잡고 선 다음, 왼손으로 세 번째 못을 붙잡고 오른손은 스티븐을 향해 마음껏 흔들었다. "쉬워. 내가 하는 대로만 해."

스티븐은 나무껍질 위를 손으로 쓸었다. 그리고 시간을 끌었다. "이 나무는…… 음…… 종류가 뭐 같아?"

"너도밤나무지, 당연히. 그것도 몰랐어? 엄청 큰 거야, 50미터는 될걸." 그는 땅에서 3미터 정도까지 재빨리 올라가더니 아래를 내려다보았다. "너한테 보여주고 싶었어." 사업가이고 정치인이었던 한 남자가 이제 사춘기 전 아동으로 성공적으로 변신해 있었다.

스티븐은 첫 번째 못에 몸을 실어보았다. 무슨 일이 일어난 거냐고 묻고 싶었지만 찰스는 이 새로운 자아에 너무 몰입해 있어서 전혀 가식처럼 보이지 않는 데다 그런 변신의 황당함을 전혀 의식하지 않았으므로 스티븐은 그 문제에 어떻게 접근해야 할지 알 수 없었다. 혹시 찰스가 정신병이 많이 진행된 상태이고, 그래서 조심스럽게 대해야 하는 건 아닐까 싶었다. 그러면서도 스티븐은 감도는 흥분과 도전의 기운, 이 순간을 무척 중요시하는 듯한 친구의 태도에 영향을 받지 않을 수 없었다. 고루해 보이고 싶지 않았다. 나무타기를 잘했던 적은 없지만 제대로 시도해본 적도 없었다. 몸을 위로 밀어 올렸더니 양발을 두 번째 못 위에 비좁게 올리고 서게 되었다. 거기까지는 꽤 쉬웠지만 아래를 내려다보니 벌써 꽤 올라왔다는 생각이 들어 겁이 덜컥 났다.

"내가 할 수 있는 일인지 모르겠어." 스티븐이 그렇게 말하고 있는데 이미 첫 번째 나뭇가지에 도착해 양손을 주머니 깊숙이 넣고 서 있던 찰스가 큰 소리로 지시를 내리기 시작했다. "머리 바로 위에 있는 못에 손을 얹고 발을 올린 다음,

다른 쪽 손으로 다음 못을 잡고……."

스티븐은 손을 위로 뻗어 못을 찾았다. 1.5미터 정도면 떨어지더라도 그리 대단한 높이는 아니지만, 그 절반 높이의 의자에서 떨어져 목이 부러지는 사람도 있다.

몇 분 후 스티븐은 첫 번째 나뭇가지 위에 엎드려 있었다. 가지가 마치 땅처럼 든든해서 거기에 몸을 딱 붙였다. 몇 센티미터 떨어진 곳에서 쥐며느리가 제 볼일을 보고 있었다. 여기가 그것의 집이었다. 찰스는 다음에 올라갈 길을 알려주려 했지만 스티븐은 올려다볼 엄두가 나지 않았고 아래를 내려다보고 싶지도 않았다. 그는 쥐며느리에 시선을 고정했다. "난 조금씩 조금씩 올라가는 게 좋겠어" 정도가 그가 말할 수 있는 전부였다. 찰스는 그에게 사탕을 하나 주고 다른 하나를 공중에 던져서 입으로 받아먹더니 위로 오르기 시작했다.

이제 어려운 부분은 일어서서 나뭇가지를 떠나는 일이었다. 스티븐은 나무 몸통에 딱 붙은 채로 몸을 일으켰다. 다음 과제는 다리 하나를 높이 들어 위편 가지가 갈라지는 틈에 올리는 것이었다. 그것을 해내고 나니 다음은 쉬웠다. 몸통에서 뻗어나간 가지들이 너무나 많아서 마치 나선형 계단을 올라가는 것과 같았다. 조심스럽게 올라가며 아래를 내려다보지만 않으면 되었다. 만족스러운 15분이 흘렀다. 이것은 그가 할 수 있는 일, 유년기에 해야 했지만 그러지 못한 일이었다. 이제야 그는 예전에 다른 남자아이들이 왜 그렇게 나무에 오르려 했는지 제대로 알 것 같았다. 그는 잠시 멈춰 쉬면서 지평선 쪽을 바라보았다. 저림 작업을 한 나무들 꼭대기보다 훨씬 높은 곳까지 올라와 있었다. 멀리 교회의 첨탑이 보였고 더 가까이, 아마도 1.5킬로미터 정도 떨어진 곳에, 다크 부부의 빨간 지붕 일부가 보였다. 그는 나무 몸통을 더 단단히 잡고 발밑을 내려다보았다. 배 속이 울렁거리는 느낌이 들었지만 그렇게 나쁘진 않았다. 가지 사이의 벌어진 틈으로 땅이 보이는데도 공포에 사로잡히지 않았다. 대담해진 그는 심호흡을 하고 나무를 더 꽉 잡은 다음 고개를 젖혔다. 그리 멀지 않은 곳에 나무집의 바닥이 있기를 바랐다. 시야가 중앙의 한 점을 주위로 빙글빙글 돌면서 배 속에서 뜨겁고 차가운 무언가가 철렁 내려앉았다. 그는 나무 몸통에 볼을 대고 눈을 감았다. 아니, 그래도 소용이 없다. 그는 눈을 뜨고 나무껍질만 쏘아보았다. 바로 전에 그가 본 것은—그리고 다시 떠올릴 엄두가 나지 않는 이미지는—바닥에서 보았을 때와 똑같이 끝없이 아찔하게 뻗어나간 나뭇가지들이었다. 저 멀리 한참 위로 찰스의 맨 무릎이 살짝 비쳤고 그 너머로는 끝없는 나뭇잎과 가지들뿐, 그 어디에도 나무집의 바닥은 보이지 않았다.

스티븐은 1분 남짓 마음을 진정시켰다. 땅으로 다시 내려가는 것이 좋겠다고 결론 내렸다. 친구를 기쁘게 해주고 싶었지만 목숨을 걸 이유는 없었다. 그러자니 또 다른 문제가 생겼다. 밑으로 발 디딜 곳을 찾자면 아래를 내려다보아야 하는데 그럴 배짱이 사라져버린 것이다. "아, 맙소사," 그는 나무에 대고 속삭였다. "어떡해야 하지?" 그는 아무것도 하지 않았다. 땅에서 위로가 될 만한 소리가 들리는지 귀를 쫑긋 세웠다. 새소리만으로도 괜찮았을 것이다. 하지만 여기 위에서는 아무 소리도, 심지어 바람 소리도 들리지 않았다. 그때 언뜻 떠오른 생각은 자신이 완전히 몰두하고 있다는, 완전히 그 순간에 있다는 사실이었다. 쉽게 말해서 정신을 흐트릴 다른 생각을 허용한다면 그는 나무에서 떨어질 거였다. 그러다 그는 생각했다, 이런 짓 그만두고 싶어. 다른 걸 하고 싶어. 날 꺼내줘, 이걸 멈춰달라고.

위에서 무슨 소리가 들렸지만 그는 올려다보지 않았다. 찰스가 그를 찾아 내려왔다. "어서, 스티븐," 찰스가 외쳤다. "꼭대기에 올라가면 경치가 훨씬 더 좋아."

스티븐은 너무 세게 말하면 뒤로 밀려나 떨어질 것 같아 힘을 조절하며 대답했다. "오도 가도 못하게 됐어," 그는 나무껍질에 대고 잇새로 말을 내뱉었다.

"아, 젠장," 찰스가 그의 옆에 나타나며 말했다. "빌빌거리기는."

"그렇게 빨리 움직이지 마." 스티븐이 속삭였다.

"완전히 안전한 곳이야, 이 나무. 난 여기를 수십 번 오르내리며 판자랑 다른 물건들, 심지어 의자도 두어 개 옮겼어."

스티븐이 휘청하자 찰스가 그의 팔을 잡았다. 감초 사탕 냄새 때문에 믿음이 가지 않았다.

"자, 이 가지를 봐. 여기에 손을 올리고 발을 밖으로 뺄 수 있을 때까지 몸을 위로 끌어 올려. 그런 다음 무릎에 몸무게를 싣고 여기 이쪽으로 올라서서……." 지시가 계속 이어졌다. 찰스의 말을 그대로 따르는 수밖에 없었다. 어떤 식으로든 실랑이를 한다면 끝장일 테니 내려가고 싶다고 말해봤자 무의미했다. 믿어야 했다. 그래서 그는 시키는 대로 정확한 위치에 손과 발을 얹으면서 모호한 설명 때문에 위태로워지지 않도록 정신을 바짝 차리고 조금씩 위로 올라갔다. 몇 번쯤 지시 중간에 끼어들기도 했다. "찰스, 왼손을 말하는 거야, 오른손을 말하는 거야?"

"오른손, 바보야!"

그는 손과 발을 놓을 위치에만 시선을 고정했다. 찰스가 어디에 있는지 확실히 알 수 없었지만 쳐다보고 싶지는 않았다. 목소리가 머리 위 어디에선가 계속 야단치듯 지시를 내렸다. "아, 세상에! 손 말고, 발 말이야, 이 멍청아!"

그렇게 올라가며 스티븐은 몇 번쯤 속으로 생각했다. 영원히 이러고 있지는 않을 거야. 언젠가 다른 일을 하고 있는 때가 오겠지. 하지만 과연 그렇게 될까 싶기도 했다. 당장은 그저 위로 올라가며 상황이 흘러가는 대로 맡기는 수밖에 없었다. 언젠가는, 뭐 아닐 수도 있지만, 이전의 삶으로 돌아가겠지. 그런데 그 생각 말고도, 너무 두렵고 거대해서 포착할 수도 없는 무언가가 있었다. 마침내 둥근 구멍을 통해 금방이라도 무너질 것 같은 나무집 바닥으로 올라서는 순간이 왔다. 폭이 대략 3.5미터쯤 되는 정사각형이었고 벽면은 없었다. 처음에 그는 바닥에 엎드려서 목으로 올라오는 울음을 삼키는 것 말고는 아무것도 할 수 없었다.

"자, 어떻게 생각해?" 찰스가 채근하며 물었다. "레모네이드 좀 마실 거야?"라고도 했다.

좀 진정이 되자 스티븐은 나무집 바닥이 무너질까 두려워 천천히 머리를 든 다음 주위를 둘러보았다. 손바닥은 판자에 단단히 붙이고 있었다. 숲 전체가 아래에 펼쳐졌고, 숲 너머 들판을 지나 8킬로미터 정도 떨어진 곳에는 그가 거쳐왔던 소도시가 있었다. 서쪽에서 장렬하게 해가 지면서 생긴 색채의 소용돌이가 110여 킬로미터 너머 템스 밸리*의 먼지 때문에 더욱 아름답게 보였다. 스티븐이 경치를 살피는 동안 찰스는 식탁 의자에 퍼질러 앉아 그 모습을 자랑스럽게 바라보았다. 찰스가 엄지와 검지 사이에 끼워 빙빙 돌리고 있는 레모네이드 병은 거의 빈 상태였다. 바로 옆 오렌지 상자 위에 망원경과 촛대에 꽂힌 양초, 성냥 한 상자가 놓여 있었고 상자 안에는 책이 한 줄 꽂혀 있었다. 새 도감 두 권을 비롯해 소년기의 다양한 모험을 다룬 책과 《윌리엄》** 몇 권이 있었는데, 자신의 첫 책도 포함되어 있는 것을 스티븐은 별 감흥 없이 바라보았다. 찰스가 두 번째 의자를 손짓으로 가리켰지만 스티븐은 키를 더 키울 생각이 없었다. 대신 그는 올라올 때 통과했던 바닥의 구멍에서 조금씩 멀어지면서 좀 더 편한 자세를 잡았다.

친구가 기대하는 표정으로 바라보고 있었으므로 스티븐은 마침내 말했다, "정말 좋군, 아주 잘 만들었어." 찰스가 병을 건넸고 스티븐은 적극적인 손님 노릇을 할 생각에 음료를 쭉

---

* 템스강을 중심으로 옥스퍼드와 런던을 포함한 지역을 일컫는 비공식적 지명.
** 영국 작가 리치멀 크럼턴이 쓴 39권짜리 동화책 시리즈로 윌리엄 브라운이라는 소년의 모험을 그린다.

들이켰다. 짭짤하고 김빠진 액체, 좀 더 차갑고 진할 뿐 피 맛
과 비슷한 것이 입안을 채웠다. 상식을 따르자면 뱉어야 했
다. 하지만 발치에서 덜렁거리는 판자 하나를 보고는 토하지
않으려고 조심하며 억지로 삼켰다.

마지막 5센티미터쯤 남은 음료를 찰스가 마저 마셨다. "내
가 직접 만든 거야," 그는 병을 책들 사이에 집어넣으며 말했
다. "뭘 넣었는지 알고 싶어?"

올라오는 길에 했던 두려운 생각이 스티븐의 머리에 다시
떠올랐다. 어떻게 내려갈 것인가 하는 생각이었다. "말해봐,"
스티븐은 울렁증과 두려움 때문에 높아진 음성으로 재빨리
말했다. "왜 어린애처럼 행동하는 거야? 우리가 지금 이 위에
서 뭘 하고 있는 거지?"

잠시 찰스는 반응 없이 그대로 오렌지 상자 위에 수그리고
있었는데, 아마도 책들을 정리하는 듯했다. 스티븐에게는 잘
보이지 않았다. 절대로 해서는 안 될 말을 해버린 것일까? 그
는 찰스의 도움이 절실했으므로 적어도 땅으로 내려가기 전
까지는 심기를 거스를 말을 삼가는 것이 중요했다. 찰스가
옆으로 다가와 무릎을 꿇었다. 그는 웃고 있었다.

"내 주머니 안에 뭐가 있는지 보고 싶어?" 새총이 먼저 나
왔다. 찰스는 그것을 스티븐의 손에 쥐여주었다. "호두나무

야. 그게 최고거든." 다음으로는 돋보기, 양의 척추뼈, 십여 가지 부속품이 달린 주머니칼이 나왔다. 찰스가 부속품 하나 하나를 펼치며 기능을 설명하는 동안 스티븐은 친구를 자세 히 뜯어보며 농담이나 자의식의 증거, 어른의 흔적이 없는 지 살폈다. 하지만 그의 목소리는 흔들림이 없었고 얼굴은 그 모든 세부에 열중했다. 종이 가방 안에는 바닥에 붙어 있 는 구식 줄무늬 사탕들과 보통보다 커다란 달팽이 껍질 하 나, 말린 영원* 한 마리, 그리고 구슬이 여러 개 있었다. 찰스 가 스티븐의 손에 올려놓은 것은 색깔이 뿌옇고 커다란 구슬 이었다.

관심을 표시하려고 스티븐이 물었다. "근데 이건 어디에서 난 거야?"

대답이 성급하고 반항적이어서 —"내가 딴 거야"— 스티븐 은 어디서 땄는지 묻고 싶지 않았다. 그 밖에도 볼베어링, 장 난감 컴퍼스, 밧줄 조각 하나, 빈 탄피 두 개, 코르크에 꽂아 놓은 낚싯바늘, 깃털, 타원형 자갈 두 개 등이 있었다.

앞쪽 판자 위에 널린 물건들을 할 말을 잃은 채 내려다보 며, 스티븐은 그것들이 굉장히 철저한 조사의 산물처럼 보인

---

* 도롱뇽의 일종.

다는 인상을 받았다. 마치 친구가 도서관을 훑고 다니며 적절한 권위자에게 열심히 문의하여 특정 부류의 소년이 주머니 속에 가지고 다닐 법한 물건이 무엇인지 알아낸 것 같았다. 너무 정확해서 그럴듯하지 않고 기벽이라 하기에도 불충분했으며, 어쩌면 사기 같다는 느낌마저 들었다. 잠시 당혹감이 현기증을 억눌렀다.

게다가 자기 주머니를 까 보이겠다고 나서는 어린 소년이 어디 있나? 스티븐은 슬쩍 서쪽을 바라보았다. 석양의 광휘가 옅어지면서 빛이 흐려지고 있었다. 머리 위로 몇 안 되는 이 파리들이 흔들렸다. 그는 말문이 막혔다. 마흔아홉 살 초등학생의 비위를 맞춰주자니 참을 수가 없었지만 감히 찰스의 신경을 긁을 수도 없었다. 마침내 그는 말했다. "행복해, 찰스?"

찰스는 자기 물건들을 꺼내 보여줄 때와 대충 비슷한 순서로 주머니 속에 다시 집어넣고 있었다. 넣기를 마친 그는 재빨리 일어나 팔을 넓게 휘둘렀다. 스티븐이 겁에 질려 납작 웅크리며 판자의 흔들림을 손으로 막으려 했다. "봐! 멋지잖아. 이해를 못 하는구나. 너무 멋지다고!"

"풍경 말하는 거야?"

"아냐, 바보야. 보라고……." 찰스는 주머니에서 새총을 꺼내 가죽띠에 자갈 하나를 끼우고 있었다. "잘 봐." 그는 일몰 쪽을 바라보며 가죽띠를 머리 뒤로 멀리, 고무줄이 팔 두 개 길이가 될 때까지 당겼다. 그는 이 자세로 몇 초간, 아마도 효과를 충분히 내기 위해, 그대로 있었다. 주위의 대기가 긴장했고, 스티븐은 숨을 쉬기가 힘들었다. 그때 고무와 나무가 부딪치는 퍽 소리, 짧고 높은 윙 소리와 함께 나무집을 떠나 높이 솟아오른 돌이 멀리 나아가며 잠시 붉은 하늘 위에 선명한 검은 모양으로 떠 있었다. 돌은 하강을 시작하기도 전에 시야에서 사라졌다. 스티븐은 돌이 숲을 완전히 넘어가 400여 미터 너머의 들판 들머리에 떨어졌을 거라고 추측했다.

"아주 잘 쐈어." 스티븐은 열성껏 말했다. 어두워지고 있다는 얘기를 해야 하지 않을까 생각했다.

손을 양 옆구리에 대고 찰스가 여전히 돌이 나아간 방향을 응시하고 있을 때, 희미한 방울 소리가 나무들을 뚫고 올라왔다. "저녁밥이야," 그가 그렇게 말하며 구멍 쪽으로 걸어가 아래로 내려갔다. 다시 말소리가 들리기 시작했을 때 바닥 높이 위로 보이는 것은 그의 머리뿐이었다. 웅얼거리는 말투는 애써 지어내는 것인지 이제는 그냥 습관이 된 것인지 구분하기가 어려웠다. "그냥…… 어, 다 놓아버리면 돼……."

스티븐은 구멍 쪽으로 기어가는 동안 너무나 정신없고 두려워서 친구가 새총 쏘는 기술에 대해 말하고 있다고 생각했다. 그는 구멍 가장자리에 도착해 심란한 마음으로 웅크리고 있었다. 손이 떨리고 레모네이드가 목구멍으로 올라왔다. 몇십 센티미터 정도 더 내려간 뒤 멈춘 찰스는 터져 나오는 웃음을 주체하지 못했다. 그러다 진정하고 눈가를 닦은 후 스티븐을 다시 올려다보더니 또 웃음을 터트렸다. "자, 내가 말한 그대로 해. 안 그러면 너 죽어!"

*

차를 박살 낼 뻔하고, 한 남자가 짓이겨져 죽는 모습을 볼 뻔했으며, 걸인들에게 습격당할 뻔하고, 나무에서 떨어질 뻔했던 하루의 끝에서 스티븐은 뜨거운 목욕을 절실히 원했다. 셀마는 읽을거리가 있어서 저녁 식사가 늦어져도 상관없다고 말했다. 그는 손님방 욕실의 경사진 지붕 밑에 단단히 끼워 넣은 빅토리아양식의 긴 욕조에 몸을 담갔다. 어떤 짐작도 기억도 없이 머리가 텅 비었다. 심장박동의 충격파로 물 위로 밀려나는 잔물결만을 생각했다. 무릎뼈가 해무 속의 곶들처럼 눈앞에 솟아 있었다. 손가락 끝의 피부가 쪼글쪼글했다. 그는 눈을 감고 반쯤 졸면서 이따금 일어나 발로 온수 수도꼭지를 돌렸다.

마침내 아래층으로 내려갔을 때 셀마는 물리학 저널을 읽고 있었다. 2인분의 식기가 차려진 식탁 위에 팔꿈치를 올린 자세였다. 출입문과 창문이 여전히 열려 있고 이제 그 너머를 채우는 것은 짙은 어둠과 귀뚜라미 소리였다. 부엌에서 음식을 가져오며 셀마는 찰스가 이미 식사를 하고 자러 갔으며 그는 대개 9시 정도면 잔다고 말했다. "스티븐 당신을 위해 늦게까지 깨어 있었던 거야."

이 말은 스티븐에게 일련의 질문을 던지고 찰스의 퇴행에 관한 대화를 시작해도 좋다는 신호였을 것이다. 그러나 그는 셀마가 고기 써는 칼을 넘기며 고기구이를 자르라고 하자 차라리 반가웠다. 그들은 최고의 양고기 요리법에 관해 이야기했다. 셀마는 기분이 좋아 보였다. 몇 주째 마신 시골 공기, 정원을 가꾸며 보낸 긴 오후, 그리고 원하는 일을 할 기회를 누린 덕에 그녀는 대단히 행복했다. 부엌과 식당을 오가며 샐러드와 감자, 식초와 올리브오일이 담긴 유리병들을 옮기는 그녀의 맨발이 돌바닥에 끌리며 듣기 좋은 소리가 났다. 셀마는 칼라가 없는 남자 셔츠를 헐렁한 치마 안에 넣어 입었다. 목에는 장난감 가게에서 팔 듯한 채색 나무 구슬 목걸이를 걸었다. 머리는 여전히 물리학자답게 목덜미 위에서 질

끈 묶어 말아 올렸다. 예전의 공모자 같은 분위기가 둘 사이에 남아 있었다. 외진 시골에서 살며 친구의 방문을 받는다는 건 좋은 일이었다. 게다가 그들은 찰스의 행동에 감명받고 해방감을 느꼈다. 셀마는 이제 혼자 비밀을 안고 살지 않아도 되었다. 그녀는 부르고뉴 와인을 잔에 콸콸 부었다. 고삐 풀린 듯 관대해진 분위기 속에서, 스티븐은 실온에 오래 두어 뜨뜻해진 와인을 길게 들이켜며 회의적이었던 자신의 태도를 후회했다. 자신도 무엇을 원하는지, 무엇이 되고 싶은지 알기만 한다면, 그것을 자유롭게 밀고 나갈 거라고 생각했다.

식사를 시작한 지 15분쯤 지났을 때, 스티븐은 수 주 전에 결심했던 대로 켄트의 시골에서 겪은 일을 이야기했다. 이야기의 끝부분은 그가 줄리의 시골집 벽난로 옆 안락의자에서 정신을 차린 것으로 했다. 셀마는 두 사람의 별거를 언짢게 생각했다. 둘의 머리를 한데 쾅 박아주고 싶다, 라고 말하기도 했다. 스티븐은 일시적이고 무책임했던 친밀한 순간에 관한 얘기로 그녀를 자극하고 싶지 않았다. 그 부분을 제외한 다른 세부 묘사는 충실했다. 다른 시간대의 어느 날이 침입해 들어오는 느낌, 그 장소에서 느낀 친숙함, 주점 밖에 함께 기대어놓은 자전거들—그것들이 얼마나 구식 기구였는지도 상세히 설명했다 — 테이블에 앉은 젊은 커플을 알아본 일, 아버지의 익숙한 손짓, 시선을 돌린 어머니가 마치 그가 거기 없는 것처럼 그 너머를 바라보던 일, 다시 길 위로 돌아올 때 수로 같은 곳을 통과해 굴러떨어지는 듯하던 감각까지.

셀마는 이야기를 들으며 꾸준히 음식을 먹었고 스티븐이 얘기를 마친 후에도 계속해서 접시를 깨끗이 비웠으며, 그런 다음에야 그에게 그 경험 전과 후에 일어난 일과 하던 생각에 관해 물었다. 그는 어렵사리 기억해낸 기차 여행을 묘사하며 아마도 위원회에 관해 생각하고 있었을 거라고 말했다. 그 경험 다음에는? 하지만 그때 일어난 일은 셀마가 상관할 바가 아니었다. 줄리와 두서없이 이런저런 얘기를 했다, 그는 말했다. 차 두 주전자를 마셨으며 줄리가 만든 케이크를 먹었다. 그러고 나서 역으로 다시 걸어가 기차를 타고 집에 온 다음 친구들과 함께 저녁을 먹었다.

"그 경험이 어떤 의미라고 생각해?" 셀마가 와인을 따르며 물었다.

그는 어깨를 으쓱하며, 예전에 부모님이 새 자전거들을 가진 적 있다는 사실을 알아냈다고 말했다.

"부모님이 그 주점을 기억하셔?"

"어머니는 기억에 없대요. 아버지는 자전거도 기억 안 난

다 하시고."

"이 일을 부모님께 얘기하지 않았네."

"안 했어요. 그러고 싶지 않았어요. 아주 중요한 대화를 엿들은 느낌이었거든요."

"아마도 부모님이 당신 얘기를 하고 있었나 봐."

"아마도."

"하지만 그 일이 어떤 의미라고 생각하는지 아직 대답을 안 했는데." 셀마가 말했다.

"모르겠어요. 시간과 관련된, 그러니까 시간을 벗어나 무언가를 보는 일과 관련된 것은 분명한데. 그리고 셀마 당신은 이런저런 이론에 해박하니까……."

그녀가 손뼉을 짝 쳤다. "시골에 가서 환영인가 환각인가, 뭐든 그런 걸 경험했어. 그다음은 뭘 하지? 당연히, 전문가와 상담해야지! 역시 과학자가 좋겠지. 그러고는 속으로 경멸하던 신탁 사제에게 모자를 벗어들고 공손히 다가가는 거지. 왜, 모더니스트에게 가서 물어보시지?"

하지만 스티븐은 이런 반응이 익숙했다. "집어치워요, 셀마. 날 가르치고 싶어서 근질근질하다고 인정하라고요. 학생들이 그립잖아요, 가장 멍청한 학생이라 해도. 어서 들어봅시다. 시간에 관한 최근 이론이 뭐예요?"

좋은 기분과는 상관없이 셀마는 늘 해주던 개인 지도에 의욕을 보이지 않았다. 그가 정신적으로 나태하다고 보았을 수도 있고, 관련한 아이디어를 책에 쓰려고 아낀 것인지도 모른다. 적어도 처음에는 화제를 물리치려는 듯했으며 말도 빨랐다. 열의를 보이기 시작한 것은 조금 지나서였다.

"요즘엔 이론들이 슈퍼마켓 상품처럼 많아. 맘대로 고를 수 있지.《세상에 이런 일이》같은 제목을 단 다양한 책에 보통 사람들을 위해 모두 설명되어 있고. 그중 하나는 이런 거야. 세상이 몇천, 몇만 분의 1초마다 무한한 수의 가능한 버전으로 나뉘어 끊임없이 분화하고 확산하는데, 인간의 의식은 그때마다 깔끔한 선택을 통해 안정적인 현실이라는 환상을 창조한다는 거지."

"그 얘기는 전에 한 적 있어요," 스티븐이 말했다. "그에 대해 자주 생각하거든요."

"내 생각에 당신은 저 하늘에 있는 수염 난 노인네한테 가봐도 좋을 것 같아. 그리고 시간을 일종의 물질이라고 편리하게 묘사하는 물리학자들도 있어. 탐지 불가능한 입자가 증발하고 남은 찌꺼기라는 거지. 그 외에도 정신 나간 이론이 수십 가지는 될 거야. 그 이론들은 양자론의 한 모서리에서 주름 몇 개를 펴보겠다고 나서지. 수학도 지엽적인 면에서는 합리적이지만 나머지는, 그러니까 거대이론 정립의 측면에서는 허술하기 짝이 없어. 제시되는 이론이라는 게 죄다 어설프고 왜곡된 것뿐이니까. 하지만 시간이 무엇이든, 선형적이고 일정하고 절대적이며 왼쪽에서 오른쪽으로 과거에서 현재를 통해 미래로 행진한다는, 상식적이고 일상적인 해석은 말이 안 되거나 미미한 일부만 사실이야. 다들 경험으로 알잖아. 한 시간이 5분처럼 느껴지기도 하고 일주일처럼 느껴지기도 하지. 시간은 가변적이야. 아직도 물리학의 확고한 기반을 이루는 아인슈타인의 이론에서도 알 수 있어. 상대성이론에서 시간은 관찰자의 이동속도에 따라 달라지지. 어느 한 사람에게 동시적인 사건이 다른 사람에게는 순차적으로 보일 수도 있어. 절대적이고 보편적으로 인식되는 '지금'은 없다는 거지. 그런데 이런 건 다 알잖아."

"매번 들을 때마다 더 확실히 알겠네요."

"거대한 중력장을 지닌 치밀한 물체, 블랙홀 안에서는 시간이 완전히 멈춰버릴 수 있어. 안개상자* 안에 어떤 입자가 잠시 나타나는 현상은 거꾸로 흐르는 시간으로밖에 설명할 수가 없지. 빅뱅이론은 시간이 물질과 동일한 순간에 창조되

---

* 이온화 방사선 입자를 검출하는 데 사용되는 상자.

었다고, 물질에서 분리할 수 없다고 봐. 그런데 어떤 면에서는 그게 문제야. 시간을 독립체로 간주하려면 그것을 공간과 물질에서 떼어내야 한다는, 그러니까 보기 위해서는 왜곡해야 한다는 의미니까. 우리 뇌의 신경회로 배선 방식 자체가 시간에 대한 이해를 어렵게 한다는 주장도 들은 적 있어. 우리 지각이 3차원에 한정된 것처럼 말이야. 참 멍청한 유물론 같아. 비관적이기도 하고. 하지만 모형에 의지해 이해할 수밖에 없는 것도 사실이야. 액체 같은 시간, 모든 순간 사이사이에 접점이 있는 복잡한 모양의 봉투 같은 시간, 그런 식으로 말이야."

스티븐은 식스폼*에서 배운 것이 생각났다.

"현재의 시간과 과거의 시간은
아마도 모두 미래의 시간 안에 존재하고
미래의 시간은 과거의 시간에 포함되어 있다."**

"봐, 당신네 모더니스트들도 어쨌든 쓸모는 있네. 스티븐,

---

* 영국에서 16-18세 학생들이 다니는 대학 입시 준비 과정.
** 토머스 스턴스 엘리엇의 연작시 〈네 개의 사중주〉 중 '타버린 노턴 저택'의 도입부.

당신의 환각과 관련해 난 아무것도 도울 수가 없어. 물리학은 정말이지 그럴 수가 없다고. 아직도 분열된 과목이거든. 두 기둥은 상대성이론과 양자론인데, 하나는 인과관계에 따르는 연속적인 세상을 묘사하고 다른 하나는 인과관계가 없는 불연속적인 세상을 묘사하지. 그 둘을 조화시킬 수 있을까? 아인슈타인은 통일장(場) 이론을 펴다가 실패했어. 내 동료 데이비드 봄은 좀 더 차원 높은 이론 체제가 있을 거라고 예상하는데, 난 그런 낙관론자들 편이야."

이 시점부터 셀마는 활기를 띠었고 스티븐은 점점 더 알아듣기 어려워졌다. 그런 전망을 생각하면 언제나 감질나도록 기대감이 든다. 오늘날 최고의 두뇌들이 시간이라는 포착하기 힘든 일상적인 문제에 대해 무슨 생각을 하고 있는지, 그들이 실험실과 거대 가속기 속에서 무엇을 증명하고 있는지 명쾌한 설명이 가능할 듯해서다. 혼란스러운 역설과 개인적 직관을 확인하고 공식적으로 인정받을 가망이 있을 듯해서이기도 하고. 그 가망을 배반하는 것은 철저한 어려움, 자신의 지적 범위의 한계에 직면하는 일의 치욕스러움이다.

처음에 셀마는 인내심을 보이며 설명했고 스티븐은 알아들으려고 열심히 노력했다. 그러다 서서히 그녀는 그를 뒤에 남긴 채 그린함수, 클리퍼드대수와 페르미온대수, 행렬과 사

원수(元數)에 대해 이야기하기 시작했다. 머지않아 대화의 겉
치레를 벗어던져버렸다. 그녀는 동료 물리학자, 존재하지 않
는 영혼의 동반자에게 말을 건네고 있었다. 시선은 그의 왼
쪽 몇십 센티미터 지점으로 고정되었고, 말은 중단없는 격류
가 되어 쏟아져 나왔다. 그녀는 자기 자신을 위해 말하고 있
었다, 무언가에 홀려 있었다. 고유함수와 에르미트연산자, 브
라운운동, 양자퍼텐셜, 푸아송괄호와 코시-슈바르츠부등식
에 관해 얘기했다. 셀마도 찰스와 같은 길로 가버린 걸까? 그
는 식탁 너머로 툭툭 쳐서 그녀를 깨워야 하는 것 아닌가 싶
어 불안스레 바라보았다. 하지만 그녀가 다 쏟아내야 한다고,
페르미온과 무질서와 플럭스에 관한 자기 얘기를 해야 하는
거라고 그는 판단했다. 실제로 그녀는 15분 안에 정신을 차
리고 다시 그의 존재를 의식하게 된 것 같았다. 단조로운 격
렬함을 띠던 목소리가 원래대로 돌아오면서, 그녀는 다시 그
가 이해할 수 있는 일반론을 다뤘다.

셀마는 100년이나 50년 안에, 아니면 그보다도 더 빨리, 상
대성이론과 양자론을 특별하고 제한적인 사례로서 포괄하는
진화된 이론 또는 이론들이 나타나리라 기대했고, 그 흥분된
기대감을 스티븐과 나누고자 설명을 이어갔다. 새로운 이론
은 현실의 더 높은 차원과 영역, 존재하는 모든 것의 영역, 통

합된 전체를 다룰 것이며, 이러한 영역에서는 물질과 공간과 시간, 심지어 의식 그 자체도 서로 복잡한 관계를 맺으며 구현되고 서로 침입하면서 우리가 이해하는 현실을 구성할 것이다. 스티븐이 말한 경험을 수학적, 물리학적으로 기술할 수 있는 날이 오리라는 상상이 허무맹랑하지만은 않다. 더 높은 공통 영역에서는, 상식적으로 정의되는 선형적이고 순차적인 시간이 아닌 다른 종류의 시간을 의식을 통해 표현할 수 있을 것이다. 그 영역에서는 의식 자체가 함수이자 제한 사례일 테고 또한 의식의 대상이나 의식이 발생하는 공간인 물질과도 분리할 수 없을 것이며…….

셀마는 마지막 남은 와인을 스티븐의 잔에 따르며 말했다. 과학이 전 우주의 불가분성을 진지하게 고려하고 그에 대한 수학적 언어를 찾아냄으로써 객관성이라는 환상을 버리기 시작할 때, 과학이 주관적 경험을 고려 사항에 포함하기 시작할 때, 영리한 소년은 현명한 여인이 되는 길에 서게 된다.

"과학자들이 최종적인 발언권은 자기들에게 있다는 생각 없이 함께 모여 시간에 관해 정말로 중요한 대화, 예컨대 신비주의자들이 경험하는 영원성, 꿈속에서 뒤죽박죽 펼쳐지는 시간, 기독교적 성취와 구원의 순간, 깊은 잠에 빠졌을 때 말끔히 지워지는 시간, 소설가, 시인, 몽상가의 정교한 시간

설계, 유년기의 영원하고 변치 않는 시간 등을 주제로 대화를 나눌 수 있다면, 과학자란 얼마나 인간적이고 이해하기 쉬운 존재일지 생각해봐."

그는 셀마가 쓰고 있는 책 내용 일부를 읊고 있음을 알았다. "공황에 빠졌을 때 천천히 흘러가는 시간," 하고 셀마의 목록에 한 항목을 추가하고 난 뒤 그는 트럭과 충돌 직전까지 갔다가 기사를 차 밑에서 꺼내준 얘기를 했다. 그로부터 대화는 피곤할 정도로 다양하게 곁가지를 쳤고, 마침내 셀마가, 이제는 둘 다 동의한 명칭대로, 스티븐의 '환각'을 다시 화제에 올린 것은 저녁 자리가 파할 무렵이었다.

"내가 이렇게 흥분해 떠들어도 이해해. 관념만을 동행 삼아 시골에서 홀로 살면 생기는 일이야. 그때 일어난 일을 설명하는 데 물리학은 필요 없어. 과학자는 현실과 관련을 맺지 않아야 한다고 했던 닐스 보어의 말이 맞는 것 같네. 그들의 일은 자기가 관찰한 것을 설명할 모형을 구축하는 거니까."

셀마는 방 안을 돌아다니며 전등을 끄고 창문을 닫았다. 스티븐은 그녀를 유심히 지켜보았다. "홀로"라는 말이 잦아들기까지 긴 시간이 걸렸다. 머리 위로 더 강렬한 조명이 켜졌다. 그녀는 피곤해 보였고 약간 구부정한 듯도 했다.

"하지만 우리도 다 그러지 않나요?" 계단을 함께 오르며 스티븐이 말했다. "어쨌거나 현실이 그런 거 아니에요?"

셀마가 그의 볼에 가볍게 입을 맞췄다. 그녀의 입술이 메마르게 느껴졌다. 얼굴에서는 열기가 전해졌다. 그녀는 등을 돌려 삐걱거리는 복도를 따라 자기 방으로 들어갔고, 손님방 옆에 계속 서 있던 스티븐은 그곳이 남편이 자는 곳과 다른 방임을 알아차렸다.

*

다음 날 아침, 그는 늦잠을 자다가 심상치 않게 요란한 새소리에 잠에서 깼다. 30분간 더 누워 있던 그는 런던에 돌아가기로 마음먹었다. 2년 반이 지나고도 그는 케이트나 케이트가 어디 있는지 아는 사람이 아파트로 올지 모른다는 생각 때문에 집을 떠나 있으면 불안했다. 찰스와 함께 숲에서 하루를 더 보낼 생각에 마음이 설레지도 않았다. 하루 동안 너무 많은 일이 일어났다. 이제 다시 익숙한 난장판에 둘러싸여 텔레비전 앞 소파에 늘어져 있고 싶었다.

그는 아래층으로 내려가 정원의 거센 햇빛으로 들어갔다. 셀마가 그늘에 앉아 책을 읽고 있었다. 찰스는 숲속 나무집 근처에서 그를 다시 만날 생각으로 일찌감치 나가고 없었다.

그의 계획을 들은 셀마는 더 있으라고 잡지 않았다. 함께 커피를 마시고 나서 초록 터널을 앞장서서 통과한 셀마가 자동차의 깎여나간 문손잡이와 사이드미러를 잠시 감탄의 눈길로 바라보았다. 스티븐은 조수석 문을 열었으나 안으로 들어가지는 않았다. 주변의 쐐기풀 안에서 벌레들이 맹렬히 윙윙거리는 소리가 들렸다.

셀마는 운전석 쪽으로 돌아갔다. 햇살이 눈부신 지붕 너머로 그녀가 미소를 지었다. "괜찮아요, 그냥 말해도 돼. 저이는 완전히 돌았어."

"음, 맞는 말씀."

"그게, 이사하지 않았다면 더 심했을 거야. 갑작스러운 일이라고 할 순 없거든. 오래 진행된 거예요. 당신 첫 책을 저이가 왜 그렇게 좋아했다고 생각해?"

스티븐은 어깨를 으쓱했다. 그는 최근에 세탁한 리넨 정장에 깨끗한 흰 셔츠 차림이었다. 차 열쇠는 손에 있었고 지갑은 안주머니 깊숙이 담겨 있었다. 성인기의 장비들. 혼자 운전할 생각을 하니 기분이 좋았다. 찰스의 환상의 세계가 간밤에는 신나고 해방감을 주는 듯도 했지만 이젠 그저 우스꽝스러운 짓, 재빨리 털고 지나가야 하는 일처럼 느껴졌다. 손목시계의 금속 줄이 손목 털에 걸려 따끔거렸다. 그는 줄을 조정하고 차에 오르기 시작했다.

셀마가 검지를 올리며 경고했다. "그렇게 세련된 도시 사람처럼 굴지 말아."

그는 조수석을 통해 운전석으로 들어가 시동을 걸었다.

그녀가 열린 창문 안으로 말했다. "그이는 행복해."

"그런 것 같군요. 당신은?"

"난 일하고 있지."

"완전히 홀로 말이죠." 셀마가 입을 다물고 눈길을 돌렸다. 스티븐은 이 친구들이 거슬렸다. 언제나 흥미진진하면서도 현실에 발붙인 사람들이었는데, 이제는 좀 엉망이 되어가는 것 같았다. 셀마가 차 안으로 그의 팔에 손을 얹었다. "스티븐, 좀 다정하게……."

그는 재빨리 고개를 끄덕이고 차를 출발시켰다.

6

자녀에게 자연스럽게 권위를 행사하는 일이 어렵게 느껴지는 이들은 위협과 보상을 체계적으로 사용하는 방안을 진지하게 고려할 필요가 있다. 가령 초콜릿을 주겠다고 약속해서 얌전히 잠자리에 들게 할 수 있다면, 전체적으로 보아 어쨌거나 곧 갈게 될 치아에 끼치는 미미한 피해를 감수할 가치가 있다. 과거의 부모들은 자녀에게 어떻게 해서라도 이타심을 심어주라는 권고와 함께 너무 많은 것을 요구받았다. 결국 장려책은 우리 경제구조의 바탕을 이루며 필연적으로 우리의 도덕성을 형성한다. 얌전하게 행동하는 아이에게 숨은 동기가 있으면 안 될 이유란 전혀 없다.

영국 정부 출판국 발행 《공인 아동 보육 안내서》

9월 말이 되어 마침내 비가 내렸고, 비를 몰고 온 돌풍으로 일주일도 안 되는 사이에 나무들이 헐벗은 모습으로 변했다. 나뭇잎들이 배수로를 막았다. 배를 띄울 수도 있을 만큼 물이 불어난 도로도 있었다. 긴 장화를 신은 경찰관들이 지하층 아파트에 사는 노부부들을 대피시켰다. 그리고 주위에, 적어도 텔레비전에서는, 위기감과 흥분이 팽배했다. 왜 가을이 사라졌는지, 왜 지난주에는 여름이었는데 이번 주는 겨울이 되었는지 설명해줄 기후 전문가의 수요가 높아졌다. 위안을 주는 이론은 넘쳐났다. 다가오는 빙하기, 녹아내리는 만년설, 탄화불소 때문에 고갈된 오존층, 죽음을 앞두고 발악하는 태양. 존재하는지 아무도 몰랐던 도시 병영에서 군인들이 대형 펌프를 들고 나타났다. 나무 위에서 오도 가도 못하던 소년을 군 헬리콥터가 들어 올리는 장면이 텔레비전에 나왔고, 뉴스에서는 지역 경찰국장들과 군사령관들이 지휘봉으로 지도를 가리켰다. 찰스의 예전 상사였던 내무장관이 최대 피해 지역들을 방문하는 모습이 보도되었다. 내각 홍보부에서는 총리가 개인적으로도 우려하고 있다고 전했다. 정부가 날씨 덕을 보고 있다는 것이 관계자들의 일치된 의견이었다. 비를 멈추게 할 방법은 아무도 모르지만 어쨌든 정부가 뭔가 하는 것처럼 보이기 때문이었다. 비는 50일간 쉼 없이 내렸다. 그

러다 멈추고 다시 정상적인 삶이 시작되었으며 크리스마스
가 코앞으로 다가왔다.

　날씨는 스티븐의 무력증에 별 영향을 미치지 않았다. 그
는 올림픽경기 이후로 아침과 오후 텔레비전 시청에 맛을 들
였다. 새로운 종일 방송 채널이 정부 후원하에 시작되었는데
퀴즈쇼와 토크쇼, 광고 방송과 시청자 참여 프로그램이 주를
이루었다. 스티븐은 잠옷과 두꺼운 카디건 차림에 스카치를
들고 소파에 늘어져서 중독자의 멍한 인내심으로 퀴즈쇼를
시청했다. 방 한구석에는 천장에서 떨어지는 물을 받기 위
해 얼음통을 놔두었다. 이런저런 프로그램의 진행자들이 다
들 너무 비슷하게 생겨서 쳐다보면 친근감이 들기 시작했다.
초빙을 받고 출연하는 듯한 그들은 각 분야의 전문가이자 헌
신적인 남성으로서 직업적 관례의 범위 안에서 일하면서 가
끔은 냉소적인 방백을 통해 그런 관례의 형식적 한계를 또렷
이 드러냈다. 그는 무대 위로 불려 나온 부부들이 귀여울 정
도로 긴장한 채 서로의 손을 한시도 놓지 않는 모습, 사은품
인 급속냉동고를 공개하는 장면 같은 데서 터져 나오는 현란
한 트럼펫 팡파르, 딱딱하게 굳은 함박웃음을 짓는 반쯤 벗
은 조수들이 다 좋았다.

　하지만 청중을 보고 있으면 정신이 혼미할 만큼 인간 혐오

가 솟구쳤다. 진행자에게 아첨하거나 아첨을 받으려고 강아지처럼 꼬리를 흔드는 모습, 지시에 따라 기꺼이 박수치고 환호하고 프로그램의 구호가 적힌 비닐 깃발을 흔들어대는 모습 때문이었다. 기분이 어찌 그리 쉽게 조절될 수 있는지, 유도하는 대로 한순간 함성을 지르다가 바로 가라앉아 심각해지기도 하고, 짓궂었다가 이내 조금은 감상적으로 향수에 잠기는가 하면, 열변을 토하는 진행자의 말에 난처해하고 창피해하다가 다시 쾌활해지는 모습 때문이었다. 스튜디오의 조명에 비스듬히 비친 얼굴들은 어른, 부모, 근로자였지만, 활짝 열린 그 표정들은 티타임 파티의 마술사를 보는 어린아이와 다름없었다. 진행자가 무대를 내려와 청중석을 돌아다니며 청중의 이름을 막 부르고 나무라거나 알랑거릴 때 그들을 사로잡는 감정은 흡사 종교적 외경심처럼 보였다. 부인이 충분히 주나요, 헨리? 음식 말이에요. 줘요? 안 줘요? 어서 말해봐요. 충분히 받고 있어요? 그러면 이 헨리라는 사람, 다초점 안경을 낀 흰머리 남자, 더 고급 양복을 입었다면 국가원수로 보일 수도 있을 듯한 이 남자가 자기 아내를 의미심장하게 바라보며 키득거리다가 손으로 얼굴을 감싸면 주위 사람들은 다들 함성을 지르고 박수를 쳤다. 영혼이 약해빠진 이런 얼간이들, 이런 '보통 사람'—진행자가 많이 쓰는 단

230

어—들, 언제 웃어야 할지 말해주기만을 바랄 뿐인 이런 유아들이 던진 표가 세상을 좌지우지한다는 것은 새삼 놀랄 일일까? 스티븐은 술병을 기울여 홀짝이며 당장이라도 그들 모두의 선거권을 박탈하고 싶다고 생각했다. 더 나아가 그들이 벌받기를, 흠씬 두들겨 맞기를, 아니 고문당하기를 바랐다. 감히 어린아이가 되다니! 이런 사람들이 어떤 목적에 이바지하는지, 왜 계속 살아가도록 허용되는지 누군가 설명해준다면 그는 관대하고 이성적인 사람답게 경청할 의향이 있었다.

스티븐에게 이런 혐오 발작—민주주의자의 포르노그래피—은 기억할 수 있는 그 무엇보다 짜릿한 타락이었다. 최고조에 이른 발작이 돌연 가라앉은 것은 부모님이 이모 필리다와 이모부 프랭크, 그리고 성인이 된 그들의 딸 트레이시와 함께 바로 그런 방송에 스튜디오 청중으로 나가서 얼마나 즐거워했는지 떠오른 후였다. 그들은 대형 메달을 하나씩 받아 왔는데, 앞면에는 황제처럼 월계관을 쓴 진행자의 옆얼굴이, 뒷면에는 다정하게 맞잡은 두 손이 각인되어 있었다.

이제 슬슬 일어나 얼음통의 물을 비우고 부엌에 가서 샌드위치나 술 한 잔을 더 챙기든가, 열린 창가로 가서 홍수가 난 아래편 거리를 내려다볼 시간이 된 것 같았다. 창가에 가면 늘 몰두하는 생각거리 몇 가지를 하나하나 훑다가 지치면 언제든 텔레비전 앞으로 돌아가면 되었다. 파멘터 경의 위원회는 아직도 한 달 가까이 남은 긴 휴정 상태였는데, 그는 매주 참석하던 회의와 그것에 맞춰 잡히던 생각의 틀을 그리워하고 있음을 깨닫고 기분이 언짢아졌다. 줄리가 연락을 하지 않아서, 자신도 원망하는 마음 없이는 그녀에게 편지를 쓸 수 없어서 신경 쓰였다. 부모님에게도 늘 가봐야지 하면서도 다시 찾아가지 않았다. 찰스를 생각하면 드는 감정은 짜증뿐이었다. 그런 어떤 생각보다 더 신경이 쓰이는 것은 케이트의 생일이었다. 다음 주가 되면 그 아이는 어디에 있든 여섯 살이 된다.

며칠째 그는 아파트에서 걸어서 10분 거리에 있는 장난감 가게에 가고 싶었다. 터무니없는 생각이었다. 애도를 패러디하는 행위였다. 그런 행위가 자아내는 억지스러운 비감에 신음이 절로 나왔다. 그것은 연기일 뿐이고 실제로는 느껴지지 않는 광기의 가장일 테지. 하지만 생각은 점점 커졌다. 그 방향으로 산책을 나가 예전이라면 어떤 장난감을 샀을지 상상해봐도 괜찮겠지. 바보짓이다, 나약함이다, 쓸데없이 고통만 초래할 것이다. 하지만 생각은 계속해서 커졌고, 어느 날 아침에 그는 신문 가판대에서 알록달록한 포장지를 집어 마음을 바꿀 틈이 없도록 잽싸게 점원에게 내밀었다. 장난감을 산다면 2년간의 적응이 물거품이 될 것이다. 비이성적이고 제멋대로이고 자기파괴적인 짓이며 무엇보다 나약한 짓, 그래, 나약한 짓일 것이다. 있는 그대로의 세상과 자신이 원하는 세상 사이의 선을 지키지 못하는 것은 나약한 이들이다. 나약해지지 마, 그는 자신에게 말했다. 살아남으려고 노력해. 그 종이를 버려, 환상에 굴복하지 마, 그 길로 가서는 안 돼. 되돌아올 수 없을지도 몰라. 그는 가지 않았다. 하지만 가고 싶은 마음을 없앨 수는 없었다.

고독 때문에 그의 마음에 사소한 미신적 믿음과 마법적인 사고가 자라났다. 미신은 일상적인 의식에 따라붙었고, 동행처럼 늘 함께하는 정적 속에서 그의 미신 고수는 엄격해졌다. 면도는 항상 얼굴 왼쪽에서 시작했다, 반드시 치약 뚜껑을 닫고 나서야 양치질을 시작했다, 변기 물을 내릴 때는 불편을 감수하고라도 왼손을 사용했다, 근래에는 침대에서 내려올 때 양발을 동시에 바닥에 내려놓으려고 유의했다. 마법적 사고는 장난감 가게 방문을 합리화하는 방법을 찾아냈다.

무엇보다도 그것은 딸이 계속 존재한다는 믿음을 행동으로 보여주는 일이다. 케이트가 이날을 생일로 기념할 리가 없을 테니, 이 행동은 아이의 이전 삶과 그 삶이 남긴 유산을 주장하는 일, 다시 말해 아이의 탄생에 관한 진실을 주장하는 일이다—그는 아이가 자신의 탄생에 관해 지금껏 들었을 거짓말을 이미 여러 번 상상해봤다. 신비를 지킨다면 시간과 우연의 알 수 없는 배열이 드러날 거다, 생일의 숫자 마법이 발동되겠지, 신비를 지키지 않으면 일어나지 않을 사건들이 시작될 테고. 선물을 산다면 자신이 아직 패배하지 않았음을, 놀랍고 활기찬 일을 할 수 있음을 입증할 것이다. 슬픔이 아니라 기쁨을 느끼며, 사랑이 담긴 사치를 부리는 기분으로 선물을 살 테고, 집으로 가져와 포장하는 행위를 통해 운명에 제물을 바칠 것이다. 아니면 도전장을 던지거나—봐라, 내가 이렇게 선물을 샀으니 어서 그 아이를 내놓아라. 장난감을 사며 고통을 느낀다 해도, 그 고통은 필연적인 희생이다. 지금껏 거리를 수색하고, 지역신문에 후한 보상금을 걸면서 정보를 구하는 광고를 게재하고, 많은 버스 정류장과 벽에 확대한 사진들을 붙이면서 물질적 차원에서는 모든 가능성을 소진했으니, 이제 남은 길은 상징과 신성의 차원에서 대처하는 것, 다시 말해, 개연성을 다루는 알 수 없는 힘들, 원자를 배열하여 고체를 고체이게 할 뿐만 아니라 모든 물리적 사건, 궁극적으로는 모든 개인적 운명을 펼쳐내는 그 알수 없는 힘들과 결합하는 것이다. 게다가 그런다고 해서 잃을 게 뭐란 말인가?

개조한 창고 건물 한 구역을 차지한 장난감 가게는 슈퍼마켓 형태로 꾸며져 있었다. 높은 천장의 형광등 아래로 넓은 매대 세 줄이 가로로 길게 늘어서 있고 출입문 옆에는 계산대가 일렬로 배치되었으며 그 근처에 카트와 철망 바구니가 쌓여 있었다. 바닥은 푹신한 검은 고무 소재로 활동적이고 효율적인 분위기를 풍겼다. 벽에는 어린아이의 필체를 모방해 형광 페인트로 쓴 간판이 붙어 있는데, 상품을 파손할 경우 보상해야 한다는 경고였다. 갓을 씌운 전등 위로 높이 설치된 스피커에서는 아이들에게 적합한 음악이 흘러나왔다―활기 넘치는 클라리넷, 철금, 스네어 드럼. 케이트의 생일이었다. 스티븐이 도착했을 때는 이른 월요일 아침인 데다 꾸준히 비가 내리고 있어서 손님이 없었다. 유일하게 열려 있는 계산대에서는 머리를 바짝 깎고 까만 단추형 귀걸이를 한 청년이 공책에 뭔가를 적고 있었다. 고무로 덧씌운 십자형 회전문을 통과하기 전에 스티븐은 멈춰 서서 코트를 벗고 우산을 털었다.

매장 배치는 단순했다. 한쪽은 전투 훈련이나 차량 위장과 관련된 카키색과 몸체를 리벳으로 연결한 중무장 우주선의 은색이 점령했고, 다른 한쪽은 아기 옷의 연한 파스텔과 축소판 가전제품의 빛나는 흰색이 차지하고 있었다. 스티븐은 젖은 코트를 접어 팔에 걸치고 상점 안을 한쪽 끝에서 반대편 끝까지 서성이며 학살에서 고된 일상까지 쭉 훑고 난 다음, 좀 더 재미있는 장난감들은 어른 흉내가 끝나고 더 순수한 재미가 시작되는 중간 부분에 있다는 것을 알게 되었다. 고층 건물의 측면을 타고 올라가 동전을 넣는 시계태엽 장치 고릴라, 페인트를 흩뿌리는 기계, 방귀 소리를 내는 쿠션, 빛어놓으면 빛이 나고 끽끽 소리를 내는 찰흙, 예측 불가능한 곳으로 마구 튀는 공 등등. 자신만큼이나 잘 아는 여섯 살 아이의 손에 그 하나하나를 실험적으로 올려놓았다. 아이의 반응을 시험해봐야 했다. 케이트는 어두운색 앞머리가 이마 위로 내려오고 등이 꼿꼿하며 최소한 다른 사람과 있을 때는 말이 별로 없는 어린 소녀다. 몽상가이고, 공상가이며, 발음이 이상한 단어를 사랑하고, 비밀 일기를 쓰고, 알 수 없는 물건을 모으는 아이다. 처음에는 안전한 것으로 선택했다. 색색의 펜 세트와 초소형 농장 동물이 가득 든 나무 상자. 케이트는 딱딱한 인형보다는 부드러운 장난감을 좋아하므로 그는 실물과 흡사한 회색 고양이를 철망 바구니에 넣었다. 케이트는 짓궂은 장난을 좋아하고 낄낄거리며 웃는 아이다. 그는 쿠션과 물을 뿜는 꽃을 골랐다. 케이트는 그런 장난으로 엄마를 못살게 굴 수도 있다. 그는 퍼즐 진열대 앞에서 멈춰 섰다. 미쳐서 이러는 건 아니다, 무엇이 실제인지 알고 있다. 지금 무얼 하고 있는지를, 아이는 이제 없음을 알고 있다. 이 모든 것은 꽤 용의주도하게 미리 생각한 일이며 자기기만이 아니다. 아무런 환상 없이 자신을 위해 하는 일이다. 그런 생각을 하다가 쇼핑을 계속했다. 케이트는 퍼즐의 추상적이고 폐쇄적인 세계를 크게 좋아하지 않는다. 인간적 접촉, 환상과 가장이 이루는 더 따뜻한 복잡성을 경험할 때 지능을 발휘한다. 케이트는 잘 차려입기를 좋아한다. 그는 마녀 모자를 집어 왔고, 되돌아가 회색 고양이를 검은 고양이와 바꿨다. 이제 주제가 갖춰졌다고 생각했다. 진열대에서 물건들을 신속하게 꺼내고 있었다. 물과 만나면 꽃으로 변하는 마법 알갱이들, 각운을 맞춘 주문과 마녀의 솥 요리책, 눈에 보이지 않는 잉크 한 병, 물을 부으면 물이 없어져버리는 컵, 머리에 쓰면 두개골을 뚫고 들어간 것처럼 보이는 못 등을 골랐다.

그는 남자아이용 장난감 구역으로 흘러들었다. 케이트는 동작이 우아한 아이임이 틀림없지만 공을 다루는 데는 형편없으니까 이젠 공 던지기를 연습할 때가 되었다. 그는 진열대에서 비닐봉지로 포장된 테니스공 세트를 꺼냈다. 그러고는 진짜 버드나무로 만든 아동용 크리켓 방망이를 만지작거렸다. 성 역할을 거스르려고 너무 애쓰는 건가? 그래도 방망이를 꺼냈다, 해변에서 유용할 테니까. 이제 남자아이들의 영역 깊숙이 들어온 그는 총과 칼과 화염방사기, 살인광선, 장난감 수갑 등을 지나 마침내 보자마자 이거다 싶은 케이트의 생일 선물을 찾았다. 배터리형, 양방향, 단파, 주파수 변조 방식의 무전기였다. 달 표면처럼 보이는 곳의 조그만 산맥 양편에서 즐겁게 대화를 나누는 소년과 소녀가 포장재에 인쇄되어 있었다. 손에 든 송수신기 안테나에서는 전파와 흥분을 나타내는 하얀 아치 모양 번개가 솟아올랐다.

그는 상품 오십여 개를 쌓아 진열해놓은 곳에서 하나를 꺼냈다. 바구니에는 상자를 넣을 자리가 없었다. 매장을 가로질러 계산대로 가는데 갑자기 얼른 집에 가서 산 물건을 모두 늘어놓고 고른 이유를 하나하나 다시 헤아려보고 싶었다. 줄리와 함께 살펴볼 수 있다면 훨씬 좋겠다, 줄리라면 그 나름의 아이디어를 생각해내 더 풍부한 가능성을, 운명에 바칠 더 훌륭한 제물을 만들어낼 테지…… 아니다, 실제와 환상은 구분할 수 있다, 그는 그런 생각을 하며 놀랄 만큼 큰 액수의 돈을 건넸다. 줄리는 그 눅눅한 시골집에서 파르티타와 공책과 뾰족하게 깎은 연필들과 더불어 지내며 그를 삶에서 철저히 지워나가고 있음을 그는 알았다. 서두르느라 입구 옆에 둔 우산을 깜빡 잊고 나왔지만 매장 밖의 텅 빈 주차장으로

238

걸어갈 때 비가 멈추는 것을 보고 자신의 대담한 충동이 타당하다는 확신을 느꼈다.

집에 온 그는 워키토키의 포장을 마지막으로 풀었다. 배터리를 넣는데 네모난 종이 한 장이 손으로 떨어졌다. 이 기기의 최대 통신 범위는 정부의 관련법 규정에 의거한다고 안내문은 선언했다. 그는 한쪽 송수신기를 긴 복도 끝, 현관문에서 가까운 바닥에 내려놓았다. 뒤로 몇 걸음 물러나 다른 송수신기를 입 가까이에 대고 송신 버튼을 눌렀다. 하나, 둘, 셋, 하고 말하려 했지만 그의 목소리가 어떻게 들리는지 판단할 사람이 없었기 때문에, 자신이 무슨 일을 하고 있는지를, 미치지 않았음을 정확히 알았기 때문에, 그는 목이 쉰 바리톤 음성으로 생일 축하 노래를 부르며 계속해서 복도를 따라 뒷걸음질로 물러났다. 반대편에서 들린 것은 타닥타닥 지직거리는 소리, 바스락거리는 자음과 먹먹한 모음으로 거칠게 재현된 목소리였다. 정말로 달에서 보낸 방송 같기도 했다. 하지만 작동했다, 재미있을 것 같았다. 열 걸음 정도 멀어지고 노래가 마지막에서 두 번째 줄에 이르렀을 때 수신이 끊겼다. 한 걸음 앞으로 가자 신호가 다시 이어졌고 그는 간신히 범위 안에 들어온 그곳에 서서 노래의 마지막 줄을 마저 불렀다. 가까이 다가가라고 권하는 기계였다. 그의 구상에 적합한 물건이었다.

이른 오후, 선물들을 포장하고 있을 때, 신바람이 잦아들면서 처음으로 무의미함의 고통이 느껴지기 시작했다. 그는 내내 휘파람을 불고 있다가 가짜 피로 얼룩진 긴 못을 손에 쥔 채 갑자기 멈췄다. 의미가 급속히 빠져나가기 시작했다. 선물의 반을 포장도 하지 않은 채 놔두고 싶지는 않았다. 그는 정성을 덜 들이며 포장을 계속했다. 검은 고양이의 꼬리가 포장지에서 삐져나와 내용물의 정체가 드러났다. 그는 부엌으로 가서 새로 스카치 한 병을 가지고 응접실로 돌아왔다. 열다섯 가지가 넘는 꾸러미들이 빨간 종이에 엉성하게 싸인 채 바닥 여기저기 널려 있었다. 낭패스러운 것은 그 개수였다. 원래 의도는 아이의 부재에 저항하고 자신의 장난기를 내세우며 운명을 협박할 수단이 될 순수하게 상징적인 선물 하나를 마련하는 것이었다. 그런데 이 산더미 같은 물건들은 그의 흐릿한 정신을 조롱했다. 처량한 풍요로움이었다. 그는 꾸러미들을 탁자 위에 올리고 서로 바짝 붙여 수가 더 적어 보이게 했다.

그는 어느새 늘 자리하던 열린 창가로 가 있었다. 케이트의 생일에 사리에 맞는 행동은 줄리를 찾아가는 거였다. 간김에 〈더 벨〉에도 들러서 무슨 일이 벌어지는지 볼 수도 있을 테고. 몸을 바삐 놀리기 위해 그는 15분 동안 전화로 기차 시간을 확인하고 신발을 갈아 신은 다음 비상계단으로 나가는 문을 잠갔다. 코트 주머니에 공책과 펜을 넣었다. 그러고는 다시 창가로 돌아왔다. 교통체증, 그치지 않는 가랑비, 건널목에서 참을성 있게 기다리는 쇼핑객들, 언제나 그토록 이동이 많고 그토록 볼일이 많다는 것이 놀라웠다. 두 가지 다 그에게는 없었다. 가지 않으리라는 사실을 알고 있었다. 공기가 몸에서 소리 없이 서서히 빠져나가며 가슴과 척추가 쪼그라드는 느낌이 들었다. 거의 3년 내내 아직도 그 자리에, 여전히 어둠에 갇힌 채, 상실감으로 감싸이고 빚어져, 저 위로 높이 흐르고 다른 사람들에게만 속한 평범한 감정의 기류에서 멀어진 채로. 그는 그 세 살 아이를, 말랑한 감촉을, 아늑하게 품에 안기던 아이의 몸을, 엄숙한 순수함을 담은 목소리를, 혀와 입술과 이빨의 촉촉한 붉은색과 흰색을, 그 조건 없는 신뢰를 마음에 그렸다. 기억을 되살리기가 점점 힘들어졌다. 아이가 희미해지고 있는데 그의 무용한 사랑은 계속 부풀어 갑상샘종처럼 그를 거추장스럽게 하고 흉하게 일그러뜨렸다. 그는 생각했다, 너를 원해. 너를 돌려받기를 원해. 네가 당장 되돌려지기를 원해. 다른 것은 원하지 않아. 내가 하고 싶은 일은 오로지 네가 돌아오기를 기원하는 것뿐이야. 이 생각은 주문(呪文)으로 변했고 그 고동치는 리듬이 지끈거림으로, 통증으로 모여 그 전의 말들은 모두 '아파'라는 말에 담겼다. 스티븐은 빈 잔을 들고 창가에 선 채로 모든 생각이 스러져 그 두 음절로만 남게 했다.

그는 시간의 흐름을 의식하지 못하고 그대로 있었다. 한동안 그쳤던 비가 다시 내려 큰 소나기가 되었다. 마침내 그는 다른 아파트에서 2시 종을 치는 시계 소리를 듣고 놓치기 싫은 뭔가가 있다는 사실을 기억했다. 그는 창가에서 물러나 탁자 위에 수북이 쌓인 물건들을 외면하며 텔레비전을 켰다. 영상이 나타나기 직전에 소리가 먼저 나오면서 익숙한 진행자의 목소리가 활기차게 윙윙거렸다. 그는 다시 소파에 앉아 술병을 들었다.

*

이 무기력한 시간 동안, 외국으로 여름 여행을 다녀온 친구들이 전화를 걸어 스티븐이 잘 있는지 확인하고 점심이나 저녁을 함께할 생각이 있는지 물었다. 그는 잠옷 차림으로 전화기 옆에 서서, 또렷한 정신에 상냥하지만 단호한 사람처럼 들리도록 유의하여 말하곤 했다. 책을 쓰기 시작했다, 늘 쓰던 것들과는 좀 다르다, 밤낮으로 일하고 있고 진도를 흩트리고 싶지 않다. 그 거짓말을 2주 동안 대여섯 번 반복하며, 어찌나 설득력 있게 꾸며냈는지 그는 그게 사실이기를 갈망하기 시작했다. 나날의 할당량을 정해 온 정신을 쏟아 타자 원고를 생산해내고, 저녁에는 전등 불빛 아래에서 검은 잉크로 수정한 뒤 다시 타자기로 입력하고, 다음 날에는 또다시 아직 반쯤만 아는 이야기를 풀어내는 일에 매진하는 것─그는 전화로 거듭 사과하는 동안 그 말을 믿을 수도 있을 것 같았다. 하지만 자신에게는 그럴 만한 활력이 없다는 것, 글 쓰는 노력을 이끌어내는 데 필수적인 낙관주의가 없다는 것을 알았다. 글감도 마찬가지여서 그 말만 떠올려도 진력이 났다. 친구들은 이해해주었고 가슴 뭉클하게도 그를 위해 신나 했는데, 그런 순간이면 그는 꾸며낸 이야기가 조금은 부끄러워져 통화를 최대한 빨리 끝내려 했다. 그리고 그런 태도는 얼른 돌아가 일하려는 열의로 해석되었다. 그렇게 소파와 술과 텔레비전으로 돌아오고 나면 한 시간가량은 마음이 산만해 무엇에도 집중할 수 없었다.

하지만 한 번은 그와 다른 전화가 걸려 왔다. 또박또박 조심스러운 목소리로 스티븐 루이스가 맞는지 물은 뒤 긴 직함으로 자신을 소개하는데, 그는 주요 단어 몇 개─차관보, 내각, 부서, 의전 규칙—만을 겨우 알아들었다. 총리께서는 3개월에 한 번씩 정치를 제외한 각 분야에서 두각을 나타낸 몇 분을 다우닝가에 초대해 오찬을 대접하신다, 차관보가 설명했다. 널리 알려지지 않은 행사로, 격식에 얽매이지 않는 친밀한 분위기에서 진행된다. 그 자리에서 나온 발언은 비공개를 전제로 한다. 언론인은 자주 초대되지 않는다. 남자들은 정장에 넥타이를 맨 너무 화려하지 않은 차림을 해야 한다. 앞굽이 금속으로 된 신발은 허용되지 않는다. 오찬 이후 흡연은 허용되지만 그 전에는 안 된다. 매 행사에 초대되는 손님은 네 명이며, 이들은 넉넉히 오찬 한 시간 전에 화이트홀에 있는 국무조정실에 도착해서 접수처에 도착 사실을 알려야 한다. 동성 직원 두 명이 진행하는 철저한 몸수색이 있으며 그 과정을 양해하고 인내해야 한다. 녹음 및 촬영 기기는 압수해 파괴한다. 손톱 가위와 손톱 손질용 줄, 철제 빗, 금속 펜, 안경집과 동전 같은 개인 소지품은 압수했다가 나중에 되돌려준다. 참석자들은 최근에 촬영한 컬러 여권 사진 두 장을 뒷면에 서명한 후 접수처에 제출해야 한다. 한 장은 코팅하여 신원확인 카드를 만들 것이며, 참석자는 이를 왼쪽 옷깃에 항상 착용해야 한다. 또 한 장은 행정 업무에 쓰이며 반환되지 않는다. 오찬은 대화의 주제를 미리 정하지 않고 자유로운 범위에서 상호 관심사에 맞게 진행되는 편안한 행사다. 하지만 총리께서 의회에서나 다양한 연설과 방송에서 아주 적절하게 다루신 다음과 같은 화제는 거론되지 않아야 한다. 즉, 방위, 실업, 종교, 내각 장차관들의 사적인 행동, 다음 총선 날짜 등. 오찬은 1시에 시작되며 커피가 나오고 나서 10분 뒤에 끝난다.

차관보가 말을 멈췄다. 스티븐은 새로 쓰기 시작한 작품, 새로운 분야 개척 등등의 평계를 준비하고 있었다. 하지만 행사 관련 제약 조건이 늘어날수록, 비뚤어진 심사 때문인지 관심은 더욱 커졌다.

"절 초대하신다는 말씀이군요." 그가 마침내 말했다.

"아, 그런 건 아니고요. 만약에, 단지 만약에, 초대를 받는다면 어떻게 받아들이실지 알아보려고 전화한 겁니다."

스티븐은 한숨을 쉬었다. 거실에서 웃음소리와 날카로운 박수 소리가 들렸다. 유난히 속수무책으로 비치는 젊은 부부가 각기 방음 설비된 칸막이 안에 들어가 서로의 성적 기벽을 폭로하고 있었다. 그는 전화선을 거실로 최대한 끌어갔지만 바로 전날 텔레비전 위치를 옮긴 터라 텔레비전 화면이 시야에 들어오지 않았다.

차관보는 스티븐의 무심함에 동요하지 않았다. 그는 마치 어린애에게 하듯 설명했다. "총리께서는 거절당하는 걸 싫어하시고, 그런 일이 일어나지 않도록 단속하는 것도 제 업무에 포함됩니다. 초대는 수락할 분들에게만 보내죠. 하지만 지금 이 대화를 초대로 여기시면 안 됩니다. 저는 단지 초대를 받는다면 어떻게 받아들이실지 알고 싶을 뿐입니다."

"가겠습니다." 스티븐이 실눈을 뜨고 문설주 너머로 살짝 보이는 텔레비전 화면으로 눈길을 보내며 말했다. 부부는 칸막이 밖으로 나와 있었다. 남자는 손에 얼굴을 묻고 흐느끼며 무대를 떠나려 했다. 하지만 진행자가 그의 팔꿈치를 꽉 틀어잡았다.

"초대를 받는다면 오신다는 말씀이시죠?"

"맞습니다."

"그러면 초대장은 받으실 수도 있고 받지 못하실 수도 있습니다." 차관보가 그렇게 말하고 전화를 끊었다. 스티븐은 서둘러 거실 안으로 들어갔다.

*

마침내 10월 중순이 되어 옷깃을 세우고 우산을 높이 든 채로 다시 한번 화이트홀을 향해 시끌벅적한 길을 걸어갈 시간이 되자 그는 기뻤다. 공기는 싸늘하고 깨끗했으며, 교통 혼잡 시간대의 군중은 재빨리 단호하게 앞으로 이동했다. 한 계절을 생략해버린 한 해가 그 어느 때보다 빨리 막바지를 향해 치달으면서 새로운 시작을 기대하는 분위기가 흘렀다. 스티븐은 성큼성큼 걸어가다 필요하면 배수로로 내려서서 앞질러 가기도 했다. 퀴즈쇼와 스카치에 빠져 한 달을 보내고 나니, 목적지가 있고 자신을 기다리는 곳이 있으며 자기 정체성이 흔적이나마 남아 있다는 사실이 특히 위안이 되었다. 낯익은 과묵한 경비 요원에게 출입증을 보여주고, 멋지게 빼입고 거드름을 피우는 사람들 사이로 대리석이 깔린 홀을 어슬렁거리며 걸어가, 아무런 생각 없이도 찾아갈 수 있는 계단과 복도를 지나 건물 깊숙이 들어가고, 회의실을 정확히 찾아 들어가 동료들과 잡담을 하고, 복도로 가서 같은 배출구로 양파 수프도 나오는 기계에서 커피를 뽑아 부처명이 찍힌 플라스틱 컵에 마시는 것—바로 이런 사소한 반복을 위해 사람들은 아무리 따분한 직업이라도 유지하는 것이었다. 스티븐은 노래가 불쑥 터져 나오는 것을 가까스로 참았다.

노래를 부르는 대신 그는 주머니 속에서 집 열쇠를 짤랑거렸다. 그가 무슨 말만 하면 웃음을 터트리고 한껏 신이 나면 목의 힘줄이 툭 끊길 것 같은 에마 커루가 있고, 스티븐의 손을 남자답게 꽉 쥐고서 비가 오지 않는 여름에 자라는 토마토에 관해 이야기하는 태클 대령이 있었다. 실크 스카프를 머리에 두르고 그가 총리를 알현한 일을 아직 기억하는 허마이온 슬립은 그에게 함께 저녁을 먹을 의향이 있는지 떠보았다. 잡담에서 멀찍이 떨어져 회의실 안쪽 자리에 틀어박힌 레이철 머리의 묻는 듯한 시선이 그와 마주쳤다. 그들은 휴정 전 마지막 회의가 끝났을 때 서로 전화번호를 교환했으나 둘 다 전화하지 않았다. 기분이 유쾌한 스티븐은 이를 후회하며 곧 레이철을 만나야겠다고 결심했다. 높다란 창문 옆에서 세 명의 학자와 다른 몇 명이 자기들끼리 큰 소리로 토론을 시작했다. 그때 파멘터 경이 가는 세로줄 무늬의 회색 양복을 입고 옷깃에 조그만 붉은 조화 장미를 달고 나타났다. 마치 잠시 사적인 기도를 드리는 것처럼 그는 문간에 서서 눈부신 구릿빛으로 염색한 머리를 숙였다. 그러고는 걸걸거리는 소리로 좌중을 정숙하게 했다.

도입부의 형식적인 의례가 있었다. 이윽고 캐넘이 요란하게 헛기침하며 일어서서 최종 보고서를 위한 제안서들의 초안을 읽어나갔다. 20분 동안의 장광설과 소리 죽인 반대 의견들이 이어진 후 마침내 파멘터가 개입해 선언했다. 추가 전문가 증언 청취 시간이 되었고 방문객들을 오래 기다리게 해서는 안 되니 그런 문제는 나중에 논의하면 된다. 그래서 위원회는 전문가 두 명의 따분한 증언을 들었으며, 스티븐은 다시 틀 잡힌 몽상이라는 호사에 빠져들었다.

현대 결혼 관계의 파경은 그가 지난 20년간 읽은 수십 권의 소설, 이제 더는 기억나지 않는 영화들, 헤픈 뒷소문이나 걱정하는 친구들이 벌이는 진심 어린 논쟁 등의 주제가 되어 왔다. 그는 그런 이야기의 주인공들과 함께 술을 마셨고 그들의 손을 잡고 사연을 듣거나 잠자리를 내주기도 했다. 그 역시 언젠가, 스무 살도 채 되기 전에, 애인의 남편 집에 침입해 세탁기를 훔쳐주려, 아니 되찾아주려 할 만큼 얽혀든 적도 있었다—어리석은 헌신의 행위. 그가 잡지와 신문에서 대충 읽은 긴 기사들은 주장했다. 이혼하는 부부의 숫자가 그 어느 때보다 많아졌으니 결혼은 소멸하는 관습이다, 혹은 사람들이 그 어느 때보다 결혼을 여러 번 하므로 결혼 제도는 번성 중이다. 사람들의 기대치가 높아져서 그렇다, 전보다 더 잘해보려고 그러는 것이다. 스티븐도 그 무리에 합류했을 때, 그토록 많이 읽고 이야기하고 들었던 경험이 있으니 그 무리의 다른 이들처럼 전문가가 될 것으로 기대했다. 하지만 실제로는 마치 이미 쓰인 책을 처음부터 새로 쓰려고 하는 듯한 느낌이 들었다. 바닥은 아주 잘 다져졌고 그 위에 미신과 통념이 가득 심겼으며, 전통은 너무도 확고히 수립되어서, 마치 중세 화가들이 생각만으로 원근법을 고안해낼 수 없었던 것만큼 그는 자신의 상황을 명료하게 사고할 수 없었다.

예컨대 그는 줄리에게 할 길고 유창한 연설을 머릿속에서 작성한 후 몇 달 동안 수정과 확장을 거듭했다. 이 연설은 최종적 진실이라는 별 도움 안 되는 생각에 기초를 두었으며, 그는 반박 불가능한 개괄적 분석이자 판결과 다름없는 이 연설이 대단히 명료하고 강력해서 줄리가—그 연설을 들을 수만 있다면—그들이 처한 상황을 이해하는 방식과 그에 대한 자신의 반응이 대단히 잘못되었다는 점을 깨닫도록 설득할 수 있을 거라고 생각했다. 상처받은 당사자들의 항변을 오래도록 듣다 보니 생긴 정신적 습관이었을 것이다. 그는 다른 문제에 관해서라면, 사람들의 이해 방식은 그들이 어떤 사람인지, 어떻게 형성되었는지, 원하는 것이 무엇인지와 큰 관련이 있다는 사실을 체념적으로 받아들였다. 수사적 속임수로는 사람들을 바꾸지 못한다는 것을.

마찬가지로 그의 머릿속에는 그때그때 내키는 대로 선택할 수 있는 두 사람의 역할이 준비되어 있었는데 대부분 상호 모순적, 상호 배제적이었다. 예를 들자면 그는 줄리의 문제가 나약함이라고—그녀는 힘든 시간을 그와 함께 끝까지 버텨낼 기개가 없다고—생각하는 순간들이 있었다. 그렇다면 그녀가 떠나버린 건 오히려 다행스러운 일이다. 그녀는 시험에 들었으나 통과하지 못했다. 하지만 그 정도로는 흡족하지 않았다. 그녀가 나약하다고 말하고 싶었다. 더 나아가, 그가 아는 것처럼 그녀도 그 사실을 알기를 원했다. 안 그러면 줄리는 계속 자기가 강한 것처럼 행동할 테니까. 그러다가도 기분이 가라앉는 어떤 때는 자신이 무고한 희생자라고—이때는 나약하다는 말을 쓰고 싶지 않았다—생각하기도 했다. 그럴 때면 줄리의 인생은 충분히 자족적인데 자기 인생은 쓸모없이 쪼그라들었다는 생각에 언짢아졌다. 줄리가 그를 이용했고 무언가를 빼앗아갔기 때문이다. 그는 두 사람의 딸을 찾으러 나갔는데 그녀는 집에 앉아만 있었다. 그가 딸을 찾지 못하자 줄리는 비난하며 떠났고 머릿속에는 애도의 적절한 방식이니 뭐니 하는 유행어로 가득 차 있었다. 적절한 방식이라니! 자기가 뭐라고 그에 대한 규칙을 정한단 말인가? 그가 케이트를 찾았다면 그의 방식은 절대로 의심받지 않았을 것이다. 물론 그래도 줄리는 자기 공로를 주장하는 방법을 찾아냈겠지. 내가 가만히 있음으로써 당신이 불굴의 노력을 하도록 움직인 거야, 하는 그녀의 주장이 귓가에 울렸다.

이는 잘 준비된 또 다른 주제이자 악의에서 비롯된 주장과 곧바로 이어졌다. 줄리는 결혼 생활을 끝낼 핑계를 기다리고 있었다. 자기 불만 때문에 떠난다고 인정하기엔 도덕적으로 너무 심한 겁쟁이였던 거다. 케이트가 사라진 것을 핑계로 자기도 떠난 것이다. 혹은 더 정교하게, 줄리는 남편이 자기 인생에서 사라지기를 원했다, 케이트는 지금 비밀리에 엄마와 살고 있다, 슈퍼마켓 유괴 사건은 신중하고 냉소적으로 기획하고 아마도 옛날 애인의 도움을 받아 실행한 사건이다. 아니, 새로운 애인인가. 그는 이런 주장을 하나도 믿지 않았지만 그런 생각을 하면 자기파괴적이고 감상적인 쾌감을 느꼈다. 그런 주장을 하면 분노가 차곡차곡 쌓이면서 그의 고정 연설 중 하나, 최종 판결 중 하나를 펼치고 싶은 생각이 들었고 갑자기 그 연설을 좀 수정하고 더 강한 어휘를 써서 훨씬 가혹한 진실을 보여줘야겠다고 느꼈다.

전설, 상징론, 파경에 관한 거대하고 포괄적인 전통에서 도움을 얻을 여지도 없었다. 이전의 모든 이들이 그랬듯이 그 또한 자기 사례가 고유하다고 생각했기 때문이다. 이 어려움은 다른 사람들의 경우처럼 안에서 키워진 것이 아니다, 성적 권태라든가 경제적 압박 같은 진부한 이유로 생긴 것이 아니다. 악의적인 개입이 있었으며, 게다가―그는 자꾸만 이

점을 곱씹었다―줄리가 떠난 것이다. 자신은 여전히 여기, 예전과 똑같은 아파트에 남아 있는데 줄리는 가버렸다.

시간이 많이 흐른 후, 그는 자신이 처한 상황을 제대로 생각해본 적이 없었다는 사실을 깨닫게 된다. 생각이란 적극적이고 통제된 어떤 것을 의미하는데, 그는 조롱과 악의와 편집증, 모순과 자기연민의 이미지와 주장으로 이루어진 군중의 행진을 바라본 것뿐이었다. 명료하게 거리를 두고 생각하려 하지 않았다, 돌파구를 찾으려 하지도 않았다. 그의 음울한 사색에는 아무런 목적이 없었다. 그는 자기 생각의 창조자가 아니라 피해자였다. 그 생각들은 술을 먹여주기만 하면, 혹은 피곤하거나 깊은 잠에서 깨어날 때면, 가장 효과적으로 밀려왔다. 그를 며칠 내내 내버려둘 때도 있었지만, 일단 다시 찾아오면 거기에 너무 깊이 빠져들어 아주 간단한 질문―이 집착은 도대체 무슨 의미인가?―조차 떠올릴 여유가 없었다. 아직 아내를 사랑하는 거라고, 술집의 취객 정도만 되어도 그에게 말해줄 수 있었겠지만 그런 설명을 받아들이기에 그는 너무 영리했고 자기 생각을 너무 사랑했다.

짧고 깔끔한 코밑수염을 기른 한 남자가 동화책에 삽화가 들어가면 안 되는 이유를 설명하는 동안, 스티븐은 자기 무릎을 내려다보며 생각에 빠져들었다. 어떤 수준에서 그런 생

각은 욕망에서 동력을 얻기도 했지만 욕망이 의식적인 요소
인 경우는 드물었다. 줄리의 집에 마지막으로 갔던 때를 기
억하면 헤어질 무렵의 숨 막히던 어색함, 새로이 전개되는
일은 없을 것 같다는 느낌이 떠올랐다. 그때의 친밀함과 쾌
락에 대해서는 그리 깊이 생각하지 않았는데, 그것들은 그의
집착적인 사고의 보호망을 뚫지 못했기 때문이다. 하지만 오
늘 레이철 머리와 시선이 얽혔을 때 짧은 순간 흐른 미미한
긴장을 감지하고 표면적으로나마 기분이 좋아졌기 때문에,
그는 아련한 갈망과 후회라는 좀 더 부드러운 기류로 기울었
다. 줄리의 목소리가 귓가에 울렸다. 단어나 문장을 말하는
구체적인 목소리가 아니라 추상화된 목소리—낮은 음조, 리
듬, 선율. 뭔가를 주장할 때나 흥분했을 때 그녀의 목소리는
보통 때의 음역을 듣기 좋게 넘나들었다. 그는 이 목소리가
자신에게 건네는 말을 떠올렸지만 어떤 말도 그녀의 목소리
같지 않았다. 그런데 그 목소리는 말이 없어서 차라리 더 친
밀했고 더 순수하게 성격을 표현했다. 목소리가 소곤거렸다,
그는 두꺼운 벽 저편에서 건너오는 듯한 그 소리를 들었다.
다정하지도 공격적이지도 않은 어조였다. 생각에 깊이 빠져
그들이 앞으로 하게 될 행동의 방향, 함께 이루게 될 일 등을
설명할 때의 줄리였다. 휴일 계획, 방 도배지 색깔 결정, 혹은

그보다 더 야심 찬 프로젝트?

그는 줄리의 목소리를 들으려고 애를 썼다. 특유의 자세를 취한 그녀를 떠올렸다. 안락의자에 앉아 한쪽 다리는 바닥으로 내리고 다른 쪽 다리는 의자 위에서 무릎을 세워 팔짱 낀 팔을 떠받치고 그 위에 턱을 내려놓은 자세. 그녀는 힘든 과제를 제안하고 있었다. 그런 제안을 하며 들뜬 듯하지만, 목소리는 흔들림 없고 확실했다. 이제 그는 양반다리로 앉아 양손을 배 위에 겹쳐 올린 그녀를 생각했다. 그녀는 흡족하고 비밀스러운 표정으로 그를 고요히 바라보았다. 헝겊을 대고 기운 코듀로이 바지에 소매가 하늘거리고 주름이 많은 헐렁한 셔츠 차림이었다. 그녀는 포동포동하고 편안해 보였다. 그는 임신한 그녀를 기억하고 있었다. 그녀의 엉덩이, 오목하게 들어간 부분의 부드러움을 생각했다. 그곳에 머무른 자기 손을 떠올리다 기이하게도 줄리의 오빠들, 둘 다 의사이고 자기 일과 대규모 가족에 집착하는 그들에게 생각이 흘러갔다. 작은 군중을 이루는 그녀의 조카들과 크리스마스 때마다 그 아이들에게 주려고 줄리와 함께 사던 선물을 생각하다가, 이어 반백이 된 그녀의 굳센 어머니를 떠올렸다. 장모는 자선단체에서 일했고, 사진과 기념품으로 작은 아파트를 어지럽게 채워놓았다. 오래된 장난감, 부서진 인형, 돌멩이, 우표,

새알과 깃털 수집품. 연도별로 구분한 두꺼운 앨범에는 머리띠를 한 채 애완용 토끼를 열렬히 움켜쥐고 보여주는 줄리의 사진, 오빠들 어깨에 하나씩 발을 올린 줄리의 사진 등이 있었다. 그리고 줄리의 아버지, 자식들이 10대였을 때 세상을 떴으나 가족의 신화 속에 계속 살아 있고 아직도 줄리와 그 어머니가 이따금 울며 그리는 사람.

목록은 밖으로 뻗어나가 줄리 가족의 가장 주변부에 자리한 이들에게까지 이르렀다. 교도소에서 살다 나온 건축사 삼촌, 줄리의 여자친구들, 헤어진 연인들과 그들 중 그의 마음에 드는 한 사람, 그녀의 일, 10대이던 그녀를 가족의 일원으로 받아들인 이래 아직도 그들의 음울한 성에 초대하는 프랑스인 가족. 다시 안으로 들어가는 목록에는, 스웨터가 가득 든 서랍에 그녀가 넣어두는 마른 꽃 방향제, 이국적인 속옷과 밝은색 털양말을 좋아하는 취향, 뒤꿈치의 굳은살과 그녀가 사용하는 각질제거용 돌, 오래전 개에게 물려 동그랗고 쭈글쭈글한 자국으로 남은 손의 상처, 커피에는 설탕을 넣지 않고 차에는 꿀을 넣으며 비트와 생선알과 담배와 라디오 드라마를 싫어하는 취향…… 그를 슬프게 하는 것은 이 모든 지식의 무용함이었다. 그는 이제는 존재하지 않는 과목의 전문가였고, 그의 기술은 구식이 되었다.

그는 탁자 저편의 레이철 머리를 보았다. 그녀는 한 손의 엄지와 검지로 이마를 꼬집으며 다른 손으로 메모를 하고 있었다. 그러다 한 번씩 갑작스럽고 짜증스러운 손짓으로 눈을 가린 머리카락을 옆으로 치웠다. 그는 신문 사설이 국가적 쇠퇴를 주제로 의견을 개진할 때 채택하는 고고한 말투—성인기 내내 들어왔던 허세 가득한 장광설—로 누군가가 자신에게 하는 말을 들었다. 이 세상에서 새로운 역할이 발견되어야 한다, 새로운 형태의 전문 지식에 통달하는 것이 미래의 난제가 될 것이다, 낡은 기술은 새로운 기술로 대체되어야 하며 대체 기술은 끊임없이 쓸모없어진다. 그 과제를 감당할 자신이 있는가? 그는 자기도 모르게 고개를 저었다.

그는 줄리의 허벅지에 올린 자신의 손을 보았다. 이내 그녀는 침대에서 일어나 알몸으로 방 저편으로 걸어갔다. 카펫을 깔지 않은 마루가 삐걱거렸다. 추운 날이었고, 서랍을 열어 셔츠를 꺼내는 그녀의 입에서 하얀 입김이 보였다. 그녀는 침대 발치에 서서 그를 바라보며 뒤뚱뒤뚱 팬티를 입었다. 두꺼운 겨울 치마를 머리 위로 내려 입었고, 허리를 채우면서 그에게 연한 미소를 짓고는 무언가 말을 했다. 중요한 얘기 같았다.

*

크리스마스 직전의 포근한 아침, 스티븐은 속옷 차림으로 서서 옷장의 양복들을 꼼꼼히 살펴보다가 정치적인, 혹은 유아적인 반항심에 이끌려 가장 낡고 가장 덜 깨끗한 양복 한 벌을 골랐다. 재킷의 단추가 있어야 할 곳에는 검은 실만 달려 있고, 바지의 무릎 위로 몇 센티미터 떨어진 자리에는 조그맣게 탄 자국, 가장자리가 갈색인 또렷한 구멍이 있었다. 흰 셔츠를 꺼내 보니 3년 전에 볼로냐식 스파게티를 먹다가 묻힌 낫 모양 얼룩이 가슴팍에 희미하게 남아 있었다. 그보다 덜 오래된 값비싼 외투가 효과를 떨어뜨렸지만, 외투는 도착해서 바로 벗으면 되었다. 외투를 입은 채로 부엌에서 커피를 마시고 신문을 읽고 있는데 초인종이 울렸다. 아래로 내려가 제복을 입은 기사를 찾으니, 피부가 창백하고 땅딸막한 남자가 혐오가 담긴 눈길로 그를 훑어보았다.

"여기 살아요?" 기사가 믿을 수 없다는 듯 물었다. 스티븐은 대답하지 않았고, 두 사람은 진흙탕과 쓰레기가 뒤섞인 웅덩이를 지나 주차된 차로 걸어갔다. 네 바퀴 모두 인도에 올리고 모든 점멸등을 깜빡거리고 있는 그 차는 이턴 광장에 찰스를 태우러 오던 것과 같은 낡아빠진 모델이었다.

복수하는 의미로, 스티븐은 열쇠를 만지작거리는 기사에게 자동차 지붕 너머로 외쳤다. "설마, 이 차는 아니겠죠?" 그는 앞자리에 탔다. 그의 두꺼운 외투와 기사의 허리통 때문에 자리는 꽉 찼고 둘의 어깨가 서로 딱 붙었다.

기사가 시동 스위치를 찾느라 더듬거리며 깊은 한숨을 내쉬었다. 이제 남자는 흡사 사과하는 듯한 말투였다. "다 할당받는 거예요, 네? 나랑은 아무 상관 없다고요. 어떤 날은 롤스로이스를 주고 다음 날은 또 이런 쓰레기를 준다니까요." 시동이 걸렸고 기사가 덧붙였다. "누구를 태우느냐에 따라 달라지는 거죠, 네?"

차는 휘청하며 인도를 벗어나 걷는 것보다는 약간 빠른 차량의 흐름 속에 섞여들었다. 아주 뜨거운 공기가 스티븐의 바지 자락으로 뿜어 나오며 여러 가지가 뒤섞인 악취를 분출했다. 그는 좁은 공간에서 앞으로 숙여 환기 제어장치를 눌렀다가 당겼다가 해봤지만 조작부가 분리되었는지 헐렁하게 앞뒤로 따로 놀았다. "안 돼요." 기사가 고개를 저으며 말했다. 그는 창문을 내렸다. 하지만 그즈음 차량 흐름은 아예 멈춰버렸고 실내 기온은 꾸준히 올라갔다. 스티븐이 끙끙거리며 힘들여 외투를 벗는 동안 기사는 쪼개진 핀, 윙너트, 이중 연결봉 등에 관해 설명했고, 덥고 짜증이 오른 스티븐이 외

259

투를 어깨 너머 뒷자리로 내던질 무렵에는 화제를 넓혀 공용차량 관리의 결함과 강제적인 초과근무에 대해 거론하다, 자신을 비롯한 일부 기사들은 휘발유 전표를 조작하거나 일한 건수를 허위로 늘리거나 운전하다 들은 얘기를 언론에 파는 짓을 하지 않아서 오히려 피해를 본다고 성토했다.

스티븐은 창문을 내린 후 창틀에 양쪽 팔꿈치를 모두 걸치고 창밖으로 고개를 내밀었다.

기사는 편안히 독백에 빠져들었다. "사임스 씨라는 사람의 경우만 해도 그래요." 그는 양손 검지를 펼쳐 운전대 위를 두들기며 말했다. 차량 흐름이 다시 시작되었다. 그들이 탄 차는 천천히 신호를 통과해 나아가다 두 길이 합쳐지는 곳에서 다시 멈췄다. 스티븐이 아침에 화이트홀에 갈 때와 같은 경로였다. 차라리 걸어야 했다. 차는 조금 더 앞으로 살살 나아가 지역 초등학교 옆에 나란히 서게 되었다. "그 사람이 마지막으로 차를 몰고 나온 게 언제인 줄 알아요? 맞춰볼래요?" 머리를 반쯤 창밖으로 내밀고 있었기 때문에 스티븐의 부정적인 대답은 기사에게 들리지 않았지만, 뚱뚱한 기사는 상관하지 않았다. 오전 쉬는 시간이었다, 운동장이 바글거렸다. 대략 스물다섯 명이 한 팀이 되어 벌이는 축구 경기 바로 옆을 차가 지나갔다. 일고여덟 살 아이들이 격렬하게 경쟁하며 뛰고 있었다. 공을 전달하는 움직임이 아스팔트 위에서 이쪽 저쪽으로 이동했다. 이름을 부르고 욕을 하는 긴박한 고음과 함께 높이 뜬 공을 잡으려는 경쟁이 치열했다. 미드필드 선수들은 공격수에게 공을 전달하고 뒤에 남았다. "1985년. 그 때예요. 그 뒤로는 한 번도 일을 나가지 않았다니까요. 1985년. 근데 그때 그 사람한테 누가 걸린 줄 알아요? 누구를 태웠느냐 이거죠, 그게 핵심이니까."

"모르겠어요." 스티븐이 조금 더 시원한 바깥 공기에 대고 말했다. 차가 멈춘 곳 근처의 정문 옆에서는 여자아이들 한 무리가 리듬 있는 노래에 맞춰 긴 줄을 돌리고 있었다. 줄이 이루는 팽팽한 아치 아래에서 두 아이가 몸을 옆으로 비튼 재빠른 움직임으로 춤추듯 뛰었다. 줄이 발밑을 베고 지나갈 때는 발을 최대한 늦게 떼고, 땅에서 최소한만 뛰면서 줄을 넘었다. 두 아이 옆으로 세 번째 아이, 그다음 네 번째 아이가 합류했고, 노래는 더욱 완강히 계속되었으며, 그러다 줄이 발에 걸리자 실망한 아이들의 순한 신음이 터져 나왔다. 축구와 줄넘기를 하는 이 시끌벅적한 두 무리 사이에는 홀로 떨어진 아이들, 신발 끝으로 땅에 줄을 긋고 있는 여자아이와 갈색 종이봉투에 무언가 움직이는 것을 담아 들고 있는 적갈색 머리 남자아이가 있었다.

"외무장관," 기사가 말했다. "바로 그 사람이었죠. 심지어 우리 부처도 아니에요. 사임스가 파견을 나갔거든요. 외무부에도 기사가 거의 우리만큼 많은데 말이죠." 차가 학교 정문 바로 앞에 멈췄다. 아이들 사이에서 언쟁이 벌어졌다. 한 아이가 잡고 있던 줄을 빼앗긴 것으로 보아 줄을 돌릴 두 아이를 정하는 문제와 관련이 있는 것 같았다. 결국 반대편에 있던 그 아이의 짝이 자기 자리를 떠나 아이를 위로하러 갔다. 더 큰 아이들이 자리를 채웠다. "그 사람을 어디로 데려간 줄 알아요? 이건 절대적인 사실이에요." 스티븐은 고개를 저었다. "노솔트 공항 근처의 매음굴. 외무부에서 외교관들을 위해 마련한 곳이죠."

"그런가요?" 줄이 다시 돌고 노래가 시작되었다. 조바심치는 아이들이 줄을 섰고 맨 앞의 아이가 앞으로 떠밀려나갔다. 줄이 땅을 탁탁 내리치는 곳에서 두어 걸음 떨어져 자리를 잡은 아이가 노래 박자에 맞춰 고개를 까닥거리며 박자를 발로 익혔다. 소녀들은 일제히 노래를 불렀는데, 몇 아이의 음높이가 어긋나면서 빽빽한 불협화음이 날카롭게 울렸다. 첫 박자를 투박하게 강조하는 강세였다. 아빠, 아빠, 배가 아파요, 의사를 불러줘요, 빨! 리! 요! "상상이 가능하죠. 무슨 일이 벌어진 거예요. 어떤 호의에 대한 대가로, 그게 뭔지는 말하지 않았겠지만, 공용 차량 관리자에게 지시가 떨어졌을 테고, 사임스는 이제 단 하루도 일하지 않아요. 봉급도 다 받으면서. 평생."

스티븐은 줄 앞에서 기다리는 소녀를 바라보았다. 아이는 치맛단을 만지작거렸다. 약간의 속임수 동작을 취한 후 줄 안으로 들어간 아이가 하일랜드 댄스*를 추듯이 위아래로 펄쩍펄쩍 뛰었고, 다음 아이가 준비 자세를 갖췄다. 의사 선생님, 저는 죽나요? 그렇단다, 아가야, 나도 그렇고. 마차는 몇 대나 갖게 될까요? 하나, 둘, 셋, 넷…… 두 아이가 펄쩍펄쩍 뛰며 서로를 마주 보았다. 그들은 손뼉을 마주쳤다. 왼손을 오른손에, 오른손을 오른손에, 양손을 다 같이, 그런 다음 다시 왼손을 오른손에…… 처음 소녀의 얼굴은 보이지 않았다. 그는 움직임 때문에 흐릿해진 아이의 어깨선, 기울인 머리, 허연 오금을 보고 있었다. 줄넘기 노래가 한 바퀴를 다 돌았을 때, 두 아이는 더 높이 뛰어 공중에서 뒤로 돌아 서로 등을 돌린 채 착지했다. 노래하는 아이들이 가까이 모여들자 첫 번째 아이의 얼굴이 가려졌다. 그는 자리에서 반쯤 일어나 아이들을 보려고 목을 뺐다. 앞에서 차량 이동이 시작되

---

* 스코틀랜드의 고원 지방에서 추는 민속춤으로 스텝 댄스와 비슷하다.

었다. 그들이 탄 차가 3미터 정도 미끄러져 나아갔다가 멈추
자 갑자기 시야가 조금 더 열렸다. 줄 안에서는 아이들 다섯
이 한 줄로 다닥다닥 늘어서서 노래의 리듬에 맞춰 오르락내
리락했다. 첫 번째 아이가 그에게서 가장 가까이 있었다. 하
얀 이마 위로 숱 많은 앞머리가 찰랑거렸다, 턱은 위로 들려
있었다, 꿈꾸는 듯한 분위기였다. 그는 딸을 보고 있었다. 그
는 고개를 저었다, 소리는 내지 않고 입을 벌렸다. 15미터 정
도 떨어진 곳에 있는 아이는 딸이 틀림없었다. 기사는 불공
정에 관한 상념에서 깨어나 기어 스틱을 앞으로 밀었다.

차가 다시 움직이며 속도를 높이고 있었다. 스티븐은 자리
에서 몸을 비틀어 뒷좌석 창문을 내다보았다. 줄이 다시 발
에 걸렸다, 아이들이 이리저리 밀려다녔다, 아이들 얼굴이 잘
보이지 않았다. 그는 케이트의 모습을 놓쳤다가 바닥에서 무
언가를 집으려고 허리를 숙이는 아이를 다시 얼핏 보았다.

"차 세워요," 그는 조그맣게 말했고 목을 가다듬은 다음에
더 크게 다시 말했다. "차 세워요."

그들은 시속 50킬로미터 정도로 꾸준히 나아가고 있었다.
전방의 신호등은 초록색이었고, 건조한 열기 속으로 밀려들
어온 선선한 공기에 기분이 상쾌해진 기사가 명랑한 낙관주
의를 내보였다. "그래도 다 나쁜 것만은 아니에요. 자기 주

관대로 살아야지. 사실 다 생각하기 나름이죠." 학교는 이미 800여 미터 뒤로 밀려났다.

"차 세우라고요!"

"왜 그래요?"

"그냥 내 말대로 해요."

"뒤에 이렇게 줄줄이 늘어섰는데요?"

스티븐이 운전대를 획 돌렸고, 차가 왼쪽으로 꺾여 들어가자 기사는 급히 브레이크를 밟을 수밖에 없었다. 시속 8킬로미터 이하로 움직이던 차가 주차된 밴의 옆구리를 긁었다. 뒤에서 일제히 경적이 울렸다. "이것 좀 봐요." 기사가 투덜거렸지만 스티븐은 인도로 내려가 뛰기 시작했다.

그가 돌아갔을 때 운동장은 텅 비어 있었다. 바로 얼마 전까지 육체와 소란으로 들끓었던 분위기로 인해 텅 빈 느낌이 더욱 완전해졌고 건물 벽까지의 거리가 더욱 멀게 느껴졌다. 남은 열기가 아스팔트 위에 어른거렸다. 학교 건물들은 창문이 높고 지붕이 다양한 각도로 급경사를 이루는 후기 빅토리아양식이었다. 건물들에서 흘러나오는 것은 소리라기보다는 교실에 갇힌 아이들이 뿜어내는 기운이었다. 스티븐은 정문 옆에 가만히 서서 모든 감각을 집중했다. 시간 그 자체가 폐쇄와 금지의 성질을 띠었다. 그는 기분 좋은 탈선을, 학교에 있어야 할 순간에 밖에 나와 있을 때 느껴지는 의미의 고조를 경험하고 있었다. 운동장 저편에서 함석 양동이를 든 남자가 다가오고 있어서, 스티븐은 과감하게 빨간 문으로 성큼성큼 걸어가 문을 열었다. 특정한 계획은 없었지만, 딸이 여기 있다면 틀림없이 쉽게 찾을 수 있을 거였다. 그는 이제 흥분하지 않았고 평온한 결의만을 느꼈다.

그는 복도 초입의 벽에 소방 호스를 보관하는 빨간색 둥근 통 옆에 서 있었고, 18미터 정도 떨어진 복도 끝에는 쌍여닫이문이 있었다. 학창 시절에 본 익숙한 풍경이었다. 붉은 타일이 깔린 바닥, 청소가 쉽도록 광택 있는 크림색으로 칠한 벽. 그는 천천히 복도를 걸어갔다. 이곳을 학교가 아니라 은신처라고 생각하며 건물 전체를 꼼꼼히 수색할 작정이었다. 복도 측면의 첫 번째 문은 잠겨 있었고 두 번째는 열어 보니 청소용품 창고였으며, 세 번째는 보일러실이었는데 뒤집어 놓은 궤짝 위에 다구(茶具)가 차려져 있었다. 다른 문 두 개가 잠긴 것을 확인할 즈음 쌍여닫이문에 도착했다. 문을 밀어 열려다가 어깨 너머로 뒤돌아보니, 양동이를 든 남자가 복도로 들어와 뒤돈 채 빨간 문을 잠그고 있었다. 스티븐은 서둘러 문 안으로 들어갔다.

그가 당도한 곳은 환한 로비로, 더 넓고 연결문이 없는 다른 복도 두 개가 그곳에서 합쳐졌다. 선반에는 화분들이 놓여 있고 벽에는 아이들의 그림이 걸려 있었다. '수업료 및 기타 안내'라고 쓰인 안내판이 살짝 열린 문에 걸려 있었다. 그 너머에서 누군가 천천히 타자기 자판을 치고 있었다. 커피와 담배 냄새가 났다. 그가 다른 이들에게 들리거나 보이지 않기를 바라며 그 앞을 지나가고 있을 때 남자 목소리가 외쳤다. "하지만 영원은 멸종하지 않았어요!" 그러자 여자가 안심시키듯 속삭였다. "뭐, 거의 그렇다는 거죠."

스티븐은 넓은 복도 둘 중 하나에서 리듬감 있게 울려 퍼지는 쿵쿵 소리에 이끌려 그쪽으로 계속 걸어갔다. 리놀륨 타일이 닳아 그 아래 콘크리트가 드러난 발밑의 긴 틈이 앞으로 쭉 뻗어 있었다. 그는 반원 모양의 망입 유리창이 난 문 앞에서 걸음을 멈췄다. 안을 흘낏 보아도 넓게 펼쳐진 나무 바닥밖에 보이지 않자 그는 문을 밀고 체육관 안으로 들어갔고, 서른 명의 아이들이 맞은편 끝의 구름판 위에서 몸을 날려 뜀틀을 넘으려고 조용히 줄지어 기다리고 있는 것을 보았다. 아이들이 착지하면 잡아주려고 고무 매트 위에 서서 기다리는 이는 나이가 지긋하고 체격이 탄탄한 남자로 은색 체인 끝에서 흔들거리는 안경을 목에 걸고 있었다. 아이들이 구름판을 뜀 때마다 남자는 스타카토로 "헙!"하고 외쳤다.

다가오는 아이들을 지켜보려고 매트 끝부분에 자리 잡는 스티븐을 남자가 무심히 홀끗 쳐다보았다.

곧이어 펄쩍펄쩍 뛰는 얼굴들이 만화책에 나올 법한 표정―공포, 무심, 결연함―을 담은 조그만 달이나 원반으로 추상화되었다. 아이들을 반쯤 지켜보고 나서 그는 그 운동의 이상적 형태를 알게 되었다. 아이들은 양발을 모으고 매트에 착지해 완전히 정지한 채 잠시 차려 자세를 취한 후 다시 달려가 줄을 서게끔 되어 있었다. 이를 해내는 아이가 하나도 없었기 때문에 선생은 차선에 만족하기로 한 것 같았다. 아이들이 저마다 매트 위에 착지해 휘청거리다가 벌떡 일어나 군대식으로 차려 자세를 취했다. 선생은 일종의 서커스 무대 감독 같았고, 한 번도 격려나 설명을 하지 않았다. 선생이 외치는 "헙" 소리의 어조는 전혀 달라지지 않았다. 다른 기구가 보이지 않는 것으로 보아, 다른 운동을 시킬 계획은 아닌 듯했다. 아이들은 말을 하지도, 서로 닿지도 않으면서 매트에서 곧바로 서 있던 줄 끝으로 달려갔다. 그 과정이 멈춰진다는 게 상상이 되지 않았다. 이미 봤던 얼굴이 두 번째로 나타나자 스티븐은 그곳을 떠났다. 나중에 돌이켜보니 학교를 수색하던 내내 그 배경에는 구름판을 딛는 탁 소리와 쿵 소리, 그리고 규칙적으로 터져 나오는 체육 교사의 외침이 있었다.

몇 분 후, 붐비는 교실 뒤편에 선 그는 중년 부인 같은 분위기의 선생이 칠판 앞에 서서 중세 마을의 그림을 마무리하는 모습을 지켜보았다. 길들이 합쳐지며 생긴 삼각형 녹지 주위로 원시적인 오두막들이 모여 있었다. 마을의 공동 우물이 비례에 맞지 않게 그려져 있고 멀리에는 약간의 정성을 들여 그린 장원 영주의 저택이 있었다. 아이들이 낮게 웅성거리며 크레용으로 자기 나름의 그림을 그리기 시작했다. 선생은 스티븐에게 손짓으로 교실 중간쯤에 있는 빈자리를 가리켰고, 그는 그곳에서 책상에 꽉 끼인 채로, 그림 위로 고개 숙인 아이들의 얼굴을 살펴보았다.

선생이 그의 옆에 나타나 과장되게 속삭였다. "이 활동에 참여해주셔서 정말로 기쁘네요. 뭘 해야 할지 잘 모르시겠으면 그냥 손을 들고 물어보세요." 세심하게도, 선생은 그의 앞에 종이를 펼쳐놓고 크레용을 한 줌 가득 집어 주었다. 스티븐은 마을을 그리기 시작했다. 그는 30년 전에 배웠던 이 배치를 기억했다. 아마도 평생 네 번째로 그려보는 중세의 마을일 텐데 이번에는 재빨리 그릴 수 있었다. 한 줄로 늘어선 오두막들을 예전과는 달리 어느 정도 원근감을 넣어 표현했고 녹지 가장자리에 있는 공동 우물은 가장 가까운 오두막 크기의 반이 넘지 않게 사실적으로 그렸다. 못해도 800미터 정도는 떨어져 있었을 영주의 저택은 그리기가 조금 더 까다로워서, 그는 속도를 늦추고 고개를 들어 칠판을 보면서 유용한 건축상의 힌트를 얻었다. 하지만 그 특징들을 표현하다 보니 비례가 틀어지면서 이전의 그림에서 항상 그랬듯이 원시주의적 특성이 나타나기 시작했다.

그는 그림을 그리며 주위를 둘러보았다. 다행히 여자아이들이 모두 한쪽에 모여 있었지만, 보이는 것은 뒤쪽과 바로 왼쪽에 있는 아이들의 얼굴뿐이었다. 시야를 넓히려고 몸을 틀자 깔고 앉은 조그만 나무 의자가 요란하게 삐걱거렸다. 선생이 책에서 고개를 들지 않은 채로 위협하듯 외쳤다. "누가 자꾸 꼼지락거리죠?" 그는 고개를 숙이고 다시 그림을 그렸다. 문이 열리며 양동이를 든 남자가 고개를 불쑥 내밀고 선생에게 사과하듯 웃어 보이더니 교실을 얼핏 둘러보고 사라졌다. 스티븐의 왼쪽에 머리색이 까만 여자아이가 셋 있었다. 그 아이들은 그림 위로 고개를 푹 숙이고 있어서 얼굴을 보기가 힘들었다. 그는 의자 위에서 너무 급히 움직이지 않도록 조심하며 고개를 돌려 그 아이들을 바라보았다. 가장 가까이에 있는 아이가 그를 의식하곤 고개를 돌려 씹고 있던 연필 너머로 은밀히 예쁜 미소를 지었다. 교실 앞쪽에서 의자가 거칠게 바닥에 끌리는 소리와 함께 사람이 움직였다.

선생이 반 전체에게 말했다.

"옆 사람 그림 베낄 필요는 없죠. 칠판에 다 있는데요."

선생은 느긋한 권위를 풍기며 복도를 따라 걸었고 간간이 멈춰서 비판이나 격려의 말을 중얼거렸다. 선생이 아직 6미터가량 뒤에 있는데도 그는 뒤통수 전체로 선생의 접근을 의식했다. 그는 책상 위의 종이를 바르게 펴고 그녀의 눈을 통해 그림을 보려고 했다. 선생은 우물의 세부 묘사에, 기교적으로 불규칙하게 띄어놓은 오두막들의 간격에, 영주 저택 옆에 세워놓은 획기적인 말 그림에 좋은 인상을 받을까? 선생이 그의 옆에 서기 직전에 그녀의 향수 냄새가 났다. 매니큐어를 칠한 손 하나가 마을 녹지 위에 잠시 머무른 뒤, 선생은 아무런 논평 없이 지나갔다. 그 잠깐의 실망이 익숙했다. 그는 선생의 등이 멀어지는 틈을 이용해 의자에서 일어나 여자아이들의 얼굴을 살펴보았다. 역시나 이제는 전체적으로 긴장이 풀리면서 꼼짝 못 하던 어린 사지가 들썩거렸고 중얼거림이 고조되었다. 선생은 교실 저편 끝에서 한 소년의 작품에 몰두하고 있었다. 대담해진 스티븐이 앞으로 재빨리 달려나갔다. 여자아이들은 그의 철저한 탐색을 알아차리지 못했다. 잡담은 이제 칵테일파티 수준의 큰 소음이 되었으나 자리에서 일어나는 아이들은 없었다. 이때까지 선생은 소음을 듣지 못하는 척했다.

이제 선생이 허리를 펴고 오래된 경고 문구를 써서 근엄하게 말했다. "선생님이 말해도 된다고 허락했나요?" 침묵은 즉각적이었고 불만에 차 있었다. 아무도 대답하지 않았다. 스티븐은 교실 앞쪽의 선생 책상 옆에 그대로 남아 모든 얼굴을 마지막으로 점검했다.

선생이 그의 눈을 똑바로 보더니 농담의 기미 없이 말했다. "선생님이 자리를 떠도 된다고 했나요?"

뒤편에서 킥킥거리는 소리가 났다. 스티븐이 교실 문까지 걸어가는 데 걸린 시간, 그것은 강렬한 쾌감을 주는 순간이었다. 환상 밖으로 나와 선생의 권위를 위한 결탁을 멈추고 간단히 뒤돌아선 뒤 처벌받지 않을 것을 확신하며 유유히 걸어 나온 그 시간—이는 지루했던 순간마다 무수히 꿈꾸다 마침내 30년 늦게 실행한 그의 학창 시절의 몽상이었다.

그는 문가에서 돌아서서 예의 바르게 말했다. "성가시게 해드려 죄송합니다." 그러고는 복도로 걸어 나왔다.

딱딱한 바닥을 울리는 북소리처럼 요란한 구두 소리와 함께 강을 거스르는 거센 파도의 억눌린 에너지를 발산하며 그를 향해 다가오는 존재가 있었다. 감히 달리지는 못하지만 걷는 것은 답답한 아이들 한 반 전체가, 혹은 두 반이, 반은 깡충깡충 뛰었다가 반은 질주하면서 서로를 뒤로 끌어당기며 앞으로 나아갔다. 어떤 즐거움을 기대하며 한껏 앞으로 내민 얼굴들. 보이지 않는 어디에선가 한 남자가 격분해 외쳤다. "걸어, 걸으라잖아!" 아이들은 휘청거리고 요동치고 팔꿈치로 밀쳐가며 파도처럼 밀려들었고, 복도 한가운데에 버티고 선 스티븐에게 이르자 그가 바위나 나무, 어른 같은 물리적 장애물에 지나지 않다는 듯 그를 사이에 두고 양쪽으로 갈라졌다가 다시 합쳐졌다. 그의 시야에 위아래로 들썩이는 머리들, 대개는 진한 갈색에서 연한 갈색인 머리카락의 소용돌이, 힐끗 비치는 얼굴들의 이목구비, 손을 잡고 오다가 그의 양옆에서 거의 무의식적으로 손을 놓고 지나가는 단짝의 모습 등이 들어왔다. 격렬히 움직이는 아이들에게서 음식이 눌어붙는 듯한 냄새가 나쁘지 않게 풍겼다. 아이들 하나하나가 피리 같은 목소리로 지저귀는 독백 연기자인 양, 듣는 사람은 아무도 없는 것 같았다. 아이들이 아무리 가까운 곳에서 스쳐가도 그들의 지껄임은 단 한 마디도 알아들을 수 없었다. 마치 건축적으로 그다지 흥미로울 것 없는 아치 아래를 지나가는 사람들처럼 흘낏 위를 바라보는 아이들도 있었고, 그럴 때면 칙칙한 머리카락 색을 배경으로 더욱 선명하게 느껴지는 맑은 초록이나 얼룩덜룩한 갈색, 뽀얀 파랑이 위로 번쩍 빛났다. 아이들이 굴리며 노는 구슬의 색깔이라고 그는 생각했다. 선물로 산 물건 중에 구슬이 있었나? 그 터무니없고 신실했던 충동을 명확히 옹호하듯이, 그런 의문이 떠오르며 그때의 터무니없고 신실했던 충동이 헛되지 않았음을 증명하듯 그의 앞에 숱 많은 앞머리 아래의 익숙한 까만 눈으로 자신을 바라보는 아이가 나타났다. 그는 양쪽 무릎을 모두 꿇고서 아이의 눈높이로 내려간 그가 아이의 어깨에 양손을 부드럽게 놓고 연거푸 이름을 부르는 동안 다른 아이들은 두 사람 주위로 휙 돌아서서 한시도 가만있거나 조용히 있지 않는 빽빽하고 호기심 가득한 벽을 이루었다.

그 울타리 안은 따뜻하고 눅눅하고 조금 어두웠다. 그는 지능이 높고 호기심이 많은 새로운 종의 동물들 사이에 들어온 것 같았다. 이들이 우호적이지 않은 것은 아니었다. 그의 어깨에 올린 손이 있었고, 누구는 그의 머리카락을 만졌다. 그들의 헐떡이고 중얼거리는 소리를 듣고 숨소리를 느끼면서 스티븐이 물었다. "나 누군지 알겠니? 전에 내 얼굴 본 적 있는 것 같지 않아?"

소녀의 열중한 시선이 그의 얼굴 여기저기로 신중하게 움직였다. 그와는 대조적으로 당돌한 목소리였으나 적대적이지는 않았다. "아뇨, 그런 적 없어요. 어쨌든 제 이름은 케이트가 아니라 루스예요."

그는 아이의 손을 잡으려 했지만 주제넘은 짓이었다. 아이는 손을 등 뒤로 돌려 맞잡았다. "예전에 넌 날 아주 잘 알았어," 그가 둘만 있기를 바라며 조용히 말했다. "하지만 3년이 흘러서 잊어버린 거야. 곧 기억이 돌아올 거야."

아이는 열심히 생각하고 있었고, 혹은 그러는 흉내를 내고 있었고, 그에게 협조하려는 의욕을 보였다. "전에 점심때 우리 집에 커다란 빨간 개를 데리고 오셨어요?"

그는 고개를 저었다. 케이트의 얼굴을 찬찬히 살피며 아이가 지금까지 어떤 삶을 살아왔을지 추측하려 했다. 학대의 표시는 없었다. 가장 눈에 띄는 변화는 오른쪽 광대뼈 위에 있는 갈색 점이었다. 치아는 약간 비뚤어져 있었다. 이 정도면 교정기를 끼고 있어야 맞는데 너무 늦기 전에 치과에 예약해야겠다. 처리할 문제가 많다. 예를 들면 아이가 이제는 공립도 아닌 이 허름한 학교에 다니는 것이 옳은가? 엄마와 아빠가 늘 약속했던 기타는 배우고 있나? 케이트는 엄지손톱을 물어뜯으며 곰곰이 생각했다. 사실 아이의 손톱은 전부 생살이 나오도록 물어뜯겨 있었다.

"우리 피트 삼촌은 아니죠?" 마침내 아이가 말했다. "등뼈가 부러진 삼촌 말이에요."

스티븐은 복도 저편에 대고 아이들 모두가 들을 수 있도록 고래고래 소리치고 싶었다. 내가 네 아빠야, 네 진짜 아빠. 넌 내 딸이야, 내 자식이라고, 널 집에 데려가려고 왔어! 하지만 미묘한 상황이므로 그는 자제력을 유지해야 했다. 그래서 그냥 속삭였다. "날 잊었구나. 하지만 상관없어."

그것은 잘한 일이었다. 군중의 바깥쪽 가장자리에 소동이 일더니 수염을 기른 어른의 동그란 얼굴이 벽 너머로 컴컴한 안쪽을 들여다보았다.

"도와드릴까요?" 의심에 사로잡혀 말도 잘 안 나오는 듯했다.

"딴 데 가지 마." 스티븐이 비밀스럽게 속삭였다. 케이트는 고개를 끄덕였다. 항상 비밀을 좋아하는 아이였다. 그는 아이들 사이를 살짝 밀고 나가 두어 발짝 뒤로 물러난 선생에게로 다가갔다. 스티븐은 여전히 진심으로 비밀을 나누려는 마음가짐으로 남자의 팔꿈치를 잡아 아이들에게서 좀 떨어진 곳으로 데려가려 했지만, 선생은 옆구리에 손을 올린 채 꼼짝도 하지 않았다.

"학부모나 후견인 되십니까?" 남자가 따져 물었다. 탄탄한 근육질에 땅딸한 체구의 남자는 허리를 곧게 세워 최대한 커 보이려 했다.

"아, 그게 바로 핵심인데요, 보세요." 설명을 시작한 스티븐은 기묘한 활기를 띤 자기 목소리를 의식하고 멈칫했다. 다시 시도했을 때는 간단히 말했다. "딸을 도둑맞았어요, 유괴당했죠, 거의 3년 전에요. 그런데 그 애를 찾은 것 같습니다. 저기 저 애, 자기가 루스라고 하는 애가 제 딸입니다. 당연히 저를 알아보지는 못하고요."

남자는 스티븐의 마지막 말 몇 마디를 다 듣지도 않고 지친 듯이 말했다. "우린 소풍을 가려던 참이에요. 그래도 교장 선생님께 안내해드리죠. 교장 선생님이 처리해주실 겁니다. 제가 어떻게 할 수 있는 문제가 전혀 아니거든요."

다른 아이들은 모두 운동장에 보내 기다리게 하고, 선생은 스티븐과 케이트와 함께 복도를 되돌아가 화분과 그림들이 있는 곳으로 갔다. 아이는 스티븐에게서 거리를 두고 걸었다. 아마도 그가 다시 손을 잡으려 할까 봐 겁이 난 듯했다. 하지만 관심은 있었고 심지어 신이 나기까지 하는지, 다들 말없이 걷는 와중에 한 발로 폴짝 뛰었다가 두 발을 엇갈려 깡충 뛰더니 얼른 올려다보며 그가 봤는지 확인했다. 그가 미소를 짓자 아이는 재빨리 눈길을 돌렸다. 그들은 비뚤어진 명패가 달린 문밖에서 걸음을 멈췄고, 선생은 자기가 먼저 들어가 있는 동안 밖에서 기다리라는 신호를 보냈다. 남자는 문을 밀어 열려다가 잠시 멈추고 허파에서 공기를 좀 빼내 키를 살짝 줄였다. 스티븐은 1, 2분이나마 딸과 단둘이 있게 되었다고 생각하며 아이 쪽으로 돌아섰지만, 선생은 곧바로 나와 그들에게 들어오라고 고갯짓을 하더니 고맙다는 스티븐의 인사도 받지 않고 복도를 따라 황급히 달려갔다.

교장의 사무실은 한쪽 벽면 전체가 통유리로 되어 있었고, 진흙과 빗물 자국이 빗금을 그린 유리창을 통해 운동장 일부와 요동치는 잿빛 하늘이 내다보였다. 창을 통해 들어온 강하고 평면적인 빛은 사물의 양감이나 온전한 색깔을 드러내지 못해서, 책상 뒤에 앉은 호리호리한 군인 유형의 교장이 두꺼운 판지로 오려낸 형체처럼 보였다. 그런 인상을 더욱 강화한 것은 스티븐과 아이가 안으로 들어갔는데도 꿈쩍하지 않고 눈을 깜빡이거나 말을 하지도 않는 교장의 반응이었다. 그는 다른 행동은 전혀 없이 방 건너편을 빤히 바라보기만 했다. 스티븐이 자신을 소개하려 했지만 케이트가 그의 팔에 손을 올리며 막았다.

20여 초를 기다리자 얼굴의 긴장을 푼 교장이 재빨리 말했다. "실례합니다. 저기에 좀 살펴볼 게 있어서요. 자……."

스티븐은 자신을 소개한 후 교장의 귀중한 시간을 빼앗아서 죄송하다고 사과했다. 사정 설명을 반쯤 했는데 문득 케이트가 있는 데서는 설명을 더 이어가고 싶지 않다는 생각이

들었다. 자신의 정체를 밝히고 나면 아무도 없는 데서 자유롭게 얘기하며 아이를 위로해주고 싶었다. 미묘한 순간이 될 것이 분명했다. 그는 말을 끊고 아이에게 1, 2분만 밖에서 기다릴 수 있겠는지 물었다. 그는 문을 열어주고 나서 아이가 복도 건너편 의자에 앉는 것을 보았다.

교장은 신경질적이었다. "애초에 왜 아이를 데리고 들어오셨는지 이해할 수가 없군요."

흥분해서 제정신이 아니었다고 스티븐이 설명했다. "그래도 제가 어떤 아이 얘기를 하는지는 아실 수 있을 겁니다." 그는 그렇게 말하고 조금 전에 했던 짧고 간단한 설명을 마쳤다. 의자에서 일어난 교장이 창가에 서서 팔짱을 끼었다. 교장은 근엄하고 움직임이 느린 인물이었는데 최근에 심각한 병을 앓은 것처럼 보이기도 했다. 교장의 시선이 스티븐의 양복에 머물러, 떨어져나간 단추들과 불에 탄 구멍, 닦지 않은 신발, 얼룩 묻은 셔츠 등을 비판적으로 바라보았다. 외관을 중시하는 사람이었다.

"슈퍼마켓에서라고 하셨죠." 그는 그 단어가 군인다운 규율이 없고 부정직한 모든 것을 내포한 양 발음했다. "경찰에 신고는 하셨겠죠?"

스티븐은 목소리에서 화난 기색을 감추며 지금까지의 수

색 과정과 이 사건에 대한 신문과 텔레비전 보도에 관해 설명했다.

교장은 다시 책상 뒤로 돌아가 주먹 쥔 손으로 책상에 기대어 몸을 앞으로 기울였다. "루이스 씨," 그는 스티븐이 아무런 직위가 없는 사람임을 주목하게 하려는 듯 칭호를 강조하며 말했다. "저는 루스 라일을 아기였을 때부터 봐왔습니다. 그 애 아버지 제이슨 라일과도 오래도록 알고 지냈고, 잠깐이지만 동업자로 일하기도 했어요. 그 사람은 교육 당국으로부터 이 학교를 사들인 저명한 지역 사업가 집단의 일원입니다. 부인과 슬하에 자식 다섯을 두고 있지만 그중 누구도 훔쳐온 아이는 아니라는 점은 확실합니다."

스티븐은 앉고 싶은 마음이 간절했지만 지금은 서 있어야 할 시간이었다. "저는 제 딸을 압니다. 밖에 있는 저 아이는 제 딸이에요."

스티븐의 단조롭고 조용한 말에 대응해 교장의 목소리도 부드러워졌다. "2년 반은 긴 시간입니다. 아이들은 변하지 않습니까. 게다가 루이스 씨는 저 아이가 맞기를 원하실 거예요. 정신은 속임수를 부리기도 하니까요."

스티븐은 고개를 젓고 있었다. "어디에서 만나더라도 내 딸을 알아볼 수 있어요. 이름은 케이트예요."

교장은 좀 전의 태도로 돌아갔다. 책상 옆에 똑바로 서서 한 손을 의자 등받이 위에 올렸는데, 마치 장교 식당에 걸릴 법한 초상 사진을 위해 포즈를 취하는 것 같았다. 교장의 레지멘탈 타이*에 묻은 기름기 얼룩이 눈에 들어오자 스티븐은 마음이 편해졌다. "보세요, 루이스 씨. 두 가지 가능성이 있을 것 같군요. 지금 이건 루이스 씨의 불운한 실수이거나, 아니면 사실 댁은 또다시 학교에 문제를 일으키러 온 기자 가운데 하나이거나."

스티븐은 기댈 데를 찾아 주위를 둘러보았다. 혼자 있었다면 잠시 바닥에 대자로 드러누웠을 것이다. 그는 실제로는 없는 분별력을 담아 말했다. "그리 어렵지 않게 정리할 수 있는 문제 같은데요. 경찰에 아이의 지문이 있고, 혈액검사를 해도 되고, 염색체나 기타 등등⋯⋯."

"2년 반이라고 하셨죠. 좋아요."교장은 문을 향해 손가락을 퉁겼다. "아이를 데려옵시다. 젠장, 오늘 아침에 다른 할 일도 많은데."

스티븐이 가서 문을 열었다. 아이는 아까 그 자리에 그대로 앉아서 초록색 잉크로 손등에 뭔가를 그리고 있었다. 그는

---

* 군대 유니폼에서 차용한 줄무늬 넥타이.

안으로 들어가기 전에 아이와 얘기를 나누며 유대감 같은 것을 쌓고 싶었다. 교장의 까칠한 자신감에 대항할 도구가 필요했다. 아이가 일어서서 그에게 다가왔다. 상대방의 확신에 대한 어설픈 대응, 자신의 주장에 담긴 엄청난 의미, 즉각적 증거 부족, 형편없는 옷차림을 했다는 후회, 이 모든 것이 신체적인 효과로 나타나 다리에서 힘이 풀렸다. 그 효과가 망막의 표면에 스며들어 간상체와 추상체까지 퍼졌는지 로비를 가로질러 오는 여자아이는 아까보다 키가 더 크고 뼈가, 특히 어깨 근처가, 더 앙상했으며 이목구비가 더 날카로웠다. 아이가 무심한 눈빛으로 그를 올려다보았다. 앞머리 아래의 눈은 똑같았고 창백한 피부도 마찬가지였다. 그는 이러한 세부에 매달리며 너무 집중해 바라보느라 아이에게 전혀 말을 걸 수가 없었다. 그들은 다시 교장실로 돌아와 있었고, 조사는 재개되었다.

"루스," 교장이 말했다. "네 이름 전체와 나이를 말해봐."

"루스 엘스퍼스 라일, 아홉 살 반."

"입니다."

"입니다."

"그럼 이 학교엔 얼마나 오래 다녔지?"

"어린이집까지 치면, 네 살 때부터입니다."

"그럼 정확히 얼마나 된 거지?"

"5년."

"입니다."

"입니다."

스티븐은 고개를 설레설레 저었다. 아이가 그를 배반하고 있었다. 아이의 대담함, 과한 의욕, 잘 보이려는 욕심이 거슬리기 시작했다. 아이는 아무것도 감추지 않았다, 마음속 비밀은 없었다. 그가 선 곳에서 보이는 아이의 콧날, 그것은 완전히 다른, 중대한 불일치였다. 아이가 그에게서 떠나고 있었다, 그를 저버리고 있었다.

교장의 시선이 스티븐의 등 뒤 맞은편 벽을 향해 있었다. "브리그스 부인, 5년 전 학생부를 찾아서 어린이집에 해당하는 부분만 가져다주세요."

처음으로 스티븐은 그의 뒤편 벽 우묵 들어간 곳에 조금 더 작은 책상이 놓여 있는 것을 보았다. 그 옆에는 추운 날에 어울리지 않는 꽃무늬 원피스 차림의 여자가 이제는 선 자세로 양철 수납장의 서랍을 열고 있었다. 교장이 서류를 받아 스티븐 앞에다 펼쳤다. 그가 타자기로 작성한 명부를 펼쳐 손가락을 아래로 그어 내리는 동안 스티븐에게는 보이는 것도 들리는 것도 없었다. "라일, 루스 엘스퍼스, 여름 학기에 입학, 네 번째 생일 직후…….”

스티븐은 케이트의 혼을 생각하고 있었다. 런던 하늘 높은 곳에서 맴돌고 있을 거라고, 색깔이 화려한 잠자리를 닮았을 거라고, 상상 불가능한 속도로 날 수도 있으나 잠시 미동도 없이 기다리다가 운동장이나 길모퉁이에 내려와 어린 소녀의 몸에 깃들 거라고, 그리고 그 몸에 자기만의 정수를 불어넣어 그에게 불후의 존재를 증명해 보인 후 텅 빈 껍질, 그 숙주를 떠나 계속 길을 갈 거라고.

교장이 서류철을 넘기며 새로운 증거를 제시했다. 아이는 엄청난 자기만족에 빠져 그 광경을 계속 바라보고 있었다. 스티븐의 걱정거리는 실질적인 문제로 좁혀들었다. 이 학교를 빨리 떠나야겠다는 것, 차에 외투를 두고 내렸다는 것, 총리의 오찬에 불참했다는 것.

몇 분 후, 사무실을 나오면서 그는 교장이 아이에게 큰 목소리로, 당연히 스티븐이 듣도록 그랬겠지만, 저 작자가 다시 말을 걸면 즉시 와서 말해야 한다고 이르는 소리를 들었다. 아이는 열의에 찬 목소리로 그러겠다고 대답했다. 그를 교정 밖으로 안내한 것은 함석 양동이를 든 남자였다. 스티븐은 운동장을 가로지를 때 그 안을 흘낏 들여다보았다. 비어 있었다. “근데 그건 왜 들고 돌아다니시는 거죠?”

학교 정문 밖으로 스티븐을 내보내던 남자가 고개를 저으며, 이건 정말이지 아주 멍청한 질문이어서 굳이 대답할 필요를 못 느낀다는 듯 억지 미소를 지었다.

*

한시도 쉼 없이 그려보았던 재회의 순간을 그렇게 혼란스러운 상태로 경험하고 나자, 스티븐은 그 집착의 악령을 내쫓지는 못해도 무디게는 만들었다고 느끼게 되었다. 케이트가 더는 살아 있는 존재가 아니라는 진실, 눈에 안 보일 뿐 그의 옆에 있고 그가 속속들이 아는 아이가 아니라는 힘든 진실을 직시하기 시작했다. 루스 라일이 딸을 닮은 점과 닮지 않은 점을 기억하며 그는 케이트가 얼마나 많은 다른 길을 갈 수 있었을지, 2년 반 동안 얼마나 많은 다른 모습으로 변할 수 있었을지 깨달았고, 자신은 그 모든 것을 전혀 알지 못한다는 사실을 받아들였다. 그는 여태 미쳐 있었고 이제는 정화되었다고 느꼈다.

스티븐은 집에 돌아와 초저녁까지 깊고 꿈 없는 잠을 잤다. 그런 다음 아파트를 다시 정리하기 시작했다. 소파를 다시 벽으로 밀어놓았고 텔레비전을 눈에 잘 안 띄는 구석으로 되돌렸다. 오래 목욕을 했고, 그런 다음에는 꺼리는 마음 없이 술 한 잔을 넉넉히 따라 마셨다. 다른 점이라면 이번에는 술잔을 들고 깨끗이 치운 책상으로 가서 거기 앉아 우편물에 답장을 썼다. 줄리에게 다정하고 부담 없는 엽서를 쓰며, 케이트의 생일에 그녀를 생각했다고, 적절하다고 느껴지는 때가 오면 연락을 하라고 전했다. 공책을 꺼내 몇 가지 아이디어를 끼적거리던 그는 문득 의욕이 생겨 타자기의 먼지덮개를 걷어내고 두 시간 동안 글을 썼다. 밤늦게 어둠 속에서 침대에 누워서는 이런저런 세세한 결심을 하다가 두 번째로 편안한 잠에 빠져들었다.

다음 날 아침에 전화가 울리고 수화기 저편에서 차관보의 목소리가 들렸을 때, 스티븐은 그의 말을 참을성 있게 들었지만 마음은 이미 정한 상태였다. 차관보는 스티븐이 마중 나간 차에서 갑자기 뛰어내린 일을 유감스럽게 언급하며 대화를 시작했다. 스티븐은 어떤 아이를 보고 오래전에 잃어버린 딸이라고 생각해서 쫓아가다 그렇게 되었다고 해명했다.

"그나저나, 기사가 제 외투를 전해주던가요?"

"아니요. 놓고 내리셨다면 기사가 분명히 보고했을 겁니다."

여태 그 누구도 이해할 만한 사정 설명 없이 오찬에 불참한 적은 없었던 듯했다. 그것은 용납할 수 없는 무례였지만 어떤 특별한 이유에서인지, 차관보는 못마땅한 심사를 분명히 드러내면서도 스티븐에게 두 번째 기회를 제안하고 있었다. 다시 한번 초대를 받은 것이다.

"아, 네," 스티븐은 말했다. "유감이지만 다시 초대받고 싶은 생각이 없습니다."

차관보는 사근사근한 말투에 경멸을 담았다. "말도 안 돼요! 도대체 왜 싫어요?"

"일단은 제가 바빠요. 글을 쓰기 시작했는데, 지금까지와는 다른 스타일의 작품을……."

"그래도 점심은 드시겠죠."

"두 번째로, 사감을 담아 하는 말은 아닙니다만, 저는 총리님이 지금까지 이 나라에서 한 일에 대해 불만이 많습니다. 엉망진창이에요, 수치고요."

"그럼 처음에는 왜 초대를 받아들였죠?"

"저 또한 엉망진창이었죠. 우울했거든요. 지금은 아니에요."

잠깐 대화가 멈춘 사이에 차관보가 접근법을 달리했다.

그는 마치 반박의 여지가 없는 물리적 법칙을 개탄하는 양, 슬픈 목소리로 말했다. "유감이지만 루이스 씨, 제가 할 수 있는 일이 별로 없습니다. 총리께서 루이스 씨를 꼭 만나야 겠다고 하셔서요."

"아, 뭐," 스티븐이 말했다. "제가 어디 사는지는 아시잖아요." 그 말과 함께 그는 수화기를 내려놓았다.

그는 부엌으로 가서 커피를 끓였고, 10분 뒤에 컵을 들고 복도를 지나가는데 다시 전화가 울렸다. 단단히 골이 난 차관보였다.

"알고 보니, 댁의 주소 자료를 잃어버렸나 봅니다."

스티븐은 주소를 알려주고 전화를 끊은 후 커피를 들고 서둘러 책상으로 갔다.

7

제2차 세계대전 이후 아동 보육서 저자들은 감상에 빠져 아동은 본질적
으로 이기적이라는 사실을 무시했다. 하지만 그들은 생존을 위해 프로그램
되었기 때문에 이기성은 아동의 합리적 특징이다.

영국 정부 출판국 발행 《공인 아동 보육 안내서》 서설

해가 바뀌고 첫 몇 달 동안 파멘터의 위원회는 보고서 최
종안을 합의하기 위해 천천히 나아갔다. 과정을 순조롭게 한
요인은 소모와 피로였고, 극복할 수 없는 견해차가 있는 곳
에서는 모호한 어휘가 한몫했다. 캐넘이 한 달에 두 번만 모
이자고 제안하고 파멘터 경이 개개 의원들에게 별도로 유쾌

한 오찬을 대접함으로써, 합의에 이롭도록 입장을 전환하거나 유별난 견해를 체면 손상 없이 갑자기 철회하는 일이 가능해졌다. 더불어 그들이 완성된 보고서를 상부 위원회에 가장 먼저 제출하는 소위원회가 된다면 더할 나위 없이 좋겠지만, 그것이 불가능하더라도 마지막으로 제출하는 일은 없어야 한다는 의견도 제시되었다.

스티븐도 자기 몫의 공헌을 했다. 그 나름대로 논거에 균형을 유지했다고 생각하며 그는 어느 정도의 훈육과 기본 원칙 고취의 필요성 ─ 쓰기는 사회적 행동이며 공적 매개체다 ─ 을 주장하면서, 다른 한편으로는 상상력 ─ 쓰기는 사적 생활을 확장한다, 상상력을 희생하며 별난 개성을 꺾어서는 안 된다 ─ 을 옹호했다. 이 무해한 주장은 쉽사리, 적어도 앞부분 절반은 보고서 내용에 동화될 수 있었고, 그래서 그는 의장의 점심 초대를 받지 않았다. 스티븐이 발언한 날 아침에 위원회가 그보다 더 관심을 쏟은 일은 철자 학습에 대한 모든 언급을 삭제하는 일과 학자 한 명이 가져온 최근의 논문 〈계층 상승과 규범 문법〉의 낭독을 막는 일이었다. 3월 중순에, 읽기와 쓰기에 관한 파멘터 소위원회의 보고서가 아동 보육위원회에 제출되었다. 신중한 어조에 권위적 시각이 담긴 이 문서를 생산하는 과정에서 위원 대다수는 자기 몫의

임무를 이행했다고 느꼈다. 소수파의 반대 의견서가 없다는 점에서 의장은 언론의 상찬을 받았다. 송별 기념 셰리 파티가 정부 청사 외곽의 잘 쓰이지 않는 별관에서 열렸는데, 그곳의 30년 묵은 꽃무늬 카펫은 아직도 무늬가 어지러울 정도로 선명했고 문이나 창틀을 만지는 사람에게 정신이 퍼뜩 드는 정전기를 일으켰다.

스티븐은 모임에 늦게 도착했다가 일찍 나왔다. 크리스마스 이후로 위원회 모임은 허비하는 나날의 혼란 속에서 체계적 시간이라는 피난처를 제공하던 그간의 역할을 더 이상 해내지 못했다. 회의는 이제 지루했고 일과 공부와 운동이라는 깨지기 쉬운 일상에 위협이 되었다. 그는 아래층에서 홀로 사는 퇴직 교수 크로마티 씨에게 고대 아랍어를 배우고 있었다. 일주일에 나흘씩 아침마다 아래층으로 내려가 크로마티 씨의 서재에서 과외지도를 받았다. 춥고 가구도 별로 없는 그 방의 유일한 열원은 오래된 가스난로로, 거기에서 나오는 노랗고 약한 불꽃은 노인이 그에게 번역해주는 시에서 말하는 마약성 연기를 뿜어내는 듯했다. 스티븐은 아랍어 자체나 그 문학에는 관심이 없었다. 크로마티 씨가 그리스어나 타갈로그어를 제안했다고 해도 스티븐은 마찬가지로 만족했을 것이다. 취지는 어려운 무언가를 배우면서 정신을 흔들어 깨우는 것이었다. 그는 규칙과 예외, 그리고 암기에 필요한 결연한 몰두를 원했다.

그런 사정이었는데도 스티븐은 곧바로 아랍어의 철자에 매료되었다. 잉크 한 병과 서체 연습에 쓸 특수한 펜을 산 그는 한 달도 지나지 않아 아랍어의 문법, 영어와의 도도한 차이, 동사의 기이한 우세, 그리고 조그만 획 하나의 차이로 의미가 단계적으로 미묘하게 달라지는 동사의 형태 등에 강한 흥미를 느꼈다. 후회(nadam)는 술친구(nadim)가 되고, 석류는 수류탄이 되며, 노년은 자유가 된다.

조용하고 근엄한 선생은 제자가 수업에 늦거나 매일 내주는 숙제를 하지 않는다면 진심으로 언짢아할 것 같은 인상을 풍겼다. 크로마티 씨는 과외를 위해 검은 양복을 입었으며, 양복 조끼에서 은색 회중시계를 꺼내 들여다보며 마무리 발언을 하곤 했다. 그의 아파트는 음침한 옛날식 가난의 분위기를 풍겼다―아무것도 깔지 않은 마룻바닥, 누렇게 변한 벽에 어룽거리는 눅눅한 기름 얼룩, 두꺼운 갈색 페인트가 벗겨지고 있는 문과 걸레받이, 현관 안쪽 알전구 아래에 놓인 연기 나는 등유 난로. 장식품도, 그림이나 부드러운 의자도, 과거의 증거도 없었다. 그가 누리는 호사는 모두 그가 사랑하는 형식적이고 육감적인 운문에 있었다. 그는 이 운문들을 눈을 감고 다른 삶을 회상하듯 머리를 쳐든 채, 처음에는 아랍어로 그다음에는 스코틀랜드식 영어로 길게 낭독했다. "그녀의 허리는 잘록하고, 연한 발목은 오동통하고, 어여쁘게 팽팽한 배는 조금도 처지지 않았네." 그는 길거리에서 스티븐을 피했으며 수업 전후에 어떤 잡담도 받아주지 않았다. 크로마티라는 성 외에 이름을 끝내 알려주지 않았다.

그 외에 스티븐은 테니스에 새로 마음을 붙여 일주일에 세 번씩 실내 코트에서 훈련했다. 20년 넘게 테니스를 친 그의 실력은 평범한 수준으로, 별 활약 없이 학교 대표 선수로 뛰었던 10대 후반부터 천천히 쇠퇴해왔다. 처음 한 시간은 강습을 받았고 다음 한 시간은 코치와 시합을 했는데, 우람한 몸집에 머리가 벗어지기 시작한 미국인 코치는 첫 수업을 마친 후 앞으로의 과제를 솔직하게 요약했다. 포핸드와 백핸드 스트로크를 몽땅 버리고 처음부터 다시 만들어야 한다. 마찬가지로 풋워크도 근본적으로 다시 생각해야 한다. 서브는 당분간 아예 잊어버리는 게 낫다. 하지만 이 모든 것보다 더 시급히 신경 써야 하는 것은 스티븐의 태도이다. 그때 두 사람은 네트를 사이에 두고 가까이 서 있었다. 그는 자신에게서 상당한 강습료를 받아가는 남자의 거침없는 비방을 들으며 어떤 표정을 해야 할지 알 수가 없었다.

"너무 수동적이에요. 정신적으로 허약하고요. 일이 벌어지기만 기다리고 모든 게 자기 방향으로 와주기만 바라며 가만히 서 있죠. 공에 아무런 책임을 지지 않고 다음 동작을 어떻게 할 것인지 적극적인 계산을 하지 않아요. 무기력하고 기개가 없고 반쯤 잠들어 있어요. 자신을 좋아하지 않는 거야. 라켓을 뒤로 더 빨리 젖혀야죠. 몸을 낮춰 들어가고, 동작을 즐기면서 스트로크에 맞춰 적극적으로 움직여야죠. 도통 집중을 하지 않는 분이야. 지금 제가 이야기하고 있는 동안에도 집중 안 하시잖아요. 이런 게임쯤 너무 하찮다고 생각하는 거예요? 깨어나세요!"

아랍어와 테니스 외에도 스티븐에게는 글 쓰는 일이 있었고 그 일을 하지 않을 때는 닥치는 대로 책을 읽었다. 벽돌처럼 두꺼운 소설책이나 국제적 베스트셀러, 잠수함이나 오케스트라, 호텔 등이 어떻게 작동하는지 설명하는 게 실질적 목적인 책도 있었다. 저녁 시간의 제한적인 사교 활동도 가능하겠다고 느끼기 시작했지만, 교류 범위는 관계가 잘 확립되고 부담 없는 동성 친구들로 제한했다. 크리스마스 전에 어머니가 긴 와병에 들어갔다. 처음에는 병원으로 나중에는 집으로 자주 찾아갔는데, 어머니는 위중한 상태는 아니었으나 기력이 너무 약해져서 아주 짧은 대화밖에 할 수 없었다.

그 몇 달 동안 그는 딱히 행복하지는 않았지만 그렇다고 무기력하게 늘어져 있지는 않았다. 때로는 실체가 밝혀지지 않은 모종의 사건에 대비해 훈련 중인 기분이 들기도 했다. 그는 변화를―어떤 종류의 변화인지는 확실히 모르지만―어쩌면 격변을 기대했고, 삶이 곧 바뀔 거라고 알려주는 자그마한 첫 신호들을 탐색했다. 읽고 있는 긴 책들은 그가 유용한 사고의 공식에 의지하거나 바뀌는 조류, 새로이 불어오는 바람, 걷히는 그림자의 관점에서 생각할 수 있도록 해주었다. 하지만 자신이 여전히 그림자 속에 있다는 사실만은 의심하지 않았다. 어쨌거나 매주 일어나는 규칙적인 인간적 접촉 대부분이 돈을 매개로 한 것이므로.

변화는 찾아왔지만 이른 경고나 더 큰 계획을 미리 드러내는 세부 징후는 없었다. 그보다는 별 관련 없어 보이는 몇 가지 사건들이 갑작스럽게 전개되었는데, 첫 번째 사건은 어느 날 저녁 현관 초인종이 짧게 두 번 울리면서 난데없이 시작되었다. 저녁 식사를 마친 그는 다음 날 아침에 크로마티 씨 앞에서 읽게 될 시의 일부분을 잉크로 필사하려던 참이었다. 종일 눈이 조금씩 내렸고, 테니스 강습에서 돌아오자마자 피운 불이 이제는 잘 타고 있었다. 창문에 두꺼운 벨벳 커튼이 드리워져 있었고, 작은 잔에 따른 아르마냐크 한 잔―하루에 증류주 한 잔으로 음주량을 줄였다―이 준비되었으며, 라디오에서 웅장한 오케스트라 음악이 조용히 흘러나왔다. 글자들을 연필로 미리 스케치해놓은 채로, 삼각형을 이루는 점 세 개와 그 아래 곡선으로 된 첫 번째 글자를 그릴 생각에 들떠 금색 펜촉을 면 헝겊으로 닦는 중이었다. 초인종이 울리자 그는 짜증스럽게 혀를 차며 자리에서 일어나 천천히 잉크병 뚜껑을 닫았다. 그러면서 그는 서두르지 않는 움직임과 방해를 받으면 언짢아하는 경향 등이 크로마티 씨를 닮아가고 있는 건 아닌가 생각했다.

처음에 보인 것은 피였다. 침침한 계단 조명 때문에 거의 검은색으로 보이는 피가 가슴에 갈색 종이봉투를 안고 있는 남자의 얼굴을 완전히 뒤덮었다. 피가 어디에서 나오는지는 확실하지 않았다. 피는 마치 모공에서 스며 나오는 듯 얼굴을 온통 가려서, 양쪽 귀만이 하얗게 드러났다. 턱 끝에서 모인 핏방울이 꾸러미 위로 떨어졌다.

충격에 빠져 잠시 말을 잃은 스티븐에게 남자가 세련된 머뭇거림을 섞어가며 빠르게 말했다. "이런 늦은 시간에 폐를 끼쳐서 정말로 죄송합니다. 먼저…… 먼저 전화를 해야 했는데……." 익숙하게 들리는 그 목소리는 통증을 전혀 드러내지 않았다. 남자가 피 묻은 손을 내밀었다. "해럴드 몰리, 그러니까, 위원회 말입니다."

"아, 그렇군요." 스티븐이 문을 더 열어젖히고 옆으로 비켜서며 말했다. "들어오세요." 문을 닫고 나서야, 몰리가 음표 철자를 주장한 사람이라는 사실이 기억났다. 음표 철자에 관한 간단한 언급은 최종 보고서에서 삭제되었다. 몰리는 자기 손을 들여다보다 턱을 조심스럽게 만지더니 손가락 끝을 살펴보았다. "이 집 계단에서 발을 헛디뎠어요."

스티븐은 남자를 욕실로 안내했다. "그런 분들이 간혹 있어요."

그가 세면대에 물을 채우고 소매를 걷어 올리는 동안 몰리는 문가에서 마음을 진정하고 있었다. "있잖아요, 제가 잠깐 기절을 했는지도 모르겠어요."

"얼굴이 엉망이네요." 스티븐이 말했다. "제가 좀 살펴봐도 되겠죠?"

몰리는 의아한 듯 말했다. "떨어질 때와 몸을 일으킬 때는 생각나는데, 그 사이에 상당한 시간이 있었어요, 분명해요."

스티븐은 물에 소독약 용액을 부었다. 그 냄새 때문에 자신이 유능하게 대처하고 있다는 느낌이 강해졌다. 몰리가 셔츠를 벗었다. 상처는 이마 위쪽에 있었고 2, 3센티미터 길이에 불과했으며 피는 이미 굳기 시작했다. 스티븐이 스펀지로 그의 머리와 얼굴을 닦아내는 동안, 몰리는 점점 붉어지는 물에 대고 횡설수설하며 추락하던 상황을 연거푸 설명했다. 스티븐이 닦기를 끝냈을 즈음, 남자의 여드름 난 좁은 등이 떨리기 시작했다. 허리를 편 그가 곧바로 중심을 잃었다. 스티븐은 그를 욕조 가장자리에 앉히고 수건을 준 다음 임시 압박붕대를 만들었다. 몰리는 이제 몸을 심하게 떨고 있었다. 스티븐은 그에게 두꺼운 스웨터를 주고 담요를 둘러주었으며 서재로 데려가 불가에 가까운 안락의자에 앉혔다. 진한 커피를 한 잔 따른 뒤 설탕 대여섯 숟가락을 부었다. 하지만 몰리는 제 손으로 컵을 들지도 못했다. 대신 잔을 들어주는 스티븐의 귀에 남자의 이가 찻잔 가장자리에 탁탁 부딪히는 소리가 들렸다. 10분 후에 마음을 진정한 몰리는 장황하게 사과하기 시작했다. 스티븐은 좀 쉬라고 말했다. 5분이 지나자 방문객은 잠이 들었다.

스티븐은 아르마냐크를 단번에 마시고 다시 잔을 채운 뒤, 그 와중에도 과외수업 준비를 계속할 수 있다는 사실을 깨닫고 깜짝 놀랐다. 이따금 몰리가 있는 쪽을 흘깃 쳐다보았다. 굳은 피의 접착력 하나로 고정된 너덜너덜한 압박붕대가 그의 머리에 우스꽝스럽게 얹혀 있었다. "그녀가 내게 보여주네, 낙타의 코뚜레만큼 작고 가느다란 허리를, 물을 머금어

휜 파피루스 줄기 같은 정강이를⋯⋯." 나중에 그는 끝낸 숙제를 쳐다보며, 획획 꺾이는 무자비한 갈고리가 달린 선들 위로 둥둥 떠 있는 자그마한 동그라미, 줄표, 소용돌이무늬를 이해하는 사람이 크로마티 씨 외에도 정말로 존재하는지 알고 싶은 마음이 간절해졌다. 혹시 이것들이 사제 암호라든가 노인이 여생의 소일거리로 고안한 정교한 게임은 아닐까?

15분 정도 잠들었던 해럴드 몰리가 뒤척이기 시작했다. 갑자기 그가 의자 위에서 몸을 벌떡 일으키더니 비난이 담긴 긴장된 표정을 지었다. "그거 어딨어요?" 따져 묻던 그가 단번에 딴사람처럼 변해 눈을 감고 손바닥으로 얼굴을 쳤다. "아, 세상에! 택시. 자리에 놓고 내렸네."

스티븐은 욕실로 가서 바닥에 있던 갈색 종이봉투를 챙겼다. 그러고는 커피 주전자를 가지러 부엌으로 갔다. 서재로 돌아오니 몰리는 기억을 회복한 상태였다. 그는 벽난로 옆에 서서 상처에서 벗겨낸 지저분한 붕대 뭉치를 살펴보고 있었다. "엄청나네요." 감명받은 그가 말했다.

"꿰매야 할지도 몰라요," 스티븐이 말했다. "오늘 밤 안으로 어떻게든 손을 써야 할 거예요."

그는 몰리에게 종이 꾸러미를 주었다. 손님은 술병 쟁반이 있는 쪽을 쳐다보고 있었다. "열어서 한번 보세요. 실례가 안

된다면 저는 스카치를 한잔했으면 하는데요."

스티븐은 스카치를 각각 한 잔씩 따랐다. 몰리가 유심히 바라보는 가운데 그는 자리에 앉아 피 묻은 종이봉투에서 꺼낸 책을 살펴보았다. 무늬가 없고 조잡한 표지에 "교정쇄"라고 적혀 있고 그 아래에 비뚤어지게 대충 붙인 흰 라벨에는 "열람 제한 문서. 코드 E-8. 사본 번호 5"라고 쓰여 있었다. 1면은 백지였다. 스티븐은 책장을 넘기다 서설을 발견하고 읽었다. "제2차 세계대전 이후 아동 보육서 저자들은 감상에 빠져 아동은 본질적으로 이기적이라는 사실을 무시했다. 하지만 그들은 생존을 위해 프로그램되었기 때문에 이기성은 아동의 합리적 특징이다." 그는 책장을 앞으로 넘겨 장 제목 몇 개를 읽었다. "규율 잡힌 정신" "사춘기의 극복" "복종이 주는 안심" "소년과 소녀—달라야 좋은 법" "제때 한 번의 체벌이 추후 아홉 번의 체벌을 방지한다." 마지막 장에는 이런 구절이 있었다. "모든 형태의 체벌에 독단적으로 반대하는 사람들은 아이를 향한 다양한 심리적 보복—인정이나 특권을 철회하거나 모욕적으로 이른 시간에 잠자리에 들게 하는 등—충동을 느끼게 된다. 이렇게 오래 끌면서 바쁜 부모의 시간을 상당히 낭비하는 처벌 방식이 신속한 귀뺨 한 대나 따끔한 엉덩이 몇 대보다 장기적으로 피해가 덜하다는 증거도 없다. 오히려 그 반대의 경우가 상식적으로 옳다. 한 번의 손찌검으로 진지한 의사를 나타내라! 그러면 다시 손찌검할 일이 없을 것이다."

몰리는 그가 다 읽기를 기다리며 잔을 다시 채우기 위해 한 번 의자에서 일어났다. 스티븐은 책장을 조금 더 넘겼다. 어린 여자애 둘이서 놀고 있는 만화 그림이 있었다. 그 아래에는 "다림질 놀이 장난감에는 아무 문제가 없다. 소녀들이 여성성을 주장하게 하자!"라는 문구가 쓰여 있었다. 마침내 스티븐은 책을 종이봉투에 넣어 탁자 위로 던졌다. 아동보육위원회는 아직 열네 개의 소위원회 보고서를 다 받지 못했고, 과제는 앞으로 넉 달은 더 지나야 완료될 예정이었다. 그는 아버지에게 전화를 걸어 그의 판단이 옳았음을 인정하고 싶어졌다. 하지만 주중에 아버지를 만날 테니 그때 해도 될 것이다.

몰리가 말했다. "그걸 어떻게 입수했는지 말씀드려야겠군요." 이름을 모르는 중간급 공무원이 몰리의 직장으로 전화를 걸어 근처에 있는 대중식당에서 만나자고 했다. 알고 보니 남자는 정부간행물을 담당하는 사람이었다. 그는 정부에 불만을 품은 다수의 공무원 중 하나였으며, 그런 공무원들 가운데 두세 명이 매년 반역죄 등등의 죄목으로 법정에서 재판을 받았다. 하지만 남자가 책을 넘겨주려 한 주된 이유는 그런 불만을 품어서가 아니라 그렇게 해도 처벌받지 않을 수 있기 때문이었다. 그 전날, 남자가 일하는 사무실에 도둑이 들었다. 도둑들이 주로 눈독을 들인 것은 대형 사무실 기기였다. 그들은 커피·수프 제조기를 가져갔다. 몰리를 찾아온 남자는 다음 날 아침에 현장에 가장 먼저 나타난 이들 중 하나였다. 책을 서류 가방에 슬쩍 넣은 남자는 그 책을 도둑들이 가져간 작은 금고 속 물품 목록에 포함해 보고했다.

그 책은 석 달 전에 정부 출판국에 도착했으며, 장정한 사본 열 권이 엘리트 관료들과 서너 명의 장관들 사이에서 회람되고 있었다. 당국은 사본 하나하나를 국방 보고서에나 어울릴 법한 근면함을 발휘해 관리하고 추적했다. 사실 문제의 이 사본도 도난당한 금고 안에 있어야 했으나 모종의 사무 착오로 밖에 나와 있었다. 몰리가 만난 공무원이 생각하는 아동보육위원회의 의도는 자체적으로 보고서를 작성해놓고 한두 달 기다렸다가 출간하면서 그것이 전체 위원회의 과제를 바탕으로 한 안내서라고 주장하는 것이었다. 교정쇄가 이렇게 빨리 회람되고 있는 이유는 불분명했다.

"아마도," 몰리가 말했다. "다우닝가에서는 정치적 이유에서 장관 몇 명을 이해시켜야 할 필요가 있었나 봅니다."

스티븐이 말했다. "왜 정부는 아동보육위원회가 그들 입맛에 맞는 책을 써낼 거라고 믿지 못했는지 모르겠군요. 위원회장도, 소위원회의 위원장도 모두 그들이 지명했잖아요."

"양쪽을 다 가질 수가 없었겠죠," 몰리가 말했다. "그러려고 시도는 했겠지만 말입니다. 그들은 대중에게 보여줄 용도로 모아놓은 훌륭한 인물들, 온갖 전문가와 저명인사들이 정부에게 정확히 필요한 책, 즉 어른들의 판단이 항상 옳다고 주장하는 책을 내놓으리라고 믿고 맡겨둘 수가 없었을 거예요." 몰리는 손가락 끝으로 상처를 만져보다가 움찔했다. "그나저나, 이 문제를 저들은 이 정도로 심각하게 받아들이고 있군요. 보육 관습 개혁을 통한 국가의 재건이니 뭐니 하는 문제요, 당연히 들어보셨겠지만."

그는 머리가 욱신거린다면서 집에 가고 싶다고 말했다. 무엇을 어떻게 해야 할지 함께 의논하려고 온 거라고 했다. 그는 아내와는 의논할 수 없었다. 의료 분야 공직자인 아내를 위태롭게 하고 싶지 않기 때문이었다. "집에 가면 아내가 머리를 치료해줄 거예요."

정부를 다소간 당혹스럽게 하는 것 외에는 그들이 할 수 있는 일이 거의 없었으므로 해법은 쉽게 결정되었다. 그들은 스티븐이 신문사에 전달할 사본을 하나 만든 다음 책을 그의 아파트에 보관하고 식별 번호는 지워서 문제의 공무원을 보호하기로 합의했다. 스티븐은 전화로 택시를 불렀고, 택시가 오기를 기다리는 동안 몰리가 아이들에 관해 이야기했다. 그에게는 아들 셋이 있었다. 그 아이들을 사랑하는 것은 기쁨일 뿐만 아니라 언제라도 깨질 수 있는 삶에 대한 교훈이기도 하다고 그가 말했다. 올림픽 위기가 고조되었을 때, 그와 아내는 밤새 잠을 설치며 아들들 걱정에 할 말을 잃었고 아이들을 위험에서 지켜내지 못하는 자신들의 무력함에 몸서리쳤다. 그들은 나란히 누워서도 마음속 생각을 차마 입 밖에 내지 못했을 뿐만 아니라 깨어 있다는 사실조차 드러내기를 꺼렸다. 늘 그렇듯 막내가 새벽에 침대로 올라왔는데 바로 그때 아내가 울기 시작했다. 너무도 절망적으로 우는 터라, 몰리는 결국 아들을 제 방으로 데려가 거기에서 함께 잤다. 나중에 그의 아내는 아이의 절대적인 신뢰를 느끼고 울음이 터져 나왔다고 말했다. 아이는 엄마 품에 꼭 안긴 채 이불 속에서 안전하다고 믿는데 사실은 그렇지 않기 때문에, 금방이라도 파괴될 수 있기 때문에, 그녀는 아들을 배반한다고 느꼈다. 당시 자신의 지독한 태평함을 기억하며 스티븐은 고개를 저을 뿐 아무 말도 하지 않았다.

몰리가 가고 난 후, 그는 딸의 빈방으로 들어가 불을 켰다.

아이의 물건이 가득 든 쓰레기봉투가 아직도 목제 싱글 침대 매트리스 위에 놓여 있었다. 방에서 눅눅한 냄새가 났다. 그는 무릎을 꿇고 라디에이터 밸브를 돌렸다. 잠시 바닥에 웅크리고 앉아 기분을 시험해보았다. 이때 그가 대적한 상대는 상실이 아니라, 높은 벽과 같은 사실이었다. 하지만 그 상대는 살아 움직이지 않았고 중립적이었다. 사실. 스티븐은 그 단어를 마치 욕설처럼 소리 내어 말했다. 서재로 돌아간 그는 벽난로 옆에서 몰리가 앉았던 의자에 앉아 그의 이야기를 생각했다. 그들, 남편과 아내가 중세 무덤의 석상들처럼 나란히 누워 있는 모습이 떠올랐다. 핵전쟁. 그는 갑자기, 유치하게, 옷을 벗고 침대에 눕기가 두려워졌다. 방 밖의 세상, 심지어 그의 옷 바깥의 세상이 부조리하게 혹독하고 냉엄한 것 같았다. 여태 미약하나마 되찾은 온전한 정신이 위험에 처했다. 그는 20분 동안 미동 없이 앉아 있었다. 몸이 가라앉고 있었다. 적막이 점점 불어났다. 그는 안간힘을 쓰며 몸을 앞으로 숙여 벽난로의 불을 일으켰다. 자기 목소리를 듣기 위해 요란스럽게 목청을 가다듬었다. 불꽃이 새 석탄에 옮겨붙자 그는 다시 뒤로 기대었다. 잠에 빠져들기 전에, 스티븐은 무너지지 않겠다고 다짐했다. 다음 날 아침 10시에 아랍어 수업이 있고, 3시까지는 테니스장에 가야 했다.

*

스티븐의 어머니는 2월에 건강을 회복하기 시작했다. 오후와 초저녁에는 침대에서 나와도 된다는 허락을 받았다. 날이 훈훈해지자마자 우체국까지 360여 미터를 걸어갈 수도 있게 되었다. 어머니는 병을 앓으며 체중이 6, 7킬로그램이나 줄었고 한쪽 시력을 거의 잃었다. 뜨개질을 하거나 책을 읽거나 텔레비전을 보면 온전한 한쪽 눈이 아파서 이제 라디오와 대화에서 주된 즐거움을 찾았다. 그 세대 여자들 대다수가 그렇듯이 그의 어머니도 몸의 불편함을 입에 올리기 싫어했다. 아버지가 역시나 병에 걸린 누이에게 다녀오느라 집을 반나절 동안 비워야 했을 때, 스티븐은 집에 와서 어머니 옆에 있어달라는 부탁을 흔쾌히 받아들였다. 그는 부모 중 한 명과 따로 만나는 것을 좋아했다. 습관적인 패턴을 깨기가 쉬웠고 아들 역할에 갇히는 느낌도 덜했다. 그리고 반년 전에 부엌에서 시작했던 대화를 다시 나눌 가망도 있었다.

그는 어머니가 현관까지 마중을 나온 데다 진분홍색 침실용 덧옷이 아니라 평상복을 입은 것을 보고 놀랐다. 어머니는 체중이 줄면서 얼굴 피부가 수축해서 표면적으로 젊어진 느낌이 들었고 멋들어진 안대가 그런 인상을 강화했다. 잠시 포옹을 하고, 어머니의 건강 회복을 기뻐하며 스티븐이 서투른 해적 농담을 하는 동안 어머니는 앞장서서 거실로 갔다.

그녀는 본인에게만 보이는 어수선함을 지적하며 미안하다고 했다. 다시 기력을 찾아야겠다는 생각이 간절한 이유 중 하나는 어서 집을 제대로 정돈하고 싶어서다, 어머니는 말했다. 제자리를 벗어난 물건은 단 하나도 없어 보였지만, 스티븐은 그런 느낌이 든다면 확실히 좋은 신호라고 답했다. 자신의 부엌에서 아들이 차를 끓이겠다고 나섰을 때 한두 번 만류하다 놔둔 것도 어머니가 얼마나 허약해졌는지 나타내는 표지였다. 그런데도 어머니는 부엌과 식사실 사이의 열린 창구를 통해 이런저런 지시를 했고 그의 눈을 피해 포개져 있던 커피 테이블 세트를 길게 펼쳐 쟁반과 찻잔을 놓을 수 있도록 정돈했다. 스티븐은 부엌에서 주전자의 물이 끓기를 기다리며, 줄줄이 놓인 알약 통 안의 내용물을 살펴보았다. 무지갯빛 도는 강렬한 빨간색과 노란색을 보니 막강한 의료 기술과 체내 깊숙이 영향을 미치는 치료 작용이 연상되었다. 그 외에 눈에 띄는 변화는 벽 전화기 옆에 붙은 커다란 표지판이었는데 의사의 비상 연락처와 사설 구급차 회사 몇 군데의 전화번호가 아버지의 필체로 쓰여 있었다.

루이스 부인은 찻주전자의 무게를 이기느라 손이 떨리는데도 차 따르는 일을 주관했다. 모자는 찻물이 튀어 흥건해진 쟁반을 못 본 척했다. 그들은 날씨 얘기를 했다. 봄의 첫 신호가 오기 전에 폭설을 견뎌야 할 거라는 예보가 있었다. 최근에 의사가 왕진을 다녀간 일에 관한 아들의 질문을 루이스 부인은 능숙하게 피했다. 대신에 그들은 병에 걸린 스티븐의 고모 얘기를 했고, 루이스 씨가 대중교통을 이용해 웨스트 런던을 무사히 건너올 수 있을 것인지 얘기했다. 또한 대형 활자 도서의 적절성에 대해서도 논쟁했다. 20분이 지나자 스티븐은 대화를 원하는 방향으로 이끌기도 전에 어머니가 지쳐버릴까 봐 걱정되기 시작했다. 그래서 이야기가 잠시 끊긴 틈을 타서 말했다. "예전에 어머니가 하신 새 자전거 얘기 기억하세요?"

어머니는 이 말을 기다리고 있었는지 곧바로 미소를 지었다. "네 아버지한테는 그 얘기를 잊어버리고 싶은 나름의 이유가 있단다."

"아버지가 잊은 척하신다는 거예요?"

"공군 훈련의 영향이지. 깔끔하지 않거나 잘 들어맞지 않으면 버려라." 어머니는 애정을 담아 말했다. 그녀는 계속했다. "그 자전거를 산 날은 우리 둘 모두에게 힘든 날이었다. 아버지는 그 이후 일어난 모든 일이 반드시 일어날 수밖에 없었다고, 선택의 여지가 전혀 없었다고 생각하고 싶어해. 나야 아버지가 기억나지 않는다니까 더 얘기하지 않는 거지." 어머니는 여전히 비난의 기색 없이 생각에 잠겨 말했지만, 마지막 말을 강경하게 함으로써 앞으로 나올 덜 절제된 말의 핑계를 쌓고 있는 듯했다. 일부러 모호하게 표현했고 조금은 극적인 분위기를 풍기기도 했다. 그러고는 찻잔을 받침 접시에서 살짝 들어 올린 채로 의자에 기대앉아 재촉을 기다렸다.

스티븐은 지나치게 관심 있어 보이지 않으려고 조심했다. 어머니가 죄책감을 느껴 의리를 지키자고 돌아설 수도 있었다. 몇 초 정도 기다린 후 그가 말했다. "어쨌거나 40년이면 긴 세월이죠."

어머니는 단호하게 고개를 젓고 있었다. "기억은 세월과 상관이 없어. 기억나는 걸 기억하는 거니까. 네 아버지를 처음 보았던 순간이 지금도 변함없이 선명하구나." 스티븐은 부모님의 첫 만남에 대해 어렴풋이 알고 있었다. 하지만 기억이 영원하다는 증거로 꺼낸 이 화제가 어머니에게는 하고 싶은 이야기로 들어가는 나름의 방법이라고 느꼈다.

*

전쟁이 끝나고 3년 동안 스티븐의 어머니 클레어 템펄리는 켄트주에 있는 주요 소도시의 조그만 백화점에서 일했다. 전쟁이 사회에 미친 영향, 특히 가사 담당 하인 계층의 소멸과 그에 따른 하위 중산층의 생활 방식 변화 등이 아직 완전히 감지되기 전이었고, 백화점—매장이 건물 두 층을 차지했고 그 지역에서는 해러즈 백화점에 상응했던 곳—은 아직 전쟁 전과 같은 허식을 어느 정도 유지하고 있었다.

"우리 엄마가 즐겁게 쇼핑할 만한 곳은 아니었어. 엄마는 그런 곳은 자기한테 어울리지 않는다고 느꼈지. 은색 수술을 단 진청색 제복에 백화점 휘장이 달린 모자를 쓴 사동(使童)들이 회전문 옆에서 기다리다가 쇼핑하러 온 숙녀들을 데리고 자주색 카펫 위를 지나 적절한 매장으로 안내했단다. 매장 점원들이 바쁘면 숙녀들을 편안한 의자로 안내했지. 사동들이 '고객님' 하면서 자꾸 모자에 손을 대 신호를 보내는데도 팁은 받지 못했어.

점원은 다 젊은 여자였고 제복을 입었는데 그걸 스스로 관리해야 했단다. 매일 아침 개점 직전에 줄지어 서서 나이 든 인사 책임자 바트 양 앞에서 의복 검사를 받았어. 풀 먹인 흰

리본을 등 뒤로 묶는 스타일이었는데, 바트 양은 자기 '아가
씨들'의 나비 리본 모양에 특별히 신경을 썼지. 출신에 따라
서 think를 fink라고 말하는 사람들, h를 발음하지 않는 사람
들은* 그러지 않도록 늘 집중해야 했고, 입술 주위에 힘을 주
고 말해야 했어. 점원은 고객을 응대하지 않을 때도 마호가
니 카운터 뒤에 서서 허리를 구부정하게 숙이거나 불필요한
잡담을 나누지 않고 대기해야 했단다. 기민하고 친절해 보여
야 하지만 너무 '나서는' 분위기를 풍기면 안 되는 거야 — 말
하자면, 고객이 쳐다볼 때까지 고객을 쳐다보지 말아야 한다
는 거지. 그걸 배우기까지 한두 달 걸리더라."

클레어는 스물다섯 살이었고 백화점에서 일하기 시작했을
때도 부모님과 한집에 살고 있었다. 수줍음과 독립심이 묘하
게 뒤섞인 사람이었다. "결혼하자는 사람 둘을 물리쳤는데,
그때마다 직접 말하지 못하고 우리 엄마를 시켰어." 그래도
가족과 친지들은 나이가 찬 그녀를 걱정하며 이제 남은 시간
은 1, 2년밖에 없다고들 말했다. 클레어는 화사한 새처럼 예
쁜 여자였다. 일을 그토록 열심히 한 이유는 야심 때문이 아

---

* 영국식 영어에서는 지역과 계층이 발음에 영향을 미치는데 think를 fink로 발
음하는 경향은 영국 남동부와 하위층에서 흔하고, 런던의 노동자 계층이 쓰는
코크니 영어에서는 어두의 h 발음을 누락하는 경우가 많다.

니라 신경성 활력과 비난을 두려워하는 성향 때문이었다. 모두가 두려워하던 바트 양마저도 시간을 잘 지키는 클레어를 좋아하게 되었고 그녀의 나비 리본이 가장 깨끗하고 단정하게 묶여 있다고 말했다. 그녀는 백화점 점원의 고상한 말투―"이쪽으로 잠깐 와주시겠습니까, 고객님……"―를 배웠고, 6개월마다 새로운 부서로 전근하는 몇 안 되는 직원으로서 '아마도 간부들이 날 승진시킬 생각'이라고 짐작했다.

이런 이유로 그녀는 시계 매장으로 옮겨와 일하기 시작했다. 그전에 일하던 바느질용품 매장에서는 감독자가 엄마처럼 그녀를 따뜻하게 대했고 미혼이라는 사실에 대한 불안감을 줄여주었다. 이제 그녀의 상사가 된 미들브룩 씨는 딱딱하고 냉소적인 태도로 부하 직원과 손님을 모두 주눅 들게 하는 키 크고 깡마른 남자였다. 그는 이마에 눈에 띄게 진한 자주색 모반이 있었는데, 점원 사이에서는 "단 1초라도 그곳을 쳐다보면 그 자리에서 바로 해고될 것"이라는 말이 돌았다. 미들브룩 씨는 비합리적인 사람은 아니었지만 점원들에게 냉랭했고 그들 자신이 멍청하다고 느끼게 하는 재주가 있었다.

백화점 손님 가운데 남자는 거의 없었다. 그곳은 조용하고 향기로운 여성적 공간이었다. 가끔 나이 든 신사가 오기도 했는데, 아내에게 줄 기념일 선물을 사려고 허둥댈 때 점원이 공손한 제안을 하며 도맡아 처리해주면 아주 좋아했다. '보금자리를 꾸미려는' 부부나 약혼한 커플이 왔다 가면 점원들은 30분간의 점심시간에 그들에 대해 이런저런 수다를 떨었다. 하지만 매장에 젊은 남자가 혼자 오면, 그것도 검은 콧수염을 기른 잘생긴 남자, 파란색과 회색의 멋진 공군 제복을 입은 남자가 오면 동요가 일게 마련이었다. 그런 남자가 오고 있다는 뉴스가 1층 전체로 타전되었다. 점원들은 기민하게 친절한 모습으로 카운터 뒤에 서서 그를 쳐다보았다. 그는 사동 뒤를 따르지 않고 앞장서서 성큼성큼 걸으며 자주색 카펫이 넓게 펼쳐진 고요한 공간을 가로질러 클레어의 매장 쪽으로 다가왔다. 한쪽 팔 밑에는 모자를 끼고 다른 쪽 팔 밑에는 시계를 낀 모습으로 다가온 그는 미들브룩 씨를 만나야겠다고 했다. 누군가 사무실로 그를 부르러 간 동안, 유리 카운터 위에 시계와 모자를 나란히 올려놓은 남자는 뒷짐을 지고 앞을 똑바로 응시하는 쉬어 자세로 서 있었다. 허리가 인상적일 정도로 꼿꼿하고 강인해 보이는 남자였다. 당시에 인기가 있던, 골격이 강하고 무표정한 준수함이 있었다. 곱슬곱슬한 검은 머리는 브릴크림을 듬뿍 발라 넘겼고 조그만 검은 콧수염은 가느다란 끝부분까지 왁스로 다듬었다. 그가 가

저온 물건은 종소리로 시간을 알리는 벽난로 선반용 자단(紫檀) 탁상시계였다. 클레어는 3, 4미터 떨어진 곳에서 먼지를 털고 있었는데, 이는 미들브룩 씨가 용인하는 한도 내에서 아무것도 하지 않는 것과 가장 가까운 행동이었다. 요구받지 않고 먼저 눈을 마주치는 부적절한 행동을 하지 않도록 훈련받은 그녀는 대형 괘종시계들의 유리 문자판을 계속 털었고, 문자판 하나하나에 제복 차림으로 기다리는 남자의 모습이 보였다. "하지만, 있잖니, 등을 돌리고 있는데도 그 사람에게서 어떤 온기가 올라오는 것을 느낄 수 있었어. 어떤 광채 같은 것."

문제 해결을 위한 첫걸음을 꼬이게 한 것은 미들브룩 씨가 빨리 오지 않았다는 점이었다. 게다가 마침내 도착해서 카운터 뒤에 선 다음에도 그는 불만을 제기하려고 온 남자의 존재는 아랑곳하지 않고 선반에서 갈색 봉투를 내려 그 안에서 종이 한 장을 꺼내 펼친 후 여러 숫자를 적어 넣었다. 그리고는 종이를 다시 접어 봉투에 넣고 그 봉투를 적절한 자리에 되돌려놓은 다음에야 응대할 고객이 있다는 사실을 알게 된 척하는 설득력 없는 연기를 시작했다. 그는 몸을 최대한 위로 늘려 앞으로 기울이고 쫙 펼친 손가락으로 유리 카운터를 누르며 말했다. "무슨 문제 때문에 오셨습니까?"

제복 입은 남자는 내내 자세를 흐트리지 않았고 상대가 말을 걸 때까지 시선을 돌리지도 않았다. 그러더니 반 발짝 앞으로 나아가 모자를 들고 그것으로 시계를 가리켰다. 남자는 간단히 말했다. "고장 났습니다. 또다시." 클레어는 먼지를 털며 점점 현장으로 다가갔다.

미들브룩 씨는 사무적으로 말했다. "그런 거라면 전혀 문제될 것 없습니다, 고객님. 보증기간이 아직 7개월이나 남았으니까요." 손을 시계 위에 얹고 있던 그가 접수를 위해 시계를 집으려고 했다. 하지만 남자가 손을 뻗어 미들브룩 씨의 손 위에 단단히 올려놓고 자기가 말하는 동안 놓아주지 않았다. 클레어는 남자의 뭉툭한 손가락과 손가락 마디에 난 엉클어진 검은 털을 주시했다. 신체적 접촉은 고객과의 대립에 관한 모든 무언의 규칙을 위배했다. 미들브룩 씨는 몸이 뻣뻣하게 굳었다. 버둥댄다면 접촉을 더 강화할 뿐이므로 그는 남자의 짧은 말을 들을 수밖에 없었다. "그이가 말하는 방식이 너무 좋았단다. 간단명료. 거칠거나 무례하지도 않지만 고상한 척 뽐내는 말투도 아니었지."

남자가 말했다. "믿을 만한 시계라고 하지 않았습니까. 돈을 조금 더 주고 살 가치가 있다고. 거짓말한 게 아니면 실수한 거죠. 어느 쪽인지 내가 판단할 문제는 아니고. 지금 돈을 돌려주시오."

적어도 이런 상황이라면 미들브룩 씨에게 익숙했다. "유감스럽지만 5개월 전에 사신 제품을 환불해드릴 수는 없습니다."

회사 정책을 내세우며 자신감이 생긴 미들브룩 씨가 손을 빼내려고 했다. 하지만 남자의 더 큰 손이 그의 손목을 잡고 세게 쥐었다.

남자는 처음으로 하는 말처럼 다시 반복했다. "지금 돈을 돌려주시오." 그때 놀라운 일이 벌어졌다. 남자가 클레어를 돌아보았다. "아가씨 의견은 어때요? 이번이 세 번째 고장입니다."

"그이가 내게 묻기 전까지 난 의견이란 게 아예 없었어. 그냥 무슨 일이 벌어지는지 보고만 있었거든. 그런데 나도 모르게 말이 나왔고 조금 대담하게 내가 이런 거야. '돈을 돌려받으셔야 한다고 생각합니다, 고객님.'"

남자가 돈 서랍 쪽으로 턱짓을 했고 미들브룩 씨의 손은 계속 붙잡고 있었다. "어서요, 아가씨. 7파운드 13실링 6페니." 클레어는 돈 서랍을 열었고, 그리하여 순종적인 아내로서의 일평생이 시작되었다. 미들브룩 씨는 그녀를 막으려는 어떤 시도도 하지 않았다. 어쨌거나 그는 주장을 굽히지 않고서도 불쾌한 상황에서 풀려나고 있는 셈이었다. 더글러스 루이스는 돈을 받고 돌아서서 고장 난 시계를 카운터에 놔둔 채 날렵하게 걸어 나갔다.

"2시 45분에 멈춰 있던 그 시곗바늘을 항상 기억할 거야."

클레어는 점심시간에 해고되었다. 손목에 붕대를 감으러 병원에 간 미들브룩 씨가 아니라 이 사건을 못마땅히 여긴 바트 양에게. 인도로 나가던 그녀는 자신을 기다리고 있는 남자를 보고 깜짝 놀랐다. 그는 조지 호텔에서 푸짐한 점심을 사주었다.

"그것만은 확실해," 루이스 부인이 차를 더 받기 위해 찻잔과 받침 접시를 내밀며 말했다. "아주 괜찮은 사람을 잡았다는 것. 다과에 초대받아 왔을 때도 정말 처신을 잘했단다. 가장 좋은 제복을 입고, 꽃을 사서 들고, 아빠에겐 정원 칭찬을 많이 하고, 케이크를 세 접시나 먹어서 엄마를 신나게 해주고. 그 뒤로는 모두가 나를 존중하며 대하기 시작했지."

석 달 뒤에 더글러스가 북부 독일로 파견된다는 소식이 전해지자 두 사람은 약혼했다. 클레어는 조지 호텔에서 점심을 먹을 때 그가 전투기 조종사가 아니라는 사실을 알고 살짝 실망했었다. 비행기는 타본 적도 없는 사람이었다. 행정직인 그는 모든 문서계원의 책임자였다. 그런데 이제 그녀는 그가 독일에 가면 매주 중대원들의 급여를 인출하는 은행 업무 이상의 위험한 일을 하지 않는다는 사실에 대단히 안심했다. 그녀는 하리치까지 함께 가서 그가 탄 배를 배웅했고 집으로 돌아오는 기차에서 흐느껴 울었다. 두 사람은 정기적으로 편지를 보냈는데 때로는 일주일 내내 날마다 쓴 적도 있었다. 더글러스는 사랑하는 마음을 표현하는 것보다 폐허가 된 마을의 폭탄 구멍이나 식량 배급 행렬을 묘사하는 편이 더 수월했으나 약혼자의 본보기를 따를 수는 있었으므로 둘 사이의 친밀함은 우편을 통해 깊어졌다. 크리스마스에 그가 휴가를 받아 집에 왔을 때, 그들은 조금 쑥스러웠고 손을 잡기도 수줍었다. 넘치는 감정 표현을 담은 우편 교제의 진도가 실제 교제보다 훨씬 앞서 있었기 때문이다. 하지만 그 차이는 박싱데이* 무렵에 완전히 따라잡았고, 그의 부모를 만나러 워딩으로 가는 기차 안에서 더글러스는 덜컹거리는 쇠바퀴 소리에 묻히다시피 한 짧은 중얼거림으로 클레어에게 사랑한다고 말했다.

독일의 상황이 아직 불안정해서 장병의 아내는 동행이 허용되지 않았기 때문에 그들은 더글러스가 다시 영국에 배치

---

* 크리스마스 다음 날의 공휴일.

318

된 후에 결혼하기로 했다. 그는 봄이 되어서야 휴가를 받아
왔는데 그래 봐야 주말을 낀 연휴 며칠에 불과했다. 날씨가
따뜻했고 실내에서 단둘이 있을 곳이 없었기 때문에 그들은
매일 노스 다운스를 걸으며 앞날을 계획했다. 초서의 순례자
들*이 걷던 바로 그 길을 마음 편히 산책했다. 고요한 윌드**
가 눈앞에 펼쳐졌다, 야생화와 종달새와 풍성한 고독이 있
었다. 그들은 아찔할 정도로 행복했다, 아찔한 주말이었다,
그리고 스티븐은 어머니가 그 말을 반복함으로써 조금은 부
주의했던 자신들을 정당화한다고 생각했다. 아니나 다를까,
7월에 더글러스가 조금 더 길게 휴가를 나왔을 때 클레어에
게는 그에게 전할 중대한 소식이 있었다. 그녀는 적당한 순
간을 고르려 했고, 그래서 편안하고 유쾌한 친밀함을 되찾고
언덕에 올라 야생화 사이를 거니는 순간이 되기를 기다렸다.

그 순간을 미리 그려보며 그녀는 영화음악이 흐르고 한여
름의 태양이 환히 빛나는 장면을 떠올렸다―너무나 자랑스
러워 말문이 막힌 더글러스, 그의 이목구비가 부드러워지며
드러나는 숭배, 흠모, 그리고 새로운 종류의 다정함. "하지만

---

* 제프리 초서의 《캔터베리 이야기》에 나오는 서른 명의 순례자.
** 노스 다운스에 있는 지역.

319

그렇게 춥고 바람 부는 날일지는 몰랐어." 더 나쁜 것은, 더글러스가 달라 보인다는 점이었다. 그는 안절부절못했고 딴 데 정신이 팔린 듯했으며 가까이 다가가기가 힘들었다. 때로 그는 지루해 보이기도 했다. 클레어가 무슨 일이 있느냐고 물을 때마다 그녀의 손을 잡고 세게 쥐었다. 자꾸 물으면 언짢아했다.

바로 전 휴가 때 그들은 그곳의 종잡을 수 없는 버스 시간에 구애받지 않기 위해 자전거를 사기로 했다. 그들에게는 최초의 공동 구매이자 앞으로 건설할 조그만 왕국을 위한 최초의 구매품이 될 테니 새 자전거를 사는 편이 적절할 듯했다. 제품을 미리 선택하고 계약금도 걸어놓았기 때문에 더글러스의 7월 휴가 셋째 날인 이때 그들은 도시락을 싸 들고 길을 나서며 자전거를 받아 거친 날씨에도 나들이를 강행하기로 했다. 클레어는 그날 소식을 전하기로 마음먹었지만, 비도 내리고 더글러스는 그 어느 때보다 말이 없었다. 하지만 그는 자전거에 오르자 더 밝아졌고 심지어 노래를 부르기 시작했다. 그녀 옆에서 노래를 부른 것은 처음이었다. 기회를 잡은 클레어는 붐비는 중심가를 따라 불안정하게 달려가면서 불쑥 비밀을 말해버렸다.

얘기를 나누기는 힘들었다. 시골길에 접어들어 자전거에서 내린 후 그 무거운 기계를 평평한 건널목 위로, 그다음에는 가파른 언덕 위로 밀고 올라간 후에야 그들은 그 문제를 의논할 수 있었다. 이제 비는 꾸준히 내리고 있었고 두 사람은 힘겹게 맞바람을 뚫고 갔다. 클레어가 상상한 장면과는 너무나 달랐다. 그 아찔했던 주말의 기운이 여름까지 계속될 거라는 기대가 터무니없는 것 같지는 않았으므로, 너무 부당하게 느껴지기도 했다. 더글러스는 근심스러워 보였다. 얼마나 오래 알고 있었나? 어떻게 알게 되었나? 어떻게 그렇게 확신하는가?

"그런데 신나지 않아요?" 클레어가 말했다. 눈물이 빗물로 지워졌다. "행복하지 않아요?"

"당연히 행복해요," 더글러스가 재빨리 말했다. "난 그저 상황을 잘 정리하려는 거요. 그것뿐이오."

언덕 꼭대기에서 비는 조금 잦아들었고 바람도 갑자기 멈췄다. 더글러스는 손수건으로 얼굴을 닦았다. "그게, 너무 좀 갑작스러워서."

클레어는 고개를 끄덕였다. 사과를 받아야 한다고 생각했지만 목이 메어 말하지 못했다.

"그리고 우리 계획도 수정해야 한다는 뜻이니까."

그녀는 그 점을 대수롭지 않게 여겼다. 그리고 결혼식을 올린 후 예컨대 6개월 만에 아이가 태어나는 사소한 추문쯤은 그들의 행복에 어떤 해도 끼치지 않을 터였다. 그녀는 음울하게 고개를 끄덕였다.

숲을 향해 내리뻗은 길이 자전거를 타기에 좋아 보였지만 그런 심각한 시간에 다시 자전거에 올라 달리기는 어색해서, 그들은 손으로 브레이크를 잡고 말없이 자전거를 끌며 언덕을 걸어 내려갔다. 내려가는 동안, 클레어는 이제 곧 입에 담지 못할 어떤 것, 고려해야 한다고 생각해본 적도 없는 어떤 것과 마주하게 되리라고 느꼈다. "그이의 침묵 때문이었어. 그 침묵이, 그 사람이 말하지 않는 것들이 마치 맛으로 느껴지는 듯하더구나. 속이 울렁거리기 시작했지. 임신하면 나쁜 냄새에 얼마나 민감한지 너도 알 거다."

실제로 그들은 가던 길을 멈췄고 클레어는 길가의 산울타리에 대고 구역질을 했다. 더글러스가 그녀의 자전거를 잡아주었다. 다시 길을 가면서 클레어는 쟁점을 이미 다 듣고 처참하게 패한 기분이 들었다. 더글러스는 싫증이 났다, 한 사람에게 정착한 것을 후회하고 있다, 독일에 다른 여자가 있다. 이유가 뭐든 그는 아이를 원하지 않는다. 그는 그 생각을 하고 있다. 낙태―"그런데 그 시절에 그건 지금과 아주 다른, 아주 끔찍한 느낌을 풍기는 말이었어"―그가 저렇게 말이 없는 것은 낙태를 생각하고 있어서, 그런데 그 말을 꺼내기가 너무 힘들어서다.

분노가 그녀의 정신을 정화하고 있었다. 이제 생각이 명료해진 느낌이었다. 그가 원하지 않는다면, 자신도 원하지 않는다. 몸 안에 있는 아기는 아직 독립체가 아니고 무슨 수를 써서라도 지켜야 할 무엇이 아니다. 아직은 추상적 관념이고 그들 사랑의 한 측면이며 그것이 끝난 거라면 아기도 마찬가지다. 미혼모라는 평생의 수치에 굴복하지 않을 것이다. 더글러스가 지나가는 일화에 불과하다면 영원히 그를 기억하며 살고 싶지 않다. 자유로워야 한다, 시간만 낭비하게 한 이 멍청이를 차버려야 한다. 다시 시작해야 한다.

숲에 들어서자 빛은 물에 젖은 초록색이었고 거대한 너도밤나무들에서 떨어진 빗물이 잎을 펼친 무성한 양치식물 위로 고요히 내려앉았다. 그녀는 분노가 치밀었다. 화가 나서 브레이크를 꽉 잡는 바람에 자전거를 더 힘겹게 밀어야 했다. 당장 끝나기를 바랐다. 길가에서, 땅 위에서, 흙길에서, 이 나무 아래에서, 당장 재빨리 끝나기를. 고통은 아무 의미도 없다, 자신을 정화하고 정당화할 것이다. 그러면 자전거에 올라타 빠르게 페달을 밟겠다. 바람과 비가 얼굴을 식혀주고, 마음을 새롭게 하여 치유할 것이다. 오르막에서도 자전거에서 내리지 않겠다. 계속 페달을 밟아 이 나약한 남자, 냄새 나는 침묵으로 구역질을 일으키는 이 남자를 멀찍이 남겨두고 떠나겠다.

그렇다, 그녀는 결정을 내렸고, 그것은 사실이 되었다. 이미 과거의 일이나 마찬가지였다. 하지만 크리스마스에 그들의 친밀함이 편지의 진도를 따라잡아야 했던 것처럼, 이때도 마찬가지로 그녀가 이미 정한 결론에 두 사람이 합의하려면, 먼저 침묵을 깨고 어려운 화제를 꺼내 거짓과 가짜 감정과 가식을 걷어내며 복잡하게 얽힌 길을 이성적인 대화로 헤쳐나가야 했다. 그녀가 자유로워지려면 그 모든 과정을 거쳐야만 했다. 조바심이 차올라 소리를 지르고 싶었다, 빌어먹을 자전거를 길에 내동댕이치고 싶었다. 하지만 그녀는 그저 얼굴에 손을 올리고 주먹을 세게 깨물었다.

그들은 계속 걸었다. 클레어의 침묵이 어떤 치열한 기운을 띠자 더글러스는 자신의 침묵을 의식했다. 그는 그녀의 어깨에 팔을 두르고 속이 좀 괜찮아졌는지 물었다. 그녀는 대답하지 않았다. 클레어가 울고 있었음을 알아차린 그는 죄책감 때문에 더욱 세심해졌다. 그는 무심하게 굴어서 미안하다고 사과했다. 아기를 가졌다는 것은 정말 멋진 일이며 축하할 이유다. 그는 앞으로 조금만 더 가면 주점이 하나 있다는 사실을 기억했다. 맥주 한잔 마셔야겠다. 이 축축한 가랑비를 피하고 무엇보다 자리에 앉아 신중하게 생각할 수 있을 것이다. 클레어는 그 과정이 시작되었음을 알았다. 아이가 태어날 거라면 신중하게 생각하는 것보다는 마음껏 기뻐하는 쪽이 더 적절한 반응일 테니까. 그녀는 의연하게 고개를 끄덕이고 자전거에 올라 앞서갔다. 오른쪽의 조금 더 넓은 도로로 꺾어 들어가니 주점이 나왔다. 그들은 비를 피해 자전거를 현관에 두었다. 12시도 안 된 시간이었고, 그들은 그날의 첫 손님이었다. 바는 눅눅하고 컴컴했다. 더글러스가 맥주를 가져오기를 기다리며 클레어는 자리에 앉아 몸을 떨었다. 다리가 떨리지 않게 하려고 손으로 문질렀다─마치 병원 침대에서 수술을 기다리는 느낌이었다. 그녀는 전 약혼자가 주점 주인과 나누는 쾌활하고 얼빠진 대화를 들으며 분개했다. 그는 아주 조금이라도 고민되지 않는 걸까? 분노가 다시 일면서 결심도 되돌아왔다. 떨림이 멈췄다. 더글러스가 단 하나의 옳은 결정을 미리 정해놓고 에둘러 말하는 동안 그녀는 그저 맥주나 홀짝거리고 있으면 된다. 그에게 배신의 대가를 현금으로 치르게 한 다음 다시는 보지 않겠다.

밖으로 돌출된 창가 좌석으로 돌아온 그는 자, 드디어, 하는 느낌의 한숨을 쉬며 그녀 옆자리에 앉았다. 그들은 술잔을 올리고 "건배" 하고 외쳤다. 잠시 침묵이 흐르는 동안 클레어는 발로 리듬 있게 바닥을 두드렸고 더글러스는 손가락으로 브릴크림을 바른 젖은 머리를 쓸어 넘겼다. 그는 목청을 가다듬더니, 전쟁이 선포되기 며칠 전 이 주점에 마지막으로 왔던 때를 회상했다. 다시 한번 긴장된 막간의 침묵이 흘렀고, 마침내 그가 말하기 시작했다. 아이가 생긴 것은 굉장한 일이다, 이젠 언제라도 가정을 이룰 수 있다는 사실이 확실하므로 더더욱 그렇다. 우린 이미 가정을 이룬 거예요, 그녀는 그렇게 생각했지만 말은 하지 않았다. 그녀는 무슨 얘기든 너무 열심히 듣지 않으려 애쓰며 뻣뻣하게 앉아 있었다. 그냥 버틸 수만 있다면, 그의 가책 섞인 책임감을 자극해 비용과 준비를 맡기기만 하면 모든 게 끝나는 거다. 더글러스의 말이 이어졌다. 다른 커플들은 몇 달, 몇 년을 애쓰고도 실패하기도 한다. 이렇게 수월하게 아기를 가질 수 있다는 건 사랑의 증거이자 이 모든 일이 옳다는 증거다. 그래서 그녀를 더욱 사랑하게 되고 그녀에 대해, 그리고 둘이서 함께할 미래에 대해 무한한 확신을 느끼게 된다. 클레어는 그가 한 번에 그렇게 많은 말을 하는 건 본 적이 없었다. 더글러스는 그녀의 손을 꼭 쥐었고 그녀도 그 손을 격려하듯 맞잡았다. "난 속으로 그랬어, 빨리빨리 해, 이 멍청아. 집에 가고 싶단 말이야." 그러더니 그가 현재 상황의 곤란함에 대해 이야기했다. 고국으로 배치된다는 소식은 아직 듣지 못했고, 독일에서는 기혼자 숙소를 이제야 짓기 시작했다. 더 개인적인 문제를 접어두고 더 광범위한 문제를 언급하면서 그는 조금 덜 어색해하는 것 같았다. 그는 런던의 주택난, 국제적 상황과 베를린공수작전,* 새로운 냉전, 핵무기 등에 관해 이야기했다.

그는 맥주를 다 마신 지 오래였지만 그녀의 잔은 거의 그대로였다. 클레어는 조바심이 나기 시작했다, 빨리 본론으로 들어가야 한다고 느꼈다. 그녀가 끼어들었다. "아이를 낳으면 안 될 것 같다고 말하려는 거면, 그냥 얼른……."

경악한 더글러스가 양손을 들어 그녀의 말을 막았다. "그런 말을 하려던 게 아니오, 클레어. 그런 말이 절대로 아니야. 내 말은 우리가 모든 것을 고려하고 모든 측면에서 자문해봐야 한다는 거요. 지금이 정말로 최적기인지, 그리고 이것이……."

그녀는 끼어든 것을 후회했다. 겁에 질린 더글러스는 화제

---

*1948년에 러시아가 베를린의 접근로를 차단하자 미국과 영국의 연합군이 항공기로 서베를린 시민에게 음식과 연료 등의 물자를 공급한 작전.

에서 벗어나 그녀가 얼마나 사랑스러운지, 자신의 감정이 얼마나 깊은지 다시 한번 말하고 있었다. 지금 모든 것을 완전히 의논할 수 있다면 어떤 결정을 하든 두 사람의 관계는 미래를 위해 더욱 돈독해질 것이다. 그는 이런 식으로 계속 이야기했고, '어떤 결정을 하든'의 의미를 소심하게 부연 설명해가며 자기 입장으로 천천히 되돌아가고 있었다.

그의 말을 여전히 흘려들으며 버티고 있던 클레어는 주점 건너편의 출입문 바로 옆 창문을 흘낏 쳐다보았다. "지금도 그 모습이 여기 네 모습만큼이나 또렷이 떠오르는구나. 창문에 웬 얼굴이 보였어. 어떤 아이의 얼굴이 둥실 떠 있는 것처럼. 주점 안을 빤히 들여다보고 있더라. 어쩐지 애원하는 듯한 표정이었는데, 얼굴이 어찌나 하얗던지 백지장 같더구나. 그 얼굴이 나를 똑바로 응시하고 있었지. 그 뒤로 그 생각이 떠오르면 주점 주인의 아들이나 주변 농장의 아이였겠지 싶었다. 하지만 그때의 나는 확신했다, 그냥 알았어, 내가 보고 있는 게 내 아이라는 걸. 이렇게 말해도 될까 모르겠다만, 난 널 보고 있었던 거야."

더글러스는 계속 말을 하고 창가의 아이는 계속 안을 들여다보고 있을 때, 클레어의 마음속에서 변화가 일어났다. 약혼자에게 화가 났다는 이유만으로 이 아이를 없앨 생각을 하다니 얼마나 이상한 일인가. 그 아이, 그녀의 아이는 갑자기 육신을 얻었다. 그녀의 시선을 붙잡고 그녀의 마음을 사로잡았다. 이 남자와 그녀 사이에 오갔을 그 무엇과도 별개인 독자성을 얻었다. 처음으로 그녀는 별개의 개인이라는 개념, 자신의 생명으로 지켜내야 하는 생명이라는 개념을 곰곰이 생각하게 되었다. 그것은 추상적 관념이 아니었다, 교환 조건이 아니었다. 그 생명은 바로 그때 창가에서 완전한 자아로서 그녀에게 자신의 존재를 간청했고, 그녀의 몸속에서 정교하게 자라나면서 그녀의 맥박에 의지해 살고 있었다. 그들이 의논해야 하는 문제는 임신이 아니라 사람이었다. 그게 누구건 그녀는 이미 사랑하게 되었다고 느꼈다. 연애는 이미 시작되었다.

그때 아이가 사라졌다. 그녀는 아이가 움직이는 것을 보지 못했다. 그냥 희미해지다 없어졌다. 이제 다시 더글러스에게 고개를 돌린 그녀는 계속해서 빙빙 돌려 말하는 그를 보듬어주고 싶은 마음이 들었다. 아무런 악감정 없이, 자신이 느끼는 사랑과 두 사람이 함께 시작하고 있는 모험을 기억했다. 지금 눈앞의 행동은 이중성도 비겁함도 아니다. 남자다운 이성과 논리의 힘, 그리고 상당한 시사 지식까지 모두 끌어들이는 이 남자, 그가 이러는 이유는 공황에 빠졌기 때문이다. 아이를 갖는 경험을 그가 어떻게 알 것인가? 아이는 자기 몸속에 있지 않고 어떤 식으로든 자기 일부가 아니지만, 그런데도 자신의 삶을 영원히 변화시킬 수 있음을 그는 정확히 감지한 것이다. 당연히 공황에 빠질 법하다. 사랑은 아이를 보고 나서야, 누군지 볼 수 있게 된 후에야 생긴다는 것을 그가 어떻게 알겠는가? 왼손 손가락을 하나하나 꼽으며 무언가의 사례를 열거하는 더글러스는 자신의 운명이 결정되고 있음을 알지 못했다. 클레어는 그가 백화점에서 얼마나 멋있었는지, 얼마나 강했는지 기억했다. 그 사람이든 다른 남자든, 모든 상황에서 강인할 수 있다고 믿은 것은 실수였다. 그녀는 수동적인 태도로 그 소식을 전하며 그가 자신과 똑같이 반응하기를, 자신을 대신해 문제를 떠맡아주기를 기대했다. 그러고는 부루퉁하게 자학과 자기 연민에 빠졌다. 더글러스는 나약했지만 그녀는 그보다 더 나약했다. 그렇지만 진실은 그녀가 한 발짝 더 앞서 있다는 사실이었다. 이미 아이를 사랑하기 때문에, 그리고 그는 알 수 없는 것을 알기 때문에. 그러므로 이 문제는 그녀의 책임이었고 이제는 그녀가 나설 시간이었다. 그녀가 결단력을 보여야 할 순간이었다. 아이를 낳을 것이다, 이제 그 사실은 분명하다, 그리고 이 사람도 남편으로 삼을 것이다. 그녀는 그의 팔에 손을 얹고 두 번째로 말을 막았다.

*

　루이스 부인은 눈을 감고 머리를 기울여 쿠션에 기대었다. 어둑해지는 방 안에서 그들은 말없이 앉아 있었다. 고른 숨소리가 잠들었음을 알리는 듯했으나 그녀는 눈을 뜨지도 머리를 움직이지도 않은 채로 중얼거렸다. "이제 네가 말해봐라." 그는 망설임 없이, 줄리에 관한 언급은 모두 뺀 채로, 자기 이야기를 시작했다. 시골에서 걸어가고 있었는데, 하며 이야기를 시작한 그는 마지막에 덤불 속으로 한없이 떨어졌다가 정신이 돌아왔을 때는 주점에서 90미터 정도 떨어진 길가였던 것으로 마무리했다. 그는 자전거들의 생김새를 자세히 묘사하면서 어머니를 꼼꼼히 살폈다. 그녀는 반응을 보이지 않았으며, 그가 손짓과 옷, 머리핀을 기억해낼 때도 마찬가지였다. 어머니는 그가 이야기를 끝내고 나서야 입을 열었지만 그마저 짧은 한숨이나 마찬가지였다. "아, 뭐⋯⋯." 토론은 필요 없었다. 1분쯤 생각에 빠져 있던 어머니는 피곤하다고 말했다. 스티븐은 어머니가 의자에서 일어나 계단을 올라가도록 도왔고 그들은 계단참에서 밤 인사를 나눴다. "거의 연결이 되는구나," 어머니가 말했다. "거의." 어머니는 등을 돌리고 벽에 손을 짚어 의지하며 침실로 들어갔다.

한 시간 뒤에 귀가한 아버지는 어찌나 녹초가 되었는지 외투 무게도 버거워하고 팔을 구부려 단추를 푸는 것도 힘들어했다. 스티븐은 아버지를 도와 어머니가 앉아 있던 의자로 이끌었다. 맥주 하나를 받아 들고 15분 동안 조용히 홀짝거리고 나서야 루이스 씨는 그간의 고역에 대해 이야기할 수 있었다. 불안하게 기다리고 버스 환승을 잘못하고 이리저리 떠밀리고 낯선 이들에게 의존해야 했던 하루가 비축된 모든 힘을 소진시켰다. 공공장소의 낯선 불결함, 걸인의 공격적인 태도가 그에게 충격을 주었다.

"거리의 쓰레기, 벽의 지저분한 낙서, 빈곤함. 얘야, 10년 만에 모든 게 변했더구나. 폴린에게 마지막으로 가본 때가 그즈음이야, 10년 전. 이건 새로운 나라야. 가장 험했던 시절의 극동 지방과 비슷해. 난 그런 걸 견딜 힘이, 아니 비위가 없어." 그는 맥주를 마셨다. 스티븐은 유리잔이 떨리는 것을 보았다. 아버지가 활기를 되찾을지도 모른다는 생각에 스티븐은 그간에 아버지가 옳았다고, 아동 보육 안내서는 전체 위원회가 증거 수집을 모두 끝마치기 몇 달 전에 이미 다 작성되어 있었다고 알려주었다. 하지만 루이스 씨는 그저 어깨를 으쓱할 뿐이었다. 기분 좋을 이유가 뭐겠는가? 그는 스티븐의 손을 뿌리치고 뻐근한 몸을 일으키더니 자러 가겠다고 말했다. 루이스 씨는 저녁에 아들과 맥주를 마시며 대화할 기회를 놓친 적이 없었는데 이번에는 그저 아들의 어깨를 힘없이 두드리고 계단을 오르기 시작했고, 그러면서 짧은 한숨을 조급하게 몰아쉬었다. 9시 반도 채 안 되었을 때 스티븐은 찻잔과 맥주잔을 치우고 불을 끈 다음 부모님이 잠들어 있는 집을 조용히 빠져나왔다.

8

이와 같은 여러 경우에 곤란을 겪는 부모는 아동기와 질병 사이의 오래된 비유에서 위안을 찾을 수도 있다. 즉, 아동의 성장은 정서와 지각과 이성이 왜곡되는 신체적, 정신적 불능 상태에서 천천히 힘겹게 회복하는 과정이라는 점에서 질병에 비유된다.

영국 정부 출판국 발행 《공인 아동 보육 안내서》

총리실이 비밀리에 의뢰한 아동 보육 안내서에 관한 뉴스가 정부를 적극적으로 옹호하지 않는 유일한 신문의 2면 한 단에 실렸다. 기사는 소문과 대체로 신뢰할 만한 정보원의 존재 정도만을 언급하는 교활한 과묵함을 유지했는데, 그래서인지 이틀 후에 열린 의회 질의 시간에 총리는 그런 책의 존재를 단번에 부인했다. 그러다 관련 기사가 1면 맨밑으로 이동하면서 내용을 감질나게 발췌해 실었으나 그 책을 실제로 가지고 있다는 주장은 하지 않았다. 주말 동안 사본의 사본이 야당 대표의 손에 들어갔고, 월요일에 이 신문은 앞으로 닥칠 태풍을 예견하는 머리기사를 띄웠으며 그 아래에 야당의 비난을 넉넉하게 인용했는데, 여기에는 "극악하고 부적절한 냉소주의" "역겨운 위장" "부모와 의회와 원칙에 대한 사악한 배반"과 같은 표현이 실렸다. 주중에 다른 신문들도 보도에 합류했다. 정부의 평의원들은 "우려"하거나 "격노"했다. 긴급 토론 요청이 제기되고 승인되었으나, 토론은 일주일간 지연되었다.

찰스 다크가 공직에 있을 때부터 스티븐은 이런 일들이 어떻게 해결되는지 내부자처럼 이해한다고 생각하기를 즐겼는데, 지금까지로 봐서는 잘 흘러가고 있는 듯했다. 야당이 비록 힘은 없어도 노력하고 있었고, 이 뉴스를 덮을 만한 다른 뉴스거리가 없었으며, 어느 정도의 정직성은 아직도 고위 공직에 요구되는 보편적 가치인 듯했다.

일주일의 지연은 중요했다. 수요일에, 정부의 개방성과 정보에 입각한 토론을 도모하기 위하여 총리는 문제의 책을

2000부 인쇄하여 신문사와 관련 당사자들에게 배부하라고 지시했다. 정부 인쇄소들은 밤샘 작업을 했고 퀵서비스 배달원들은 새벽에 출동했다. 기자들은 종일 안내서를 읽고 초저녁에 기사를 써서 심야 마감 시간에 맞췄다. 다음 날 아침에 실린 논평들은 아무리 못해도 우호적이었고 그 외에는 하나같이 열광적이었다. 어느 타블로이드 신문의 1면 기사 제목은 〈앉아서 닥치고 들어!〉였다. 다른 타블로이드 신문의 제목은 〈애들아, 줄을 서라!〉였다. 교양지들에서 그 책은 "원숙하고 권위 있는" 안내서였다. "아동 보육 관련 저술에서 나타나는 혼란과 도덕적 타락에 종지부를 찍는" 책이었고, 처음으로 그 기사를 보도했던 신문에 따르면, "확실성의 진솔한 탐구를 통해 시대정신을 압축"하는 책이었다. 저술 과정이 어떠하든 간에 '그 책'은 광범위하게 활용되어야 하는 모범적인 안내서였다. 잘 알려지지 않은 소수의 공직자가 발빠르게 일하며 공식 위원회가 주목해야 할 기준을 수립했다. 혜안에서든 부주의함에서든 정부는 아동의 부모들이 존중할 본보기를 앞장서서 제시한 것이다.

'그 책' 자체와 관련한 문제가 일단락되자 남은 의문은 간단했다. 총리가 의회 질의 시간에 거짓말을 했는가? 이 단순한 질문은 근원을 특정하기 힘든 소문으로 즉시 흐려졌는데,

바로 이 책이 다우닝가에서 나온 것이 아니라 내무부의 중간급 공직자들이 생산했다는 소문이었다. 긴급 토론 이틀 전에 '그 책'과 거짓말이라는 두 사안 모두 논의에서 사라졌다. 이제 남은 문제는 발표였다. 총리가 이 순간에 잘 대처하여 하원에서 평의원석을 열광시키고 지도력에 대한 확신을 회복할 만한 연기를 보여줄 수 있을지 여부였다. 진실한 설명이 어느 정도는 바람직하지만, 설득력 있고 마음에서 우러나온 설명은 필수적이었다.

맥주 캔 하나를 들고 라디오 앞에 웅크린 스티븐은 끊임없이 터져 나오는 환호와 신음을 배경으로 문제가 저절로 해결되는 상황을 청취하고 있었다. 테너와 알토 사이 어딘가에 자리 잡은 익숙한 음성은 단 한 음절도 더듬거리지 않고 청중을 설득해나갔다. 다우닝가는 지난주까지 그 책의 존재에 대해 전혀 알지 못했다. 공식 위원회가 있는데도 그 책을 따로 의뢰한 일을 총리는 비난하지 않을 것이다. 그것은 관련 부처들을 위해 의제를 집중적으로 다룰 의도로 작성된 내부 문서다. 사본은 단 세 부만 존재하며 회람되지 않은 것으로 보인다. 엄밀히 말하자면, 내무부가 국무조정실에 알리지 않는 부적절한 처신을 했고 그 점은 유감스럽지만, 중요한 원칙이 위배된 바는 없다. 정부가 공식 위원회의 보고서 대신 그 책을 출간하려 했다는 주장은 유아적이고 터무니없다. 그래서 얻는 것이 무엇이겠는가? 그 책을 출간해야 해서 위원회 활동이 불필요하게 되었다면 심히 유감스러운 일이지만, 그 책임은 문서를 언론에 흘린 무책임한 공무원에게 있다. 이 범죄자는 색출하여 처벌할 것이다. 본 건은 극히 사소한 문제이므로 공식 조사는 없을 것이다. 책의 저자들 이름은 공개하지 않을 것이며 이 공무원들은 관련된 어떤 특별위원회의 소환에도 응하지 않을 것이다.

널리 알려진 대로, 부모와 교육자들은 사회 전반에서, 특히 젊은이들 사이에서 행동 규범이 저하되고 시민으로서의 책임감이 약화되고 있다는 사실을 깊이 우려하고 있다. 이 점에서 양육은 분명히 중요한 역할을 하며, 과거의 부모들이 아동 양육에 관한 어리석은 이론들과 한때의 유행에 호도되었다는 점은 의심의 여지가 없다. 이제는 상식으로 돌아가자는 촉구와 함께, 정부의 주도적인 역할을 요구하는 목소리가 드높다. 정부는 그 역할을 이행하고 있으며, 앞으로도 한심한 비방, 정적들의 무책임한 중상에 흔들리지 않고 계속해나갈 것이다.

야당 당수의 떨리는 목소리가 발을 굴리며 환호하는 정부 지지자들의 소리에 파묻히고 있을 때 스티븐은 라디오를 껐다. 총리가 늘 못마땅해했던 내무부 장관은 사직서를 쓰고 있을 것이다. 아동보육위원회는 암호화된 사형선고를 받은 셈이다. 깔끔하고 인상적인 일 처리다. 스티븐은 스피커의 알루미늄 격자를 응시하며 자신의 순진함에 놀라고 있었다. 이런 순간이면 그는 자신이 아직도 다 자라지 않았다고, 세상이 실제로 어떻게 작동하는지 모른다고 느꼈다. 진실과 거짓 사이에 복잡한 길이 놓여 있었다. 공적인 삶에서, 노련한 생존자들은 위엄을 충분히 유지하면서 확실한 직감에 따라 길을 잘 찾아갔다. 다만 아주 이따금, 전술상 실수의 결과로 상당한 거짓말을 하거나 중요한 진실을 말해야 할 필요가 생겼다. 그 외 대부분은 양극단 사이를 확실하고 능숙하고 신속하게 질주했다. 내면의 삶도 마찬가지 아닐까?

스티븐은 늦은 점심을 차려 책상으로 가져갔다. 서재의 창문과 근처의 고층아파트 두 동 사이의 잿빛 대기 속에서 듬성듬성한 눈송이가 거센 바람에 이리저리 날리고 있었다. 약속된 3월의 눈이 오는 중이었다. 그의 개입은 서툴렀다. 책을 신문사에 보낸 것만으로는, 일을 벌여놓고 물러나 있는 것만으로는 부족했다. 정치 문화는 연극적이어서 지속적이고 적극적인 무대 관리가 필요했지만 그것은 자신의 능력 밖임을 그는 잘 알았다. 그는 몰리가 전화하지 않기를 바랐다. 통화를 한다면 오갈 것 같은 대화를 머릿속에서 구성하고 있는데, 팔꿈치 근처에 있던 전화기가 정말로 울리자 그는 화들짝 놀랐다. 셀마였다.

여름에 그가 다녀온 이후로 그들은 뜸한 연락을 이어왔다. 셀마는 장난스럽게 맞비난하는 엽서들을 보냈다. 스티븐이 찰스의 행동에 그토록 놀랐다는 사실을 우스워했고, 혹은 우스워하는 것처럼 보이려 했고, 그가 이제 중년에 들어서고 있다는 증거라고 해석했다. 당신도 예전에는 실험하는 사람이었잖아, 그녀가 편지에 썼다. 우리 집 식탁에서 다다이즘을 옹호한 사람이잖아. 이제 다다이즘은 난롯가에 앉아 슬리퍼나 덥히고 있나 보네. 그녀는 찰스에 대한 개인적 책임이 그에게 있다고 믿는 척, 모든 게 그의 첫 소설 탓이라고 믿는 척했다. 친애하는 노인 성애자여, 찰스를 위해 노쇠의 미덕과 기쁨을 찬양하는 소설을 써주시게. 아니면 가장 긴 바지를 가위로 잘라 입고서 우리를 보러 와주시게. 그녀는 스티븐이 나무집에 올라간 이야기를 좋아했다. 찰스가 지금 냉장고를 설치하고 있어. 어서 와서 찰스를 도와 냉장고를 나무 위로 올려줘. 때때로 굉장히 부자연스러울 때도 있는 이런 농담들은 그가 자신들을 저버렸다는 비난을 담고 있었다. 찰스가 과거로 용감한 여행을 떠난 것이든, 그저 귀엽고 무해한 방식으로 미친 것이든, 스티븐은 자신의 오랜 후원자에게 지지를 보내줄 수 있어야 했다. 그는 자신이 좀 지나치게 까탈스러운 사람임을 증명하고 말았다.

기운이 내내 바닥을 치고 있었을 때는 감정이 단순했었다. 한때 찰스와 셀마는 활기 넘치는 원숙함의 전형처럼 보였다. 그들의 집에서는 건실함과 흥겨움이 배어 나왔다. 고급스럽고 정돈된 실내의 고요를 배경으로 사람들은 경쟁적으로 이야기했고, 물리학자나 정치인들은 과장이 심하거나 황당한 이론을 설파하며 많이 마시고 웃었으며, 그러다 집으로 돌아가면 다음 날 아침에 일어나 책임이 막중한 업무에 매진했다. 초창기에 이따금 스티븐은 자신이 이런 집에서 자랐다면 좋았겠다고 생각했다. 신경쇠약으로 무너졌을 때 셀마의 고상한 손님용 침실에 머물며 그녀의 발치에 앉아 그녀의 말을 듣거나 듣는 척하고 찰스에게서 세상 물정에 대한 가르침을 얻은 것은 그나마 차선의 경험이었다.

그들이 그 삶을 도려내고 서픽으로 이사하고 나서, 그리고 찰스가 어떤 지경에 이르렀는지 직접 목격하고 나서, 스티븐은 배신당한 건 바로 자신이라고 느꼈다. 상실은 모두 그의 몫이었다. 그리고 그는 합리적인 반대 의견으로 자신을 방어했다. 가짜 소년기를 보내는 찰스나 그것을 북돋우는 셀마나 모두 사적인 결혼 관계의 문제다. 그들에게 스티븐이 필요한 이유는 어떤 부부들이 성적 쾌감을 고조시키거나 둘 사이의 싸움을 극적으로 과장하고 인증받기 위해 관찰자를 필요로 하는 것과 같다. 그는 이용당하고 있다. 둘 다 자기들이 어떤 상태인지 설명하기 싫어했고, 그래서 그가 어떻게 반응해야 할지 알 수 없게 했다. 그뿐만 아니라, 그가 거리를 유지한다면 찰스가 예전의 생활로 돌아올 때, 언젠가는 당연히 그럴 테니까, 수치심을 느끼지 않아도 될 것이다. 우정은 다시 시작될 수 있을 것이다.

그에게 글쓰기와 아랍어와 테니스가 생긴 지금, 확신은 줄어들었다. 반바지를 입고 열심히 외운 초등학생 영어를 하는 찰스를 다시 만날 생각을 하면 여전히 움찔했지만, 호기심과 의무감도 커져갔다. 전에 그가 하루하루를 버티고 더듬거리며 살아갈 때는 다른 사람들의 광기로부터 자신을 보호할 필요가 있었다. 이제 더 위험을 감수하고 관대해져도 된다, 그는 생각했다. 그런데도 아무것도 하지 않았다. 판에 박힌 일상에 애착을 느꼈고, 하루 이틀이나마 그 일상을 깨고 싶지 않았다. 그는 변화를 기다렸다. 일이 이렇게 진행되기를, 셀마가 전화하기를.

그녀는 바짝 긴장하고 숨 가쁜 목소리였다. 마른 혀가 입

천장에 닿는 소리가 전화기 음향 구조를 거쳐 과장되게 전해졌다.

"스티븐. 당장 와줄 수 있어? 오늘 여기 와줄래?"

"무슨 일이에요?"

"지금은 말할 수 없어. 최대한 빨리 와줄 수 있어? 부탁이야." 그는 손에 든 빈 맥주 캔을 구겼다. 우지직 소리가 나자 셀마가 급히 말했다, "세상에! 무슨 소리야? 스티븐, 듣고 있어?"

"잠깐만," 그가 말했다. "역으로 가서 교외로 나가는 첫차를 탈게요. 그게 언제일지는 모르겠어요."

셀마가 수화기를 입에서 멀리 뗀 듯했다. "배웅은 못 나가. 택시를 잡아야 할 거야." 그녀는 전화를 끊었다.

그는 남은 점심을 부엌으로 가져갔고 접시를 씻고 나서 아파트 곳곳을 잠그기 시작했다. 창문을 잠그고 있을 때, 어둑해지는 대기를 배경으로 눈송이가 점점 굵어지고 더욱 하얘지는 것을 보았다. 침실로 가서 일주일 정도 지내기에 충분한 옷을 챙겼다. 서재에서는 나가는 길에 떨궈놓을 작정으로 크로마티 씨에게 쪽지를 썼고, 역에서 부칠 수 있도록 테니스 코치에게도 편지를 썼다.

코트를 입고 자동응답기의 스위치를 조작하고 있는데 전

화가 울렸다.

여자 목소리가 군대식 정확성을 풍기며 외쳤다. "수행단입니다. 루이스 씨 되십니까?"

"그런데요?"

"댁에 혼자 계십니까? 좋습니다. 앞으로 10분 동안 집 밖으로 나가지 마십시오. 이 전화는 사용하지 마시고요. 방문객이 가실 겁니다." 스티븐이 무슨 일인지 묻고 있는데 전화가 뚝 끊겼다. 창가로 간 그는 정체 시간의 차량 행렬로 붉게 빛나는 넓은 도로를 내려다보았다. 빨간불과 노란불의 틈새로 날아들 때만 보이는 눈은 아스팔트와 뜨거운 금속으로 된 이질적인 환경에 내려앉자마자 녹았다. 당장 나가 역으로 가버릴까 싶기도 했지만 호기심 때문에 현관을 서성였다. 10분이 넘게 흘러갔다. 꾸려놓은 가방은 현관문 옆에 있었다. 가방 쪽으로 가려고 돌아섰을 때, 현관문의 불투명 유리에 그림자가 어른거리더니 바로 뒤이어 초인종이 울렸다.

밖에 서 있는 네 남자는 여호와의 증인처럼 보일 수도 있을 것 같았다. 그들은 미안하다는 듯 살짝 미소를 지으며 그를 밀치고 들어와 전방에 시선을 고정하고 세부를 살폈다─현관의 천창(天窓), 전기계량기를 감싼 상자, 징두리판 벽의 테두리, 걸레받이, 방문 등등. "저기, 이봐요" 하는 그의 말을 무시하며 그들은 아파트 곳곳으로 흩어졌다. 그 뒤를 따라가려다 계단에서 다른 발소리가 들리자 그는 계단참으로 나가 아래를 내려다보았다.

안경을 쓴 청년이 전화기들을 한 아름 들고 위로 달려왔고, 그 뒤로 두 여자가 하나는 타자기를 다른 하나는 이동식 교환대를 들고 따라왔다. 그 아래로도 사람들이 더 있었다. 누군가 덜렁거리던 계단 판자에 걸려 세게 넘어지며 가벼운 욕을 중얼중얼 내뱉는 소리가 들렸다. 처음 세 사람은 각자의 업무에 여념이 없어 그를 본체만체하며 황급히 아파트 안으로 사라졌다. 그는 나머지 사람들이 올라오기를 기다렸으나 당장은 아무 소리도 들리지 않았다. 계단 난간 너머로 고개를 내밀자 6미터쯤 아래에 광택을 낸 구두 앞코가 하나 보였다. 그들은 기다리고 있었다.

부엌에 붙은 조그만 식사실이 사무실로 변모하고 있었다. 작은 불빛들이 깜빡거리는 교환대에, 빨간색 한 대, 검은색 한 대, 흰색 두 대의 전화기가 연결되어 있었다. 안경 낀 남자는 빨간 전화기에 대고 긴 암호를 읊었다. 한 여자는 이미 타자기를 치고 있었는데, 자판을 보지도 않고 손가락 모두를 사용한, 스티븐이 오래도록 감탄해 마지않는 기술이었다. 보안요원 네 명 중 하나가 비상계단으로 나갔다가 안으로 들어왔다. 아늑한 분위기가 갖춰지기 시작했다. 비서가 식탁 위에 결재 서류함, 두꺼운 서류 용지 더미, 색색의 종이 클립, 압정, 고무줄, 토마토 모양의 연필깎이 등이 든 얕은 상자를 정리하고 있었다. 누군가 별도로 의자를 하나 들여오며 스티븐에게 길을 비켜달라고 요구했다. 무슨 일이 벌어지고 있는지 짐작한 스티븐은 체면치레로 의아해하는 분위기를 연출했다. 팔짱을 끼고 문간에 기대어 눈앞의 분주한 활동을 바라보고 있을 때 뒤에서 움직임이 느껴지고 귓가에 목소리가 들렸다.

"차를 타고 시외로 이동 중이었는데, 다음 일정까지 전례 없이 긴 시간 여유가 생기자 총리께서 주장하신 겁니다. 모두 원위치시켜드릴 거예요. 약속합니다."

스티븐의 팔꿈치를 잡아 이끌며 복도를 따라 달팽이 같은 속도로 걸어가는 이는 반달 모양 안경을 쓴 대머리 신사였다. 거실에서는 단파 라디오가 전파장애를 일으키는 쉭쉭 소리가 들려왔다.

"서재가 가장 편안한 장소일 것 같았습니다." 그들은 문밖에서 걸음을 멈췄고, 신사는 안주머니에서 인쇄된 양식과 만년필을 꺼내 둘 다 스티븐에게 건넸다. "공무비밀법. 괜찮으시다면 연필로 엑스 표시한 곳 사이에 서명하십시오."

346

"서명을 안 한다면요?"

"조용히 계시게 해드리고 모두 나가지요."

스티븐은 이름을 쓰고 난 뒤 종이와 펜을 돌려주었다. 신사는 서재 문을 가만히 두드리고 안에서 목소리가 들리자 스티븐이 들어가도록 문을 잡고 있다가 그의 뒤에서 조용히 문을 닫았다.

벽난로 옆 안락의자에 이미 자리를 잡은 총리가 고개를 끄덕였고, 여전히 코트 차림인 스티븐은 나무 의자를 가져와 거기에 앉았다. 안락의자에서 60센티미터쯤 위에 있는 선반에 몰리의 책이 있었다. 전등갓이 드리운 한 줄 그림자에 겨우 가려지는 곳이었다. 그는 보지 않으려고 애썼다. 그를 향한 말소리가 들렸다.

"이런 일 양해 바랍니다. 보시다시피 난 가볍게 이동할 수가 없어요." 두 사람의 눈이 마주치자 둘 다 시선을 돌렸다. 스티븐은 대답하지 않았고, 그러자 질문의 억양이 없는 냉담한 말이 이어졌다. "지금 불편한 시간인가요?"

"역으로 가려던 참이었습니다."

철도를 경멸하는 것으로 알려진 총리는 그 말에 안도한 듯했다. "아, 네, 수행단이 차로 데려다줄 겁니다, 분명히."

형식적 의례의 건조함이 모두 사라질 만큼 시간이 흘러갔다. 그들은 번갈아 목청을 가다듬었다. 스티븐은 의자에서 몸을 숙여 불을 바라보며 들을 준비를 했고, 코트가 보호막이라도 되는 것처럼 옷깃을 바짝 여몄다.

정감 없이 높아진 목소리가 틀에 박힌 말을 전달했다. "루이스 씨, 스티븐이라 불러도 될까요, 나는 지금 아주 예민한 문제, 사적인 문제를 함께 의논하고 싶어요. 나는 루이스 씨에 대해 거의 아는 바가 없지만, 루이스 씨를 좋게 보는 것은 나와 뜻이 맞고 비슷한 시각으로 세상을 보는 사람이기를 바랄 만한 두 가지 이유가 있기 때문입니다."

스티븐은 이의를 제기하지 않았다. 말을 더 듣고 싶었다.

"루이스 씨는 소위원회 한 곳에서 일했고, 내가 아는 한, 그 소위원회의 결론에 반대하지 않았어요. 그리고 찰스 다크의 친한 친구죠. 내가 상당히 난처해지거나 우스꽝스러운 사람처럼 비칠 위험을 무릅쓰고 여기에 온 것은 찰스에 관해 얘기하기 위해서입니다. 루이스 씨를 신뢰해야 해요. 나를 그 손에 내맡기는 거나 마찬가지니까요. 하지만 경고하건대 우리의 대화나 내가 여기에 왔다는 사실을 외부에 알리려 해도, 믿어주는 사람을 찾기는 아주 힘들 겁니다. 그 점에 관해서는 이미 조치가 끝났어요."

"신뢰라는 게 그런 거군요." 스티븐이 그렇게 말했지만 무시당했다.

"내가 어떻게 해야 할지 오래 열심히 생각했습니다. 여기에 온 것도 충동적인 결정은 아니에요. 자연스럽게 공식적으로 만날 기회가 생기면 내 생각을 넌지시 알릴 수 있을 거라고 생각했어요. 오찬에 오시지 못해서 유감스러웠습니다."

부엌에서 전화가 울렸다. 스티븐은 습관적으로 몸을 일으키려다가 다시 코트 속으로 주저앉았다.

"더 얘기하기 전에, 루이스 씨는 생각해보지 않았을 수 있으니, 내 자리에 따르는 특수한 제약에 관해 설명해야 할 것 같군요. 나는 찰스와 연락하고 싶어요, 개인적으로 말이죠. 상투적 표현들은 옳아요. 지도자의 자리는 고립된 곳입니다. 잠에서 깬 순간부터 밤늦은 시간까지 나는 공직자들, 참모들, 동료들에게 둘러싸여 있죠. 감정을 쌓아가고 표현하는 것은 내 직업과 무관한 일이고, 이들 중 누구와도 내밀한 방식으로 얘기할 수 없어요. 예전에는 그게 전혀 문제되지 않았습니다. 표현해야 할 뭔가가 생기고 난 지금에야 나 자신이 갇혀 있다는, 묘하게 무능한 상태라는 걸 알게 되었어요. 정보가 부족해요. 다른 이들은 자기 생각을 편지에 써서 우편으로 부치겠죠. 뻔한 이유로 내게는 그게 불가능해요. 내가 있는 곳에서는 전화도 워낙 복잡하게 통제되고 가려지고 걸러지고 감시되어 개인적인 대화는 생각할 수조차 없습니다. 찰스와도 당연히 공식적인 수준에서 연락하려 해봤지만 그는 간단히 무시해버리더군요. 아내가 먼저 개입하는 것 같아요. 최근에 난 거의 절박한 느낌까지 듭니다."

"바로 얼마 전에 하원에서 연설하실 때는 별문제가 없어 보이시던데요." 스티븐이 말했다.

총리는 더 조용한 목소리로 말을 이어갔다.

"찰스는 오래전 어느 10월에 초선 하원의원들에게 베푼 오찬에서 소개받았어요. 그의 활력과 위트, ─날 웃게 하려고 작정한 것 같더군요─매력, 당이 상징하는 모든 것에 대한 열정은 믿기 힘들 정도였어요. 그가 날 놀린다고, 내가 이해하지 못하는 뭔가를 패러디한다고 생각했고, 그래서 영리하지만 약간은 믿을 수 없는 사람이라고 생각했어요. 그다음 몇 번의 만남에서 그런 인상이 사라지면서 그를 아주 좋아하게 되었습니다. 그토록 젊고 쾌활하고 재미있고, 여러 분야에서 유용한 경험도 많은 사람이라니. 그를 보면, 물론 단둘이 본 적은 없지만, 난 항상 기운이 났어요. 그를 위한 미래를 상상하기 시작했죠. 홍보 쪽의 어떤 일. 언젠가는 굉장히 인상적인 당 대표가 될 거라고 생각했어요."

"난 그를 적극적으로 관여시키면서 여기저기에 이름을 알리라고 충고했어요. 그러면 자리를 주기가 어렵지 않을 테니까. 찰스가 경험을 더 두텁게 쌓을 필요가 있다, 그러면 무엇도 그를 막을 수 없을 것이다, 난 그렇게 생각했죠. 아동 보육 사업에 착수했을 때, 찰스에게 소위원회 관련 책임을 맡겼어요. 그랬더니 가끔 비밀리에 만날 기회가 생기더군요. 그에게는 아이디어가 많았고 난 그런 만남을 고대했죠. 필요한 것보다 더 자주 그를 부르기 시작했습니다. 젊은 남자에게 그런 애착을 갖는다는 게 특이하고 비뚤어진 일이라고 생각될지도 모르겠지만……."

"아, 아니요," 스티븐이 말했다. "그건 전혀 아닙니다. 하지만 그는 어떤 이의 남편입니다. 그리고 총리님은 가족의 가치를 옹호하시는 분이고요."

"아, 그거," 총리가 말했다. "자식도 없는 데다, 그가 아내와 이루고 있는 그것을 가족이라고 묘사하기는 어렵겠죠. 불행이 가득하잖아요."

"그런가요?"

"찰스를 내무부에 두었고, 사업이 진행 중이었고, 전체 각료회의를 정기적으로 여는데도, 그를 충분히 볼 수가 없었어요. 그래서 많이 생각해보다가 MI5*에 연락해서 그를 매일 24시간, 음, 감시하라고 했습니다. 물론 의심해서 그런 건 아

닙니다. 그는 조국과 정부에 나만큼이나 충성스러웠어요. 그에
관한 정보는 공개되지 않게 하려고 상당히 애썼습니다. 그러
니까, 그를 감시하는 건 항상 그와 함께 있는 한 방법이었던
거죠. 이해하겠어요?"

스티븐은 고개를 끄덕였다.

"매일 저녁 7시에 그전 24시간 동안 그의 동선과 만난 사
람들을 자세히 기입한 서류를 받았습니다. 밤늦게 침대에서,
공문서와 외무부 전보들을 읽은 다음에 그 서류를 읽었죠.
그의 옆에 있는 나를 상상했어요. 그의 버릇, 좋아하는 장소,
친구를 알게 되었죠. 루이스 씨도 상당히 많이 등장하더군요.
마치 내가 그의 수호신이 된 느낌이었어요."

"몇 달 동안 보고서가 쌓였고, 마치 좋아하는 로맨스 소설
을 읽는 사람처럼—내가 그런 책을 읽는다는 뜻은 아닙니
다—그 서류를 앞에서부터 다시 읽었어요. 그의 아내가 남
편과 동행하는 일이 얼마나 드문지, 얼마나 고집스럽게 남편
의 정치 활동과 거리를 두는지, 적어도 집 밖에서는 말이죠,
그런 점들이 눈에 띄더군요."

"자기 직업이 있었으니까요." 스티븐이 말했다.

---

* 영국 정보청 보안부 제5과로 국내 정보 전담 정보기관.

"뭐, 그렇겠죠. 그런데 찰스의 행동에서 다른 걱정스러운 패턴도 나타났습니다. 스트레텀, 셰퍼즈부시, 노솔트 등에서 아무런 연고 없는 개인 주택들을 방문하는 겁니다. MI5에 좀 더 철저히 조사해보라고 지시한 건 걱정 때문이었지 결코 질투가 아니었어요. 그가 성매매 여성들을 방문한다는 걸 알았을 때 내가 얼마나 충격을 받았는지 상상할 수 있을 거예요. 게다가 굉장히 특수한 취향에 맞추는 곳들이더군요."

"어떤 종류의 취향 말씀입니까?"

"손님들이 변장을 굉장히 많이 했어요. 그 이상은 알고 싶지 않았습니다. 하지만 그의 결혼 생활이 매우 불행하다는 명백한 증거라는 점만은 확실히 알겠더군요. 그건 정말이지 아주 외로운 남자의 행동이었어요. 어쨌거나 한 업소에 충실히 다니는 것도 아니었고요. 그를 도와야 한다고, 대화를 나누고 안심시켜야 한다고 생각했습니다. 그래서 만날 구실을 찾고 있는데 그가 사직서를 보낸 겁니다. 마음이 상했고, 아니 그보다도 화가 났어요. 서픽에서 그를 감시하게 하고 싶었지만, 정당화할 만한 결과 없는 인력 배치에 대해 MI5가 불평했습니다. 납득할 만한 설명 없이 그곳에 요원들을 보냈다면 의심을 샀겠죠. 그래서 그때부터 찰스와의 연결이 완전히 끊겼습니다. 남은 거라곤 지나간 보고서뿐이에요. 물론 보육 사업 관련 만남의 기억도 있지만."

스티븐은 중립적인 말투를 유지하려고 조심했다. "하루 휴가를 내시고 직접 가서 만나시지 그러셨어요?"

"난 어디도 혼자 갈 수 없습니다. 경호원들은 차치하고라도, 핵무기 직통전화를 가져가야 하는데 그건 기술자가 최소한 세 명은 동행한단 뜻이죠. 거기다 추가 차량 운전기사 한 명. 거기다 합동참모본부 사람 한 명."

"핵무장을 해제하시죠," 스티븐이 말했다. "마음을 위해서요."

총리는 무관한 발언은 무시하는 재주를 지녔다. "찰스가 어떻게 지내는지, 뭘 하고 있는지 알고 싶어요. 내게 전화하기로 했었죠. 기억나요?"

"겨우 하룻밤 있다 왔고, 찰스보다는 그의 아내를 더 많이 봤습니다. 찰스는 잘 지내는 것 같습니다. 매사를 조용히 받아들이고 책을 쓸 생각도 하고요."

"정치 활동에 관해서는 얘기하던가요? 내 얘기는 조금이라도 했어요?"

"유감스럽지만, 아닙니다."

"이런 게 다 아주 우스꽝스럽다고 생각하겠죠. 찰스는 아들뻘이 되는 젊은 사람이니까."

"물론 아닙니다." 그의 전화가 다시 울렸다.

총리는 스티븐의 책상에 놓인 시계를 흘낏 보았다. "찰스에게 간단히 전할 말이 있습니다, 루이스 씨. 그와 얘기하고 싶어요. 직접 만나서, 전화가 아니라. 그가 방해받지 않기를 원한다면 마지막으로 한 번만 만난 뒤에 그 바람을 존중할 겁니다. 찰스가 내게 연락하는 게 더 쉬울 텐데, 그가 방법을 압니다. 곧 만날 일이 있나요?"

스티븐은 고개를 끄덕였다.

"루이스 씨에게 감사하게 되겠군요."

둘 다 자리에서 일어나지 않았지만 면담은 끝났다. 정부의 수반과 독대하는 자리는 몇 년 동안 계속된 내적 독백에 목소리를 줄 기회였다. 예컨대 매사에 본능적인 강자 편향, 자기 이익 우선시, 공립학교 매각, 잘못된 걸인 정책 등에 관해 책임 당사자에게 직접 따질 기회였다. 하지만 이는 그들이 나눈 얘기에 비하면 부차적인 문제이거나 잘 연습된 답변이 준비된 빛바랜 논점에 지나지 않을 듯했다.

스티븐은 셀마를 생각했다. "총리님의 전갈을 기꺼이 전하겠습니다."

총리가 향수 냄새를 풍기며 자리에서 일어났고 악수를 하면서 미소를 지었다. "양식에 서명했죠?"

"네."

"좋아요. 루이스 씨는 전적으로 신뢰할 수 있다는 걸 잘 압니다."

반달 모양 안경을 쓴 신사가 나무 의자 끌리는 소리를 들었고, 총리가 문에 다가가기 직전에 문이 열렸다. 스티븐은 그 뒷모습을 바라보다가 혼자 남자마자 떠나기 위한 마지막 준비를 했다. 재를 긁어내 벽난로의 불을 끄고 서재 창문을 잠갔다. 석제 창틀에 눈이 쌓이기 시작했다. 그는 책상 서랍을 열고 빈 노트 속에서 비상시를 대비해 보관해둔 50파운드 지폐를 여섯 장 꺼냈다.

현관으로 나오자 때마침 전화기를 한 아름 들고 현관문 밖으로 나가는 남자가 보였다. 다른 사람들도 바로 뒤에서 따라 나갔다. 마지막으로 떠난 이들은 보안요원들이었는데, 그 중 하나가 연극적인 손짓을 하며 식사실 안을 점검해보라고 권했다. 모든 것이, 사용한 찻잔과 오래된 잡지까지도 제자리에 되돌려져 있었다. 식탁 위에는 거실이 징발되기 직전 상태를 찍은 폴라로이드 사진이 놓여 있었다. 그 요원에게 동료들의 철저함을 칭찬하려고 돌아섰으나 그 역시 가고 없었다.

그는 불을 끄고 가방을 든 다음 각기 다른 열쇠 세 개로 현관문을 잠갔다. 아래층에 있는 크로마티 씨의 아파트는 어두웠다. 적어둔 쪽지를 찾아 가방을 뒤지느라 잠시 멈춰선 스티븐은 쪽지를 문 아래로 밀어 넣다가 위층의 자기 집에서 전화가 울리는 소리를 들었다. 그는 망설이며 가능성을 따져봤다. 바로 뛰어가 열쇠를 금방 돌리면 겨우 받을 수 있으려나. 하지만 이미 너무 오래 끈 후였다. 그는 다시 가방을 들고 한 번에 세 단씩 계단을 뛰어 내려갔다. 차량의 소음 속으로 달려나가 인도에 내려선 후에는 아직 보이지도 않는 택시를 향해 손을 올렸다.

*

기차 시간까지 30분이 채 남지 않았다. 그는 너무 초조했고, 마구잡이로 뻗치는 생각들을 놓치지 않으려고 열중하느라 까탈스러워져서 역 구내 카페의 눅눅하고 숨소리 섞인 소음 속으로 끼어들어갈 수가 없었다. 옆 주점에서는 진지한 술꾼들이 바 주위를 세 겹으로 둘러쌌고 누군가는 고함을 질렀다. 그는 사과 하나를 사고 편지를 부쳤으며 번들거리는 콘크리트의 냉기를 물리치려 발을 굴러가며 플랫폼을 왔다 갔다 했다. 그는 막 들어온 디젤 기차에 바짝 다가갔다. 운전

석에서 기관사가 스위치들을 내려 그 괴물의 가동을 정지시
켰다. 스티븐에게는 아직도 기관실로 초대받아 올라가고 싶
은 야망이 있었다. 어릴 적에 그는 기관사에게 감히 다가가
지 못했다. 이제는 더 힘든 일이 되었다. 그는 입김을 내뿜고
사과를 먹으며, 우스꽝스럽게 희망을 품는 것처럼 보이지 않
으려 했지만 혹시나 기관사가 그를 초청할 마음이 생길까 싶
어 멀리 가지도 못했다. 하지만 남자는 접은 신문을 겨드랑
이에 끼고 내려오고 있었다. 그러고는 스티븐에게 눈길도 주
지 않고 지나갔다.

플랫폼에서 보니 저 안쪽으로 걸인 무리가 매표소의 높은
문들 옆으로, 발길질에 고장 난 사진 촬영 기계 주위에 모여
있었다. 백여 명에 달하는 이들이 거리의 추위를 피해 안으
로 들어와 있었다. 많은 이들이 불용군수품 외투 차림이었
다. 아직도 10분을 더 보내야 하는 그는 어슬렁거리며 걸인
들 쪽으로 다가갔다. 그들은 구걸하고 있지 않았다. 역 안에
서는 구걸이 허용되지 않았고, 그렇게 많은 걸인이 주위에
있을 때는 아무도 적선할 엄두를 내지 못했다. 하지만 무리
주변부에 있는 낙관적인 유형 몇몇이 입술을 거의 움직이지
않고 행인들을 불렀다. 나머지는 조용했다. 그들을 역 한구
석에 차분히 머무르게 할 수 있는 요인은 오로지 기대감뿐이

었다. 아마도 무료 급식소가 설치되거나 식권이 배부될 예정일 것이다.

갈아입지 않은 옷과 변성알코올의 들큼한 악취가 얼어붙은 공기 중에도 강하게 풍겼다. 9미터 정도 길이로 이어진 환풍구 그릴 위는 빽빽한 숙소가 되어 있었다. 스티븐은 그곳을 끝에서 끝까지 걸어갔다. 날이 풀릴 때까지 한 달 정도만 버틴다면 이들은 다시 선별이 시작되는 다음 가을까지 충분히 버틸 수 있다. 오늘 밤, 외투가 없는 소수는 곤경을 겪을 것이다. 일렬로 늘어선 육체들의 끝에 도착한 그는 익숙한 얼굴을 내려다보고 있었다. 골격이 가늘고, 단단하고, 얼핏 나이가 지워진 듯한 얼굴이었다. 그 얼굴의 주인은 철제 그릴 위에 웅크리고 앉아 덩치 큰 노인 남자에게 자리를 내주기 위해 무릎을 구부리고 있었다. 눈꺼풀이 열린 흐릿한 두 눈이 그를 비켜 어딘가를 응시하고 있었다. 오랜 친구인가, 학창 시절에 알던 사람인가, 스티븐은 기억을 더듬기 시작했다. 아니면 꿈에서 본 사람인가. 그는 머지않아 걸인 배지를 찬 지인과 마주치게 될 것을 늘 알고 있었다. 그러다 그 소녀가 떠올랐다―작년에, 10개월 전에 그가 돈을 주었던 소녀. 그는 나일론 아노락 아래에 입은, 이젠 회색으로 변한 노란 원피스를 알아보았다. 그 얼굴이 틀림없었지만 변해 있었다.

조롱 담긴 쾌활함은 사라졌다. 안전한 곳을 찾아 서로 옹기종기 모여든 이목구비 주위로 우둘투둘하고 거친 피부가 불룩하게 늘어져 있었다. 팔짱 긴 팔은 가슴 위에 포개어져 있었다.

스티븐은 아이에게 자기 외투를 주기로 결심했다. 오래된 코트이기도 하고 그는 이제 따뜻한 기차 안으로 들어갈 참이었다. 그는 외투를 벗고 가방을 내려놓은 다음 시선이 향하는 방향에 쭈그리고 앉았으나, 아이는 너무 피곤하거나 무관심해서인지 눈을 돌리지도 않았다. 그 아이의 어디에서 케이트를 봤는지 기억해보려 했다. 그는 아이의 좁은 어깨에 손을 올렸다. 옆에 있던 남자가 팔꿈치를 세워 몸을 일으켰다. 커다란 몸과는 달리 목소리는 가늘게 앵앵거리며 울적할 정도로 쾌활했다. "어이, 어이, 그게 맘에 들어? 걔는 관심 없어." 남자가 웃음을 터트렸다.

스티븐은 외투로 아이를 감싸고 손을 만졌다. 주변의 공기처럼 차가웠다. 그가 얼굴을 만지는데도 계속 같은 곳을 응시하는 그 시선은 절대적인 차원의 무관심으로 확인되었다. 그는 가방을 들고 허리를 폈다. 이제 와서 외투를 되찾아오기는 불가능했다. 주머니의 내용물을 꺼냈는지도 기억나지 않았다. 뒤편에서 기적이 울리며 기차가 끼익 움직이기 시작했다. 그는 역의 시계를 보고 1분 30초도 남지 않았음을 깨달았다.

남자가 그와 외투를 바라보고 있었다. "어서 가," 그가 교활하게 말했다. "안 그럼 놓칠 거야."

스티븐은 이 상황을 신고한다면 그날 밤에 런던을 떠날 수 없을 것임을 알았다. 잠시 머무적거리던 그는 뒤로 물러나 돌아서서 재빨리 걷다가, 플랫폼의 승무원이 기차 끝에서 끝까지 걸어가며 문을 닫고 있는 것을 보고 달리기 시작했다. 얼음장 같은 문손잡이에 무난히 손을 올릴 때까지 그는 뒤돌아보지 않았다. 대략 90미터가 넘게 떨어진 곳에서, 잠시 지나가는 우편 수레에 가려 안 보이던 남자가 무릎으로 서서 외투를 높이 쳐들고 주머니 속을 만져보고 있었다. 기차가 부르르 떨었다. 스티븐은 손잡이를 젖히고 기차에 올라섰고 습관적으로 가장 후미진 자리를 찾아 나섰다.

*

두 시간 후에, 직원이 상주하지 않는 서퍽역에 내린 사람은 넷뿐이었다. 스티븐이 공중전화를 찾아 조명이 열악한 플랫폼을 한쪽 끝에서 다른 쪽 끝까지 훑으며 역 앞으로 갔을 때, 함께 내린 세 사람은 각기 차 한 대씩을 몰고 주차장에서 나왔다. 눈은 이제 그쳤고 10센티미터 두께로 쌓인 눈이 성긴 구름에 둘러싸인 달의 희부연 빛을 널리 퍼뜨렸다. 장대 끝에 높이 매달린 한 알짜리 가정용 전구처럼 보이는 것들이 시골과 다름없는 소도시 변두리에 자리한 역 앞 거리를 밝히고 있었다. 스티븐은 완전한 적막이라는 새로움에 충격받아 잠시 걸음을 멈췄다. 그러다 그는 재킷의 옷깃을 올리고 중심부에 있는 호텔 쪽으로 걸어갔다. 호텔의 인적 없는 술집에서 전화로 택시를 불러놓고 전기 석탄 난로 옆에 앉아 술을 마셨다.

상냥하고 푸근한 여자 기사가 굳이 안전띠를 직접 매주겠다고 나섰다. 그녀는 2년 전 크리스마스 무렵에 면허를 정지당한 남편에게서 그 일을 인계받았다. 이제 집안 살림은 남편이 하며, 아내의 말에 따르면 그 일을 좋아했다. 그리고 그녀는 새로운 인생을 발견했다. 기사는 계속 말을 하면서 지나치게 조심히 운전하느라 25킬로미터를 가는 데 45분이 걸렸다. 스티븐은 다리와 얼굴을 향해 뿜어 나오는 뜨거운 공기를 즐겼다. 나일론 모피 커버에 몸을 깊숙이 파묻은 그는 힘들지 않은 대화와 후방 거울에 매달린 보송보송한 주사위의 흔들림에 몽롱하게 빠져들었다.

택시 기사는 바퀴 자국이 울퉁불퉁한 다크 부부 집 앞 흙길까지 가주기로 했다. 8시 반에 그녀는 숲 가장자리에 그를 내려놓았다. 다시 적막 속에서 멈춰선 그는 후미등이 울쑥불쑥 뒤로 물러나는 것을 바라보다가, 주변의 정적을 느끼고 놀랄 만큼 헐벗은 나무들을 바라보았다. 셀마와 찰스가 차 소리를 들었을 터라, 나무 사이로 빛이 새어 나오고 그를 외쳐 부르는 목소리가 들리기를 기대했다. 기다렸지만 아무 일도 일어나지 않았다. 가방을 들고 이제 더는 가려져 있지 않은 정문을 향해 걸었다. 대문 앞의 눈은 그대로 쌓여 있었고, 키가 크고 헐벗은 관목들이 양편에 평행하게 늘어선 오솔길—여름에는 컴컴한 초록색 터널이던 곳—에는 발자국이 없었다.

아래층 창문 하나가 누렇게 밝혀져 있을 뿐, 집은 온통 어둠에 싸여 있었다. 그는 조용히 문을 두드렸다가 아무 소리도 들리지 않자 문을 밀어 열었다. 촛불 두 개가 켜진 식탁에서 셀마가 들어오는 그를 보며 앉아 있었다. 셀마의 얼굴에는 아무 표정도 없었다.

"너무 오래 걸려서 미안해요." 방은 추웠다. 스티븐은 그녀 옆에 앉았다. "무슨 문제예요? 찰스는 어디 있죠?"

셀마가 아랫입술을 빼는 축축한 소리가 시골의 정적 속에서 요란하게 들렸다. 1분이 지났고, 그것은 스티븐이 외투를 줘버린 것을 후회하게 할 만큼 긴 시간이었다. 몸이 떨리기 시작했다, 무슨 일이든 일어나야 했다, 단지 춥지 않기 위해서라도. 그는 그녀의 손을 감쌌다. 흡사 스위치를 만진 것 같았다. 셀마는 머리를 거칠게 양옆으로 흔들더니 이내 멈추고 울기 시작했다. 스티븐의 내면에 자리한 어린아이가 연상 여자의 눈물에 불안을 느꼈다. 그녀는 그의 위로를 원하지 않았다. 손을 빼내어 얼굴을 가리더니 그가 어깨에 손을 올리자 뿌리쳤다.

그는 안락의자에 놓인 담요를 가져와 그녀에게 둘러주었다. 거실에서 히터를 발견하고는 안으로 들였다. 셀마가 계속 흐느끼는 동안 그는 아직 뜨거운 재가 담긴 스토브에 불을 붙이기 시작했다. 스카치 한 병과 유리잔 두 개를 찾았고 부엌에서 물 한 주전자를 가져왔다. 그녀가 조용해졌을 무렵에는 실내가 훈훈해졌다. 그러나 그녀는 계속 손으로 얼굴을 감싸고 있었다. 그러더니 갑자기 일어서서 미안하다고 중얼거리며 급히 위층으로 올라갔다. 욕실에서 소리가 들렸다. 그는 술을 따르고 스토브 근처에 앉아 나쁜 소식을 들을 마음의 준비를 했다.

셀마는 20분 후에 두꺼운 카디건을 팔에 걸치고 손전등을 든 채로 다시 나타났다. 그 물건들을 식탁 위에 내려놓은 후 스티븐의 의자 옆에 앉은 그녀가 그의 손을 잡고 양손 사이에 끼워 지그시 눌렀다. 이제는 차분해진 것 같았지만 피로하고 기진한 모습이었다.

"와줘서 정말로 다행이야." 그녀가 말했다.

그는 기다렸다.

해야 할 말을 하기 위해 그녀는 자리에서 일어나 식탁 옆에 서서 몸을 반쯤 밖으로 틀었다. 카디건의 털실 주름을 두 손가락으로 꼬집던 그녀가 말을 던져놓고 멀찍이 물러나려는 듯 재빠르고 단조로운 어조로 말했다. "찰스가 죽었어. 죽었다고. 저 밖에, 숲속에 있어. 그이를 데려와야 해. 밤새 밖에 놔둘 순 없잖아. 그를 옮기게 도와줘."

스티븐은 일어섰다. "어디 있어요?"

"그이의 나무 옆에."

"떨어진 거예요?"

그녀는 고개를 저었다. 그 경직된 움직임으로 보아 자제력을 유지하려면 말을 할 수 없는 듯했다.

"외투가 있어야 해요," 스티븐이 말했다. "그리고 장화도."

그 뒤로 몇 분간 그들은 말없이 실용적으로 움직였다. 그녀는 오래된 작업복 외투와 스웨터가 벽에 걸려 있는 보조 부억으로 그를 데려갔다. 진흙이 말라붙은 무거운 고무장화도 한 켤레 있었다. 그는 바닥에서 밧줄을 한 가닥 찾았고, 어디에 쓸지 명확한 계획은 없었으나 주머니에 쑤셔 넣었다. 집을 나서기 전에 스토브의 불을 더 키웠다.

달이 구름을 벗어나 높이 떠 있어서 손전등은 흙길이 그림자 속으로 꺾여 들어갈 때만 필요했다. 스티븐은 질문을 삼갔다. 들리는 거라고는 눈이 밟히는 소리와 옷이 부스럭거리는 소리뿐이었다.

그러자 셸마가 말했다. "그이가 오늘 아침에 밖에 나갔는데 이상하게도 점심때 돌아오지 않는 거야. 나중에 내가 찾으러 나갔고 어두워지기 시작할 때쯤 찾았지. 집에 돌아온 기억은 안 나. 달려왔겠지. 그러고 나서 당신한테 전화했고."

그들은 계속 걸어갔다. 셸마가 스스로 더 얘기하지 않을 것이 확실해지자 스티븐이 조심스럽게 물었다. "어쩌다 죽은 거예요?"

그녀의 말투에는 확신이 없었다. "그냥 앉아 있었던 것 같아."

얼어붙은 시냇가에서 그들은 눈 덮인 평평한 바위를 지났다. 눈 더미 아래 깊게 갈라진 바위틈 저 밑에는 축소판 열대림을 키워낼 만한 재료들이 있었다. 달빛만으로도 통통하고 끈끈한 싹들과 눈을 뚫고 조그맣고 가느다란 줄기를 밀어 올리는 소박한 지피식물들을 볼 수 있었다. 한 계절이 다른 계절을 가르고 있었다. 나무들 사이 평평하게 다져진 공간에도 제 차례를 기다리는 풍성함이 깃들었다. 흙길은 숲의 중심부로 꺾여 들어갔다. 그들은 썩은 참나무를 향해 움푹 파인 땅, 지난여름의 특징이 그대로 남아 있는 그곳으로 내려갔다. 그런 다음 오른쪽으로 꺾어 그 지점에서 흙길과 합쳐진 오솔길로 들어섰다. 공터에 도착할 즈음 셀마가 걸음을 늦췄다. 저 멀리에서 다 자란 나무들이 그림자에 가려 흐릿한 모습으로 거대한 저택처럼 솟아올랐다. 손전등을 주머니에 넣은 그녀는 장갑을 끼지 않은 손을 입김으로 덥히고 나서 팔을 엇갈려 코트 앞섶으로 밀어 넣었다. 스티븐은 질문이 아닌 말은 하나도 생각나지 않았다. 재킷 주머니에 들어 있던 구슬 하나를 손가락으로 굴리며 터무니없게도 색깔을 맞혀보려 했다. 이곳이 황야가 아니라는 사실을 기억하니 마음이 편해졌다. 근처의 소도시가 하늘 한쪽 전체를 갈색이 도는 불빛으로 물들였고, 1.6킬로미터 떨어진 도로 위로 차 두 대가 지나갔으며, 그 차들이 가로지르는 땅은 울타리를 세우고 저림 작업을 하며 철저히 관리한 곳이었다. 이곳이 아무도 존재한 적 없는 땅처럼 느껴진다면 그것은 오로지 기온 때문이었다.

공터 위로 기울어진 나무들의 높은 벽은 그 안에 무엇이 있는지, 그들이 왜 왔는지 알고 있는 듯했다. 나무 그림자 안으로 걸어 들어가고 있을 때 셀마가 스티븐에게 손전등을 건네주었다. 그녀는 뒤처졌다. 그가 너도밤나무들이 나타나기 시작하는 곳까지 갔을 때 그녀는 몇 미터 뒤에서 가만히 서 있었다. 그녀는 한 손을 들어 올려 혼자 들어가라는 뜻을 전했다.

스티븐은 또래 세대의 많은 이들과 마찬가지로 죽음을 경험한 일이 거의 없었다. 그날 하루에만 두 번째로 보게 되는 시체를 향해 걸어가며, 그는 눅눅한 응접실, 검은 천, 장기 사이에 갇혀 있다 라드를 바른 피부의 모공을 통해 배어 나오는 가스 냄새를 상상했고 그 냄새가 목구멍에서 맛으로 느껴졌다. 그것은 기억이나 사실에 근거를 두지 않은 인상이었지만 떨쳐버리기가 힘들었다. 그는 깨끗한 대기로 숨을 내쉬어 악취를 날려 보냈다. 그저 어떤 일을 처리하려고, 예컨대 친구를 위해 무거운 짐을 날라주러 온 거라고 생각하려 애쓰며, 그는 주머니에서 밧줄을 꺼내 걸어가는 동안 쓰기 편하게 감아놓으려고 했다.

그는 바람과는 달리 그 조그만 공터에 너무 일찍 도착했다. 손전등의 누런 빛줄기가 파란색의 무언가를 가르고 지나갔다. 그는 가만히 서서 불빛이 되돌아오기를 기다렸다. 입김이 구름처럼 피어났다. 셔츠가, 몸통이, 다행스럽게도 길이가 긴 코듀로이 바지의 허리띠가 있었다. 손전등을 얼굴에 들이댈 마음의 준비가 안 된 그는 먼저 다리를 비추고, 다음에는 발가락을 벌려 세운 맨발을 비추었다. 한쪽에는 외투 위에 놓인 스웨터가 자그만 더미를 이루었고, 바닥으로 쏟아져 내린 신발과 양말이 있었다.

좁은 원뿔형 불빛에만 의존하자니 마음이 불안했다. 손전등을 끈 그는 숲을 등지고 공터 주변을 둥글게 돌면서 맞은편의 흐릿한 형체를 주시했다. 아무런 움직임 없는 그곳이 두려웠지만, 무언가 움직일지도 모른다는 생각 또한 두렵기는 마찬가지였다. 찰스가 등을 기대고 앉은 나무는 그가 꼭대기에 집을 지어놓은 바로 그 나무였다. 머리 위 30센티미터 부근에 첫 번째 못의 흐릿한 형체가 보였다. 찰스와의 거리가 90센티미터 이내로 좁혀졌을 때 스티븐은 손전등을 켰다. 찰스의 어깨와 셔츠의 팔 주름 위로 녹지 않은 눈이 5센티미터 정도 쌓여 있었다. 날려온 눈이 그의 허벅지 안쪽 깊숙이 쌓였고 머리 위에도 쐐기꼴로 얹혀 있었다. 콧잔등과 윗입술 위에도 있었다. 그 효과는 희극적이었다, 아주 고약하게. 스티븐은 손을 둥글게 모아 머리와 어깨의 눈을 털어냈고 콧잔등과 입술은 검지를 써서 털었다.

마지막으로 잠깐 닿은 곳, 입술 때문에 그는 펄쩍 뒤로 물러섰다. 너무나 눅신한 입술이 잇몸 위로 밀려났고 온기가 느껴지는 것 같기도 했다. 그는 친구 앞에서 180센티미터가량 떨어진 곳에 서서 그의 얼굴에 손전등을 비췄다. 눈은 감고 있었다. 다행이었다. 머리는 나무에 기대었는데 표정은, 표정이랄 게 있다면, 피로해 보였다. 찰스는 다리를 앞으로 뻗고 팔을 아래로 똑바로 늘어뜨린 채 손바닥을 눈 위에 평평하게 놓은 자세였고 손등은 쌓인 눈에 가려졌다. 셔츠의 맨 위 단추 세 개가 풀려 있었다.

스티븐은 손전등으로 옷 더미를 뒤적였다. 쪽지가 있었다 해도 셀마가 이미 찾았을 것이다. 그는 주변에 선 채로 시체를 들어 올려야 하는 순간을 미루고 있었다. 밧줄을 다시 꺼냈으나 용도를 생각해낼 수가 없었다. 마침내 그는 친구의 발치에 무릎을 꿇고 손으로 허리를 감아 앞으로 당겼다. 허리를 펴면서 찰스를 등 뒤로 넘기고 허벅지를 꽉 잡아 어깨에 둘러멨다.

똑바로 서서 오솔길을 찾으려고 엉거주춤 돌아서는데, 찰스의 머리가 그의 등 아래쪽을 쿡쿡 누르는 곳에서 길게 내쉬는 실망의 한숨, 글자 '오'를 속삭이는 듯한 소리가 들렸다.

스티븐은 꽥 소리를 지르며 공터 위에서 옆으로 펄쩍펄쩍 뛰다가 찰스를 눈 위에 떨어뜨렸다. 그러고 나니 다시 그의 몸을 끌어다 나무에 기대어 세운 다음 가장 어려운 부분, 친구의 얼굴에 제 얼굴을 바짝 들이미는 일을 반복해야 했다. 두 번째로 무게를 견디며 일어섰을 때는 아무 소리도 들리지 않았다.

방향을 갑자기 바꾸면 발걸음이 휘청거렸으나, 그러지만 않으면 무게가 고루 분산되어서 감당할 만했다. 테니스 덕분에 몸이 좋아져 있었다. 그는 오솔길을 따라 내려가기 시작했고, 상대적으로 밝은 공터를 벗어나자 손전등이 주머니 속에 박혀 있다는 생각이 떠올랐다. 하지만 달이 바로 머리 위에 있다시피 했고 그림자는 짧아졌다. 처음에 그를 힘들게한 것은 몸의 무게보다는 그 몸과 닿는 면을 통해 어깨의 뼈와 척추를 따라 전해오는 냉기였다. 그것이 스티븐의 몸에서 온기를 탐욕스럽게 빨아들이면서, 머지않아 둘이 자리를 바꿔 온기로 생명을 얻은 시체가 스티븐의 싸늘한 몸을 오두막까지 운반하게 될 것만 같았다.

그는 땀을 흘리면서도 덜덜 떨었다. 앞쪽의 나무들 사이로 더 큰 공터의 빛이 보였다. 셀마는 아까 헤어졌던 곳에 서 있었다. 그는 앞으로 다가가며 찰스를 그녀의 발밑에 내려놓아야겠다고 생각했다. 좀 쉬고 나면 셀마가 찰스를 다시 어깨 위로 올려줄 수 있을 테니까. 하지만 그가 가까이 다가오자 마자 셀마는 뒤돌아서서 아까 온 길을 다시 걸어가기 시작했 다. 그녀는 뒤돌아보지 않고 급히 걸어갔다. 그는 따라갈 수 밖에 다른 도리가 없었다.

키 작은 나무들 사이로 들어서서 움푹 파인 땅의 완만한 경사를 따라 올라갈 무렵이 되자, 둘러멘 몸의 무게 때문에 다리와 목, 찰스의 무릎 뒤를 꽉 껴안은 팔 등에 심한 통증을 느꼈다. 셀마는 스티븐의 주머니에서 손전등을 꺼내기 위해 딱 한 번 멈춰 섰다. 여태 그들은 아무 말도 하지 않았다.

통증이 극심해지는 와중에 그는 집에 도착할 때까지 찰스 를 내려놓지 않기로 결심했다. 친구로서 이 정도밖에 해주지 못한 점에 대해 속죄할 것이다. 이미 한 번 친구를 떨어뜨렸 다, 이제는 떨어뜨리지 않겠다. 이러한 투지 넘치는 생각으로 스티븐은 통증을 견뎠다. 하지만 마침내 셀마가 앞장서서 시 골집 정원을 통과해 보조 부엌으로 간 뒤 그곳에 찰스의 몸 을 내려놓아달라는 의사를 나타냈을 때 그는 필요한 근육을 쓸 수가 없었다. 통제할 수 없을 정도로 굳어 있었다. 사방이 막히고 불이 환히 켜진 공간에서, 그는 짐을 부리지 못하고 흔들흔들 서 있었다. "당겨요," 그가 외쳤다. "빌어먹을, 어서

형을 좀 내려달란 말이에요!"

*

위생을 위해서라기보다 산 자와 죽은 자 사이의 선을 다시 긋기 위해, 스티븐은 곧바로 부엌 개수대로 가서 손을 씻었다. 부엌은 이제 너무 덥고 답답했다. 그는 그곳을 통과해 거실로 갔다. 오래전에 벽 하나를 무너뜨리고 만든 긴 회랑이 있었다. 가구는 드문드문 놓였고 쓰이지 않은 공기는 서늘했다. 셀마는 이미 거기로 가서 외투 차림 그대로 창틀에 기대어 쉬고 있었다. 그는 의자로 다가갔지만 앉을 수가 없었다. 손은 잠잠해 보이는데도 온몸과 마음이 고주파에서 진동하는 느낌이었다. 청역의 한계 언저리에 걸친 요란한 울부짖음 같은 소리가 귓속에서, 혹은 방 안에서 들렸다. 그는 광택을 낸 마루판을 따라 의자에서부터 반대편 벽까지 걸어갔다가 돌아섰다. 뛸 수 있으면 좋겠다고 생각했다. 지금 테니스 코트에 있다면 막강할 거라는 생각이 들었다. 셀마가 방을 가로질러 바로 옆 창문까지 왔다가 다시 돌아갔다. 그는 마루판에 발꿈치로 요란한 소리를 내며 의자 쪽으로 되돌아갔다. 셀마는 빈 벽난로 옆에 서 있었다. 그는 셀마가 속삭이는 소리를 들은 것 같아 고개를 들었지만, 그녀가 양손을 비비면서 피부가 서로 맞닿는 소리일 뿐이었다. 그는 부엌에서 스카치와 잔들을 가져왔다. 술의 흐름을 일정하게 따르기가 힘들었다.

술에서 짠맛이 났다. "여기에 소금이 들어가나요?" 그가 물었다. 그녀는 어리둥절한 표정을 지었지만 그는 다시 묻지 않았다. 그런데도 그녀는 잠시 후 고개를 끄덕였다. 양손으로 술잔을 든 그녀가 스티븐이 걸었던 길을 따라 방 저편으로 갔다. 그러고는 그를 등진 채 술을 마셨다.

"알아둘 게 있는데," 마침내 그녀가 여전히 돌아서지 않은 채로 말했다. "이건 놀라운 일이 아니야. 런던에서도 몇 번 시도했거든. 여기 와서 사는 동안에는 멈출 줄 알았어. 그런데 실제로는 연기였네."

"형을 잘 안다고 생각했어요," 스티븐이 말했다. "하지만 내가 확실히 틀렸네요."

"늘 이런 식이었어. 그이의 조증, 그러니까 활기 있고 성공적인 부분은 바깥세상에 보여주는 면이었고, 광적인 울증은 모두 내게 드러내는 면이었지. 여기로 이사하면 그 두 면이 화합할 수 있을 것 같았는데⋯⋯." 그녀는 스티븐이 서 있는 곳으로 되돌아왔다.

"문제는," 그가 말했다. "여기에선 내가 형에게 유일한 바깥세상이었다는 거군요."

그녀는 그를 바라보았으나 비난의 기색은 없었다. "맞아, 그날 자기가 기다리고 있는데 당신이 미리 알리지도 않고 가버렸을 때 찰스는 마음이 상했어. 당신이 좋게 봐주기를 기대하진 않았지, 물론 그랬다면 좋았겠지만. 그이가 원한 건 당신이 언짢아하지 않는 거였어."

스티븐은 숨 가쁜 느낌이 들었고 양팔이 무지근했다. 그는 뒤를 흘낏 보고 자리에 앉았다. "난 언짢았던 것 같아요." 그가 슬프게 말했다.

셀마는 의자 팔걸이 위에 앉았다. "오해하지 마. 결국에는 아무 차이가 없었을 거야. 당신 태도에 달린 문제가 아니었던 건 분명해. 그런 뜻으로 한 얘기가 아니야. 내가 미리 더 말해줘서 무엇을 보게 될지 대비하게 할 수도 있었겠지. 하지만 찰스가 반대했어. 우리가 자기를 그런 식으로 얘기하는 걸 바라지 않았어, 환자가 되기 싫었던 거지." 그런 다음 그녀가 덧붙였다. "그리고 당시에 난 그이가 옳다고 생각했어."

방 맞은편에 있는 시계가 11시 종을 치기 시작했다. 마지막 진동이 완전히 가라앉고 나서야 다시 얘기가 시작되었다.

셀마는 감정적인 중립 상태에 들어선 듯했다. "조화를 이

375

룰 수가 없었던 거야," 그녀는 무미건조하게 말했다. "유명해지고 싶고 언젠가 총리가 될 거라는 말도 듣고 싶은데, 세상 근심 없는 어린아이, 책임도 없고 바깥세상을 알지도 못하는 어린아이가 되고 싶기도 했던 거야. 그건 즉흥적인 괴벽이 아니었어. 그이의 사적인 시간을 장악하는 압도적인 환상이었지. 그에 대해 생각했고, 어떤 사람들이 섹스를 원하듯이 그걸 원했어. 사실, 거기에는 성적인 측면도 있었지. 반바지를 입고 가정교사로 분장한 성매매 여성에게 엉덩이를 때려 달라고도 했고. 당신도 알아두면 좋을 거야, 그이가 당신한테 하고 싶었던 얘기 중 하나니까. 공립학교 다니는 소년들 사이에서 꽤 일반적인 소수 취향이거든."

"하지만 거기엔 그이가 스스로 이해하거나 다른 사람에게 말하기 힘들었던 더 중요한 정서적 측면이 있었어. 유년기의 안전, 무력함, 복종, 그리고 그에 따르는 자유, 돈이나 결정이나 계획이나 요구에서 벗어나는 자유를 원한 거지. 그이는 시간에서 벗어나고 싶다고, 약속과 일정과 시한에서 벗어나고 싶다고 말하곤 했어. 그이에게 유년기란 시간과 무관했어. 그게 무슨 신비스러운 상태인 것처럼 얘기했지. 그이는 이 모든 걸 갈구했고 내게 끊임없이 얘기했고 우울감에 빠졌는데, 그러는 동안에도 밖에 나가 돈을 벌고 유명해지고 어른들의 세상에서 수백 가지 의무를 만들어내면서 자기 생각으로부터 달아난 거야. 당신 책《레모네이드》가 그에게는 정말로 중요했어. 자신의 한 부분이 다른 부분에게 말을 거는 책이라고 말했지. 자기 욕망에 책임져야 한다는 것을, 시간이 기회를 앗아가기 전에 뭔가 해야 한다는 것을 깨닫게 해주었다고 말했어. 필멸성의 경고였던 거야. 그이는 재빨리 뭔가를 해야 했어. 아니면 하지 않고 평생 후회하거나."

셀마가 코를 풀었다. 그녀는 거리를 둔 분석적 태도를 유지했다.

"하지만 아무것도 하지 않은 거야. 관습적인 야망을 끊어내기는 쉽지 않지. 한 번 자살을 시도한 적 있는데, 사실은 그다지 절실하진 않았던 것 같아. 그다음에 직업을 바꿨고 계속 더 큰 성공을 거뒀어, 알다시피. 세월이 쏜살같이 흘러갔지, 그이가 두려워하던 그대로. 압박감은 점점 강해졌어. 그러다 정계로 나가 공직을 얻었고. 당신 책을 다시 읽기 시작했어. 아동 보육 사업 때문이었지. 총리가 그를 초청해서—그 세계에서 초청은 곧 명령이야—비밀리에 아동 보육 안내서를 쓰게 한 거야, 요즘 시끌벅적했던 그거 말이야. 찰스와 총리가 함께 작업했어. 그이는 총애를, 성적인 의미가 담긴 총애를 받았어. 그이는 한밑천 잡게 되었다는 걸 깨닫지 못하는 척했지. 역겨워하면서도 장단을 맞춰줄 수밖에 없었어. 성공하고 싶었고, 성공을 원하는 마음을 거두지 못했거든. 그이는 지도자의 감독하에 그 안내서를 쓰고, 당신 책을 다시 읽었어. 모든 동요가 되살아났고 그이는 계획을 세우고 싶어 했어. 절박하다, 그이가 내게 말했지. 시간이 별로 없다. 이걸 해야 한다, 자신을 위해서 이루어달라, 다시 어린 소년이 되게 해달라, 그렇게 내게 사정했어. 결국엔 나도 동의했고. 이렇게 하거나, 산산이 허물어지거나, 둘 중 하나라는 생각이 들었거든. 물론 내게도 맞는 일이었으니 다행이었지, 내가 불만을 품는다면 잘 될 수 없었을 테니까. 난 런던을 벗어나고 싶었어. 학생들 가르치기도 지겨웠고, 쓸 책도 있었고, 이 집과 주변도 좋아했지."

"우리는 가끔 이런 강박이 어디에서 비롯되는지 얘기하곤 했어. 과거의 무언가를 다시 체험하거나 완결해야만 해서 그런 것인지, 예전에 놓친 무엇을 보상받으려고 그런 것인지. 찰스는 깊이 파고들어 생각하기 싫어했어. 무얼 발견하게 될지 두려웠던 것 같아. 어쩌면 그의 조증이 막고 있었는지도 몰라. 그이가 열두 살일 때 어머니가 돌아가신 건 알지? 그러니까 그에게는 사춘기 이전 시기가 어머니와 연관된 것일 수도 있겠지. 그이에겐 여덟 살 때 찍은 끔찍한 사진이 하나 있

378

어. 그이 옆에 아버지가 서 있는데, 그분은 런던에서 상당한 중요 인사였고, 내 기억에 좀 따분한 분이었지만 폭군이기도 했어. 그 사진에서 찰스는 자기 아버지의 축소판 같았어 — 같은 양복과 넥타이, 똑같이 자만한 태도와 어른 같은 표정. 어쩌면 그이에게는 유년기가 허락되지 않았는지도 몰라. 하지만 유년기에 어머니를 잃었거나 야심이 지독한 아버지를 둔 사람들이 모두 자라서 찰스와 같은 성적·정서적 갈구에 시달리는 건 아니잖아. 우리는 그렇게 많은 얘기를 하면서도 그 문제의 뿌리에는 가까이 가지 못했다는 생각이 들어."

"어쨌거나 우리는 모든 걸 버리고 여기로 왔어. 한동안, 날씨가 더울 때는 괜찮았어, 아니 괜찮은 정도가 아니라 전원 속의 평화로운 생활이었지. 외부 사람에게는 우스꽝스럽고 기묘하게 보였을 것들이 우리 사이에는 아주 평범해졌어. 나는 숲에서 종일 놀며 먹고 잘 때만 집에 오는 어린 소년의 어머니였지. 그렇게 단순한 것만을 원하며 행복하게 지내는 그이를 난 처음 봤어. 자신이 실은 혼자 있기를 좋아한다는 걸 깨달았지. 식물 이름들도 알게 되었고, 책을 보는 모습은 못 봤지만 말이야. 집에 돌아오면 굉장히 단순하게 명랑하고 다정했어. 밤에는 내리 열 시간을 잤고. 전에는 네댓 시간밖에 안 자고 살았거든. 당신이 왔다 간 후에도 실망은 했지만 심각하게 문제가 생기진 않았어."

"그런데 날씨가 때마침 상당히 갑작스럽게 바뀌면서, 런던에서 일어나는 일에 신경을 쓰며 조바심을 내는 거야. 신문을 구독하자고 했지만 난 거절했어. 오래된 라디오를 고치려고 하다가 안 되니까 분통을 터트리더군. 그러더니 자기가 다시 일하지 않으면 돈이 다 떨어질 거라고, 말도 안 되는 얘기인데, 그렇게 성화를 부리기 시작하는 거야. 무엇보다도 나쁜 건, 총리가 계속 다우닝가로 초대하는 편지를 보냈어. 상원에 자리를 만들 수 있을 것처럼, 그러니까 작위를 주겠다는 거지, 그리고 공직을 마련해주고 그 뒤로도 계속 뒤를 봐줄 것처럼 은근히 암시하는 거야."

"그이는 밤새 고민하느라 잠을 못 이루다, 낮에는 또 숲에 나가 천진함을 유지하려고 했지. 하지만 갈수록 점점 힘들어졌어. 반바지를 입고 나무집에 올라가서, 이턴 경이라는 칭호를 얻어야 할지, 다른 사람이 그 이름을 채간 건 아닌지, 그런 생각을 한 거야. 미안, 웃을 생각은 아니야, 스티븐. 비극적이었지만 완전히 우스꽝스럽기도 했어. 난 우는 게 아니야. 울지 않을 거야. 물론 우린 대화를 많이 했어. 난 다른 제안도 많이 했지만 무엇보다 정신분석을 받아보라고 했는데, 그이는 보통의 영국인답게 그걸 아주 혐오하더군. 그처럼 강렬한 갈등에 시달리는 사람이 그 어떤 자기 성찰의 과정도 다 거부하다니 참 특이하다고 내가 말했더니 그이가 길길이 화를 내는데, 영락없이 떼쓰는 어른이었지. 실제로 바닥에 누워서 주먹으로 바닥을 내리쳤다니까."

"그 뒤로는 갈수록 우울해졌어. 이도 저도 못 하게 된 거야. 런던으로, 예전의 삶으로 돌아간다면 오래된 갈망과 충동에 발목 잡혀 여기에 마련해둔 단순하고 안전한 삶을 갈구하리라는 것을 그이는 경험을 통해 알고 있었어. 그리고 여기 머문다면 자신이 현실 세계라고 부르기 시작한 곳에 점점 어울리지 않는 사람이 되면서 영원히 번민할 거라는 사실도. 나도 인내심이 바닥나기 시작했어. 내 일에도 차질이 생겼고. 이 모든 일에 진이 빠졌지. 많이 생각한 끝에 그이가 정계로 되돌아가야 한다고 결론을 내렸어. 어차피 거기에서 오래 살아남은 사람이다, 불행해진다 해도 그건 모든 것을 다 갖지 못하는 어린애의 불행일 뿐이다."

"이런 생각을 말하면서 얘기를 많이 했는데, 그이는 더 심하게 가라앉았고 그러다 둘이 다투게 됐어. 오늘 아침에 일어난 일이야. 그이는 내가 자기를 차디찬 바깥으로 내몰려고 한다고, 자기가 원하는 삶에서 떼어내려 한다고 비난했어. 유감스럽게도 화가 나서 이성을 잃고 내가 그랬어. 할 수 있는 한 그이를 도우려고 노력했다고, 그런데 이제부터는 본인이 직접 자기 삶을 책임져야 할 거라고. 그랬더니 바로 실행에 옮긴 거야. 자신에게 상처를 내서 날 상처 입히고 싶었던 건데, 정말이지 암울한 사고방식이야. 숲으로 나가 그대로 앉아 있었어. 자기 스스로를 차디찬 바깥으로 내몬 거야. 자살치고는 심통 사납고 유아적이지. 앞으로 항상 안타깝겠지만 용서할 수는 없을 것 같아."

셀마는 화가 나서 자리에서 일어섰다. 스티븐은 그녀가 이리저리 서성이는 것을 바라보았다. 방 안에 다시 동요가 일어났다.

"그 아동 보육서를 찰스가 썼다면 내용이 왜 그리 가혹한 거죠? 내가 본 바로는 자신이 아이라고 느끼는 사람이 쓸 수 있는 종류의 글이 아니던데."

"나도 다 읽어봤어," 셀마가 말했다. "찰스의 문제를 완벽히 보여주는 사례더군. 그이를 그 일로 끌어들인 건 자기 환상 속 삶인데, 책을 그렇게 쓴 건 상사를 기쁘게 하려는 욕망 때문이었지. 그이는 그런 것들을 조화시킬 수 없었던 거고 그래서 무너진 거야. 그이는 아이일 때의 성격—정말로 스티븐, 당신도 봤어야 해, 그이가 얼마나 재미있고 직설적이고 상냥한지—을 끌어낼 수가 없었어. 그런 성격을 끌어내

공적인 생활에서 드러낼 수가 없었던 거야. 그보다는 자기가 과도하게 취약하다고 생각하는 부분을 만회하는 데만 정신이 없었던 거지. 그 모든 안간힘을 쓰고 고함을 지르고 시장을 독점하고 논쟁에서 이기는 것이 약점을 물리치기 위해서라니. 그리고 솔직히 말해서, 내 직장 동료들과 과학계와 그곳을 주무르는 남자들을 생각할 때, 또 과학 그 자체와 그것이 수 세기에 걸쳐 어떻게 고안되었는지 생각할 때, 난 찰스의 사례가 보편적인 문제의 극단적인 형태에 불과하다고 생각해."

"분명히 맞는 얘기일 거예요." 스티븐이 말했다.

이제 그녀의 화는 그를 향했다. "그렇게 말은 하지. 하지만 지난 한 해를 돌이켜봐. 자신은 또 얼마나 불행했는지, 얼마나 버둥거렸고, 얼마나 무력증에 시달렸는지, 바로 눈앞도 보지 못하고…… 그러고 보면 무엇이 옳다고 말하는 것과 그것을 아는 것과는 얼마나 차이가 있는지 알겠지."

스티븐은 의자에서 일어났다. "무슨 얘길 하는 거예요?" 그가 따져 물었다. "바로 내 눈앞에 뭐가 있었는데요?"

셀마가 잠시 주춤했다가 막 대답하려는데 요란한 전화벨 소리가 그 짧은 정적을 무너뜨렸다. 그녀가 전화를 받기도 전에 그는 저녁 내내 받는 이 없는 전화벨 소리를 듣고 있었다는 사실을 깨달았다.

그녀가 말했다, "응? ……근데 지금 여기 있는데, 나랑 같이…… 좋아…… 그래, 날 믿어…… 그럴게……." 그녀는 그를 향해 수화기를 내밀고 자유로운 다른 쪽 손으로 송화구를 막았다. 그의 질문에 대답하려던 참이었음을 잊지 않았다는 뜻을 분명히 전했다. "줄리," 그녀가 말했다. "줄리가 당신 앞에 있었다고. 줄리가 통화하고 싶대."

그는 전화기를 건네받아 귀를 기울였다. 이제 셀마는 함박웃음을 지었고, 눈물 고인 눈을 가늘게 뜨고 내내 그를 바라보았다.

9

석탄을 능가하고 심지어 원자력을 능가하는, 아동은 우리의 가장 위대한 자원이다.

영국 정부 출판국 발행 《공인 아동 보육 안내서》

때마침 스코틀랜드에서 출발하는 런던행 야간열차가 동쪽으로 방향을 틀어 노픽과 서픽을 지나며 새벽 1시 20분에 근처 역에서 잠시 정차했다. 셸마의 차를 빌린 스티븐은 미리 정한 대로 좌석 아래에 열쇠를 놔두고 기차가 들어오기로 예정된 시간 1분 전에 플랫폼에 도착했다. 그는 승무원에게 침대칸 요금을 지불했고 도착하자마자 깨워달라고 부탁했다.

베개가 놓인 쪽에 발을 두고 누운 그는 불투명 유리에 난 작은 구멍을 통해 객차의 그림자 앞쪽 모서리가 석탄재 깔린 철로에 흐릿하게 드리우는 모습을 바라보았다. 옆 칸에서 사랑을 나누는지 소리 죽인 쿵쿵 소리가 들려왔다. 20분이 넘는 시간 동안 그는 그 행위의 규칙적인 지속성과 엄청난 외곬의 열정에 경탄했다. 그런 열정을 되찾을 수 있을까? 기차가 다음 역에서 정차하기 위해 속도를 늦추기 시작하자 그 박자도 느려졌다. 알고 보니 그가 듣고 있던 것은 칸막이벽에 달린 뭔가가 헐거워져 흔들리며 벽을 치는 소리였다.

그는 기차가 교외 외곽에 진입할 무렵 잠이 들었다가 문을 요란하게 두드리는 소리에 갑자기 잠에서 깼다. 혼미한 정신에 굉장히 급한 상황이라고 오해한 그는 가방을 들고 허겁지겁 서둘러 플랫폼으로 나갔다. 간밤에 기차를 타고 떠났던 바로 그 플랫폼이었다. 그는 흔들흔들 서서 기억을 되살렸다. 근방의 기차에 우편물과 잡지를 싣고 있는 짐꾼들을 제외하면 역에는 사람이 없었다. 바닥은 호스로 씻겨 있었다. 잠기운에 여전히 멍한 채로 그는 택시를 잡으러 나섰다. 택시 승차장은 텅 비어 있었고 역 바깥의 거리에도 차가 전혀 없었다. 그는 흙먼지 섞인 찬 바람을 막기 위해 찰스의 작업복 외투 옷깃을 세우고 세인트폴 대성당 쪽으로 걸었다. 30분 정도 걸었을 때 갓등을 끈 택시가 그를 태웠다. 강 건너에 있는 집으로 돌아가던 기사가 그를 빅토리아역까지 태워주기로 했다.

몇 분 뒤, 스티븐은 유리 칸막이를 밀어 열고 250파운드를 줄 테니 켄트까지 가자고 제안했다.

기사는 즉시 고개를 저었다. "아니, 됐수다. 딴 뜻이 있어서가 아니라, 눈 좀 붙여야 해서."

"그럼 300."

"미안해요."

"2500은?"

택시가 멈춰 섰고 기사가 고개를 돌렸다.

"돈을 먼저 봅시다."

스티븐이 맨손을 보여주었다. "그냥 가능한 액수가 있는지 알고 싶었어요."

남자는 껄껄 웃으며 도로 안쪽으로 차를 몰았다. 목적지에 도착해 스티븐의 돈을 받을 때도 그는 여전히 혼자 빙글거리고 있었다.

근처의 무료 급식소 영향도 있겠지만, 이 역은 아까의 역보다 더 붐볐다. 문을 닫은 매표소 옆에서 사과주와 셰리주 파티가 진행 중이었다. 군복 외투를 입고 휘청거리는 인물들의 숫자를 볼 때 조촐한 행사였다. 흑인 여자 세 명이 저마다 거대한 진공청소기를 한 대씩 작동시키며 각기 다른 방향에서 무리를 향해 꾸준히 다가가고 있었다. 플랫폼에서는 십여 명의 남자들이 산만하게 짐을 싣고 내렸다. 가끔 멀리 있는 지붕에 반향된 고함 소리가 나른하게 울려 퍼졌다. 스티븐은 출발 안내판을 보고 다음에 정차하는 도버 라인 기차는 세 시간 후인 6시 45분에 떠난다는 사실을 알았다.

그는 세미 포르노 잡지 여러 묶음을 싣고 덜컹덜컹 이동하는 수레 뒤를 따라 걸어갔다. 수레가 멈추자 앞으로 가서 수레꾼에게 도버로 가는 우편 기차가 있는지 물었다. 남자는 어깨를 으쓱하더니 수레에서 짐을 내리려고 준비하는 짐꾼들에게 질문을 전달했다. 2시 20분 기차, 한 시간 반 전, 짐꾼들이 호흡이 거친 목소리로 연달아 중얼거렸다. 스티븐이 막 자리를 뜨려는데 10대 소년 짐꾼 하나가 기차 구경이 취미인 사람 같은 열의를 띠고 말했다.

"지금 거기 내려가는 건 정비 기차뿐이에요."

"그건 어디 있어요?"

"못 타실걸요." 그러면서도 소년은 플랫폼이 어둠 속으로 경사져 내려가는 곳을 가리켰다.

스티븐은 그에게 고맙다고 말하고 계속 걸어가면서, 등 뒤에서 "이봐요!" 하고 날카롭게 외치며 격려하듯 요란하게 웃음을 터트리는 사람들의 소리를 무시했다.

승객들에게 더 이상 접근하지 말라고 경고하는 표지판 근처에서 플랫폼은 역의 지붕을 벗어나 경사져 내려갔고, 석탄재를 깔아 다진 좁은 길을 따라 철로가 복잡하게 얽힌 곳으로 뻗어나갔다. 180미터 정도 전방의 높은 아크등으로 밝힌 측선에, 화물차를 한 량만 매단 디젤 기관차가 있었다. 두 개의 차량 모두 선명한 노란색이었다. 스티븐은 특별한 계획 없이 다가갔다. 운전석 아래에 도착한 그는 숱 많고 검은 곱슬머리에 베레모를 쓴 자기 또래 남자를 올려다보았다. 스티븐은 베레모가 좋은 신호라고, 유머 감각의 증거라고 생각했다.

그는 기관차가 진동하는 소리 너머로 외쳐야 했다. "기관사시죠?"

남자가 고개를 끄덕였다.

"얘기할 게 있어요."

"그럼 올라와요."

그는 가방과 함께 어설프게 훌쩍 뛰어올랐다. 따뜻하고 좁은 공간에는 예상했던 것보다 다이얼이나 제어장치의 수가 적었다. 바닥이 발밑에서 기분 좋게 진동했다. 문고판 스릴러소설 두 권과 보온 물병 하나, 담배 한 갑, 망원경 하나, 그리고 서로 겹쳐 접은 두꺼운 모직 양말 한 켤레가 보였다. 단칸 셋방처럼 우중충하고 내밀한 곳이었다. 기관사는 반대편 문 쪽으로 이동해 자리를 마련했다. 스티븐은 운전석 한 곳에 앉고 싶은 충동을 억눌렀다. 주제넘은 짓일 테니까.

대신 그는 운전석에 손을 올리고 말했다. "도버로 가는 길 중간에 내려주실 수 있을까 여쭤보려고요." 그는 말을 하며 뒷주머니에 손을 넣어 50파운드 지폐들을 꺼냈다. "규정상 절대로 그러면 안 된다는 건 압니다만, 그래서……."

그는 돈을 든 손을 뻗은 상태였다. 기관사는 제어판에 팔꿈치를 대고 앉아 주먹 쥔 손으로 볼을 떠받치고 있었다. 그의 시선은 돈을 지나쳐 스티븐의 얼굴에 머물렀다.

"도망치거나 그런 거예요?"

사정을 설명해야 할 거라고는 예상하지 못했기 때문에 그가 생각해낼 수 있는 말은 진실뿐이었다. "긴급한 호출을 받았어요. 아내, 전처에게서요." 그는 그럴 권리를 얻었다고 느끼며 자리에 앉았다.

"그분을 마지막으로 만난 게 언제인데요?" 기관사는 문제의 그 여자를 알기라도 하는 것처럼 대명사에 힘주어 말했다.

"지난 6월."

남자가 얼굴을 찌푸리며 말했다. "말이 되네."

스티븐은 설명을, 혹은 결정을 기다렸지만 기관사는 여전히 팔꿈치에 기댄 채 다른 쪽 손으로 제어장치들을 만지작거릴 뿐 아무 말도 하지 않았다. 스티븐은 지폐를 다른 손으로 옮겼다. 제안을 철회하는 것처럼 보일까 봐 지폐를 도로 집어넣기가 꺼려졌다. 새로운 접근법을 생각하고 있는데 앞 유리를 보니 불빛이 아주 조금씩 한쪽으로 밀려나고 있었다. 기차가 걷는 속도보다 느리게 앞으로 나아갔다. 400여 미터 앞에 있는 철도 신호교에서 불 켜진 신호등의 조합이 변동했다. 어떤 색깔이 더해지거나 바뀌었는지 기억할 수는 없었지만. 기관사는 똑바로 고쳐 앉았다. 신속하고 복잡하게 바뀌는 전철기(轉轍機)들 위를 끼익하고 지나가며 속도를 올린 기차가 철로의 띠를 가로질러 저편으로 곧바로 넘어갔다.

스티븐은 그 소음이 사라질 때까지 기다렸다가 말했다, "고마워요." 기관사는 그를 돌아보지 않았지만, 베레모를 고쳐 쓰며 알았다는 뜻을 전했다.

옆이 아니라 앞을 볼 수 있다는 점이 비교할 수 없을 정도로 좋았다. 눈앞의 풍경이 철둑이나 주택의 뒤뜰이 아니라 강철 리본이 수 킬로미터에 걸쳐 풀려나가는 광경이라는 점, 다가오는 기차와 충돌할 듯 가까워지다 세밀히 계산된 정확도로 선로를 조정하는 철로 장치가 작동하며 서로 비켜나는 모습을 볼 수 있다는 점도 마찬가지로 좋았다. 기차가 속도를 높여 사우스 런던을 지날 때 눈이 오기 시작하면서 앞으로 나아가는 움직임의 쾌감이 더욱 강렬해졌다. 기차가 눈송이의 소용돌이 속을 돌진하고 있으면, 소용돌이의 열린 끄트머리가 그들 주위에서 빙빙 돌아 기차 주위로 더욱 단단히 조여드는 느낌이 들었다.

기관사가 혀를 이에 대고 끌끌 차며 시계를 보았다. "가시려는 데가 어디였죠?"

스티븐이 역 이름을 말했다.

"그분이 거기 사시는군요, 그렇죠?"

"5킬로미터 정도 남쪽입니다."

기차가 움직이기 시작한 이래 처음으로 기관사가 스티븐을 쳐다보았다. "그런데, 꼭 역에서만 정차할 수 있는 건 아니에요."

스티븐은 조림지와 도로가 꺾이는 곳을 설명하다가 〈더 벨〉을 기억했다.

"알아요," 기관사가 말했다. "거기 얌전히 내려드릴 수 있어요."

기차는 교외의 주황색 불빛을 벗어나 베드타운들 사이에

아직 남아 있는 시골의 어둠으로 들어갔다. 눈은 잦아들었다가 완전히 멈췄다. 기차의 속도가 빨라졌다. 스티븐은 아직도 돈을 꼭 쥐고 있었다. 그는 다시 돈을 주겠다고 했지만, 전방의 철로에 시선을 고정한 기관사는 한 손으로는 초승달 모양의 황동 손잡이를 잡고 다른 손은 주머니에 깊숙이 찔러 넣고 있었다.

"전처에게 주세요. 돈이 필요할 거예요, 아마도."

스티븐은 돈을 주머니에 넣으며 이름이라도 알려주어야겠다고 느꼈다.

"에드워드." 자신도 이름을 밝힌 기관사는 이동식 정비소와 매점을 싣고 그날 아침에 일을 시작하는 작업조에게 가는 중이라고 설명했다. 작업자들은 수해를 입은 터널 안 철로 바닥을 다시 다질 예정이었다. 그곳은 남부에서 알아주는 근사한 옛 터널이었다. 그 전주에 그들은 벽돌로 지은 지붕과 입구의 부벽을 스포트라이트로 비추며 감상했다.

"그 안은 성당이나 마찬가지예요. 터널 천장의 만듦새는 가히 팬볼트*라고도 할 만한데 아무도 쳐다보지 않죠." 2년 후에 이 노선은 폐쇄될 예정이었다. "다시는 복구할 수 없겠

---

* 천장을 부채 모양의 아치형으로 둥글게 짓는 고딕 건축양식.

죠." 잠시 가만히 있던 에드워드가 말했다. "땅을 팔아넘길 거고 그러면 다시는 노선을 복구할 수 없어요."

"참 불합리한 일이네요." 스티븐이 말했다.

에드워드는 고개를 저었다. "너무나 합리적인 겁니다, 친구. 그게 문제예요. 여기 어둠 속에 성당이 있다. 그게 무슨 소용이야? 폐쇄해. 고속도로를 지어. 하지만 고속도로엔 가슴이 없어요. 다리 위에 서서 객차 수를 세는 아이들을 볼 수 없잖아요."

한 시간이 걸려 그 작은 역에 도착했다. 기차가 역을 지나친 직후 에드워드는 제동장치를 작동시켰다. "철도 건널목에 내려드릴게요. 잘 찾아갈 수 있을 거예요. 언덕을 올라가서 반대편으로 내려가시고 숲을 통과해 교차로가 나올 때까지 걸어가세요. 거기에서 우회전하면 오른편으로 그 주점이 보일 거예요."

기차는 자동 건널목 너머에서 멈췄다. 스티븐은 에드워드와 악수했다. "정말 친절하신 분이네요."

"가세요, 어서 내려요. 나 해고당하기 싫어요. 그쪽도 해야 할 일이 있고."

스티븐이 철로에 내려서자 에드워드가 가방을 아래로 던져주었다. 축하의 소동이 뒤따랐다. 거대한 기계가 굉음을 내며 앞으로 나아갔고, 그의 등 뒤에서는 도로를 막고 있던 차단문들이 열리며 종소리가 땡땡거리고 빨간불이 깜빡거렸다. 그러다 1분이 채 안 되어 적막이 흘렀다.

건널목 너머로 언덕이 가파르게 솟았다. 마지막으로 눈이 내린 뒤로 차가 지나간 흔적이 없는 앞쪽 길은 산울타리 사이로 끊임없이 펼쳐진 새하얀 띠처럼 보였다. 그의 앞에 떠 있는 달이 마침내 저물고 있었다. 유령이 나올 것 같은 길이었다. 그는 길 가장자리로 조용히 걸으면서, 그의 옆에서 자전거를 밀고 가며 서로 조화할 수 없는 생각에 말없이 빠져 있는 젊은 커플의 존재를 의식했다. 그 젊은이들은 지금 어디에 있을까? 무엇이 그들을 43년이라는 세월 너머로 떨어트려놓았을까? 그들이 여기에서 보낸 순간들은 점점 잦아드는 메아리였다. 자전거 뒷바퀴가 단호하게 탁탁거리며 돌아가는 소리, 보폭의 길이가 달라 맞춰졌다가 어긋나기를 반복하는 발소리가 들리는 것 같았다. 그는 두 사람과 함께 언덕 꼭대기에 올랐고, 그들이 그런 것처럼 그곳에서 멈췄다.

빛나는 길이 아래로 굽이져 내려가 1, 2킬로미터 떨어진 숲으로 들어갔다. 그는 가방을 땅에 내려놓고 어깨에 가로질러 멜 수 있게 줄을 조정한 다음, 출발선에 있는 단거리 주자의 초조한 능숙함으로 신발 끈을 다시 묶었다. 허리를 펴고 심호흡을 했다. 그를 이곳으로 부른 요청의 긴요함을 떠올리자 위벽이 팽팽히 당겨지는 느낌과 차가운 전율이 느껴졌다. 고도가 높은 곳의 응축된 에너지를 다시 한번 음미하고 몸을 앞으로 기울이자 언덕이 그를 끌어 내리는 힘에 저절로 맞춰진 발걸음 덕에 거의 힘들이지 않고 눈 위를 질주했다. 180미터 정도를 뛴 후로는 한 발짝 내디딜 때마다 호흡 한 번씩, 이라는 규칙이 생겼다. 가방을 던져버리면 공중으로 떠오를 것만 같았다. 그는 땅을 쿵쿵 밟으며 지구의 회전을 도왔고, 그러자 그가 사물에 다가가는지 사물이 그에게 달려드는지 분간이 되지 않았다. 나무들이 시작되는 곳까지 내려와 숲으로 들어가니 눈밭을 뚫고 길이 나 있었다. 그는 특정한 나무 한 그루를 보고 어머니가 자신을 떼어버릴 계획을 세운 곳이 거기라고 마음대로 정했다. 이제는 평지에 도달했는데도 달리는 속도를 높이자 숨이 훨씬 더 가빠졌다. 400여 미터 앞에 교차로가 보였을 때는 울퉁불퉁한 공터로 질러가면서 안 보이던 둔덕들에 발이 걸려 비틀비틀 달렸다.

두 번째 길은 넓었다. 그 길과 길가에 빽빽이 나 있는 높은 나무들이 기억났다. 앞쪽에 공중전화가 있는 곳에서 길은 오르막이 되었다가 나란히 숲길이 넓은 초원에 섞여드는 지점에서 급격한 굽이를 돌았으며, 그 직전 오른편에 〈더 벨〉이 있었다. 달빛을 받아 대담한 연필 스케치처럼 보이는 풍경이었다. 그는 현관이 정면으로 보이는 곳으로 가서 건너편을 쳐다보았다. 바로 그때, 그곳에서 일전에 겪었던 일은 부모의 경험과 상호적이기만 한 것이 아니라 무언가의 연속이자 일종의 반복이었음을 깨달았다. 어떤 예감을 느꼈고, 미소 짓던 셀마와 그간의 달수를 헤아려 즉각 알아차린 에드워드가 떠오르면서 그 예감은 확신으로 변했다. 그 모든 슬픔, 그 모든 공허한 기다림이 의미 있는 시간의 일부였다는, 생각해낼 수 있는 가장 풍요로운 전개의 과정이었다는 확신이었다. 그는 숨이 턱에 차는데도 깨달음의 함성을 지르며 오르막길을 올라갔고 이어서 줄리의 시골집으로 가는 오솔길을 달려갔다.

*

현관문은 잠겨 있지 않았다. 문을 열면 곧바로 나오는 거실의 온기, 빵과 커피의 희미한 냄새로 사람이 깨어 있음을 알 수 있었다. 문을 닫는데 문 뒤편에 걸린 코트와 목도리에서 줄리의 향수 냄새가 났다. 벽난로의 석탄불에서 흘러나온 빛이 바닥으로 드리워졌고 거실의 나머지 부분은 어둑어둑했다. 깨끗이 닦은 작업대 위에는 공책들 옆으로 호랑가시나무

잔가지가 담긴 토기 화병과 노란색 속싸개 위에 올려놓은 바이올린이 있었다. 의자 위에 다림질한 빨래가 가지런히 쌓여 있었다. 그 옆 바닥에는 밤하늘에 관한 책 한 권과 찻잔과 받침 접시가 놓여 있었다. 거실을 반쯤 가로질렀을 때, 위층에서 침대가 삐걱거리는 익숙한 소리가 나더니 머리 위로 발소리가 지나갔다.

그는 계단 밑으로 가서 위에 대고 외쳤다. "나야." 난간의 그림자가 벽 표면에서 휘어지고 굵어졌다. 그녀가 계단 꼭대기에 서 있었다. 흰 잠옷이 언뜻 보인 듯도 했지만 확실히 보이는 것은 그녀가 들고 있는 촛불에 밝혀진 얼굴뿐이었다. 줄리가 외국에 다녀왔나 생각했다. 피부가 그을린 것 같았다.

"빨리 왔네," 그녀가 속삭였다. "올라와."

방으로 들어갔을 때 그녀는 다시 침대로 돌아가 있었다. 그는 아직 가라앉지 않은 가쁜 숨을 감추려 했다. 달려왔다는 사실을 알리고 싶지 않았다. 촛불 말고도 화장대 위에 전등이 하나 있었고 벽난로 안에서도 불이 타고 있었다. 그녀 주위로 책과 신문, 잡지, 낱장 악보들이 누비이불 위 여기저기에 널려 있었다. 침대 옆에는 꽃이 꽂혀 있고 과일주스 통도 하나 있었다. 그녀의 등 뒤로 풍성한 베개가 대여섯 개쯤 놓여 있었다. 그는 침대 발치에 서서 가방을 내려놓았다. 당장은 가까이 가고 싶지 않았다.

줄리는 누비이불을 끌어당겼다. 어둑한 곳 어디에서 뭔가가 바닥으로 미끄러져 떨어졌다. "당신과 통화를 마치자마자 진통이 오기 시작한 것 같아. 하지만 걱정하지 마. 며칠이 걸릴 수도 있으니까. 예정일까진 아직 일주일 정도 남았어."

스티븐은 우둔하게 말했다. "몰랐어."

그녀는 고개를 저으며 웃었다. 고개를 들어 그를 얼핏 보고 시선을 돌리는데 부드러운 불빛 속에서 그녀의 눈 흰자위가 빛났다. 그녀는 어깨에 카디건을 걸치고 그 아래로는 면 원피스 잠옷을 입었으며 잠옷 앞섶을 커다란 가슴 사이의 골이 보이는 곳까지 풀어놓았다. 피부는 가무잡잡하고 뜨거워 보였다. 양손은 배가 부풀기 시작하는 곳에 얌전히 올려놓았다. 심지어 손가락까지 통통해진 것 같다고 그는 생각했다. 그녀가 겹쳤던 손을 풀어 침대를 톡톡 두드렸다.

"와서 앉아."

하지만 그는 내내 달려온 뒤라 아직 정신이 어수선했다. 흠뻑 젖은 셔츠가 등뼈에 들러붙어 있었다. 좀 더 시간을 갖고 방의 따뜻한 공간에 적응하고 난 뒤에야 그녀에게, 이 막강한 힘에 다가가 앉을 수 있을 것 같았다. 거절을 무마하기 위해 그는 처음 머리에 떠오르는 말을 했다. "기관차를 타고 왔어, 운전석에 앉아서."

"당신 소년 시절 꿈이네."

"기관사가 철도 건널목에서 내려줬어. 이 근처 지리를 아는 사람 같더라고." 그는 에드워드에 대해 얘기하고 그녀가 굉장히 좋아했을 사람이라고 말하려다가, 설명하기 어려운 데다 무관한 얘기라고 결론 내렸다. 그는 말했다. "줄리, 왜 말하지 않았어?"

"와서 여기 앉아."

그는 잠시 망설이다가 재킷과 스웨터를 의자 위에 걸쳐두고 젖은 신발과 양말을 불가에 놔두었다. 침대 쪽으로 걸어가는 동안 발밑의 따뜻한 마루판이 집이란 무엇인지, 상상하기 힘든 기쁨이란 무엇인지 다시 일깨웠다. 그는 침대 가장자리, 줄리가 두드린 곳에는 한참 못 미치는 곳에 앉았다. 하지만 그를 가까이 오게 하려는 그녀의 의지는 단호했다. 그녀가 그의 양손을 감싸 쥐었다. 말이 나오지 않았다, 감당할 수 없을 만큼 큰 사랑이 가슴을 채웠다. 배 안에서 빛과 온기가 퍼져나갔다. 무중력 상태로 떠 있는 기분이었고 정신이 나간 것 같았다. 줄리가 그를 보고 미소 지었다, 금방이라도 웃음을 터트릴 것 같았다. 최고의 희망을 실현한 사람의 의기양양한 유쾌함이었다. 그렇게 아름다운 그녀의 모습을 본

적이 없었다. 피부는 결이 더 고와져서 마치 어린아이 같았다. 그녀의 몸 안에서 자라는 것이 자궁에만 있는 것이 아니라 모든 세포 안에 감겨들어가 있는 것 같았다. 그의 질문에 대답하는 줄리의 목소리는 선율적이고 진중했다.

"기다려야 했어, 시간이 있어야 했어. 지난 7월에 처음 알았을 때 분노가 치밀었어, 나 자신에게, 그리고 당신한테도. 사기당한 느낌이었어. 너무 부당하다고 생각했다고. 혼자 있으려고 여기 온 거였어, 나 자신이 강해지기를 원했단 말이야. 정말로 나쁜 시기라고 생각해서 중절수술도 진지하게 고려했어. 하지만 그건 2, 3주 정도의 적응기에 불과했지. 자발적으로 선택해서 혼자 있게 되면 머리가 굉장히 맑아지기도 해. 또 한 번의 상실은 감당할 수 없겠더라. 그리고 생각하면 할수록 이렇게 쉽게 생겼다는 게 너무나 특별하게 느껴지는 거야. 케이트를 가질 때 얼마나 오래 걸렸는지 기억나? 내가 나쁜 시기라고 생각한 건 사실은 불편한 시기였던 거야. 그래서 이렇게 된 걸 선물이라고 생각하기 시작했지. 시간의 형태가 정해지는 더 깊은 차원이 있을 거라고 생각했어, 나쁜 순간이나 좋은 순간이란 게 그렇게 한정적일 순 없잖아."

"그때 편지로 알릴 수도 있었겠지. 당신이 와줄 걸 알았어. 우린 괜찮았을 거야, 상황을 수습하고 최악의 시간은 지나갔다고 생각했겠지. 하지만 그건 내게 위험하다는 것도 알았어. 그때 당신을 불렀다면 중요한 문제는 묻혀버렸을 거야. 내가 여기에 온 건 케이트를 잃었다는 사실을 직시하기 위해서였어. 그건 내 과제, 말하자면 내 일이었어, 결혼 생활보다, 혹은 음악보다도 더 중요한 일. 새로운 아이보다 더 중요했고. 그 사실을 직면하지 않는다면 난 가라앉을 수도 있다고 생각했어. 죽고 싶은 마음이 드는 정말 정말 나쁜 날들이 있었어. 그런 기분은 다시 고개를 들 때마다 더욱 강해지고 매력적이었지. 무얼 해야 하는지 알고 있었어. 마음속에서 케이트를 따라 달려가는 짓을 그만둬야 했어. 케이트 때문에 아프고, 케이트가 현관에 나타나기를 기대하고, 숲속에서 케이트를 보고, 주전자에 물을 끓일 때마다 케이트의 목소리를 듣는 걸 멈춰야 했어. 케이트를 계속 사랑할 수밖에 없지만 그 아이를 이젠 그만 원해야 했어. 그러기 위해서 시간이 필요했던 거고, 그 시간이 임신 기간보다 더 길어진다 해도 어쩔 수 없다고 생각했지. 완전히 잘 해내지는 못했지만……."

그녀의 시선이 방 한구석으로 옮겨갔다. 묵은 슬픔이 그녀의 목소리를 잠기게 했다. 그의 콧구멍을 벌름거리게 했다. 두 사람은 그것이 사라지기를 기다렸다. 커튼은 넓게 열려 있었고, 집의 측면으로 바짝 내려온 달의 흰빛 때문에 창틀

맨 위쪽이 빛났다. 창문 아래 탁자 위에는 산파가 바로 쓸 수 있도록 준비해둔 의료용품 꾸러미가 있었고, 그 옆에는 옷장의 그림자에 가려진 수선화 화병이 있었다.

"하지만 진전은 있었어. 케이트가 생각나도 피하지 않으려고 했어. 케이트에 대해, 그 아이를 잃은 일에 대해 우울하게 곱씹기보다는 명상하려고 했고. 여섯 달이 지나고 나니까 새로운 아이를 갖게 된다고 생각하니 위로가 되기 시작하는 거야. 그런 생각은 점점 커지긴 했지만, 너무 느렸어, 스티븐. 지금도 가끔은 내가 어디에도 이르지 못했다는 생각이 들기도 해. 언젠가 오후에 사중주단이 왔거든. 첼리스트인 대학 친구 한 명도 같이 와서 함께 슈베르트 오중주 C장조를 연주했어, 아니 연주를 시도한 거지. 아다지오 부분에 이르렀을 때, 거기가 얼마나 아름다운지는 당신도 알잖아, 그 부분에서 난 울지 않았어. 사실, 행복했어. 그건 중요한 한 걸음이었지. 연주도 다시 제대로 하기 시작했고. 그전에 연주를 그만둔 건 그게 회피 수단이 되었기 때문이거든. 굉장히 어려운 곡들을 골라서 미친 듯이 연습했어. 생각을 멈추게 할 수만 있다면 뭐든. 그런데 이젠 곡 자체를 위해 연주했고, 새로운 아기가 태어나기를 고대했고, 당신을 생각하고 기억하며 우리가 얼마나 서로 사랑했는지 진정으로 느끼기 시작했어. 모두 되살아나는 걸 느꼈어. 이렇게 될 수밖에 없어서 미안해. 하지만 이게 옳다는 걸 알고 있었어. 이제는 계속해나갈 수 있어. 당신도 더 강해지고 있고 나름의 길을 가고 있다는 믿음이 필요했어. 그래서 마침내 전화를 한 거야, 어제 오후 내내. 그런데 당신이 받지 않으니 견딜 수가 없어서……."

그는 자신이 얼마나 더 강해졌는지 보여주고 싶었다. 가슴이 부풀어 오르면서, 금방이라도 침대에서 벌떡 일어나 다시 배운 백핸드 동작을 보여주거나, 펜을 들고 아랍어 글씨를 자랑하고 고대 아랍어로 시를 지어줄 수도 있었다. 하지만 그녀의 손을 놓을 수가 없었다. 맑은 회색 눈이 그의 얼굴을 왼쪽 눈에서 오른쪽 눈으로, 입으로, 다시 눈으로 돌아가며 훑어보았다. 억누른 웃음으로 무르익은 그녀의 입. 그녀는 이불을 젖히고 그의 손을 이끌었다. 아기의 머리가 골반 아래로 내려와 있었고, 얽힌 털 위쪽의 피부는 뜨겁고 단단해서 마치 뼈처럼 느껴졌다. 더 위로 올라가자 그녀의 오른쪽 가슴 아래에서 손바닥 밑으로 펄떡임과 발길질이 느껴졌다.

그는 그녀를 올려다보며 무슨 말인가를 막 하려는 참이었다. 줄리가 속삭였다. "그 애는 사랑스러운 딸이었어, 사랑스러운 아이."

그는 얼이 빠진 채 고개를 끄덕였다. 바로 그때, 3년이나 뒤

늦게, 그들은 마침내 함께 울기 시작했다. 잃어버린 아이, 대체할 수 없는 아이, 그들의 기억 속에서는 더 나이 먹지 않을 아이, 시간이 흘러도 특징적인 생김새와 움직임이 변하지 않을 아이를 위해서. 그들은 서로에게 매달렸다. 마음이 더 편해지고 슬픔이 좀 가라앉은 후에는, 울면서도 할 수 있는 데까지 그간의 이야기를 하면서 그들의 사랑을 약속했다. 아기에게, 서로에게, 서로의 부모들에게, 셀마에게. 마구잡이로 퍼져나가는 슬픔의 힘으로, 그들은 모든 이와 모든 것을 치유하기로, 정부와 이 나라와 이 행성을, 하지만 가장 먼저 그들 자신을 치유하기로 약속했다. 그리고 딸을 잃어버린 일을 돌이킬 수는 없지만 새로운 아이를 통해 딸을 사랑할 것이며 그 아이가 돌아올 가능성에 마음을 닫지 않기로 했다.

그들은 내내 침대 위에서 얼굴을 마주 보고 누워 있었다. 줄리가 발에 걸린 침대보를 걷어찼다. 그녀는 잠옷을 올리고 몸을 돌려 무릎과 손을 바닥에 대고 엎드렸다. 얼굴이 베개를 누를 때까지 팔꿈치를 옆으로 벌렸다. 수놓인 잠옷 자락에 어수선하게 휩싸인 채 위로 들린 엉덩이와, 그토록 위엄 있고 강력한 몸에서 흘러나오는 감미로운 무력함을 바라보며 그는 줄리의 이름을 되뇌었다. 그 모든 약속을 뒤로하고 울려 퍼진 적막이 조림지에서 사락거리는 백만 개의 솔잎

소리와 합쳐졌다. 그는 부드럽게 그녀의 몸 안으로 들어갔다. 주위로 무언가가 모여들어 더욱 요란해지고, 달콤해지고, 따뜻해지고, 밝아지면서, 모든 감각이 팽창을 향하여 합성되고 응축되었다. 그녀가 거듭 반복해 조용히 외치는 '오' 소리는 매번 저음에서 고음으로 올라가며 끝이 늘어지는 터라 마치 어리둥절한 질문 같았다. 나중에 그녀는 그가 알아들을 수 없는, 자신 역시 그 의미를 알지 못하는 기쁨의 소리를 질렀다. 그러다 그에게서 떨어져 나왔고, 등을 대고 눕고 싶어 했다. 줄리는 똑바로 자리를 잡고 숨을 날카롭게 들이마셨다. 한쪽 손을 배의 아랫부분에 대고 손가락 끝으로 가볍게 마사지했다. '에플루라지(effleurage)'. 그 마사지법의 예쁜 이름이 머리에 떠올랐다. 그녀는 다른 손으로 그를 붙잡고 진통의 강도가 세질 때마다 손을 꼭 쥐어가며 진행 상황을 알렸다. 모든 준비를 마친 그녀가 호흡을 제어하며 박자에 맞춰 꾸준히 숨을 내뱉다가 정점에 다가가면서 얕은 숨을 헐떡였다. 이 두 번째 여정을 그녀는 홀로 떠났다, 그가 할 수 있는 일은 해변을 따라 달리며 응원의 말을 외치는 것뿐이었다. 줄리가 정신을 놓고 멀어져가고 있었다. 그녀의 손가락이 그의 손을 파고들었다. 그의 관자놀이에서 맥박이 울리며 시야를 흐렸다. 그는 목소리에서 두려움을 몰아내려 했다. 자신의 대사를 기억해야 했다. "파도를 타, 이 파도를 타라고, 싸우려 하지 말고, 파도와 함께 흘러가, 흘러……." 그러다 그는 그녀와 함께 헐떡이며 날숨을 길게 내뱉게 했고, 움켜쥔 손의 힘이 약해지면 잠시 쉬었다. 의학 권위자들이 이런 식의 참여 방법을 고안한 목적은 무력한 부성의 공포를 물리치기 위해서가 아니었을까 생각했다.

진통이 지나가자 그들은 함께 심호흡을 했다. 줄리는 양손을 둥글게 모아 입에 대고 과호흡으로 인한 구역질을 물리쳤다. 그녀가 뭐라고 말을 했지만 손에 막혀 잘 들리지 않았다. 그는 기다렸다. 그녀가 손을 내리고 일그러진 미소를 지었다. 그들은 폭풍우가 지나가고 대피소에서 나오는 사람들처럼 다시 그 방으로, 제정신으로 돌아왔다. 그는 그전에 무슨 얘기를 하고 있었는지, 얘기하고 있기는 했는지 기억나지 않았다. 상관없었다.

"다 기억해?" 줄리가 말했다. 회상을 요구하는 것이 아니었다. 그가 해야 할 일을 아는지 알고 싶은 것이었다.

스티븐은 고개를 끄덕였다. 줄리의 책을 살짝 보고 싶었다. 그가 불완전하게 기억하는 대로라면, 분만 과정은 정확한 단계로 나뉘며 그때마다 다른 호흡법이 있고, 멈출 시간과 푸는 것이 중요한 시간이 있다. 하지만 앞으로 긴 하루가 남았다. 천천히 대처하면 될 것이다. 그리고 지난번 경험도 기억에 또렷이 남아 있었다. 그때 그는 이마를 닦아주고 전화를 걸고 꽃을 안겨주고 샴페인을 따라주고 산파의 심부름을 했으며, 옆에서 계속 진행 상황을 설명해주었다. 나중에 그녀는 그런 것들이 도움이 되었다고 말했었다. 그는 자신의 가치가 상징적인 쪽에 가깝다는 인상을 받았다. 스티븐은 옷을 입고 방 저편으로 가서 줄리의 양말 한 켤레를 찾아 신었다.

"산파 전화번호는 어디에 있어?"

"코트 주머니에. 코트는 문 뒤에 걸려 있고. 나가면 주전자에 물을 끓여줘. 올 때는 탕과 두 개에 물을 채워서 가져다주고. 재스민차 한 주전자도. 벽난로 두 곳 다 불을 더 세게 지펴야 해." 쉰 목소리의 이 명령들 역시 기억났다. 자신의 영역을 정돈하는 산모의 절대적 권리.

밖에 나오니 새벽은 아직도 동쪽 하늘에 머물러 있었다. 구름은 완전히 걷혔고 처음으로 별이 보였다. 여전히 주요한 광원은 달이었다. 젖은 신발을 그대로 신고 벽돌길을 재빨리 걸어 나가면서, 줄리가 눈을 미리 쓸어놓는 준비까지 했음을 알았다. 길모퉁이에 있는 공중전화 부스에는 전등이 없어서 번호를 손으로 더듬거려 찾아야 했다. 전화가 연결되고 상황 설명을 시작하고 보니 상대는 옆 마을 의료센터의 접수 담당자였다. 걱정할 것 없다. 산파에게 연락할 것이며, 한 시간 안에 산파가 도착할 것이다.

집으로 돌아가는 길에, 한 시간도 채 지나지 않은 그때 달려서 온 그 짧은 길을 걷다가 그는 걸음을 늦추고 무엇이 어떻게 변했는지 가늠해보려 했다. 하지만 성찰은 불가능했고 생각할 수 있는 것은 단지 차와 장작과 탕파 같은 세세한 부분뿐이었다.

돌아왔을 때 오두막은 조용했다. 쟁반에 차를 준비하고 바깥 헛간에서 땔감을 가져와 아래층의 불을 세게 지핀 뒤 위층 난로에 넣을 것은 바구니에 담았다. 줄리의 책장을 훑어봤지만 분만에 관한 책은 찾을 수 없었다. 능숙한 척 행세하며 자신감을 그러모으기 위해, 그는 부엌 개수대 앞에 서서 몇 분 동안 손을 박박 씻었다.

바구니 위에 쟁반을 올려놓고 겨드랑이 아래에 탕파를 끼운 채로 비틀비틀 위층으로 올라갔다. 줄리는 팔다리를 뻗고 누워 있었다. 푹 젖은 머리카락이 목과 이마에 들러붙어 있었다. 그녀는 불안해하며 투덜거렸다.

"오래 안 걸린다고 했잖아. 뭐 하고 있었어?"

그는 대꾸하려다 말고, 짜증 또한 과정의 일부이며 목적지로 가는 길 위에 놓인 표지라는 사실을 기억했다. 하지만 그건 더 나중일 텐데. 혹시 몇 단계를 건너뛰어버린 걸까? 줄리에게 차를 주고 마사지를 해주겠다고 했다. 하지만 그녀는 몸에 닿는 손길을 참지 못했다. 대신 침대보를 정리해주었다. 전에 산파가 자기를 어린애 다루듯 말한다며 화냈던 일이 떠올라, 상냥한 축구 코치의 말투를 쓰기로 했다.

"다리를 움직여봐, 이쪽으로. 잘했어. 다 괜찮아 보여. 잘 되고 있어." 기타 등등. 그녀는 크게 진정되지 않았지만 그래도 협조했고 차를 마셨다.

잉걸불에 입바람을 불면서 나뭇가지 한 줌에 불을 옮겨붙이려 하고 있을 때 줄리가 부르는 소리가 들렸다. 그는 잽싸게 달려갔다. 그녀는 고개를 젓고 있었다. 손가락들을 배 위에 올려놓으려는 것처럼 하다가 이내 그만두었다.

"밤새 깨어 있었어. 너무 피곤해서 못하겠어, 아직 준비가 안 됐어."

격려하는 그의 말이 긴 비명에 무질렸다. 그녀는 숨을 들이쉬려고 안간힘을 썼고 다시 한번 겁에 질린 외침을 길게 터트렸다.

"파도를 타고 흘러가, 파도를 타고······." 그는 말하기 시작했다. 다시 그의 말은 잘려나갔다. 그는 있어야 할 자리를 찾지 못했다. 박자에 맞춰 호흡하라는 권유는 이제 무의미했다. 돌풍 같은 비명에 설명이고 뭐고 다 잊혀버렸다. 줄리는 양손으로 그의 팔을 세게 그러쥐었다. 이빨이 드러났고 목의 근육과 힘줄이 끊어질 것처럼 늘어났다. 그는 어찌할 바를 몰랐다. 팔을 내주는 것 말고는 그녀에게 아무것도 해줄 수가 없었다.

그는 외쳤다. "줄리, 줄리, 나 여기 당신 옆에 있어."

하지만 그녀는 혼자였다. 숨을 마셨다가 다시 소리를 지르는데, 이번에는 마치 기뻐서 그러는 것처럼 격렬한 비명이었다. 폐에서 공기가 다 빠졌는데도 상관없었다, 비명은 계속, 또 계속 이어져야 했다. 진통 때문에 등이 들리고 몸이 뒤틀리며 옆으로 돌아갔다. 시트는 여전히 허리 부분에서 뭉쳐진 채 몸에 휘감겨 있었다. 그녀의 몸부림과 함께 침대의 틀이 진동하는 느낌이 들었다. 목 뒤편에서 마지막으로 꼴깍 소리가 나면서 그녀는 다시 들숨을 쉬었고 동시에 머리가 뒤로 젖혀졌다. 그를 향해 있으나 그를 뚫고 어딘가를 보는 그녀의 눈이 결연하게 빛나며 둥그레졌다. 짧은 절망은 지나갔다. 그녀는 통제력을 되찾았다. 줄리는 무슨 말을 하려는 듯하다가 그의 팔을 쥔 손아귀에 다시 힘을 주더니 또 멀어져갔다. 입술이 파르르 떨리면서 치아가 드러나도록 팽팽히 당겨졌고 가슴 깊은 곳에서 옥죄인 신음이 올라왔다. 엄청나게 힘겨운 몸부림에서 비롯된 숨넘어갈 듯 억눌린 소리였다. 그러다 소리가 잦아들며 그녀가 머리를 뒤쪽 베개 위로 떨어뜨렸다.

줄리는 심호흡을 하더니 놀랄 만큼 정상적인 목소리로 말했다. "차가운 음료가 필요해, 물 한 잔." 막 일어서려는데 그녀가 잡았다. "그런데 당신이 가면 싫어. 곧 나올 것 같아."

"안 돼, 안 돼. 산파가 아직 안 왔어."

마치 그가 자기를 위로하려고 농담을 한 것처럼 그녀는 미소를 지었다. "뭐가 보이는지 말해줘."

시트를 치우려니 그녀의 몸 아래로 손을 넣어야 했다.

쿵 하는 충격, 날카로운 떨림, 느려지는 시간의 흐름과 함께 그는 꿈의 시간으로 들어섰다. 고요함이 그를 에워쌌다. 그는 어떤 존재, 계시 앞에 와 있었다. 그는 밖으로 내민 머리의 뒤통수를 내려다보고 있었다. 몸의 다른 부분은 보이지 않았다. 머리는 아래의 축축한 시트를 향해 있었다. 그 침묵과 완전한 정지는 비난을 띠고 있었다. 나를 잊은 거야? 지금껏 나였다는 걸 몰랐던 거야? 나 여기 있어. 난 살아 있지 않아. 그는 정수리 근처에 소용돌이치는 젖은 머리칼을 보고 있었다. 움직임도 맥박도 호흡도 없었다. 그것은 살아 있지 않았다, 단두대 위의 머리였다. 하지만 요구 사항은 명백하고 긴급했다. 이게 나의 한 수였어. 이제 어떤 수로 맞설 거야?

다시 시트를 들어 올리고 나서 아마도 1초쯤 흘렀다. 그는 손을 내밀었다. 그가 만지고 있는 것은 축 늘어져 있으나 의지로 똘똘 뭉친 청백색 대리석 조각이었다. 차가웠다, 축축하고 차가웠다, 그리고 그 아래에는 온기가 있었다. 하지만 너무 희미한, 줄리의 몸에서 빌린 온기의 찌꺼기였다. 다른 도시나 다른 나라에서가 아니라 생명 그 자체에서 찾아온 사람으로서 그것이 갑작스럽고 명백하게 거기 있다는 사실, 그 단순함이 그에게 명백하고 정확한 목적을 알려주고 있었다. 그는 줄리에게 무언가 안심시키는 말을 하면서, 동시에 자신은 어떤 기억에서 위로를 얻었다. 햇살 쏟아지는 도로와 자동차의 충돌 잔해와 한 사람의 머리에 대한 폭죽처럼 짧고 또렷한 기억. 생각이 단순하고 기본적인 형태로 변하고 있었다. 바로 이것, 이 증식, 스스로를 사랑하는 이 생명의 물질이 우리가 가진 전부로구나, 우리가 가진 모든 것은 여기에서 비롯되는구나.

줄리는 아직 힘을 줄 준비가 되지 않았다. 다시 힘을 모으고 있었다. 그는 얼굴 주위로 손을 밀어 넣어 입을 찾은 다음 새끼손가락으로 점액을 닦아냈다. 호흡이 없었다. 손가락들을 아래로 움직이며 줄리의 팽팽한 피부 가장자리 밑으로 들어가 감춰진 어깨를 찾았다. 거기에서 탯줄이 만져졌다. 목

둘레를 올가미처럼 두 번 휘감은, 두껍고 튼튼하고 고동치는 생물체. 그는 집게손가락을 돌려가며 조심스럽게 잡아당겼다. 탯줄은 쉽게, 방대하게 빠져나왔고, 그것을 들어 올려 머리에서 풀어내자 줄리가 아이를 낳았다—그는 그 동사가 얼마나 적극적이고 후한 것인지 즉시 알았다—그녀는 의지와 온몸의 힘을 그러모아 삶을 준 것이다. 미끄덩하게 찌걱거리는 소리와 함께 아이가 그의 손 위로 미끄러져 나왔다. 그에게는 골이 진 근육질의 척추가 드러난 튼튼하고 미끌미끌하고 긴 등만 보였다. 아직도 고동치는 탯줄이 어깨를 가로질러 한쪽 발에 얽혀 있었다. 그는 홈이 아니라 포수에 불과했으므로, 머리에 떠오른 유일한 생각은 아이를 엄마에게 돌려주는 것이었다. 아이를 들어 앞쪽으로 내밀 때 그들은 훌쩍이는 소리와 함께 한 번의 또렷한 울음소리를 들었다. 아기는 얼굴을 아래로 하고 엄마의 심장 쪽에 귀 하나를 대고 있었다. 그들은 이불을 끌어다 아기 위로 덮었다. 탕파가 너무 무겁고 뜨거워서, 스티븐은 침대로 올라가 줄리 옆에 누워 아기를 사이에 두고 온기를 나눠주었다. 호흡이 일정한 박자에 맞춰지고 있었고, 피부에 더 따뜻한 색이 감돌면서 진한 분홍 혈색이 퍼져갔다.

그제야 그들은 탄성을 지르고 축하하면서, 막 구운 빵 냄새를 풍기는 미끈미끈한 머리에 입을 맞추고 코를 비볐다. 몇 분이 넘도록 그들은 환희와 경탄에 찬 소리만 낼 뿐 문장을 만들어내지 못한 채 서로의 이름을 외쳐 불렀다. 아기는 탯줄에 연결된 상태로 꼭 쥔 두 주먹 사이에 머리를 대고 있었다. 아름다운 아이였다. 아기가 눈을 뜨고 줄리의 산 같은 젖가슴 쪽을 보았다. 그들은 침대 너머 창문을 통해 달이 소나무들 사이의 틈으로 내려오는 모습을 보았다. 달 바로 위에 행성이 하나 있었다. 화성, 줄리가 말했다. 냉혹한 세상의 상징. 하지만 그들은 그 영향에서 당장은 벗어나 있었다. 시간이 시작되기 전이었다. 그리고 그들은 침대에 누워 푸르게 변해가는 하늘에서 내려오는 행성과 달을 바라보고 있었다.

그 뒤로 산파의 차가 집 밖에 멈추는 소리가 들릴 때까지 시간이 얼마나 흘렀는지 그들은 알지 못했다. 차 문이 쾅 닫히고 단단한 구두가 벽돌길 위에서 또각거리는 소리가 들렸다.

"자?" 줄리가 말했다. "딸이야, 아들이야?" 그들이 곧 다시 들어가려 하는 세상, 그들의 사랑을 불어넣고 싶은 그 세상을 긍정하며 그녀는 이불 아래로 손을 뻗어 만져보았다.

'시간 속의 아이'는 누구일까?

이언 매큐언의 소설《차일드 인 타임》은 주인공이 바로 눈앞에서 딸을 잃어버리는 충격적 사건으로 시작된다. 도입부에 인상적인 사건을 크게 터트리고 거기에서 이야기를 전개해나가며, 배경이 되는 사회와 주인공이 처한 상황을 폭넓게 다루는 구조는 매큐언의 작품에서 자주 나타난다. 긴박한 사건을 묘사할 때 특히 발휘되는 저자의 솜씨는 간결한 서술만으로도 독자를 사건에 몰입하고 긴장하게 하는 힘이 있다.

10여 년 전에 번역자가 아니라 독자로서 이 책을 처음 읽었을 때, 주인공의 딸이 사라지는 첫 장면은 지울 수 없는 인상을 남겼고, 한시라도 눈을 팔면 아이가 없어질 수도 있다는 생생한 두려움의 행태로 개인적 삶과 행동에 큰 영향을 미쳤다. 그때는 아이가 돌아오기만을 바라며 책을 읽느라 끝내 아이의 행방을 알지 못하는 채로 끝난 이야기에 당혹감과 허탈함을 느끼기도 했다.

하지만 시간이 지나고 조금은 멀찍이 떨어져 다시 읽어보니 이 소설은 상실의 고통과 삶의 비극이라는 표면적 줄거리 아래에 '시간'이라는 개념에 대한 다층적이고 심오한 의미를 깔고 있었고, 딸을 찾으려는 주인공의 수색만큼이나 줄기차게 시종일관 '시간'을 탐구하고 있었다.

여기에서 시간은 단선적이고 한 차원에 고정된 무언가가 아니라, 언제든 바뀔 수 있고 유동적인 신비한 개념이다. 주인공 스티븐이 경험하는 차 사고 장면에서 생생하게 묘사된 것처럼, 시간은 긴박한 위기의 순간에는 슬로모션처럼 수백, 수천 배로 늘어지기도 하고, 우울에 빠져 오늘과 내일의 구분도 없이 무력하게 늘어져 있을 때는 아무런 자각 없이 슬그머니 흘러가기도 한다.

아이를 잃은 슬픔 때문에 정신의 질서가 흐트러진 스티븐에게 시간은 직선적인 흐름을 멈추고 다른 차원으로 진입하여 과거의 한 순간을 보여준다. 과거의 한 자락에 끼어들어 자신의 탄생 전 시간으로 돌아간 스티븐은 출산 장면을 연상시키는 혼란과 요동을 통해 다시 태어나듯 현실로 돌아온다. 하지만 스티븐과 달리 과거의 시간을 현실에 재창조해 그 안

417

에서 살려고 했던 찰스의 엉거주춤한 시도는 실패로 돌아간다. 그들이 마음속에 품고 있던 아이들은 시간 속에서 길을 잃은 것일까?

'시간 속의 아이(The Child in Time)'는 누구일까? 퇴행이라고 볼 수도 있는 과정을 통해 시간을 거스르려 한 성인 남자들의 마음속 아이일까? 사라질 때 나이 그대로 고정되어 시간 속에 머무르게 된 케이트일까? 아니면 시간의 다른 차원을 통해 스티븐과 줄리에게 도달해 새로운 삶을 밝혀주게 된 아기일까?

이렇게 다층적으로 시간을 탐구하는 이 소설은 출간된 지 30여 년이 지나 처음 번역되어 이제는 대가가 된 작가의 젊은 시절을 여러 각도에서 조명한다는 점에서 흥미로운 작품이다. 30대 후반의 매큐언은 주인공 스티븐의 경험과 많은 부분 일치하는 자신의 유년기를 추억하고, 사회를 바라보는 여성주의적 시각을 드러내며, 소설의 배경이 된 마거릿 대처 총리 집권기의 신자유주의적·권위주의적 정부에 대한 불만을 신랄하게 표현하기도 한다. 한 주제를 외골수처럼 탐구하는 경향과 등장인물의 긴 대사로 서술을 대신하는 직설적인 스타일에서 저자의 스타일 변화를 발견할 수도 있다.

2005년에 매큐언의 신작 《토요일》이 출간된 후 영국의 언론인이자 작가이며 저자의 절친한 친구이기도 했던 크리스토퍼 히친스는 《디애틀랜틱》에 기고한 서평에서 다음과 같이 말한다.

《속죄》가 미국에서 획기적인 성공을 거둔 후, 혹은 《암스테르담》이 부커상을 탄 후에야 이언 매큐언의 애독자가 된 이들을 나는 좀 부러워하는 편이다. 그들은 《검은 개》 《시멘트 가든》, 그리고 (아직도 내 견해로는 그의 걸작인)《차일드 인 타임》을 이미 읽은 게 아니라 앞으로 읽게 될 테니까. 그리고 이런 경로로 접근하는 편이 이번에 《토요일》의 냉철하지만 재기 넘치는 글에서 확인된 매큐언의 이중적 개성이 성숙해가는 과정을 음미하기가 훨씬 쉬울 것이다.

우리나라의 대다수 독자도 히친스가 부러워하는 이 경로로 매큐언을 접했으니, 이제 새로이 그 길에 합세한 《차일드 인 타임》은 이언 매큐언의 작품 세계가 발전하고 확장하는 과정을 더욱 풍부하게 밝혀주는 의미 있는 소설이 될 것이다.

2020년 첫 겨울
민은영

옮긴이 민은영

고려대학교 영어교육과를 졸업하고 이화여자대학교 통번역대학원에서 석사학위를
받았다. 현재 전문 번역가로 활동 중이다. 옮긴 책으로 아모스 오즈의 《친구 사이》,
윌리엄 포크너의 《곰》, 윌리엄 트레버의 《여름의 끝》 《그의 옛 연인》, 이언 매큐언의
《칠드런 액트》, 존 치버의 《존 치버의 편지》, 파울로 코엘료의 《불륜》, 폴 하딩의 《에
논》 등이 있다.

차일드 인 타임

초판 1쇄 인쇄 2020년 1월 13일
초판 1쇄 발행 2020년 1월 16일

지은이 이언 매큐언
옮긴이 민은영
펴낸이 이상훈
편집인 김수영
본부장 정진항
문학팀 김준섭 정선재 김수아
마케팅 조재성 천용호 박신영 조은별 노유리
경영지원 정혜진 이송이

펴낸곳 한겨레출판(주) www.hanibook.co.kr
등록 2006년 1월 4일 제313-2006-00003호
주소 서울시 마포구 창전로 70(신수동) 화수목빌딩 5층
전화 02-6383-1602~3 **팩스** 02-6383-1610
대표메일 munhak@hanibook.co.kr

ISBN 979-11-6040-338-1 03840

• 값은 뒤표지에 있습니다.
• 파본은 구입하신 서점에서 바꾸어 드립니다.
• 이 책의 내용 일부 또는 전부를 재사용하려면 반드시 저작권자와 한겨레출판(주) 양측의 동의를 얻어야 합니다.